KNAUR

Von Jan Jacobs ist bereits folgender Titel bei Knaur erschienen:
Mord auf Vlieland

Über den Autor:
Jan Jacobs (*1975) ist in den Niederlanden aufgewachsen und hat dort studiert. Er arbeitete als Journalist und betreute als Verlagslektor Kriminalromane und Thriller, bevor er sich als Schriftsteller selbstständig machte. Privat ist er von Gesetzeshütern umgeben, seine Schwägerin und sein Nachbar sind Polizisten. Familienurlaube führen ihn fast immer an die Strände oder auf die Inseln seiner zweiten Heimat Holland. In seiner Freizeit segelt er am liebsten auf dem Ijsselmeer.
Mehr Infos unter: www.jan-jacobs.de

JAN JACOBS

DIE TOTE IN DER GRACHT

Griet Gerritsens zweiter Fall.

EIN HOLLAND-KRIMI

Besuchen Sie uns im Internet:
www.knaur.de

Aus Verantwortung für die Umwelt hat sich die Verlagsgruppe
Droemer Knaur zu einer nachhaltigen Buchproduktion verpflichtet.
Der bewusste Umgang mit unseren Ressourcen, der Schutz unseres Klimas
und der Natur gehören zu unseren obersten Unternehmenszielen.
Gemeinsam mit unseren Partnern und Lieferanten setzen wir uns für eine
klimaneutrale Buchproduktion ein, die den Erwerb von Klimazertifikaten
zur Kompensation des CO_2-Ausstoßes einschließt.
Weitere Informationen finden Sie unter: www.klimaneutralerverlag.de

Originalausgabe Oktober 2020
Knaur Taschenbuch
Ein Imprint der Verlagsgruppe
Droemer Knaur GmbH & Co. KG, München
Alle Rechte vorbehalten. Das Werk darf - auch teilweise -
nur mit Genehmigung des Verlags wiedergegeben werden.
Redaktion: Ilse Wagner
Covergestaltung: ZERO Werbeagentur, München
Coverabbildung: Henk Vrieselaar, R. Wellen Photography/shutterstock.com
Karte: Computerkartographie Carrle / Heike Boschmann
Illustration im Innenteil: Sergey Furtaev/Shutterstock.com
Satz: Sandra Hacke
Druck und Bindung: CPI books GmbH, Leck
ISBN 978-3-426-52490-9

2 4 5 3 1

PROLOG

ELFSTEDENTOCHT, 1997

Ijs kost mensenvlees – Eis kostet Menschenfleisch, so lautet ein altes Sprichwort, und der alte Mann hat es immer beherzigt und Vorsicht walten lassen. Sosehr er es auch liebt, hier draußen in der flachen Weite auf Kufen über die zugefrorenen *slooten*, *meeren* und *vennen* zu gleiten, ist er sich doch bewusst, dass das Eis ein falscher Freund ist. Mehr als ein Mal hat er erlebt, wie es von anderen seinen Tribut gefordert hat. Er selbst hat oft Glück gehabt. Doch er fürchtet, dass dies nun aufgebraucht ist.

Mit den Jahren hat der alte Mann ein besonderes Gespür für Eis entwickelt, und deshalb weiß er, dass es an dieser Stelle gefährlich ist. Die Nacht ist schwarz, und er kann kaum etwas sehen. Doch er fühlt es. Die Kufen seiner Schlittschuhe stoßen immer wieder gegen Risse und Furchen, die sich wie ein Geflecht aus Adern über den gefrorenen Kanal ziehen. Er darf nicht stürzen. Wenn er jetzt fällt, wird er vor Erschöpfung liegen bleiben. Er wird sich der Dunkelheit hingeben, die den Schmerz von ihm nimmt, und sich von ihr forttragen lassen.

Das grelle Licht eines Suchscheinwerfers trifft ihn. Es kommt von dem Hubschrauber, der knatternd über den Kanälen und Seen kreist und nach Läufern sucht, die Hilfe benötigen. Für einen Moment sieht der alte Mann im Lichtkegel das Gesicht des Jungen neben sich, seines treuen Gefährten, der ihm das gesamte Rennen lang nicht von der Seite gewichen ist. Auch er ist mit den Kräften am Ende. Seine Augenlider sind eisverkrustet, seine Lippen blau. Er keucht bei jedem Atemzug.

Wenn der Junge nicht gewesen wäre, denkt der alte Mann, hätte ich es nie so weit geschafft.

Wenigstens haben sie jetzt den Wind im Rücken. Diesen verfluchten Wind, der ihnen die Kräfte geraubt hat. Nachdem sie den kleinen Ort Stavoren am Ijsselmeer passiert hatten, kam er direkt aus Nordost, der Richtung, in der das Ziel lag. Es müssen mindestens sechs oder sogar sieben Windstärken gewesen sein, schätzt der alte Mann, eine Wand aus Luft, die sich ihnen über Stunden entgegengestemmt hat.

Doch sie haben es bis nach Dokkum geschafft, der nördlichsten Station des *Elfstedentocht*. Und ist man erst in Dokkum, so besagt es ein weiteres Sprichwort, schafft man das letzte Stück bis nach Leeuwarden zur Not auch auf Socken. Denn dann hat man Rückenwind.

Wenn es doch nur so einfach wäre.

Der Wind hat von ihnen abgelassen, aber die Kälte ist geblieben. Sie hat sich wie Zement im Körper des alten Mannes ausgebreitet, ist ihm bis in die Knochen gefahren und droht sie zu zersprengen.

Und seine Beine. Sie haben ihm bei vielen Rennen treu gedient, ihn auch heute fast zweihundert Kilometer getragen. Doch nun fühlen sie sich an wie Streichhölzer, die jeden Moment unter ihm zersplittern könnten.

Vielleicht hat er sich überschätzt.

Eine Hand berührt ihn an der Schulter, und er blickt zu dem Jungen hinüber, der mit ausgestrecktem Arm in die Ferne zeigt. Der alte Mann fährt sich mit dem Handschuh über die Augen und wischt die Eiskristalle weg. Verschwommen erkennt er die hellen Punkte. Es müssen die Lichter der Stadt sein. Leeuwarden. Dann ist es wirklich nicht mehr weit.

Adrenalin schießt ihm durch den Körper, ein letztes Aufbäumen. Der alte Mann beschleunigt mit langen Gleitschritten, und der Junge zieht mit, hängt sich in seinen Windschatten. Wie schon so oft an diesem Tag bilden sie eine Einheit gegen die Kräfte der Natur.

Schließlich macht die abgesteckte Strecke eine Kurve. In einem weiten Bogen biegen sie auf einen schnurgeraden Kanal ein, die *Bonkevaart*, die Zielgerade des Elfstedentocht. Zu beiden Seiten steht ein Meer aus Zuschauern, wie es der alte Mann noch nicht gesehen hat. Es müssen Tausende sein, wenn nicht gar Zehntausende. Er sieht blau-weiß-rote Fahnen, hört den Jubel der Menge.

Noch ein Mal wird er ihr Held sein.

Das Eis auf diesem Abschnitt ist glatt und frei von Unebenheiten. Sie beschleunigen weiter, gleiten mit langen synchronen Zügen durch das Menschenmeer.

Nein, sie gleiten nicht. Sie *fliegen*.

Dann richtet der alte Mann sich auf und reicht dem Jungen die Hand. Gemeinsam passieren sie die Ziellinie. Eine Welle puren Glücks durchläuft den alten Mann. Er hat es wieder geschafft. Vermutlich zum letzten Mal in seinem Leben.

Der alte Mann läuft direkt weiter zum Stand der Wettkampfrichter, wo er seine Teilnehmerkarte abstempeln lässt. Auf der kleinen Pappkarte sind die Namen der Orte und Städte, die er heute passiert hat, mit einem Zeitstempel vermerkt. Zusammen mit der Karte überreicht einer der Wettkampfrichter ihm das *elfstedenkruisje*, jene Medaille in Form eines Malteserkreuzes, die alle Läufer erhalten, die es innerhalb des Zeitlimits ins Ziel schaffen.

Er geht zu den Helfern hinüber, nimmt dankbar einen warmen Tee entgegen, lässt sich eine Decke über die Schultern legen. Der alte Mann schaut auf die Stempelkarte.
Leeuwarden, 22.08 Uhr
Fünf Stunden länger als beim letzten Mal. Unbehagen mischt sich in seine Freude. Denn er muss daran denken, was den Jungen und ihn aufgehalten hat.

Als er aufblickt, sieht er seine Frau. Sie kommt zu ihm gelaufen, umarmt ihn und drückt ihm einen Kuss auf die Wange. Bevor er etwas sagen kann, sind Reporter da, die ihre Kameras auf ihn richten und ihn mit Fragen bestürmen.

Aus dem Augenwinkel bemerkt der alte Mann den Jungen.

Er steht etwas abseits, hält ebenfalls ein *elfstedenkruisje* in der Hand. Stolz liegt in seinem Blick, doch da ist auch noch etwas anderes, eine unausgesprochene Frage. Die Euphorie des alten Manns verblasst. Er weiß, was der Junge auf dem Herzen hat. Ihn beschäftigt derselbe Gedanke.

Sie wissen beide, was sie heute Nacht gesehen haben, wovon sie Zeuge geworden sind.

Der alte Mann zögert. Dann schüttelt er unmerklich den Kopf. Der Junge nickt, er hat verstanden.

Manchmal, denkt der alte Mann, nennen sie den Elfstedentocht auch den *tocht der mysteriën*. Und vielleicht ist es besser, wenn das Mysterium dieser Nacht für immer verborgen bleibt.

ERSTER TEIL

1
ELFSTEDENKOORTS

BARTLEHIEM, HEUTE

Der Winter hatte *Fryslân*, wie die nördlichen Niederlande im Volksmund genannt werden, seit Wochen fest im Griff. Eine weiße Kruste bedeckte das flache weite Land, und ein eisiger Nordwind schaufelte beständig weitere Schneemassen heran. Sogar in den Städten hatte der Winterdienst seine liebe Not, die Straßen frei zu halten. Auf vielen Häusern lag inzwischen eine so große Schneelast, dass manche Dachkonstruktion das Gewicht nicht mehr trug. Erst am Wochenende war in der Nacht die Decke einer Turnhalle in Leeuwarden heruntergekommen. Auch die Wasserwege waren nur noch eingeschränkt befahrbar, selbst auf dem Ijsselmeer kamen die Schiffe nicht mehr ohne kleine Eisbrecher durch. Zwar schien heute die Sonne vom wolkenlosen Himmel, doch für den Verlauf der Woche sagte der Wetterdienst neue Niederschläge voraus, und auch ein ausgewachsener Wintersturm war nicht ausgeschlossen.

Der Schnee knirschte unter den Stiefeln von *Commissaris* Griet Gerritsen, als sie stehen blieb, um die Maschinenpistole zu überprüfen, die sie an einem Ledergurt um die Schulter trug. Es war eine Heckler & Koch MP5. Ihr letztes Training mit einer solchen Waffe lag schon eine ganze Weile zurück.

Sie kontrollierte, ob das Gewehr gesichert und der Feuermodus auf Einzelschuss gestellt war.

Dann ließ sie den Blick prüfend über die Menschenmenge bis zu der kleinen weißen Holzbrücke wandern, die sich bogenförmig über den zugefrorenen Kanal spannte. Dutzende Zuschauer drängten sich darauf und feuerten die Eisläufer an, die unter ihnen hindurchjagten. Am Fuß der Brücke stand ein Reporter mit Mikrofon vor einer Fernsehkamera und berichtete über das Geschehen. Weitere Schaulustige hatten sich zu beiden Seiten des Ufers versammelt. Manche jubelten, schwenkten niederländische Nationalfahnen, andere kümmerten sich um ihr leibliches Wohl und hatten sich am Imbissstand mit einer Portion *friet* oder *poffertjes* versorgt.

So unwirtlich das Wetter auch sein mochte, Griet wusste, dass sich ihre Landsleute dieser Tage im Fieber befanden – genauer gesagt, einer besonderen Art von Fieber, dem *elfstedenkoorts,* hervorgerufen von der feurigen Hoffnung auf eine Neuauflage des Elfstedentocht.

Der Elfstedentocht, ein Nationalmonument der Niederlande, war das weltweit längste und härteste Langstreckenrennen auf Natureis im Eisschnelllauf. Innerhalb von achtzehn Stunden mussten die Läufer – Profis wie Amateure – eine über zweihundert Kilometer lange Strecke zurücklegen, die sie von Leeuwarden aus über Kanäle, Grachten und Seen durch die historischen elf Städte von *Fryslân* führte, darunter Orte wie Sneek, Sloten, Stavoren, Hindeloopen oder Workum.

Seit seiner Erstaustragung im Jahr 1909 hatte das Rennen bislang nur fünfzehn Mal stattgefunden. Und der letzte Elfstedentocht lag nun schon über zwanzig Jahre zurück. Seit 1997 waren die Winter ausnahmslos zu warm gewesen, das Eis nicht dick genug, wenn sich überhaupt welches gebildet hatte.

Dieses Jahr war der Winter so kalt wie lange nicht mehr. Damit bot sich eventuell die Gelegenheit für eine Neuauflage des sagenhaften Rennens. Und da der Klimawandel unverändert fortschritt, würde es vielleicht für eine lange Zeit die letzte Möglichkeit sein.

Die Vorfreude war gigantisch, und entsprechend hoch stufte die *politie* den Elfstedentocht ein, nämlich als Ereignis der Kategorie GRIP 4, womit das Rennen einem nationalen Katastrophenfall gleichgesetzt war. Dabei handelte es sich nicht um Übertreibung. Der *tocht der tochten,* die Mutter aller Rennen, wie der Elfstedentocht auch genannt wurde, würde die ganze Nation mobilisieren. Aus allen Landesteilen würden die Menschen nach *Fryslân* strömen, zudem rechnete man mit Tausenden von Besuchern aus den Nachbarländern. Das allein genügte, um den Schutz der Teilnehmer und Zuschauer für die *politie* zu einer Herkulesaufgabe zu machen. Erschwerend kam hinzu, dass der Elfstedentocht die maximale Aufmerksamkeit der Medien genießen würde und damit eine perfekte Gelegenheit für einen Anschlag war. Als Horrorszenario galt allen das Attentat auf den Marathonlauf in Boston vor etlichen Jahren. Daher setzte die *politie* alles daran, das Ereignis zu schützen, was bedeutete, dass derzeit fast jeder Polizeibeamte in den nördlichen Niederlanden in irgendeiner Form mit dem Elfstedentocht befasst war.

Einer der neuralgischen Punkte der Veranstaltung war die kleine weiße Holzbrücke in der Nähe des Weilers Bartlehiem, mitten im friesischen Nirgendwo, wo Griet Gerritsen sich gerade befand. Hier wurden besonders viele Besucher erwartet.

»Wusstest du, dass Gott höchstpersönlich das *bruggetje* von Bartlehiem erbaut hat?«, fragte Pieter de Vries, als er neben Griet trat. »Es soll am elften Tag gewesen sein.«

»Was du nicht sagst.« Griet zog die Wollmütze tiefer in die Stirn und betrachtete ihren Kollegen mit einem Schmunzeln. Pieter trug ebenfalls die dunkelblaue Einsatzuniform mit der

Aufschrift *politie* auf dem Rücken, und so, wie die Jacke über seinem Bauch spannte, bestand kein Zweifel, dass er sie lange nicht mehr angezogen hatte.

»So besagt es zumindest eine friesische Legende.« Er strich sich über den grau melierten Vollbart.

»Dann wird es wohl stimmen.«

Pieter liebte seine Heimat, und Griet hatte in dem knappen Jahr, das sie nun zusammenarbeiteten, gelernt, dass es wenig Sinn hatte, mit ihm über friesische Weisheiten und Eigenarten zu diskutieren, selbst wenn sie einem noch so seltsam erschienen. Und im Grunde kamen ihr seine Exkurse durchaus gelegen, denn auf diese Weise lernte sie ihre neue Heimat besser kennen.

Griet hatte sich vor etwas weniger als zwölf Monaten von Europol in Rotterdam nach Leeuwarden versetzen lassen, nachdem ihr Kollege und Geliebter Bas Dekker durch ihre Schuld bei einem Einsatz ums Leben gekommen war. Nun arbeitete sie für die *Districtsrecherche Fryslân*, die sich in der Region zwischen Stavoren im äußersten Westen, Assen im Osten und von den Wattinseln bis hinunter nach Lemmer mit Kapitalverbrechen aller Art befasste.

Griet wurde nur langsam mit den Leuten hier oben warm. Den Friesen eilte nicht zu Unrecht der Ruf voraus, ein eher kühler, verschlossener Menschenschlag zu sein. Ihr Kollege Pieter de Vries war ihr daher eine große Hilfe. Sie wünschte nur, dass er sich manchmal etwas kürzer fasste.

Während sie ihre Patrouille fortsetzten, die Maschinenpistolen auf den Boden gerichtet, erklärte Pieter, dass die unscheinbare Holzbrücke von Bartlehiem bei den Zuschauern so beliebt war, weil sie von den Läufern zweimal passiert wurde. »Sie kommen zunächst aus westlicher Richtung über die *Finkumervaart,* laufen unter der Brücke durch auf das

Dokkumer Ee in Richtung Norden«, sagte Pieter und wies dabei auf den Verlauf des Kanals. »Wenig später kommen sie aus Dokkum zurück, biegen bei der Brücke nach Osten auf die *Ouderkerkvaart* ab und machen sich auf die letzten Kilometer bis ins Ziel nach Leeuwarden. Nirgendwo sonst kommst du den Läufern so nahe wie hier! Wirklich fantastisch!«

»Interessant ...«, murmelte Griet.

Sie wusste die Begeisterung des Kollegen für das Traditionsrennen durchaus zu schätzen, allerdings galt ihre Aufmerksamkeit gerade jemand anderem, nämlich der Frau vor dem Imbissstand. Sie hatte eine Bobfrisur, und die wasserstoffblonden Haare fielen ihr strubbelig ins Gesicht. Griet hatte sie erstmals bemerkt, als sie sich eine Portion *friet* kaufte. Das war vor geschätzt zehn Minuten gewesen. Seitdem hatte diese Frau an einem Stehtisch gestanden und keinen einzigen Bissen gegessen. Sie stand lediglich da und schien durch ihre getönte Sonnenbrille die Zuschauermenge zu beobachten.

Ein Knistern erklang in dem kabellosen In-Ear-Kopfhörer, den Griet trug, und der Einsatzleiter meldete sich: »Team zwei. Überprüft den Mann, der sich auf die Brücke zubewegt. Schwarze Haare, Bart, graue Jacke, roter Rucksack, Getränkebecher in der Hand.«

»Negativ«, erwiderte Griet. »Hab ihn schon gecheckt. Keine Gefahr.«

Der Mann hatte vorhin auf der anderen Seite des Ufers bei seiner Freundin gestanden, war herübergekommen und zum Getränkestand gegangen. Nun war er auf dem Rückweg. Davon abgesehen, erschien es Griet wenig wahrscheinlich, dass ein potenzieller Attentäter seine Bombe in einem knallroten Rucksack durch die Gegend trug.

Aus dem Augenwinkel bemerkte Griet, wie sich die Frau mit der Bobfrisur vom Stehtisch löste und in Bewegung setzte. Die Schale mit Pommes frites ließ sie stehen. Sie tauchte in die Menge ein. Und dann ging alles sehr schnell.

Die Frau öffnete die Jacke. Griet sah die Klinge eines Messers aufblitzen. Im nächsten Moment lagen die ersten Menschen schreiend und verletzt auf dem Boden.

Während Griet eine Meldung über Funk machte, eilte Pieter in Richtung der Frau, die Maschinenpistole im Anschlag. Griet wollte ihm hinterher, kam aber nicht gegen die panisch in alle Richtungen flüchtenden Zuschauer an.

Über Funk hörte Griet die Stimmen der Kollegen.

»Sie ist auf der Brücke.«

»Jemand freies Schussfeld?«

»Negativ.«

Dann Pieters Stimme: »Bin da ... sie ... oh, *potverdikkie* ...«

Die Menschenmenge löste sich langsam auf, und Griet lief weiter, bis sie endlich freies Sichtfeld hatte.

Die Attentäterin stand auf der Mitte der Brücke. Sie hatte Pieter in ihrer Gewalt, das Messer an seinem Hals. Seine Waffe lag auf dem Boden.

Die Frau blickte kurz um sich, abgelenkt von den Kollegen, die auf der gegenüberliegenden Seite des Ufers herangestürmt kamen. Das genügte Griet.

Es war reine Routine, ein oft geübter Ablauf, der kein Nachdenken erforderte. In einer fließenden Bewegung hob sie die Maschinenpistole, entsicherte, legte an, zielte und schoss.

Auf Pieters Brust breitete sich ein roter Fleck aus. Mit überraschtem Gesichtsausdruck sank er zu Boden.

Griet gab zwei weitere Schüsse ab und schaltete die Attentäterin aus.

Dann wurde es still um sie herum.

In Gedanken war Griet plötzlich wieder im Rotterdamer Hafen, an jenem Abend vor nunmehr sechs Jahren, und blickte in die leblosen Augen von Bas Dekker, ihrem Kollegen und Geliebten. Sie hatte nicht auf die Verstärkung gewartet, sich stattdessen in eine ausweglose Situation gebracht, als sie auf ein Frachtschiff gestürmt war, um das Leben von Flüchtlingen zu retten, die in einem Container geschmuggelt wurden. Sie lag angeschossen auf dem Boden, Bas eilte ihr zu Hilfe. Dann traf ihn die tödliche Kugel.

Hätte sie sich damals an die Regeln gehalten, wäre er noch am Leben. Das Ereignis hatte Griets Leben aus der Bahn geworfen, und Friesland sollte ein Neuanfang sein. Sie hatte sich geschworen, nie wieder das Leben eines Kollegen zu gefährden.

Langsam fand Griet zurück in die Wirklichkeit.

Ihr Blick ruhte immer noch auf Pieter, der am Boden lag. Sie atmete keuchend ein und aus, die eisige Luft brannte in ihrer Lunge.

Pieter blinzelte. Er richtete sich auf und rückte seine Brille mit schwarzem Holzrahmen zurecht. Dann stand er auf, hob seine karierte Schiebermütze auf, die auf den Boden gefallen war, und klopfte sie ab, bevor er sie wieder aufsetzte. Er machte sich nicht die Mühe, den Fleck wegzuwischen, den die Farbpatrone hinterlassen hatte, sondern kam direkt zu Griet herüber. Vorsichtig legte er die Hand auf den Lauf der Maschinenpistole, die sie noch immer im Anschlag hielt, und drückte ihn nach unten.

»Griet …«, sagte er, »es ist alles in Ordnung.«

Sie bemerkte, wie sich ihre Augen mit Tränen füllten. »Pieter, ich wollte …«

»Ich weiß. Es ist doch alles gut.«

»Nein, nichts ist gut. Das sollte nie wieder …«

»Griet.« Er fasste sie an beiden Schultern und blickte sie eindringlich an. »Es war nur eine Übung. Ich lebe. Und – hej, du hast die Attentäterin erwischt!«

Sie schluckte den Kloß in ihrem Hals hinunter und lockerte ihre Finger, die sich um die Waffe krampften.

Über Funk kam die Stimme des Einsatzleiters. »Okay, Leute, es ist vorbei. Einpacken und aufräumen. Tut uns leid um dich, Pieter. Wir werden eine Gedenktafel für dich aufhängen. Ist nicht alles so gut gelaufen heute. Die Nachbesprechung muss trotzdem ausfallen ... Der Polizeichef gibt später eine Pressekonferenz zum Elfstedentocht und erwartet mich. Wir holen das dann nächstes Mal nach.«

Um sie herum löste sich die Kulisse langsam auf. Die Verletzten erhoben sich, ein Uniformierter half der vermeintlichen Attentäterin wieder auf die Beine, die Zuschauer, bei denen es sich um Kollegen aus den Hundertschaften handelte, gingen nach Hause oder zum Imbissstand, wo es für alle nach absolvierter Übung wie immer eine kostenlose Stärkung gab.

»Kommende Woche gleiche Zeit, gleicher Ort«, erklärte der Einsatzleiter. »Der Polizeichef und ich werden auf der Pressekonferenz übrigens verkünden, dass wir die Sache im Griff haben und den Elfstedentocht zu einem sicheren Spaß für Alt und Jung machen. Sollte einer von euch auf die Idee kommen, irgendwem zu verraten, dass wir uns hier gegenseitig über den Haufen schießen, wäre das für seine Karriere wenig förderlich.«

Pieter legte Griet den Arm um die Schultern und führte sie über die schneebedeckte Wiese zu ihrem Auto, einem Renault Zoë, den sie für den Tag gemietet hatte.

»Was hältst du von einem schönen Mittagessen im *Onder de kelders?* Das bringt dich auf andere Gedanken«, schlug er vor.

Das *Onder de kelders* an der *Bierkade* war zu Griets Lieblingsrestaurant in Leeuwarden geworden. Es befand sich in einem Gewölbekeller auf Niveau der Gracht, und bei gutem Wetter konnte man auf einem Ponton auf dem Wasser sitzen. Griet hatte im Sommer dort einige laue Nächte bei gutem Wein mit Pieter verbracht.

»Heute lieber nicht«, sagte Griet. »Ich muss noch etwas vorbereiten … Ich bekomme doch Besuch.«

»Natürlich, wie konnte ich das vergessen. Am Wochenende, richtig?«

»Ja.«

»Hast du das Geschenk besorgt?«

»Aber sicher.« Sie waren an ihrem Wagen angekommen, und Griet deutete auf die Rückbank, wo ein großer Teddybär saß. Er war Pieters Idee gewesen.

»Sie wird ihn lieben«, stellte er zufrieden fest.

Griet schloss die Autotür auf.

»Du kommst klar?«, fragte er.

»Ja.« Sie bemerkte, dass ihrer Stimme jede Überzeugung fehlte.

Pieter drückte ihre Schulter und schenkte ihr ein Lächeln, als er auf den Farbfleck auf seiner Jacke deutete. »Ich hoffe, das geht wieder raus.«

Griet setzte sich auf den Fahrersitz und blickte Pieter nach, wie er zu seinem Auto hinüberging. Dann startete sie den Motor, legte die zitternden Hände um das Lenkrad und steuerte den Renault mit einem elektrischen Surren auf die Straße.

In zwei Wochen ist Weihnachten, dachte Griet. Wäre es heute keine Übung gewesen, hätte sie Pieters Frau zur Witwe und seine beiden Kinder zu Halbwaisen gemacht.

Eine schöne Bescherung.

2
LIEBESGRÜßE AUS LONDON

Die Abenddämmerung hatte sich über Leeuwarden gelegt, und Griet sah hinter den laublosen Bäumen des *Prinsentuin* den *Oldehove* in den orangeroten Himmel ragen. Im Mittelalter hatte die Kirche einst das größte Gotteshaus des Landes werden sollen, doch der Erbauer bedachte nicht, dass die eine Hälfte des Fundaments auf sandigem Boden stand, und so waren auch die Niederlande in den Besitz eines schiefen Turms gekommen.

Pieter hatte ihr diese Geschichte einmal erzählt, als sie spätabends auf dem Ponton des *Onder de kelders* gesessen hatten. Griet erinnerte sich noch so lebhaft daran, weil es das erste Mal gewesen war, dass er seine Frau Nettie mitgebracht hatte. Nettie gehörte zu jener Art Frau, die in jeder Kollegin, mit der ihr Mann zusammenarbeitete, eine potenzielle Bedrohung witterte. Griet hatte die erste Hälfte des Abends mit dem Versuch verbracht, ihr auf subtile Weise zu vermitteln, dass sie kein Interesse an einem verheirateten Mann mit zwei Kindern hatte – was allerdings daran scheiterte, dass Nettie nicht gut im Zwischen-den-Zeilen-Lesen war. Als Pieter schließlich die Anekdote über den *Oldehove* zum Besten gab und Griet beim fünften Glas Rotwein angelangt war, brach es aus ihr heraus. Sie sagte, dass sie heilfroh wäre, nicht mit einem solchen wandelnden Geschichtsbuch verheiratet zu sein, und sich frage, wie seine Frau das aushalte. Das wiederum verstand Nettie. Und seitdem war so etwas wie eine kleine Freundschaft zwischen ihnen entstanden.

Griet beugte sich über das Heck ihres Plattboots, einer alten *Lemsteraak* namens *Artemis,* die sie von ihrem Vater geerbt hatte und auf der sie lebte, seit sie bei der *Districtsrecherche* arbeitete. Mit einem kritischen Blick prüfte sie ihre Lebensversicherung. Dabei handelte es sich um einen De-Icer der ortsansässigen Firma *Dutch Heat*. Das Gerät sorgte dafür, dass das Wasser um das Boot herum nicht zufror und Griet nicht eines Morgens auf dem Grund der *Noorderstadsgracht* erwachte, nachdem das Eis den Rumpf zerdrückt hatte.

Pieter hatte den De-Icer installiert. Als waschechter Friese verstand er nicht nur etwas von hiesigen Gebräuchen, sondern auch von Segelschiffen. Im Sommer hatte er Griet geholfen, die in die Jahre gekommene *Artemis* wieder in Schuss zu bringen. Der Rumpf hatte eines neuen Außenanstrichs bedurft – er glänzte nun in frischem Weiß –, und auch der Einbau einer neuen Heizung war erforderlich gewesen. Damit hatten sie zwar nur das Nötigste erledigt, dennoch summierte sich die Frischzellenkur am Ende auf drei Monatsgehälter plus die Hälfte von Griets Erspartem, das sie ursprünglich beiseitegelegt hatte, um den maroden Kahn in nicht allzu ferner Zukunft gegen eine Eigentumswohnung zu tauschen. Wie es aussah, musste sie diesen Traum noch eine Weile hintanstellen.

Der Winter war dieses Jahr früh und hart über das Land hereingebrochen, und für Griet hatte sich bald die Frage gestellt, wie das Plattboot auf der zufrierenden Gracht überwintern sollte. Pieter erklärte ihr, dass ein Schiff, das durchgehend bewohnt und beheizt wurde, zwar nicht so schnell vom Eis eingeschlossen würde, doch sicher war sicher. Die Installation der Lebensversicherung verschlang zwei weitere Monatsgehälter.

Der De-Icer ähnelte einer Tonne mit Propeller und wurde mit Leinen unter dem Schiff in Position gehalten. Von dort wirbelte er das am Grund des Gewässers befindliche warme

Wasser an die Oberfläche, sodass rund um den Rumpf eine eisfreie Zone entstand.

Griet stellte beruhigt fest, dass er seinen Dienst ordnungsgemäß verrichtete. Zur Sicherheit umrundete sie noch den übrigen Teil des Bootes und überprüfte, ob überall genügend Wasser zwischen Schiff und Eis frei lag.

Als sie wieder am Heck angelangt war, blickte sie sich um. In den meisten Häusern am Rand der Gracht brannte Licht, und einige der Bewohner waren damit beschäftigt, die großen Fenster ihrer Wohnzimmer mit Weihnachtsschmuck zu dekorieren. Aus den Schornsteinen auf den schneebedeckten Dächern quoll Rauch, und der Geruch von Kaminholz lag in der Luft. Aus der Stadt klang das Glockenspiel des *stadhuis* herüber.

Selbst für ein kleines Land wie die Niederlande war Leeuwarden ein Provinznest. Der Kontrast zum quirligen Rotterdam, wo Griet einen Großteil ihres Lebens verbracht hatte, konnte nicht größer sein. Dennoch hatte sie das Provinzstädtchen in den zurückliegenden Monaten ins Herz geschlossen. Die Zeit schien hier auf eine angenehme Weise stehen geblieben zu sein, in den Gassen zwischen den alten Häusern mit ihren verzierten Schweif- und Stufengiebeln folgte das Leben einem ruhigen Rhythmus. Wobei von Langeweile keine Rede sein konnte. Im Stadtzentrum lockte ein reiches Angebot an Cafés, Restaurants, Theatern oder Künstlerateliers, schließlich war Leeuwarden nicht ohne Grund vor Kurzem europäische Kulturhauptstadt gewesen. Der kleine, aber feine Unterschied zu größeren Städten, der Griet immer wieder auffiel: Die Menschen hier waren einfach entspannter.

Natürlich lebte Griet auch in einer besonders malerischen Ecke der Stadt: Die *Noorderstadsgracht* bildete den nördlichen Teil des *Singel,* einem mittelalterlichen Wassergraben, der das historische Stadtzentrum sternförmig umgab und regelmäßig zum schönsten Liegeplatz der Niederlande gekürt wurde. Ein Ding der Unmöglichkeit, sich hier nicht wohlzufühlen.

Insgeheim fragte Griet sich aber auch manchmal, ob es vielleicht an ihr selbst lag. Früher hätte sie die Betulichkeit hier nicht ertragen. Doch ihre sechsundvierzig Lebensjahre waren nicht spurlos an ihr vorübergegangen. Die grauen Stellen in ihrem langen blonden Haar zu verbergen, artete allmählich in Arbeit aus, die Fältchen in ihrem Gesicht vermehrten sich mit jedem Tag, und ihre grünen Augen besaßen nicht mehr dieselbe Strahlkraft wie früher. Die größte Veränderung aber hatte in ihrem Inneren stattgefunden. Es mochte ihr nicht gefallen, doch sie wurde mit den Jahren ruhiger, eine Entwicklung, die vermutlich an den körperlichen Verfall gekoppelt war und mit ihm synchron verlief. Die Hälfte des Lebens war vorüber, und von nun an ging es bergab, erst schleichend, später rasanter. Und hatte man das erst verstanden, relativierten sich viele Dinge.

An manchen Tagen spürte Griet die Veränderung besonders deutlich, so wie heute. Sie dachte an die Übung am Morgen zurück. In ihren besten Tagen hätte sie die Attentäterin mit einem einzigen Schuss erledigt. Es war genügend Abstand zwischen ihr und Pieter gewesen. Doch diese Zeiten waren offenbar vorbei.

Dabei hatte sie die Übung als willkommene Abwechslung empfunden. Pieter und sie hatten das vergangene Dreivierteljahr ausschließlich mit der Arbeit an Cold Cases verbracht, alten ungelösten Fällen. Sie hatten sich jener Fälle angenommen, zu denen es neue Hinweise gab, was gerade mal eine Handvoll gewesen waren, doch in keinem einzigen hatten ihre Bemühungen zu einem Erfolg geführt. Die ungelösten Fälle waren allesamt ungelöst geblieben.

So wie die Dinge standen, würde Griet vermutlich noch viele Jahre mit dieser Arbeit zubringen müssen. Ihr Vorgesetzter, Wim Wouters, hatte sie und Pieter bei den Cold Cases abgestellt, nachdem ihre Ermittlungen in einem Mordfall auf der Nordseeinsel Vlieland aus dem Ruder gelaufen waren – was noch milde formuliert war. Und bislang hatte er nicht durchblicken lassen, dass sich daran etwas ändern würde. Sosehr Griet sich auch an die Stadt gewöhnt hatte, sie fragte sich inzwischen, ob es nicht an der Zeit war, weiterzuziehen und sich eine andere Dienststelle zu suchen.

Griet wurde von lautem Geschrei aus ihren Gedanken gerissen. Eine Gruppe Kinder jagte, mit Hockeyschlägern bewaffnet, auf dem Eis einem Puck hinterher.

Im Winter war es auf der *Noorderstadsgracht* nicht mehr ganz so idyllisch. Seit die Gracht zugefroren war, hatte sich das öffentliche Leben praktisch auf das Eis verlagert. Die ganze Stadt schien dieser Tage das Schlittschuhlaufen einem Spaziergang vorzuziehen, und auf dem Kanal herrschte fast ununterbrochen buntes Treiben.

Griet hatte die Leute für sich in drei Gruppen eingeteilt: Einmal gab es jene, die für den Elfstedentocht trainierten. Das waren ihr die Liebsten, denn sie fuhren rasch vorüber und sparten ihren Atem. Schlimmer waren die Flaneure, ein geschwätziges Volk, das gemächlich umherlief und ab und an stehen blieb, um die Boote zu bestaunen und ihre Besitzer in endlose Fachsimpeleien zu verwickeln. Am meisten fürchtete Griet aber die dritte Gruppe: spielende Kinder. Man glaubte nicht, welchen Lärmpegel sie entwickeln konnten. Sie waren schlimmer als die Kampfjets, die vom nahe gelegenen Fliegerhorst zu ihren Übungsflügen nach Vlieland starteten.

»*Goeie jûn!*«, hörte sie eine Stimme hinter sich.

Griet wandte sich um und sah den Postboten, der sein Fahrrad am Straßenrand abgestellt hatte, über die verschneite Wiese auf sich zukommen. Die Boote in der Gracht befanden sich am Ende seiner Route, und nicht selten bekam Griet die Post erst zum Abendessen.

Mit diesem Umstand konnte sie sich noch abfinden. Wesentlich schwerer tat sie sich hingegen mit dem *Fries*, dem friesischen Dialekt, der sogar als eigene Sprache anerkannt war. Die Bewohner von Leeuwarden pflegten zu allem Überfluss eine eigene Form, das *Liwwadders*, was die Verständigung manchmal zusätzlich erschwerte. Wollte man jemandem guten Appetit wünschen, sagte man nicht *eet smakelijk*, sondern *lekker ite*, ein Kaffee hieß hierzulande nicht *koffie* sondern *kofje*, und statt mit *goedenavond* begrüßte man sich um diese Uhrzeit mit *goeie jûn*.

Die Liebe zur eigenen Sprache und Kultur ging so weit, dass es, wie Griet erfahren hatte, hier im Norden sogar die FNP, die *Fryske Nasjonale Partij* – Friesische Nationale Partei –, gab. Sie war ein Kuriosum der niederländischen Parteienlandschaft und schaffte es meistens gerade so über die Fünfprozenthürde. Die Nationalfriesen sahen sich nicht einfach als normale Niederländer, sondern als eigenes Volk, mit eigener Sprache und Kultur, dessen Rechte und Interessen es zu vertreten galt. Vor allem sprachpolitische Aufgaben standen auf der Agenda der Partei, was im Alltag zu abstrusen Situationen führen konnte.

Griet hatte mit einem Vertreter der FNP Bekanntschaft gemacht, als sie neulich einen neuen Personalausweis beantragt hatte. Er hatte beharrlich *Liwwaddders* gesprochen, sodass sie Mühe gehabt hatte, ihr Anliegen verständlich zu machen. Und natürlich hatte ihr Gegenüber nicht daran gedacht, einfach ins gewöhnliche Niederländisch zu wechseln.

Der Postbote drückte Griet einen Packen Briefe in die Hand, griff sich an die Mütze und brummte: »*Oant moarn* – bis morgen.« Im Gegensatz zu Thorn, dem kleinen Städtchen in Limburg, aus dem Griet stammte und wo man große Stücke auf Geselligkeit hielt, verlor man hier oben im Norden nicht unnötig Worte.

Griet ging zu den beiden hölzernen Flügeltüren, deren Fenster mit Messingsprossen versehen waren, öffnete sie und kletterte den Niedergang, die schmale Holztreppe, die ins Innere des Schiffs führte, hinunter. Direkt neben der Stiege befand sich eine Kochnische. Griet setzte heißes Wasser auf, ging dann zum Navigationspult hinüber, um am Sicherungspanel den Schalter für das Licht umzulegen. Pieter hatte alle Sicherungen ausgetauscht, sodass Griet nicht mehr mit der Faust gegen das Panel schlagen musste, damit es unter Deck hell wurde.

Der Innenraum des Schiffs war beengt, und Griet musste mit ihren ein Meter achtzig Körpergröße leicht gebeugt gehen. Den Raum in der Mitte des Boots hatte ihr Vater immer den Salon genannt, was sie anfangs für einen Euphemismus gehalten hatte, inzwischen leistete sie ihrem alten Herrn aber nachträglich Abbitte, denn hier war tatsächlich der meiste Platz auf dem Schiff.

Mit einer dampfenden Tasse Earl Grey in der Hand setzte sie sich an den ausklappbaren Esstisch, der mittig im Salon montiert war und ihr gleichzeitig auch als Wohnzimmer- und Arbeitstisch diente.

Die Briefe, die sie anhand der Absender eindeutig als Rechnungen identifizieren konnte, legte sie zur Seite. Dann stieß sie auf eine selbst gedruckte Postkarte mit einem Foto auf der Vorderseite. Es zeigte eine junge Frau, die in dunkelblauem Kostüm und James-Bond-Pose – die eine Hand zur Pistole geformt – vor einer Polizeistation stand. Unter der Weihnachtsmütze, die sie trug, ragten schwarze Rastalocken hervor. Den Eingang des Gebäudes hinter ihr umrahmten vier Steinsäulen, darüber stand in großen Lettern: *Charing Cross Police Station*. Griet drehte die Karte um und las den Text.

Hallo Griet! Meine letzten Monate im Dienste Ihrer Majestät. Im Februar bin ich wieder zu Hause. Hoffe, wir sehen uns dann. Ihr fehlt mir! Groetjes, Noemi

Griet warf einen Blick auf den Poststempel, die Karte war vergangene Woche abgeschickt worden.

Noemi Boogard hatte mit Griet und Pieter in der Mordsache auf Vlieland ermittelt. Noemi besaß großes Talent, legte allerdings oft ein ungestümes und eigenmächtiges Verhalten an den Tag. Im Laufe der Ermittlungen hatte sie einen jungen Mann der Tat verdächtigt und auf ihn schießen müssen, als dieser einen Kollegen mit dem Messer attackierte. Der Junge war an den Folgen der Schussverletzung gestorben, hatte sich später aber als unschuldig herausgestellt. Die internen Ermittlungen kamen zu dem Schluss, dass Noemi in dieser Situation nicht anders hatte handeln können. Allerdings blieb die Frage offen, ob sie den labilen Jungen mit ihren Verdächtigungen nicht erst in jene Situation gebracht und ihn praktisch zu einer Kurzschlussreaktion verleitet hatte. Natürlich machte dieser Vorwurf schnell bei den Kollegen die Runde.

Wim Wouters, der Leiter der *Districtsrecherche*, hätte Noemi am liebsten umgehend aus seiner Abteilung entfernt. Doch wie sich herausstellte, war sie ein Protegé des Polizeichefs, und dieser hatte als Kompromiss eine Bestrafung vorgeschlagen, die eigentlich keine war: Noemi wurde in das Austauschprogramm abgeschoben, das die *politie* mit anderen europäischen Polizeibehörden unterhielt, und landete für ein Jahr beim *Metropolitan Police Service*, besser bekannt als Scotland Yard. Wouters konnte mit dieser Lösung gut leben, denn viele Kollegen mit Auslandserfahrung empfahlen sich für höhere Weihen, und er spekulierte wohl darauf, dass Noemi nach ihrer Rückkehr nicht mehr zur *Districtsrecherche* zurückkehren würde. Und den Gerüchten zufolge, die von den Kollegen über den Flurfunk verbreitet wurden, plante man bereits die Neubesetzung ihrer Stelle.

Griet hatte Noemi zu ihrer eigenen Überraschung in den vergangenen Monaten vermisst. Der Ärger, den die junge Frau ihr eingebrockt hatte, war zwar einer der Gründe, weshalb sie bei den Cold Cases gelandet war. Dennoch mochte sie Noemi. Ihre engagierte, manchmal brachiale Art, sich im Dienst der Wahrheitsfindung über alle Hindernisse und Vorschriften hinwegzusetzen, hatte Griet an sich selbst erinnert. In jungen Jahren war sie ähnlich ungestüm zu Werke gegangen, was ihrer Karriere nicht abträglich gewesen war – und zur Lösung zahlreicher Fälle beigetragen hatte.

Griet legte die Karte von Noemi zur Seite und schnappte sich den Teddybären, der neben ihr auf der Sitzbank lag. Er trug einen blauen Hoodie über dem flauschigen braunen Fell, bedruckt mit einem Herz und der Aufschrift *Knuffel*.

Auf dem Weg nach vorn in die Koje schaltete Griet das alte Autoradio ein, das in einem Schlitz neben dem Sicherungspanel verbaut war. Es lief, wie fast nicht anders zu erwarten, ein Bericht über den Elfstedentocht. Seit den ersten Frostnächten wurde die Berichterstattung in den Medien von der Frage dominiert, ob das Rennen dieses Jahr erneut stattfinden würde.

Der Radioreporter analysierte gerade die Chancen auf eine Neuauflage des Elfstedentocht und sprach dazu mit Marit Blom. Sie war, wie Griet erfuhr, erst vor wenigen Wochen als erste Frau in der Geschichte zur Vorsitzenden der *Koninklijke Vereniging de Friesche Elf Steden* berufen worden, der Vereinigung, die den Elfstedentocht organisierte. Ihr Vorgänger, Jaap van der Horst, hatte aus persönlichen Gründen das Amt niedergelegt und zuvor zwanzig Jahre lang vergeblich darauf gewartet, das monumentale Rennen ausrichten zu dürfen. Marit Blom würde diese Ehre nun bereits wenige Wochen nach ihrer Ernennung zuteilwerden, wenn denn alles »glatt lief«, wie der Radiomoderator meinte, wobei er sich mit einem kurzen Lachen über sein Wortspiel amüsierte. Alles schien sich in dem kleinen Örtchen Sloten zu entscheiden, in dessen Gracht das Eis nicht dick genug werden wollte …

Weiter hörte Griet nicht zu.

In Thorn, wo sie aufgewachsen war, gab es ein Sprichwort: *Die gaat van het land op het ijs is niet wijs.* Sinngemäß: Wer sich vom Land auf das Eis wagt, ist nicht ganz bei Trost. Und daran hatte sich ihr Vater immer gehalten. Obwohl Griet das Schlittschuhlaufen geliebt hatte, hatte er ihr verboten, im Winter auf die vereisten Seen und Flüsse zu gehen. Vielleicht war dies der Grund, warum sie nie das gleiche Faible für den Elfstedentocht entwickelt hatte wie viele ihrer Landsleute.

Griet zog den Kopf ein, als sie die vordere Koje betrat. Der Raum hatte ursprünglich Platz für vier Etagenbetten geboten. Ihr Vater hatte ihn so umgebaut, dass ein Doppelbett, ein Nachttisch, ein schmaler Kleiderschrank sowie ein Bücherregal hineinpassten. Griet setzte sich auf die Matratze und legte den Teddybären auf das Kopfkissen neben dem ihren. Er war für ihren kleinen Gast bestimmt.

In zwei Wochen war Heiligabend, und in den Weihnachtsferien kamen ihre Tochter Fenja und ihr Ex-Mann Fleming zu Besuch. Einerseits freute sich Griet darauf, die beiden zu treffen, andererseits machte sie die Aussicht nervös, besonders, was das Wiedersehen mit ihrer Tochter betraf. Es war nun schon eine ganze Weile her, dass sie Fenja gesehen hatte, und sie war sich nicht sicher, an welchem Punkt die Beziehung stand.

Familie war nie ihr Ding gewesen, und dass es Fenja gab, war weniger einer bewussten Entscheidung als einer wilden Nacht geschuldet. Liebte sie ihr Kind? Natürlich. Dennoch hatte sie in der Rolle als Mutter versagt, zumindest gemessen an den allgemein gültigen Vorstellungen.

Wenn eine Frau ein Kind bekam, ging alle Welt automatisch davon aus, dass sie sich freudig in ihr neues Leben einfand und damit glücklich wurde. Bei vielen Frauen mochte das der Fall sein. Doch für Griet hatte dies nicht gegolten.

Sie dachte noch heute mit Grauen an die Schwangerschaft zurück, als sie sich über Monate wie ein Walross gefühlt hatte. Danach die schlaflosen Nächte, das nervenzehrende Geschrei, die endlos öden Tage, die sie zwischen Wickelkommode, Stillkissen und Kinderbettchen verbrachte, vollgekleckert mit Babybrei, Erbrochenem oder anderen Flüssigkeiten und Ausscheidungen. Sie hatte bei Müttertreffen nach Gleichgesinnten gesucht, in der Hoffnung, von ihnen zu erfahren, wie man mit der Situation umging. Doch zu ihrem Erstaunen stellte sie fest, dass andere Frauen offenbar ein großes Vergnügen daran hatten, sich stundenlang über Milcheinschuss, die besten Maxi-Cosis oder die Konsistenz der Exkremente ihres Nachwuchses zu unterhalten.

Griet hatte gelangweilt danebengesessen und war in Gedanken an ihren Sehnsuchtsort gereist: ihren Schreibtisch im Hauptquartier von Europol. Sie hatte endlich wieder ihrer Arbeit nachgehen wollen.

Fenja war nur wenige Monate nach dem traumatischen Ereignis im Rotterdamer Hafen zur Welt gekommen. Fleming,

Griets damaliger Ehemann, hatte daher zunächst Verständnis für Griets Verhalten gezeigt. Doch irgendwann waren sie beide zu der Einsicht gelangt, dass es so nicht weitergehen konnte.

Fenja war bei Fleming geblieben. Er war ein erfolgreicher Krimiautor – woran Griet ihren Anteil hatte, da sie ihn zu dieser Zeit immer mit inspirierenden Geschichten aus dem Polizeialltag versorgte. Und nach der Trennung hatte sich Fleming eine Auszeit genommen, um ganz für Fenja da zu sein. Er hatte nie auch nur angedeutet, dass Griet ihm Unterhalt zahlen sollte, eine noble Geste, für die sie ihm bis heute dankbar war, denn sonst wäre ihr der Start in ein neues Leben deutlich schwerer gefallen.

Der anstehende Besuch der beiden würde ein erster Schritt bei dem Versuch sein, eine neue Basis für Griets Beziehung zu Fenja zu finden.

Griet wurde aus ihren Gedanken gerissen, als von Deck her plötzlich Männergesang erklang.

Sie stand auf und eilte durch den Salon, wobei sie mit dem Kopf an einem der niedrigen Deckenbalken anschlug. Sie massierte sich die Stirn, während sie über den Niedergang ins Freie kletterte.

An Deck stand Pieter, in eine dicke Winterjacke gepackt, die karierte Schiebermütze auf dem Kopf, und sang. »*Sien ik weer naar de Oldehove, voelt mien hart weer geel en blauw, want dat gevoel kan niemand dove, dat is de stad waar ik van hou...*«

Griet folgte seinem Blick, der zum Kirchturm des *Oldehove* ging, der inzwischen hell erleuchtet war.

»Entweder liebst du deine Stadt wirklich über alle Maßen«, stellte Griet fest, »oder du willst dich mit dem Katzengejammer dafür rächen, dass ich dich heute Morgen erschossen habe.«

»Das ist ein sehr bekanntes Volkslied von Ricky Junior van Daalen.« Pieter lächelte. »Also, ja, ich liebe meine Stadt. Und nein, ich bin nicht nachtragend. Im Gegenteil, ich dachte, es wäre gut, wenn du heute Abend nicht allein bist. Die Regierung hat mir Freigang erteilt.«

»Die Regierung?«

»Meine Frau.« Er nahm das Paar Schlittschuhe, das er über der Schulter trug, und hielt es Griet hin. »Ihr habt übrigens die gleiche Schuhgröße. Wie wäre es?«

»*Serieus* – im Ernst?« Griet runzelte die Stirn. »Ist schon eine Weile her, dass ich auf Schlittschuhen gestanden habe.«

»Das verlernt man nicht. Außerdem ... man lernt eine Stadt nur wirklich kennen, wenn man sie einmal vom Eis aus sieht.« Pieter drückte ihr die Schlittschuhe in die Hände. »Ich bin übrigens sicher, dass uns das Christkind dieses Jahr einen Elfstedentocht bescheren wird.«

»Und das heißt, du möchtest daran teilnehmen?«

»Nein, dafür bin ich wohl zu alt. Ich habe als Kind immer davon geträumt. Aber du bist gut in Form, vielleicht wäre das was für dich. Das Training kann gleich heute beginnen ...«

Griet verdrehte innerlich die Augen. Wenn der Kollege sich etwas in den Kopf gesetzt hatte, standen die Chancen, ihn davon abzubringen, ziemlich schlecht. Andererseits hatte er vermutlich recht, ein wenig frische Luft täte ihr gut.

Griet seufzte, stieg zurück ins Schiffsinnere und holte ihren olivgrünen Parka, Handschuhe und eine Wollmütze. Wieder an Deck, band sie sich die blonden Haare zusammen.

»Schreib dir eines hinter die Ohren«, sagte sie, den Haargummi zwischen den Zähnen. »Nichts und niemand werden mich jemals dazu bringen, zweihundert Kilometer auf Schlittschuhen zu laufen!«

3
EIN JUNGE NAMENS EDWIN

Sie glitten lautlos durch die Nacht, vorbei an den hell erleuchteten Häusern der *Noordersingel* auf der einen und dem *Prinsentuin* auf der anderen Seite. Leichte Schneeflocken fielen vom Himmel und wehten ihnen entgegen. Trotz ihrer anfänglichen Abneigung konnte Griet eine gewisse Freude nicht verbergen. Leeuwarden auf dem Eis zu erkunden, das rückte tatsächlich alles in eine neue Perspektive. Rechts von ihnen lagen die Neubaugebiete, links das historische Zentrum. Ein wenig konnte sie sich vorstellen, wie die Stadt früher auf die Bauern, Händler oder Reisenden gewirkt haben musste, wenn sie aus den umliegenden Dörfern oder von weit her mit Pferden, Karren und Waren angereist kamen und vor dem *Singel* hatten haltmachen müssen, bis man ihnen Einlass gewährte.

Die Gracht beschrieb einen weiten Bogen und führte sie zur *Vrouwenportbrug*. Im Schatten des *Oldehove* standen dort im Halbkreis aufgebaut ein halbes Dutzend kleinerer Holzhütten und Zelte auf dem Eis, die mit bunten Lichterketten miteinander verbunden waren. Zahlreiche andere Schlittschuhläufer hatten sich in dem Halbrund versammelt und unterhielten sich, dampfende Becher in den Händen, während Kinder um sie herum spielten.

»Gönnen wir uns eine Stärkung, bevor wir richtig loslegen«, meinte Pieter. »Sonst kommen wir nicht weit.«

Griet blickte flüchtig auf die Uhr an ihrem Handgelenk, sie waren keine zehn Minuten unterwegs gewesen. Pieter schien seine eigenen Vorstellungen sportlicher Betätigung zu haben. Andererseits wusste sie, wie wichtig ihm die Einnahme regelmäßiger Mahlzeiten war.

Pieter deutete auf ein Rundzelt, das etwas größer war als die umstehenden Zelte. »Das beste *koek en zopie* in der Stadt.«

Noch bevor Griet ihn fragen konnte, was ein *koek en zopie* war, verschwand er durch den Eingang. Sie folgte ihm.

Das Innere des Zelts war spärlich beleuchtet, mit antiken Gaslampen, die auf Stehtischen standen. Stimmengewirr lag in der Luft, es roch nach Erbsensuppe, Glühwein und Kuchen. Unter den Umstehenden erkannte Griet einige Kollegen, die sie mit einem kurzen Nicken grüßten.

»Ein echtes Stück friesische Tradition«, stellte Pieter mit Stolz in der Stimme fest. Er erklärte ihr, dass die ersten *koek en zopies* im 17. Jahrhundert entstanden waren, dem goldenen Zeitalter der Niederlande. Unter dem Einfluss der kleinen Eiszeit, mit extrem kalten und langen Wintern, kultivierten die Leute damals das *ijspret,* das Vergnügen auf dem Eis. Sie bauten Zelte und kleine Hütten auf den gefrorenen Grachten und Seen. Dabei war der Begriff Vergnügen weit gefasst: Neben Glücksspiel und reinen Ess- und Trinkzelten, den *koek en zopies* eben, gab es auch Etablissements, in denen sich Damen gegen Bares auf eine andere Art und Weise um das leibliche Wohl kümmerten. Ränge und Stände spielten auf dem Eis keine Rolle, Prinzen und Grafen wärmten sich am selben Feuer wie Seilmacher, Huren oder Gauner.

»Dann war das Eis eine Art mittelalterlicher Vergnügungspark?«, fragte Griet.

»Ja«, bestätigte Pieter und grinste, »allerdings hatte das bunte Treiben einen Hintergrund: Die Aufbauten auf dem Eis, also auch die *koek en zopies,* waren allesamt von den sonst üblichen Steuern und Abgaben ausgenommen.«

Griet ließ sich von Pieter zu einer behelfsmäßigen Theke führen, die aus gestapelten Europaletten bestand, auf denen eine breite Holzplatte befestigt war. Dahinter stand ein untersetzter Mann mit Glatze, der in einem Kochtopf rührte.

»Joop«, sagte Pieter, um den Mann auf sich aufmerksam zu machen, »darf ich dir Griet Gerritsen vorstellen, den heimlichen Star der *Districtsrecherche*?«

Der Mann sah auf und verzog erfreut das Gesicht. »Pieter, schön, dich zu sehen.«

Sie reichten sich die Hand.

»Joop hatte früher mal eine Kneipe«, erklärte Pieter. »Abends hat sich dort immer das ganze Revier getroffen.«

»Das war damals, als Pieter noch in seine Streifenuniform passte«, meinte Joop und stieß ein kehliges Lachen aus. Er reichte Griet die Hand. »Freut mich, dich kennenzulernen, Griet Gerritsen. Mir kommt noch immer manches zu Ohren. Und was dich betrifft, scheint Pieter nicht zu übertreiben.«

»Gerüchte«, antwortete Griet. »Vermutlich stimmt nicht mal die Hälfte davon.«

Wim Wouters hatte zwar dafür gesorgt, dass Pieter und sie seit beinahe einem Jahr an keinem heißen Fall mehr beteiligt gewesen waren, doch den Flurfunk konnte er nicht abstellen. Und so hatte sich herumgesprochen, wie Griet sich bei den Ermittlungen auf Vlieland über den Kopf von Wouters hinweggesetzt, den Fall trotz aller Widrigkeiten gelöst und mit ihren Entscheidungen dabei am Ende noch die Reputation der *politie* bewahrt hatte. Bei den Kollegen hatte ihr dies Respekt eingebracht.

Joop stellte zwei dampfende Becher vor Griet und Pieter auf die Theke. »*Een zopie* – ein Schnäpschen?«

»*Bedankt*«, meinte Pieter, winkte aber ab. »Ich muss noch fahren.«

»Hab dich nicht so. Auf alte Zeiten.«

Pieter gab nach, und sie prosteten sich zu. Auch Griet probierte einen Schluck und musste husten. Das *zopie* schmeckte, als habe eine Brauerei ihre gesamten Alkoholvorräte mit verdorbenen Gewürzen zusammengepanscht.

»Gut, was?« Joop lehnte sich an die Theke. »Das ist *zopie* nach Originalrezept aus dem 17. Jahrhundert.«

»Müssen harte Zeiten gewesen sein«, meinte Griet. »Was, zum Teufel, ist da drin?«

Joop grinste und beugte sich über die Theke. »Du bringst zuerst Dunkelbier zum Kochen. Auf einen Liter eine Prise Zimt, dazu zwei Gewürznelken und zwei Scheiben Zitronen. Dann nach zwanzig Minuten die Kräuter und die Zitrone rausholen und etwa hundertzwanzig Gramm braunen Zucker reingeben. Und anschließend noch zwei rohe Eier. Die binden mit dem Zucker das Bier. Zum Schluss noch zwei Deziliter Rum.«

Griet betrachtete den Becher in ihrer Hand. Vielleicht sollte sie mit dem Zeug die Heizung ihres Schiffs befeuern.

»Noch eins?«, fragte Joop.

Griet schüttelte vehement den Kopf, woraufhin Joop wieder in sein kehliges Lachen ausbrach.

»Griet bewohnt ganz in der Nähe ein Schiff auf der *Noorderstadsgracht*«, schaltete sich Pieter ein, und Griet war ihm dankbar, dass er das Gespräch von dem furchtbaren Schnaps wegführte.

»So ein Jammer.« Joop schnalzte mit der Zunge. »Früher hättest du dort als Zuschauer beim Elfstedentocht in der ersten Reihe gestanden.«

»Warum?«, fragte Griet.

»Bis 1956 befand sich die Ziellinie auf der *Noorderstadsgracht*«, erklärte Pieter.

»Das waren noch Zeiten«, sagte Joop. »Das Feld bestand mehr oder weniger aus Amateurläufern. Selbst ein einfacher

Bauernjunge konnte über Nacht zum Volkshelden werden. Auf der *Noorderstadsgracht* gab es einige dramatische Entscheidungen.«

»O ja«, sagte Pieter mit glänzenden Augen. »Der *Pact van Dokkum!*«

»Natürlich«, bestätigte Joop, »das wird man nie vergessen.«

»*Jongens*«, sagte Griet, »ich komme nicht mit.«

»Erzähl du es, Pieter«, forderte Joop seinen Freund auf.

Bei dem Pakt von Dokkum, so erfuhr Griet, handelte es sich um eine Absprache der fünf Läufer, die das Rennen von 1940 angeführt hatten. Die Gruppe lag so weit in Führung, dass sie sich im Städtchen Dokkum eine Pause gönnten. Sie waren zu dem Zeitpunkt schon so lange gemeinsam unterwegs gewesen, dass sie sich verbrüderten und beschlossen, zusammen Hand in Hand über die Ziellinie zu laufen. Als sie schließlich auf die *Noorderstadsgracht* einbogen, hielt sich einer von ihnen, Auke Adema, nicht an die Abmachung und sprintete davon. Piet Keijzer setzte ihm nach, holte ihn sogar noch ein, doch da die Zuschauer bereits in Massen auf das Eis strömten, war nicht mehr festzustellen, wer von den beiden als Erster die Ziellinie passierte. Als die Jury später von dem gebrochenen Pakt erfuhr, beschloss sie kurzerhand, alle fünf Läufer zu Siegern zu erklären.

»Und noch heute kennt jedes Kind hier in *Fryslân* ihre Namen«, schloss Joop andächtig.

»Noch verrückter war nur der Zieleinlauf 1954«, sagte Pieter. »Anton Verhoeven lag vor Jeen van den Berg in Führung. Als er das Schild mit der Aufschrift *Finish* passierte, riss er die Arme in die Luft und begann zu feiern …«

»… aber offenbar hatte er seine Brille vergessen«, stieg Joop grinsend ein. »Denn ihm war entgangen, dass unter dem Wort *Finish* der Zusatz stand: *in 500 Metern.*«

»Jeen van den Berg bemerkte den Irrtum als Erster. Er lief weiter und ging als Sieger über die echte Ziellinie auf der *Noorderstadsgracht*«, schloss Pieter.

»Dann wohne ich ja wirklich auf geschichtsträchtigem Gebiet«, sagte Griet, und zum ersten Mal keimte in ihr eine Ahnung auf, warum der Elfstedentocht eine solche Faszination auf die Leute ausübte.

»So«, sagte Pieter, »und jetzt ist es Zeit für einen Teller von Joops famoser *snert*.«

Auch in Limburg, wo Griet herstammte, war *snert* der weniger feine Ausdruck für Erbsensuppe. Joop trug ihnen zwei große Teller davon auf, schnitt dazu für jeden eine frische Scheibe Graubrot ab, und im Gegensatz zum *zopie* schmeckte die Suppe vorzüglich. Griet sortierte lediglich die Speck- und Wurststückchen aus und schob sie an den Rand. Sie hatte vor langer Zeit das Fleischessen aufgegeben, nachdem Ermittlungen sie in einen Schlachthof geführt hatten. Sie hoffte, dass Joop es nicht als Affront auffasste, doch so weit kam es gar nicht, da Pieter den Speck mit Freuden auf seinen Teller schaufelte.

Nach einer Weile gesellte sich Joop wieder zu ihnen.

»Griet, wenn du eine echte Leeuwarderin werden willst«, sagte er, »solltest du wissen, dass es in dieser Stadt nur zwei wahre Helden des Elfstedentocht gibt: Kaarst Leemburg und Mart Hilberts.«

Griet machte ein fragendes Gesicht, woraufhin Pieter ihr zwischen einem Löffel Suppe und einem Bissen Graubrot erzählte, dass Kaarst Leemburg 1929 als erster und bislang einziger Leeuwarder den Elfstedentocht gewonnen hatte – mit einem abgefrorenen Zeh als Andenken, den man ihm hatte amputieren müssen.

»Der Elfstedentocht ist heute ein Volksfest«, sagte Joop, das Gesicht halb im Schatten, halb im Schein der Gaslaterne.

»Dabei vergessen die meisten, dass es ein Kampf Mensch gegen Natur ist. Zweihundert Kilometer gegen Wind und Kälte. Manche haben dafür mit dem Leben bezahlt.«

»Und kein anderer aus Leeuwarden hat sich der Herausforderung so oft gestellt wie Mart Hilberts«, ergänzte Pieter. »Er fuhr zum ersten Mal 63 mit, da war er gerade achtzehn, das Mindestalter für die Teilnahme. Danach lief er die Rennen von 85 und 86 und zuletzt 97 bei den Amateuren. Er gewann keines davon, gab aber nie auf und schaffte es immer – völlig erschöpft – ins Ziel. Seine Hartnäckigkeit hat ihm den Respekt der Leute eingebracht.«

»Tja ... und jetzt ist unser Mart im Elfstedenhimmel«, sagte Joop. Er nahm drei Becher, füllte sie mit *zopie* und reichte sie ihnen. »Auf Mart.«

Pieter und Joop tranken ihr *zopie* in einem Zug leer, Griet nippte nur daran und stellte den Becher wieder auf die Theke.

»Haben sie Edwin eigentlich gefunden?«, fragte Pieter.

»Nein«, erwiderte Joop, »traurigerweise nicht.«

»Wer ist denn nun wieder Edwin?«, hakte Griet nach.

»Bei seinem letzten Rennen, 1997, lief Mart mit einem Jungen namens Edwin über die Ziellinie«, erzählte Joop. »Mart hatte damals schon seine besten Zeiten hinter sich. Zu viele selbst gedrehte Zigaretten und *pilsjes*. Soweit bekannt, hatte er auf der Hälfte des Rennens einen Einbruch, saß am Streckenrand und dachte ans Aufgeben. Da stand plötzlich dieser Edwin vor ihm. Der Junge hatte ihn offenbar erkannt und trieb ihn an, das Rennen mit ihm gemeinsam fortzusetzen. Edwin war allein unterwegs und hoffte wohl, von Marts großer Erfahrung zu profitieren. Mart hängte sich dafür in den Windschatten des Jungen. Sie schafften es tatsächlich bis ins Ziel. Eine wunderbare Geschichte von Brüderlichkeit zwischen Jung und Alt.«

Pieter trank noch einen Schluck *zopie* und fuhr dann fort: »Nach dem Rennen sahen sich die beiden nie wieder. Vor einem halben Jahr erfuhr Mart, dass er Lungenkrebs hatte und es nicht mehr lange machen würde. Da hatte er den Wunsch, seinen alten Freund Edwin noch einmal zu sehen. Dummerweise kannte er nur den Vornamen des Jungen, was die Suche nicht gerade einfach gestaltete.«

»Das Leeuwarder Dagblad hat die ganze Geschichte erst vor Kurzem ausgegraben und öffentlich nach dem Jungen gesucht«, sagte Joop. »Trotzdem war dieser Edwin nicht ausfindig zu machen. Mart ist vor zwei Wochen gestorben, ohne seinen Freund noch einmal gesehen zu haben.«

Pieters *mobieltje* klingelte. Während er das Smartphone aus der Jackentasche zog, wurde Griet bewusst, dass sie ihres auf dem Schiff gelassen hatte. Pieter nahm den Anruf entgegen und hörte zu.

»Verstehe«, sagte er schließlich. »Wir sind auf dem Weg.«

Er beendete das Gespräch und blickte Griet verwundert an.

»Das war Wouters«, sagte er. »Wir sollen nach Sloten fahren. Dort haben sie eine Leiche aus der Gracht gezogen.«

4

DIE TOTE IN DER GRACHT

Die Schneeflocken legten sich in einer dicken Schicht auf die Windschutzscheibe, als Griet den dunkelblauen Volvo D40 in die Ortsmitte von Sloten steuerte und auf der *Dubbelstraat* neben dem blau-weißen Absperrband mit der Aufschrift *politie* zum Stehen brachte. Pieter hatte ihr bereitwillig das

Steuer überlassen und auf der Fahrt mehrere Pfefferminz gegessen, um die Nachwirkungen der zwei Becher *zopie* zu übertünchen.

Während die Scheibenwischer auf der Fahrt gegen den immer dichteren Schneefall ankämpften, hatte Griet über Wim Wouters nachgedacht. Warum beorderte er sie urplötzlich zu einem Leichenfund, nachdem er sie monatelang bei den ungelösten Fällen hatte versauern lassen?

Griet kannte ihren Vorgesetzten inzwischen gut genug, um zu ahnen, dass es dafür eigentlich nur eine Erklärung geben konnte, und die war nicht besonders schmeichelhaft für Pieter und sie: Es gab niemand anderen, den Wouters schicken konnte. Die anderen Kollegen waren neben ihren gewöhnlichen Aufgaben in die Vorbereitung des Elfstedentocht eingebunden, und viele schoben Wochenendschichten, um die zusätzliche Arbeit bewältigen zu können. Bei den ungelösten Fällen, mit denen sich Griet und Pieter befassten, bestand hingegen keine Dringlichkeit.

Zudem vermutete Griet, dass Wouters den Leichenfund in Sloten als Routine einstufte. Er hatte Pieter am Telefon gesagt, dass die Tote von einer Brücke in die Gracht gestürzt und ertrunken war. Allem Anschein nach ein Unfall. Bei einem solchen bestätigte der Arzt eine nicht natürliche Todesursache, was wiederum die *Districtsrecherche* auf den Plan rief, die, dem üblichen Prozedere folgend, prüfte, ob es sich um ein Unglück handelte oder ob jemand nachgeholfen hatte.

Griet öffnete die Fahrertür und stieg aus.

Als Erstes fiel ihr der Streifenwagen ins Auge, der in der Nähe geparkt stand. Sein flackerndes Warnlicht tauchte die Umgebung in ein kühles Blau. Griet fragte sich, warum die Kollegen es nicht schon längst ausgeschaltet hatten. Da für niemanden direkte Gefahr bestand, hatte es lediglich einen

Effekt, und den wollte man eigentlich tunlichst vermeiden: Es zog die Schaulustigen an wie das Licht die Motten in der Nacht. Vor dem Absperrband hatte sich eine Traube von Neugierigen versammelt, die das Treiben der Uniformierten beobachteten.

Griet schaute sich um. Im Sommer hatte sie auf der *Noorderstadsgracht* regelmäßig Touristen als Nachbarn gehabt, die mit ihren Motorbooten und Segeljachten *Fryslân* erkundeten. Daher wusste sie, dass Sloten unter Wassersportlern ein beliebtes Ziel war. Beim Anblick des Ortszentrums verstand sie sofort, warum dies so war.

Vom *Slotermeer* im Norden kommend, führte eine schnurgerade Gracht mitten durch den Ort. An beiden Ufern standen dicht an dicht niedrige Backsteinhäuser, teils mit weißen Sprossenfenstern, teils mit grünen oder braunen Schlagläden. Die Schweif- oder Stufengiebel der Gebäude waren mit aufwendigen Ornamenten verziert. Knorrige, laublose Bäume säumten zu beiden Seiten die Ränder der Gracht, und die Wege waren mit klobigen Kopfsteinen gepflastert. Griet fühlte sich um Jahrhunderte in der Zeit zurückversetzt und musste sich bewusst darauf konzentrieren, die Szenerie, die sich ihr bot, mit professionellem Blick zu analysieren.

Drei Brücken führten über die vereiste Gracht: Eine Autobrücke für den Durchgangsverkehr, dort, wo sie und Pieter jetzt standen. Eine Holzbrücke für Fußgänger, ungefähr in der Mitte der Gracht. Und am entfernten Ende eine bogenförmige Steinbrücke, neben der eine Windmühle thronte, von deren Flügeln Eiszapfen herabhingen.

Die Tote musste von der Steinbrücke in die Gracht gestürzt sein – im Eis darunter klaffte ein großes Loch.

Griet sah, dass die Kriminaltechniker bereits mit der Spurensicherung befasst waren und, in weiße Schutzanzüge gekleidet, den Fundort der Leiche untersuchten. Am Fuß der Steinbrücke war ein Zelt aufgebaut, in dem sich, wie Griet vermutete, die Tote befand. Ein Polizeifotograf schoss Bilder.

In der Nähe der weißen Fußgängerbrücke standen neben einem Rettungswagen zwei *wijkagenten* des örtlichen *basisteams*, das für die Gemeinde Sloten zuständig war. Die Streifenpolizisten unterhielten sich mit einer Frau und zwei Männern, von denen der Jüngere, in eine silber-goldene Rettungsdecke gehüllt, im Krankenwagen auf einer Trage saß.

Griet und Pieter duckten sich unter dem Absperrband hindurch und gingen bis an den Rand der Gracht. Eine Frau kam auf sie zu, öffnete im Gehen den Reißverschluss ihres Schutzanzugs und schob die Kapuze nach hinten. An den langen weißen Haaren und den gleichfarbigen Augenbrauen erkannte Griet, dass es sich um Noor van Urs handelte, die Leiterin der Kriminaltechnik.

»Schön, dass wir wieder zusammenarbeiten«, sagte Noor mit einem Lächeln. »Hat Wouters euch schon ins Benehmen gesetzt?«

»Er war nicht besonders auskunftsfreudig«, antwortete Griet. »Wir wissen nur, dass eine Frau tot in der Gracht gefunden wurde.«

»Wie es aussieht, ist sie von der Brücke dort drüben gefallen.« Noor wandte sich um und deutete auf die Steinbrücke unterhalb der Windmühle. Dann blickte sie mit einem Nicken zu der Frau und den beiden Männern hinüber, mit denen sich die *wijkagenten* unterhielten. »Die drei haben sie aus dem Wasser gezogen.«

»Habt ihr die Tote identifiziert?«

»In ihrem Portemonnaie haben wir einen Ausweis gefunden. Jessica Jonker. Alter fünfundzwanzig.«

»Wisst ihr, warum sie gestürzt ist?«, fragte Pieter.

»Nein. Aber bislang gibt es keine Spuren, die auf ein Fremdeinwirken hindeuten.« Noor rieb die Hände aneinander. »In der Jacke der Toten haben wir ein *mobieltje* und einen Autoschlüssel gefunden. Der Wagen parkte in der Nähe. Auf dem Beifahrersitz lag ein Laptop. Ich geb beides zur Auswertung an die *digitale recherche* weiter.«

Noor zog den Reißverschluss ihres Anzugs wieder zu. »Verflucht kalt heute Nacht. Sehen wir zu, dass wir fertig werden.« Sie überreichte ihnen zwei weiße Overalls. »Von meiner Seite wäre es das. Mei ist im Zelt bei der Leiche.«

Mei Nakamura war die Rechtsmedizinerin vom Forensischen Institut des GGD in Leeuwarden. Griet hatte sie im Zuge der Vlieland-Ermittlungen kennengelernt.

»Du sprichst mit den Zeugen«, sagte Griet zu Pieter und fügte mit einem Blick auf das flackernde Licht des Streifenwagens hinzu: »Und sag den Kollegen, sie sollen das Ding ausmachen.«

Sie schlüpfte in den Schutzanzug und ging auf das Zelt neben der Gracht zu. Die Häuser, an denen sie vorbeischritt, waren nahtlos aneinandergebaut, und die meisten Wohnzimmerfenster führten nach vorn zur Gracht hinaus. In fast allen brannte Licht, und hier und da standen die Bewohner hinter dem Glas und beobachteten das Geschehen. Gut möglich, dass es noch weitere Zeugen gab, die gesehen hatten, was Jessica Jonker zugestoßen war. Vermutlich war es unumgänglich, alle Einwohner zu befragen, deren Haus sich direkt am Wasser befand. Griet zog ihr Notizheft aus der Jackentasche und notierte sich, die *wijkagenten* später mit der Aufgabe zu betrauen.

Sie schob die Plane am Eingang des Schutzzelts zur Seite und trat in gebückter Haltung ein. Trotz der Kälte schlug ihr der wohlbekannte Leichengeruch entgegen. Mei Nakamura, eine Asiatin, kniete neben der Toten. Als sie Griet bemerkte, blickte sie auf.

»Mir war zu Ohren gekommen, dass Wouters euch bis in alle Ewigkeit bei den Cold Cases geparkt hat«, sagte sie und schaute über den Rand ihrer runden Metallgestellbrille.

»Ich schätze, er wollte kurz vor Weihnachten noch eine gute Tat vollbringen«, erwiderte Griet und hockte sich hin.

Sie betrachtete die Tote. Jessica Jonker hatte lange blonde Haare, die mit blauen Strähnen durchzogen waren. Sie bedeckten wie nasser Seetang das schmale Gesicht, dessen Haut von Sommersprossen übersät war.

Griet blickte an der jungen Frau herunter. Bis zur Gürtellinie war sie noch vollständig bekleidet, trug dunkelblaue Jeans und braune Boots. Lediglich den Oberkörper hatte Mei freigelegt.

Blonde Haare. Die vielen Sommersprossen. Beides Merkmale, die auch auf ihre Tochter Fenja zutrafen. Griet wusste nicht, woher dieser Gedanke urplötzlich kam, doch ihr Magen verkrampfte sich unweigerlich. Sie wandte den Blick ab.

»Wenigstens was den Todeszeitpunkt angeht, ist es eindeutig«, sagte Mei. »Einer der Auffindungszeugen sah *mevrouw* Jonker gegen achtzehn Uhr in die Gracht stürzen.«

Mei hob den Kopf der Toten vorsichtig an und drehte ihn leicht zur Seite. Am Hinterkopf klaffte eine Platzwunde.

»Vermutlich ist sie mit dem Kopf auf das Eis geschlagen«, sagte Mei. »Sieht nicht so aus, als hätte ihr jemand diese Verletzung gewaltsam zugefügt.«

»War der Sturz tödlich, oder ist sie ertrunken?«

»Weder noch«, antwortete Mei und legte den Kopf der Toten wieder vorsichtig ab. »Schädel und Genick sind nicht gebrochen. Möglicherweise wurde sie beim Aufprall bewusstlos. Ertrunken ist sie aber nicht, jedenfalls kann ich oberflächlich keine Anzeichen dafür erkennen, wie etwa einen Schaumpilz vor Mund und Nase.«

»Abwehrverletzungen?«

»Ebenfalls Fehlanzeige. Weder an Armen noch Händen.«

Griet betrachtete die fahle Haut der Toten, auf der sich hellrote Verfärbungen gebildet hatten. Üblicherweise waren die Leichenflecke blau oder blau-violett. »Was ist damit?«, fragte sie.

»Hat nichts zu bedeuten«, erklärte Mei. »Es ist die Kälte, da nehmen die Leichenflecke diese Färbung an.«

Mei holte eine Taschenlampe aus ihrem Arztkoffer und schob die Augenlider der Toten hoch. »Auch nichts …«

Griet ging auf die andere Seite der Leiche.

»Ich kann keine Stauungsblutungen in den Bindehäuten erkennen«, sagte die Medizinerin. »Das hätte zum Beispiel auf ein Erwürgen oder Ersticken hingedeutet. Es gibt also nichts, das auf eine gewaltsame Auseinandersetzung schließen ließe.«

Sie steckte die Taschenlampe wieder weg und betrachtete den Leichnam schweigend. »Nach jetzigem Stand würde ich sagen, *mevrouw* Jonker hatte einen Herzstillstand.«

»Du meinst, von dem Kälteschock, als sie in das eisige Wasser fiel?«, fragte Griet.

»Möglicherweise. Hängt davon ab, wie schnell die Helfer zur Stelle waren – und ob ich bei der Obduktion Wasser in der Lunge finde. Vielleicht hatte ihr Herz nämlich schon vor dem Sturz ausgesetzt …«

Mei präsentierte ihr einen durchsichtigen Beweismittelbeutel. »Das haben wir in der Jackentasche gefunden.«

Griet nahm den Beutel entgegen und betrachtete das Plastikröhrchen, das sich darin befand. Es waren Globuli.

»Digitalis«, erklärte Mei. »Ein Herzmittel.«

Die Rechtsmedizinerin packte ihre Sachen ein und erhob sich.

»Ich will mich vor der Autopsie nicht festlegen. Aber es könnte sein, dass *mevrouw* Jonker ein Problem mit dem Herzen hatte. Dann haben wir es eventuell nur mit einer Verkettung unglücklicher Umstände zu tun.«

Mei verließ das Zelt, und Griet folgte ihr. Draußen sah sie zu der Steinbrücke hinüber, von der Jessica Jonker in den Tod gestürzt war. Dicke Schneeflocken fielen aus dem Nachthimmel in das dunkle Loch, das unter der Brücke im Eis klaffte.

»Du bist skeptisch?«, erkundigte Mei sich.

»Ich vertraue deinem Urteil. Es ist nur …« Griet versuchte, ihre Worte mit Bedacht zu wählen, aus Angst, die professionelle Ehre der Rechtsmedizinerin zu verletzen. »Was die Verkettung unglücklicher Umstände angeht, bin ich über die Jahre vorsichtig geworden. Besonders im Zusammenhang mit einer Leiche.«

5
EINE FRAGE DER PERSPEKTIVE

Griet ging zu den beiden *wijkagenten* hinüber, während Pieter einige Meter weiter noch mit einem der Zeugen sprach, einem untersetzten Mann mit Strickmütze auf dem Kopf.

»Wer ist das?«, wandte sich Griet an den Größeren der beiden Uniformierten, einem hageren Mittzwanziger, der sie um zwei Köpfe überragte.

»Geert Dammers«, antwortete er. »Der *ijsmeester* von Sloten.«

»*Ijsmeester*?« Griet kannte den Begriff nicht.

»Dammers kontrolliert hier im Ort laufend den Zustand der Gracht und prüft, ob das Eis begehbar ist.«

»Und der andere Mann?« Griet deutete mit einem flüchtigen Nicken auf den Mann im Rettungswagen.

»Das ist Jeroen Brouwer. Ihm gehört Dutch Heat, eine Firma hier aus Leeuwarden«, erklärte der *wijkagent*. »Er hat den Sturz beobachtet und war als Erster zur Stelle.«

Von *Dutch Heat* stammte der De-Icer, den Griet an ihrem Schiff montiert hatte. Sie musterte den Mann, dessen Erfindungsreichtum sie es verdankte, dass ihr alter Kahn noch nicht vom Eis zerdrückt worden war. Brouwer hielt die Rettungsdecke, die man ihm um die Schultern gelegt hatte, mit einer Hand fest. Er trug einen Jogginganzug, der ihm mindestens zwei Nummern zu klein war und den er sich offenbar von jemandem geborgt hatte. Auf dem Boden des Krankenwagens waren einige durchnässte Kleidungsstücke zu einem Bündel gestapelt, bei denen es sich vermutlich um Brouwers eigene Sachen handelte.

»Und die Frau?«, fragte Griet.

»Marit Blom. Sie und Geert Dammers waren als Zweite am Fundort.« Der *wijkagent* wandte sich kurz zu der Frau um, die an der Gracht stand und telefonierte.

»Marit Blom ...« Griet erinnerte sich, den Namen im Radio gehört zu haben. »Ist sie nicht Chefin dieser Elfsteden-Kommission?«

»Ja, und ...« Der *wijkagent* beugte sich leicht zu Griet herunter und flüsterte: »*Mevrouw* Blom hat es eilig.«

»Tatsächlich?«

»Sie hat bereits einige Male gefragt, wann sie gehen kann. Sie sagt, sie steckt über beide Ohren in den Vorbereitungen für den *tocht* ...« Der Kollege lächelte. »Und sie meint, dass es ziemlich gut aussieht.«

»Dass *was* ziemlich gut aussieht?«

»Der Elfstedentocht. Wenn das Wetter so bleibt, geht das Rennen wohl an den Start.«

Griet seufzte. »Dann werde ich *mevrouw* Blom mal erlösen.« Sie ging hinüber zu der Frau.

Marit Blom trug einen dunkelblauen Mantel, den sie bis oben zugeknöpft hatte, und um den Hals einen Barbourschal. Das lange Haar, das ihr bis zu den Schultern reichte, war feuerrot. Blom beendete ihr Telefongespräch, als sie Griet bemerkte, steckte das Smartphone in ihre Manteltasche und drehte sich um. Die Konturen ihres Gesichts waren kantig, die Wangenknochen traten deutlich hervor. Griet schätzte die Frau ungefähr auf ihr Alter.

»Sie haben es eilig?« Griet zeigte ihren Dienstausweis.

»Bitte verstehen Sie das nicht falsch.« Blom reicht ihr die Hand. »Was geschehen ist, ist schrecklich, aber … Sie wissen ja, was gerade los ist.«

»Natürlich, der Elfstedentocht und so weiter …« Griet zog ihr Notizbuch aus der Innentasche ihres Parkas. »Sie wohnen hier in Sloten?«

»Nein, in Leeuwarden.«

»Und warum waren Sie heute Abend hier?«

»Ich wollte mir einen Eindruck von der Lage verschaffen.«

»Wie meinen Sie das?«

»Das Eis …« Marit Blom deutete auf die Gracht. »Es wird hier nicht dick genug. Selbst Eistransplantationen nützen nichts …«

Griet unterbrach die Frau mit erhobener Hand. »*Eistransplantationen?* Das müssen Sie mir erklären.«

»Man schneidet an einer Stelle, wo das Eis dick genug ist, einen Block heraus und verpflanzt ihn dorthin, wo es zu dünn ist oder sich nicht schließt.«

Griet warf einen Blick auf die Gracht, die bis auf das Loch unter der Steinbrücke zugefroren war. »Aber die Eisdecke ist doch vollständig geschlossen …«

»Schon, aber stellenweise ist sie nur zehn Zentimeter dick. Das Minimum sind fünfzehn Zentimeter.« Blom wandte sich zum Krankenwagen um, wo Jeroen Brouwer gerade von einem der Sanitäter einen dampfenden Becher gereicht bekam. »Wir hoffen, dass wir die Sache mit seinen Wärmepumpen in den Griff bekommen.«

»Das verstehe ich nicht, wie sollen Wärmepumpen dabei helfen?« Griet wunderte sich ein wenig, dass künstliche Eingriffe und technische Hilfsmittel bei einem Natureisrennen wie dem Elfstedentocht offenbar ganz selbstverständlich waren.

»Im Detail erklärt Ihnen das *meneer* Brouwer besser selbst. Es ist eine neue Technik, die das Eis schneller gefrieren lässt. Wir testen die Geräte hier in Sloten gerade zum ersten Mal.«

»Verstehe.« Griet machte sich eine Notiz. »Wann sind Sie denn hier in Sloten eingetroffen?«

»Das muss so gegen siebzehn dreißig gewesen sein.«

»Was taten Sie dann?«

»Ich beging mit Geert Dammers die Gracht und ließ mir die kritischen Stellen zeigen.«

»Sie sind *mevrouw* Jonker gemeinsam zu Hilfe geeilt?«

»Ja.«

»Wann war das ungefähr?«

»Schätze, so gegen achtzehn Uhr.«

»Und wo waren Sie, als sich der Sturz ereignete?«

»Wir waren drüben bei der Brücke.« Marit Blom deutete auf die Autobrücke in der Mitte des Ortes, wo Griet und Pieter den Wagen geparkt hatten.

»Zeigen Sie mir bitte, wo genau Sie sich befanden«, sagte Griet und ließ sich von Blom auf die gegenüberliegende Seite der Brücke führen. Rechts verlief eine schmale Wiese entlang der Gracht, links ein Kopfsteinpflasterweg. Auf der Wiese war ein Teppichbelag quer über die Straße zu diesem Weg ausgelegt, der bei einer Steintreppe endete, die hinunter auf das Eis führte.

Marit Blom blieb am Rand der Wiese stehen. Trotz des Brückengeländers hatte man von hier aus einen guten Blick über die Gracht bis zur Windmühle und der Steinbrücke, von der Jessica Jonker gestürzt war.

»Wir standen hier und haben uns um die *kluuntapijt* gekümmert ...«

Noch ein Fachbegriff. Griet schüttelte den Kopf, und ihr Gesichtsausdruck musste dabei so hilflos wirken, dass sie von Blom einen Blick erntete, wie man ihn auch Kindern schenkt, die das kleine Einmaleins nicht beherrschen.

»Die Brücke ist zu niedrig, um darunter hindurchzulaufen«, erklärte Blom. »Die Läufer müssen deshalb an Land. Wir errichten an dieser Stelle noch eine provisorische Treppe, dann können die Leute hier vom Eis. Sie laufen dann über die Brücke und klettern auf der anderen Seite wieder auf die Gracht. Das Ganze nennt sich *kluunen*. Und die *kluuntapijt* ist ein spezieller Teppichboden, damit die Läufer nicht die Kufen der Schlittschuhe beschädigen oder ausrutschen.«

»*Bedankt voor de uitleg* – danke für die Erklärung«, erwiderte Griet. »*Meneer* Dammers und Sie waren also hier. Wo befand sich Jeroen Brouwer zu dem Zeitpunkt?«

»Er war bei der Fußgängerbrücke dort drüben und arbeitete an der Wärmepumpe.« Marit Blom zeigte auf die weiße Holzbrücke in der Mitte der Gracht. »Ich wollte mir das später ansehen, sobald wir hier fertig gewesen wären.«

»Hat er die ganze Zeit über dort gearbeitet?«

»Das weiß ich nicht.«

»In Ordnung«, sagte Griet. »Haben Sie gesehen, wie *mevrouw* Jonker von der Brücke fiel?«

»Nein …« Blom überlegte kurz. »Wir hörten nur einen Hilfeschrei.«

»Es war Jessica Jonker, die schrie?«

»Nein, *meneer* Brouwer.«

»Dann war er also vor Ihnen bei *mevrouw* Jonker.«

»Ja«, sagte Blom. »Als wir bei der Brücke ankamen, war er im Wasser und klammerte sich am Eis fest. Er war wohl beim Versuch, der Frau zu helfen, durch das Eis gebrochen.«

»Haben Sie das selbst beobachtet?«

»Nein. Er hat es uns später erzählt.«

»Wo befand sich *mevrouw* Jonker in dem Moment?«

»Sie trieb im Wasser.«

»War sie bei Bewusstsein?«

»Nein.«

»Was taten Sie?«

»Geert holte einen langen Pickhaken, *meneer* Brouwer hielt sich daran fest, und wir zogen ihn an Land.«

»Und *mevrouw* Jonker? Warum halfen Sie ihr nicht zuerst?«

Blom zuckte die Schultern. »Ich … weiß es ehrlich gesagt nicht. *Meneer* Brouwer schrie, und es sah aus, als würde er gleich ertrinken.«

»Wie haben Sie *mevrouw* Jonker dort rausbekommen? Das Loch ist in der Mitte der Gracht, sie war bewusstlos … das muss nicht einfach gewesen sein.«

»War es auch nicht. Geert sicherte sich mit einem Seil und robbte auf dem Bauch an die Stelle heran. Ich zog *mevrouw* Jonker mit dem Pickhaken in seine Richtung. Dann hievte er sie raus aufs Eis. Wir mussten dann zu dritt anpacken, um sie hier hochzubekommen.«

»Konnten Sie noch Lebenszeichen feststellen?«

»Sie hatte keinen Puls mehr. Wir versuchten, sie wiederzubeleben, aber ... na ja, da war nichts mehr zu machen.«

Marit Blom presste die Lippen zusammen und sah zu Boden.

»Sie haben richtig gehandelt«, sagte Griet, die nicht wollte, dass die Frau sich unnötige Vorwürfe machte. »Nach allem, was mir die Rechtsmedizinerin gesagt hat, hatten Sie keine Chance, *mevrouw* Jonker zu retten.«

Blom nickte. »Dennoch ist es tragisch ... ich meine, sie war noch so jung.«

»Ja.« Griet schwieg einen Moment, ließ dann das Gummiband um ihr Notizheft zuschnappen.

»Darf ich jetzt gehen?«, fragte Marit Blom. »Da sind leider noch ein paar Sachen, die ich regeln muss.«

»Natürlich. *Bedankt, mevrouw* Blom.«

Sie gaben einander die Hand, und Griet blickte Marit Blom nach, wie sie unter dem Absperrband hindurchging und in den weißen Porsche stieg, der auf der anderen Seite der Brücke geparkt stand. Der Motor erwachte mit einem Grollen zum Leben, dann verschwanden die Rücklichter des Wagens schnell in der Dunkelheit. Für jemanden, der gerade einen Menschen vor dem Ertrinken gerettet und eine Leiche aus der Gracht gezogen hatte, dachte Griet, machte Marit Blom einen ungewöhnlich ruhigen Eindruck.

***

»Und das soll wirklich funktionieren?«, fragte Pieter, als Griet neben ihn trat. Er hatte die Befragung von Geert Dammers beendet. Griet sah noch, wie der untersetzte Mann über die Fußgängerbrücke zu einem der Häuser auf der anderen

Seite der Gracht ging und die Haustür öffnete. Pieter sprach nun im Krankenwagen mit Jeroen Brouwer.

»Und ob«, antwortete Brouwer. »Wärmepumpen entziehen dem Boden und der Luft Wärme, und im Wasser funktioniert das genauso.«

Pieter rückte seine karierte Schiebermütze ein Stück nach hinten und kratzte sich am Kopf. »Also, dann ... könnte man die Pumpen doch auf der gesamten Strecke des *tocht* einsetzen.«

»Möglich wäre das, ja.« Ein Lächeln huschte über Brouwers Lippen. »Sloten ist ja nicht die einzige Stelle, wo das Eis noch zu dünn ist.«

»Das würde bedeuten«, überlegte Pieter laut, »dass das Rennen unabhängig vom Wetter stattfinden könnte.«

»Das Ganze ist aufwendig und kostspielig und funktioniert natürlich nur, wenn die Temperaturen konstant um den Gefrierpunkt liegen und sich eine Eisschicht auf den Gewässern bildet«, erklärte Brouwer. »Aber wir können der Natur schon ein bisschen nachhelfen, ja.«

»Unglaublich!« Pieter schüttelte den Kopf. »Und für Sie wäre das sicher ein tolles Geschäft, oder?«

»Zweifelsohne.« Jetzt grinste Brouwer.

»*Excuses*«, sagte Pieter, als er Griet bemerkte.

Während Griet sich Jeroen Brouwer vorstellte, musterte sie ihn. Er konnte nicht viel älter als Ende dreißig, Anfang vierzig sein und entsprach mit seinem jungenhaften Aussehen und den strubbeligen schwarzen Haaren dem Klischee des modernen Unternehmers.

Mit seiner Fachsimpelei mochte Pieter den Mann vielleicht kurzzeitig auf andere Gedanken gebracht haben, aber ihm war dennoch anzusehen, dass er unter Schock stand. Brouwers Lippen waren bläulich verfärbt, die Haare feucht, und trotz der Wärmedecke, die um seine Schultern lag, zitterte er noch leicht.

»*Meneer* Brouwer«, sagte Griet. »Sie waren also hier, um eine Ihrer Anlagen in Betrieb zu nehmen?«

»Ja, wobei … genau genommen war sie schon in Betrieb«, antwortete er. »Ich habe sie vor ein paar Tagen installiert und wollte kontrollieren, ob sie einwandfrei funktioniert.«

»Wie oft führen Sie die Kontrolle durch?«

»Täglich.«

»Und wann sind Sie heute hier eingetroffen?«

»Muss zwischen siebzehn und siebzehn Uhr dreißig gewesen sein.«

»Sie kontrollierten die Wärmepumpe gerade, als *mevrouw* Jonker von der Brücke stürzte?«

»Genau.«

»Wollen Sie uns zeigen, wo Sie sich befanden?«

Jeroen Brouwer zog sich die Wärmedecke dichter um die Schultern, stieg aus dem Krankenwagen und ging voraus. Griet und Pieter folgten ihm, und er führte sie zu der kleinen weißen Fußgängerbrücke in der Mitte der Gracht.

Neben der Brücke zog sich eine Steintreppe hinab zum Eis. Brouwer stieg sie hinunter, und Griet folgte ihm. Pieter blieb oben stehen.

»Die Wärmepumpe befindet sich hier auf dem Boden der Gracht.« Brouwer deutete auf ein schwarzes Kabel und eine Kette, die am Fuß der Treppe im Wasser verschwanden.

»Dann waren Sie also hier, als es passierte?«

»Ja. Ich sah *mevrouw* Jonker über die Brücke kommen«, berichtete er. »Plötzlich taumelte sie, versuchte, sich an der Brüstung festzuhalten. Aber sie verlor das Gleichgewicht und stürzte in die Gracht.«

»Standen Sie oder hockten Sie?«

»Wie bitte?«

»In dem Moment, als es geschah«, wiederholte Griet, »standen Sie oder hockten Sie?«

»Ich ... kniete hier.«

»Und dabei sahen Sie, wie *mevrouw* Jonker stürzte?«

»Ja, und dann rannte ich sofort hin.«

»Versuchte sich *mevrouw* Jonker über Wasser zu halten?«

»Nein, sie trieb regungslos in ... in dem Loch, das ihr Aufprall geschlagen hatte.«

»Was taten Sie?«

»Ich wollte helfen. Also ging ich auf das Eis, eine andere Möglichkeit sah ich nicht. Es gab nach, und ich brach ein ...«

»Warum haben Sie nicht gewartet, bis *mevrouw* Blom und *meneer* Dammers bei Ihnen waren?«

»Ich hatte die beiden gar nicht bemerkt.«

»Sie wussten nicht, dass Marit Blom hier war?«

»Nein.«

»Aber sie sagte mir, sie wollte die Wärmepumpe in Augenschein nehmen.«

»Mag sein, aber davon wusste ich nichts.«

»Sie waren also nicht hier mit ihr verabredet?«

»Nein.«

»In Ordnung. Sie brachen durch das Eis ...«

»Dann schrie ich um Hilfe. Ich meine, dieses Wasser ... ich wusste nicht, wie kalt es ist. Und meine Klamotten saugten sich voll. Ich ... bekam Panik ... dachte, ich ertrinke. *Mevrouw* Blom und *meneer* Dammers halfen mir zum Glück.«

»Was war mit Jessica Jonker?«

»Die zogen wir anschließend gemeinsam aus der Gracht. Sie war ganz schön schwer. Ich meine, ich hätte nie gedacht, dass ... also, Sie wissen vielleicht, was ich meine.«

»Ja«, sagte Griet. »Ein lebloser Körper, dazu noch die nasse Kleidung, das ist einiges an Gewicht. Es war also für Sie sofort ersichtlich, dass *mevrouw* Jonker tot war?«

»Ja, also ... nein«, stotterte Brouwer. »Ich meine, sie atmete nicht mehr, und da war diese große Wunde an ihrem Hinterkopf.«

»Die haben Sie gesehen?«

»Ich trug sie ... an den Schultern. Und dann war Blut an meinen Händen.«

»Sie leiteten sofort Wiederbelebungsmaßnahmen ein?«

»Ja ... aber leider konnten wir ihr nicht mehr helfen. *Meneer* Dammers besorgte mir dann ein paar trockene Sachen.« Er zupfte an der Jacke des Jogginganzugs, den er trug.

»Kannten Sie die Tote, *meneer* Brouwer?«

»Nein. Ich habe sie noch nie zuvor gesehen.«

»*Hartelijk bedankt.*« Griet klappte ihr Notizheft zu.

Brouwer verabschiedete sich und ging wieder zu dem Krankenwagen hinüber.

Griet blickte zur Windmühle, an deren Fuß der leblose Körper von Jessica Jonker, in einem schwarzen Plastiksack verpackt, gerade abtransportiert wurde.

»Pieter«, sagte sie, als er neben sie trat, »es gibt ein paar Dinge, die wir uns mal genauer ansehen müssen.«

»Das glaube ich auch«, antwortete Pieter. »Hier stimmt etwas nicht.«

***

Griet ging mit Pieter an der Gracht entlang und berichtete ihm, was Marit Blom ausgesagt hatte. Er informierte sie im Gegenzug über sein Gespräch mit Geert Dammers. Als sie bei der Treppe neben der weißen Holzbrücke in der Mitte der

Gracht ankamen, stiegen sie noch einmal gemeinsam hinab zu der Stelle, wo die Wärmepumpe verbaut war. Griet hockte sich am Fuß der Stufen hin und bedeutete Pieter, es ihr gleichzutun. »Brouwer sagte, er kniete hier und arbeitete an der Pumpe.«

»Ja, habe ich auch so verstanden.«

»Er will von hier aus gesehen haben, wie Jessica Jonker über die Brücke lief und ins Wasser stürzte.«

»Korrekt.«

Sie deutete mit dem Zeigefinger in Richtung der Steinbrücke neben der Windmühle. Pieter neigte den Kopf zur Seite und folgte ihr mit dem Blick, dann stutzte er, stand auf und stellte sich auf die Zehenspitzen.

»Ich verstehe, was du meinst«, sagte er. »Aus der Hocke kann er das gar nicht gesehen haben. Und selbst im Stehen wäre es fast unmöglich gewesen. Die Brüstung der Brücke hätte ihm den Blick versperrt.«

»Genau«, sagte Griet. »Das lässt natürlich noch die Möglichkeit zu, dass er hier hockte und nur hörte, wie Jessica Jonker ins Wasser fiel.«

»Aber warum sagt er dann, er habe den Sturz gesehen?«

»Frag ich mich auch. Die andere Erklärung wäre, dass er nicht hier, sondern woanders stand, wo er es tatsächlich sehen konnte. Aber warum sollte er das verheimlichen?«

»Hm.« Pieter zuckte die Schultern. »Macht keinen Sinn. Oder willst du auf etwas Bestimmtes hinaus?«

Das wollte Griet in der Tat. Sie stieg die Treppe hinauf und trat einige Schritte zurück, bis sie fast an einer Hauswand stand. Sie bedeutete Pieter, sich neben sie zu stellen, sodass sie die Gracht zu beiden Seiten überblicken konnten.

»Marit Blom und Geert Dammers waren dort drüben.« Griet zeigte zu der Autobrücke in der Ortsmitte. »Sie hörten zwar die Hilferufe von Brouwer, sahen aber weder den Sturz von Jonker noch, wie Brouwer der Frau zu Hilfe eilte. Als sie an der Unglücksstelle ankamen, lag er bereits im Wasser.«

»Das heißt?«

»Vielleicht war Blom bei der Frau auf der Brücke … ein Gerangel, beide stürzen in die Gracht.«

»Möglich.« Pieter schürzte die Lippen. Dann blickte er zu der Steinbrücke. »Sehen wir uns da oben mal um.«

Sie gingen über den Kopfsteinpflasterweg an der Gracht entlang zur Windmühle. Der Schneefall hatte aufgehört, und die Wolkendecke war aufgebrochen. Unter dem sternenklaren Himmel, der sich nun zeigte, war es gefühlt noch kälter geworden. Griet zog eine Wollmütze aus der Tasche ihres Parkas und setzte sie auf.

Am Fuß der Brücke stand ein Pranger, wie man ihn im Mittelalter verwendet hatte, um Gesetzesbrecher vor dem Volk zur Schau zu stellen. Sie gingen an ihm vorbei und gelangten über eine Treppe zu der Steinbrücke hinauf.

Griet fuhr prüfend mit der Stiefelsohle über den Boden. Die Schneedecke auf dem Kopfsteinpflaster war festgetreten und glatt. Die Brüstung der Brücke reichte Griet ungefähr bis zur Hüfte. Jessica Jonker war eine große Frau gewesen, durchaus denkbar, dass sie über die Brüstung gekippt war, wenn sie das Gleichgewicht oder das Bewusstsein verloren hatte – oder wenn jemand sie gestoßen hatte.

»Da ist noch eine Ungereimtheit«, sagte Pieter. Er blickte zur Gracht hinab, an deren Rand die Kriminaltechniker ihre Utensilien einpackten. »Was sagte Marit Blom noch gleich, warum sie hier war?«

»Sie wollte die Lage in Sloten persönlich in Augenschein nehmen«, rekapitulierte Griet. »Weil das Eis zu dünn ist.«

»Hatte sie eine Verabredung mit Geert Dammers?«

»Davon sagte sie nichts. Ist das wichtig?«

»Vielleicht«, meinte Pieter. »Dammers ist nicht nur *ijsmeester*, sondern auch *rayonhoofd* von Sloten ...«

Griet schüttelte den Kopf. »Hat jemand mal in Erwägung gezogen, ein Wörterbuch zum Elfstedentocht rauszubringen?«

Pieter lächelte. »Die Strecke des Elfstedentocht ist in Bezirke eingeteilt. Und für jeden Bezirk ist jeweils ein *rayonhoofd* zuständig. Dammers überprüft in Sloten das Eis und beurteilt, ob die Konditionen wettkampfgerecht sind. Er erstattet Meldung an die Elfsteden-Kommission, neuerdings läuft das sogar alles über eine App. Die einzelnen Bezirksleiter stimmen regelmäßig darüber ab, ob der Elfstedentocht stattfinden kann. Jeder stimmt für seinen Bezirk. Und gestartet wird nur, wenn alle zustimmen.«

»Und das bedeutet ... was?«

»Als *rayonhoofd* bestimmt Dammers als Einziger, ob das Eis hier in Ordnung ist. Seine Verantwortung, seine Entscheidung. Den Stand der Dinge teilt er Marit Blom und allen anderen über die App laufend mit. Das heißt, Blom hatte eigentlich gar keinen Grund, von Leeuwarden hierherzufahren. Ein Blick in die App oder zur Not ein simpler Anruf hätten genügt.«

Griet hob die Augenbrauen. »Sie meinte außerdem, dass sie sich die Wärmepumpe ansehen wollte. Allerdings wusste Jeroen Brouwer nichts davon.«

»Geert Dammers ging es ganz ähnlich«, sagte Pieter. »Er machte seinen abendlichen Kontrollgang an der Gracht, als er Blom plötzlich bemerkte. Sie stand hinter der Brücke in der Mitte des Ortes bei der *kluuntapijt*.«

»Und?«

»Sie schien jemanden zu beobachten.«

6
IEN FRYSK FAMKE

Mit dem, was sie nun tun würde – tun *musste* –, würde Griet den Lebensabend zweier Menschen zerstören, und dafür hasste sie ihren Beruf.

Pieter hatte die Adresse von Jessica Jonkers Eltern schnell ermittelt. Das Ehepaar Jonker wohnte im *Vossewijkpark*, einem der wohlhabenderen Viertel von Leeuwarden, westlich des Altstadtkerns. Griet und Pieter standen vor einem Reihenmittelhaus, eines von jener Sorte, wie man sie in den vergangenen Dekaden im ganzen Land gebaut hatte und die mit ihren uniformen Fassaden aus beigen Klinkersteinen wenig Rückschlüsse auf den Lebensstandard der Bewohner zuließen. Rechts neben der Eingangstür fiel aus dem großen Wohnzimmerfenster der Lichtschein in einen handtuchgroßen Vorgarten. Im Obergeschoss erblickte Griet zwei kleinere Fenster, eines davon mit diversen Aufklebern versehen, die in der Dunkelheit nur schemenhaft zu erkennen waren. Vielleicht hatte Jessica Jonker in jenem Zimmer ihre Kindheit und Jugend verbracht, dachte Griet noch, bevor sie sich entschloss, ein ungeschriebenes Gesetz zu brechen.

Pieter stand bereits vor der Eingangstür und wollte klingeln. Griet bedeutete ihm zu warten.

Sie tat einen Schritt zur Seite und stellte sich auf die mit weißem Kies versehene Drainage, die an der Vorderseite des Hauses entlang verlief. Sie postierte sich so, dass sie durch das Wohnzimmerfenster blicken, selbst aber nicht gesehen werden konnte.

Eigentlich besagte die allgemein gültige Etikette, dass es sich nicht ziemte, bei Nachbarn oder Fremden in die offenen

Fenster zu schauen, selbst wenn diese nicht mit Vorhängen oder Rollos verhängt waren. Griet hatte im Sommer schon oft erlebt, dass Touristen die fehlende Verhüllung der Fenster als falsche Einladung verstanden, genau dies zu tun, was ihnen aber die wenigsten übel nahmen.

Außerdem nahm man es mit der Diskretion manchmal selbst nicht so genau. Wie in vielen anderen Städten gab es auch in Leeuwarden regelmäßig ein *gluren bij de buren*, eine Art Straßenfest, bei dem die Leute in ihren Wohnzimmern kleine Theaterstücke oder musikalische Aufführungen veranstalteten und andere dazu einluden, ihnen von der Straße aus durch das offene Fenster zuzusehen.

Griet hatte im Laufe ihrer Dienstzeit eine eigene Form des *gluren bij de buren* entwickelt. Nicht selten hatte ihr der Blick durch ein Fenster einen ersten Eindruck davon verschafft, mit wem sie es zu tun bekam. Und das verhielt sich bei den Jonkers nicht anders.

Auf der Fensterbank des Wohnzimmers reihten sich die Topfpflanzen aneinander, rechts stand zwischen Fenster und einem Stereoturm ein mit bunten Lichtern beleuchteter Weihnachtsbaum. An den Esstisch aus Massivholz, der unmittelbar hinter der Scheibe platziert war, passten sechs Leute. Links von ihm waren auf einem Büfettschrank an der Wand diverse Fotos aufgestellt. Auf dem Parkettboden sah Griet Teppiche liegen, einer unter dem Esstisch, ein weiterer im hinteren Teil des Wohnzimmers, wo das Ehepaar Jonker vor dem Fernseher saß, der an der Wand montiert war. *Meneer* Jonker hatte in einem Ohrensessel Platz genommen, *mevrouw* auf einer Zweiercouch. Es lief eine Quizshow. Auf dem Couchtisch standen eine Flasche Wein, Gläser und *kaashappjes* – Käsehäppchen. Im offenen Kamin brannte ein Feuer, in dessen Schein Griet die Gesichter der Jonkers erkennen konnte. Von Weitem schätzte sie beide auf Mitte sechzig. Sie sahen glücklich aus.

Griet blickte in das Leben zweier Menschen, die ihren Lebensabend genossen, und dieses Glück würde sie nun zerstören. Sie wandte sich ab und atmete durch. Auf der gegenüberliegenden Straßenseite lag der *Westerpark* mit einem zugefrorenen See. Hinter den vereisten Ästen der Bäume stand der Vollmond hell am Himmel.

Griet nickte Pieter zu. Er klingelte.

***

Griet hatte einmal erlebt, wie der Tod eines Kindes, vor allem der gewaltsame, das Leben zweier Familien zerstörte. Es war in Amsterdam gewesen, in den Neunzigern. Griet hatte als junge Streifenpolizistin Dienst im Stadtteil *De Pijp* getan. Ein Sechsjähriger war zwischen parkenden Autos hindurch vor einen Bus gelaufen. Der Fahrer hatte keine Chance gehabt, er versuchte zwar eine Vollbremsung, erwischte den Jungen aber mehr oder weniger in voller Fahrt. Als Griet den Unfall aufnahm, beschrieb der Mann, wie er noch das überraschte Gesicht des Kleinen gesehen hatte, bevor er mit dem Bus über ihn hinwegrollte. Später erfuhr sie, dass der Mann seinen Kummer in Alkohol ertränkt hatte und seine Familie deshalb zerbrach. Er selbst war Vater zweier Mädchen gewesen. Das alles war nur geschehen, weil die Mutter des verunglückten Jungen sich mit einer Freundin Schuhe in einem Schaufenster angesehen hatte und für einen Moment abgelenkt gewesen war. Sie beendete ihr Leben ein halbes Jahr später mit Schlaftabletten und aufgeschlitzten Pulsadern. Der Zufall wollte es, dass Griet zu der Wohnung gerufen wurde, wo der Ehemann ihre Leiche in der Badewanne entdeckt hatte, als er von der Spätschicht heimkam.

Griet vermochte nicht abzuschätzen, wie die Jonkers den Schock auf lange Sicht verkraften würden. Äußerlich gaben sich beide zunächst gefasst. Doch bei *mevrouw* Jonker hatte Griet in deren Augen gesehen, wie etwas in ihr zerbrach, als Griet die Nachricht vom Tod der Tochter überbrachte. Es war eine ihr wohlbekannte Reaktion, die ebenso plötzliche wie surreale Erkenntnis, dass der Mensch, den man geliebt, um den man sich ein Leben lang gekümmert und gesorgt hatte, nun nicht mehr auf dieser Welt war. Wobei das vorzeitige Ableben des eigenen Kindes einen noch tieferen Riss im Herz verursachte und es für immer in einen dunklen, hoffnungslosen Ort verwandelte.

»Im Grunde ... war es unsere Schuld«, sagte der Vater.

Sie saßen an dem großen Holztisch vor dem Fenster, und Griet ertappte sich bei dem Gedanken, dass es für Passanten, die trotz aller ungeschriebenen Gesetze einen Blick ins Wohnzimmer warfen, aussehen musste wie ein gemütlicher Plausch unter Freunden.

»Wie meinen Sie das?«, fragte Griet. Sie hatte *meneer* Jonker, einen Mann mit wettergegerbtem Gesicht und vollem weißem Haar, nach der Herzerkrankung seiner Tochter gefragt.

»Wir waren beide schon Mitte vierzig«, erklärte er und blickte zu seiner Frau. »Es war eine Risikoschwangerschaft. Jessica wurde mit einer Herzschwäche geboren.«

»Wir machten uns deshalb Vorwürfe«, sagte die Frau und strich sich eine Strähne ihres langen grauen Haars aus dem Gesicht. Sie trug einen schwarzen Strickpullover und eine Jeans. »Wegen der Krankheit war Jessica ein schüchternes, zurückgezogenes Kind. Sie tat sich schwer in der Schule, hatte wenig Freunde, vergrub sich zu Hause in den Büchern. Wenn ich daran denke, wie ...« Sie verstummte und verzog schmerzerfüllt das Gesicht.

Ihr Mann legte ihr den Arm um die Schultern. »Die Medikamente, die Jessica anfangs bekam, hatten ziemliche Nebenwirkungen. Man war damals noch nicht so weit wie heute. Und es ... es dauerte lange, bis wir einen Arzt fanden, der ihr helfen konnte.«

»Bei wem war Ihre Tochter in Behandlung?«, fragte Griet.

»Leo Maaskant.«

»Die Hausbootpraxis?«, hakte Pieter nach.

»*Precies* – genau.«

Leo Maaskant war ein stadtbekannter Homöopath, der seine Praxis auf einem Hausboot in der Nähe des Museumshafens in Leeuwarden betrieb. Selbst Griet hatte von ihm gehört, da einige Kollegen, die wenig von der Schulmedizin hielten, sich bei ihm ihre Rückenbeschwerden, den zu hohen Blutdruck oder den entgleisten Cholesterinspiegel therapieren ließen.

»Seit wann war Jessica bei ihm in Behandlung?«, fragte Griet.

»Sie war zwölf, als wir das erste Mal zu ihm gingen«, erklärte der Vater. »Die Praxis war gerade neu und ... na ja, Sie wissen vielleicht, wie das damals war, zu solchen ›Wunderheilern‹ ging man nicht. Deshalb hatten auch wir lange gezögert.«

»Aber Leo bekam die Krankheit in den Griff.« *Mevrouw* Jonker wischte sich mit einem Taschentuch die Tränen aus den Augen. »Jessica blühte richtig auf, traute sich plötzlich etwas zu.«

»Ihr Traum war, Journalistin zu werden«, sagte der Vater. »Sie schrieb für die Schülerzeitung, studierte dann in Groningen und schloss mit Auszeichnung ab. Sie war voller Tatendrang.« Er lachte bitter. »Während des Studiums machte sie sogar solche YouTube-Filmchen ...«

»Was waren das für Videos?«, fragte Griet.

»Sie berichtete über *Fryslân*.«

Griet hob die Augenbrauen. Das klang nicht gerade nach einem besonders trendigen Thema für eine YouTuberin. Andererseits war der Stolz auf ihr Land den Menschen hier oben offensichtlich in die Wiege gelegt worden.

Meneer Jonker schien ihre Gedanken zu ahnen. »Jessica liebte ihre Heimat. Sie war, wie man hier sagt, *ien frysk famke* …« Er senkte den Blick und presste die Lippen zusammen.

»Ein echtes friesisches Mädchen«, übersetzte Pieter.

»Mein Mann hat früher bei *Rijkswaterstraat* gearbeitet und Jessica mitgenommen, wenn es ging«, sagte die Mutter und strich ihrem Mann über den Arm.

Rijkswaterstraat kümmerte sich um den Bau und Unterhalt der Wasserwege in den Niederlanden. Griets Vater hatte immer gemeint, das mache sie zur wichtigsten Behörde im ganzen Land, sorge sie doch schließlich dafür, dass alle trockene Füße behielten.

»Ich war damals oft mit dem Boot hier oben in *Fryslân* unterwegs«, fuhr *meneer* Jonker mit einem Seufzen fort. »Jessica begleitete mich häufig und lernte auch die verborgenen Winkel unseres Landes kennen.«

»Was machte Ihre Tochter nach dem Studium?«, fragte Griet.

»Vor ein paar Monaten bekam sie das Angebot, für das Leeuwarder Dagblad zu schreiben. Die waren über den YouTube-Kanal auf sie aufmerksam geworden«, sagte der Vater. »Das war das, was sie … sich immer …« Er sprach nicht weiter, sondern vergrub das Gesicht in beiden Händen. Seine Schultern begannen zu beben. *Mevrouw* Jonker rückte tröstend an die Seite ihres Mannes.

Griet schwieg und ließ die beiden einen Moment in ihrem Schmerz allein. Dann bot sie an: »Wenn es Ihnen lieber ist, können wir ein andermal ...«

Meneer Jonker wischte sich die Tränen aus dem Gesicht und hob beschwichtigend die Hand. »Schon gut ... machen wir weiter.«

Griet beugte sich vor und stützte die Ellbogen auf den Tisch. »Es gibt ein paar Dinge, die wir Sie fragen müssen, um ... bestimmte Möglichkeiten auszuschließen.«

Meneer Jonker nickte. »Fragen Sie nur.«

»Wissen Sie von Auffälligkeiten im Leben Ihrer Tochter? Menschen, die ihr nicht wohlgesinnt waren. Oder hatte sie Schulden, Beziehungsprobleme, irgendetwas, weshalb jemand ... ihr eventuell Böses wollte?«

»Nein, nichts dergleichen«, sagte der Vater, und auch die Mutter schüttelte den Kopf.

»Hatte sie einen Freund?«

»Ja. Das heißt, eigentlich nicht mehr.« *Meneer* Jonker blickte kurz zu seiner Frau, als wolle er sich rückversichern. »Die beiden hatten sich getrennt.«

»Sein Name?«

»Theo Lammers.«

»Gab es Streit bei der Trennung?«

»Nein, nicht dass wir wüssten. Theo ging kurz danach in die USA.«

Griet notierte sich den Namen des Mannes. »Es ist eine Standardfrage, und ich muss sie vor allem bei Verstorbenen mit einer Vorerkrankung stellen. Wie war es um das seelische Wohl Ihrer Tochter bestellt?«

Der Vater gab ein trockenes Lachen von sich. »Sie meinen, ob Jessica Selbstmord begangen hat? Ausgeschlossen.«

»Sie war doch endlich dort angelangt, wo sie immer hinwollte«, sagte *mevrouw* Jonker. »Nach den Artikeln über Edwin standen ihr die Türen offen …«

»Warten Sie«, schaltete sich Pieter ein. »Meinen Sie, Jessica schrieb für das Leeuwarder Dagblad die Geschichte über Mart Hilberts und Edwin?«

»Ja, das war eine große Sache, nicht? Die ganze Stadt sprach plötzlich darüber, was unsere Jessica schrieb …« Die Mutter strahlte kurz voller Stolz über das ganze Gesicht. Doch dann erstarb ihr Lächeln. Sie sank in sich zusammen, und ihre Miene verwandelte sich in eine ausdruckslose Maske. Aus ihren Augen schien mit einem Mal jede Lebensenergie gewichen zu sein. »*Goeie gnade* – gute Gnade …« Sie erhob sich und ging zu der Glastür, die in den Hausflur führte. Nachdem sie sie lautlos hinter sich geschlossen hatte, sah Griet noch, wie die alte Frau langsam die Treppe hoch ins Obergeschoss ging.

Der Zeitpunkt war gekommen, das Gespräch zu beenden. Griet räusperte sich und wollte sich zum Gehen erheben, als *meneer* Jonker meinte: »*Alstublieft* – bitte … bringen wir das hier zu Ende.«

Griet überlegte einen Moment. Es gab nur noch wenige Fragen, die sie stellen wollte, und es sprach nichts dagegen, sie mit dem Vater allein zu besprechen. Vermutlich war es sogar besser, als den Jonkers einen weiteren Besuch abzustatten. »Danke«, sagte sie mit einem anerkennenden Nicken und setzte die Befragung fort. »Reden wir über das Umfeld Ihrer Tochter. Hatte sie viele Freunde?«

»Jessica war, wie soll ich sagen … wählerisch«, antwortete der Vater. »Die wenigen Freunde, die sie hatte, waren echte Freunde. Solche, die für einen da sind, wenn man sie braucht. Ihre beste Freundin war Evje. Die beiden kannten sich seit dem Kindergarten.«

»Es wäre nett, wenn Sie uns ihre Kontaktdaten geben könnten«, sagte Pieter.

»Natürlich.«

Griet blätterte in ihrem Notizheft. »Da ist noch etwas, um das wir Sie bitten würden. Wir wissen, dass es nicht einfach für Sie sein wird, doch Sie müssten Ihre Tochter identifizieren.«

Der Vater nickte. »In Ordnung.« Und mit einem Blick zur Wohnzimmertür fügte er hinzu: »Wäre es in Ordnung, wenn ich allein komme?«

»Ja, das ist kein Problem«, sagte Griet. »Eine letzte Sache noch. Wissen Sie, warum Ihre Tochter heute Abend in Sloten war?«

»Nein.«

»In Jessicas Personalausweis ist eine Adresse in Groningen verzeichnet. Ich nehme an, sie hat dort während des Studiums gewohnt und den Ausweis noch nicht aktualisieren lassen?«

»*Dat kloppt* – stimmt.«

»Wo wohnte sie jetzt?«

»Unsere Tochter war in dieser Hinsicht vielleicht etwas … ungewöhnlich.« *Meneer* Jonker setzte ein Lächeln auf. »Sie hatte eine Zelle im Gefängnis.«

7
TREIBHOLZ

#Elfstedentocht #Drijfhout
Gefährliche Geldmache beim Elfstedentocht | Drijfhout
181 458 Aufrufe   👍 2351   👎 534

Drijfhout
108 243 Abonnenten   *Abonnieren*

154 Kommentare

Goedei – goedendag, hier ist eure Jessica mit *nieuws* aus unserem wunderschönen *Fryslân*. Das ganze Land ist ja gerade im *elfstedenkoorts*. Und als ob ein *Elfstedentocht* – oder wie wir hier in Fryslân sagen: *alvestêdetocht* – nicht aufregend genug wäre, soll es jetzt noch einen weiteren, einen »alternativen Elfstedentocht« geben. Ich erklär euch in diesem Video, was es damit auf sich hat und warum das Ganze eine gefährliche Geldmache ist.
Angefangen hat alles vor ein paar Wochen mit einem kurzen Clip auf *Omrop Frylân*. Klickt unten auf den Link in der Videobeschreibung, wenn ihr ihn euch ansehen wollt. Toon Ewerts verkündet darin vor laufenden Kameras, dass er einen alternativen Elfstedentocht organisieren will. Ewerts betreibt hier in Leeuwarden ein Restaurant, und er mischt in der Politik mit. Er findet, dass die Elfsteden-Kommission um Marit Blom zu vorsichtig ist und die Gelegenheit verpasst, nach über zwanzig Jahren endlich wieder ein Rennen abzuhalten. Die Elfsteden-Kommission will das Rennen nur starten, wenn das Eis auf der gesamten Strecke mindestens

fünfzehn Zentimeter dick ist – und Marit Blom lässt in der Hinsicht nicht mit sich reden. Ewerts meint aber, dass zehn Zentimeter reichen, früher, in den Anfangstagen des Elfstedentocht, sei man auch bei solchen Bedingungen gestartet. Er hat schon zahlreiche Unterstützer um sich geschart. Nicht ausgeschlossen, dass er sein Vorhaben tatsächlich umsetzen kann. Das wäre wohl nicht ganz ungefährlich. Beim letzten Rennen von 1997 waren über 16000 Teilnehmer am Start. Und bei einer Neuauflage rechnet man mit einer Rekordzahl an Teilnehmern und Zuschauern. Jetzt stellt euch vor, die gehen alle auf das Eis, und es ist nicht dick genug.

Es ist also *sinnvoll,* auf Nummer sicher zu gehen. Ich habe versucht, darüber mit Toon Ewerts zu sprechen. Aber er hat das Interview nach wenigen Minuten abgebrochen. Meine Meinung: Ihm geht es nur um die Kohle.

Warum? Es ist so: Wer beim Elfstedentocht an den Start will, muss Mitglied in der *Koninklijke Vereniging de Friesche Elf Steden* sein. Der Verein hat rund 30000 Mitglieder. Startberechtigt sind nur jene, die am 1. Juni 2014 schon Mitglied waren. Später eingetretene Mitglieder können das Startrecht über eine Warteliste erlangen. Das Startrecht ist nicht übertragbar. Das grenzt die Zahl der Läufer ein – auf rund 20000.

Toon Ewerts will die Teilnahme hingegen über eine Startgebühr regeln. Er spricht von rund 100 EUR pro Person, die natürlich er als Organisator einstreicht. Zwar will auch er die Teilnehmerzahl begrenzen, allerdings auf satte 50000 Läufer.

Man kann sich ausrechnen, dass das für ihn ein prima Geschäft wäre und warum er die Besitzer von Läden, Cafés und Restaurants in Leeuwarden hinter sich hat: Die wittern ebenfalls den Zaster.

Ewerts würde mit einem alternativen Elfstedentocht ein Stück friesisches Kulturgut wohl in eine Kirmesattraktion verwandeln. Eine ziemlich gefährliche noch dazu.
Ich gehe der Sache weiter nach. Wenn euch das Video gefallen hat, lasst mir ein Like da, und wenn ihr mehr aus *Fryslân* erfahren wollt, abonniert meinen Kanal!

Griet stoppte das YouTube-Video mit einem Klick auf den Pausebutton und fror das Gesicht von Jessica Jonker auf dem Bildschirm des Laptops ein. Es war seltsam, die junge Frau, deren Leiche sie erst vor wenigen Stunden untersucht hatte, wieder lebendig und voller Energie zu sehen.

Sie betrachtete das junge Gesicht. Jessica Jonker fielen die langen Haare mit den blauen Strähnen auf die Schultern. Der blasse Teint ihres Gesichts mochte vielleicht eine Begleiterscheinung ihrer Herzerkrankung sein, doch in den grünen Augen leuchtete das Feuer von jemandem, der für seine Sache brannte.

Hinter der jungen Frau war bildschirmfüllend das Foto einer friesischen Landschaft zu sehen, die, aus der Vogelperspektive aufgenommen, weite Wiesen und Felder mit vereinzelten Gehöften zeigte. Am Horizont erkannte man das Wattenmeer. Ausgehend von dem leichten Schatten, den Jessica Jonker auf das Bild im Hintergrund warf, vermutete Griet, dass es sich um eine Art Fototapete handeln könnte. Vermutlich hatte sie das Video in ihrem Atelier im Gefängnis aufgenommen.

Jessicas Vater hatte erzählt, dass seine Tochter zwei Zellen im *Blokhuispoort* angemietet hatte, einem ausgedienten Gefängnis an der *Zuiderstadsgracht*. Es war vollständig modernisiert worden, und in den ehemaligen Häftlingszellen waren heute ein Hostel untergebracht sowie die Büros und Geschäfte von diversen Freiberuflern, Künstlern und Kleinunternehmern. Griet hatte bereits Kontakt mit dem Vermieter aufgenommen und die zuständigen *wijkagenten* gebeten, die Räume zu versiegeln, bis die Kriminaltechnik sie untersuchen konnte.

Griet stand von der Eckbank auf, reckte sich und ging durch den Salon des Plattboots hinüber zur Kochecke. Aus der Stadt erklang das Glockenspiel des *stadhuis*. Es war kurz vor Mitternacht.

Sie öffnete den Verschlag über der Spüle und holte eine Flasche *Jenever* hervor, die ihr die Kollegen zum Geburtstag geschenkt hatten. Sie hatten zwar kein Vermögen investiert, sich aber auch nicht lumpen lassen. Griet schenkte sich ein Glas ein und ging damit hinüber zum Sicherungspanel, wo sie die Heizung eine Stufe höher stellte. Die Temperaturen sollten diese Nacht auf minus fünf Grad sinken. An den Bullaugen, die Griet erst am Morgen vom Schnee befreit hatte, hatten sich außen Eisblumen gebildet.

Sie setzte sich wieder auf die Eckbank an den Laptop.

Den YouTube-Kanal von Jessica Jonker hatte sie schnell gefunden. Sein Titel lautete *drijfhout* – Treibholz. Der Abonnentenzahl nach zu urteilen, war Jessica durchaus erfolgreich gewesen. Zu den beliebtesten Videos zählten jene, in denen sie ihrem Publikum auf amüsante Weise das *Fries* näherbrachte oder Interviews mit Lokalgrößen führte. Auch ihre Suche nach dem jungen Edwin, von der sie in ein paar Videos berichtete, hatte viele Zuschauer gefunden.

Die mit Abstand meisten Aufrufe, Likes und Kommentare hatte allerdings das Video erhalten, das Jessica als Letztes hochgeladen hatte, jenes über Toon Ewerts und den alternativen Elfstedentocht.

In Gedanken gab Griet der jungen Frau vollkommen recht. Ein einziger Elfstedentocht genügte vollauf. Weder die Stadt noch das Land brauchten einen zweiten. Ansonsten drehten vermutlich alle noch vollends durch.

Griet scrollte durch die zahlreichen Kommentare unter dem Video. Die Mehrheit ihrer Follower stimmte Jessica zu, wobei die meisten es bei wenigen lobenden Worten beließen, nur manche äußerten sich ausführlicher, darunter wie so oft ausgerechnet jene, die mit Beschimpfungen und Hasstiraden um sich warfen. Ihr Tenor war, dass Jessica eine Hexenjagd auf einen ehrbaren Mann anzettele, der Elfstedentocht eben nichts für Weicheier sei, sondern für echte Kerle, und dass Frauen dort von alters her ohnehin nichts zu suchen hätten und so weiter ... Es stand außer Frage, dass es nicht um eine ernsthafte Diskussion ging. Die Gemüter schienen sich vielmehr an der bloßen Tatsache zu erhitzen, dass es sich bei Jessica Jonker um eine Frau handelte, die in vermeintlich männlichem Territorium wilderte.

Für einen Moment überlegte Griet, ob die Hasskommentare relevant für die Ermittlungen waren. Einerseits war es heute leider gang und gäbe, dass die Leute im Internet verbal übereinander herfielen. Dass einer dem anderen den Tod wünschte, bedeutete meist nicht, dass er auch tatsächlich zur Tat schritt. Andererseits war dies in Einzelfällen natürlich bereits durchaus vorgekommen. Gerade in letzter Zeit hatte Griet von Streifenkollegen häufiger gehört, dass der virtuelle Hass in realen umschlug und die Leute wegen eines Twitter- oder Facebook-Posts aufeinander losgingen. Es waren seltsame Zeiten, dachte Griet. Als sie Ende der Neunziger in den Polizeidienst eingetreten war, hatte man das Internet noch als Fanal von Demokratie, Frieden und Freiheit gefeiert. Wie sehr sich doch alle getäuscht hatten. Griet machte sich eine kurze Notiz zu den YouTube-Kommentaren, vermutete aber, dass eine Auswertung wenig ergiebig sein würde.

Sie lehnte sich zurück, ließ den Jenever im Glas kreisen und dachte an die Jonkers. Sie hatte das Gespräch mit professioneller Nüchternheit geführt.

Erst jetzt bemerkte sie, dass ihr der Kummer der Eltern nachhing. Sie überlegte sich, wie es sich anfühlen mochte, an ihrer Stelle zu sein. Was wäre, wenn eines Tages Kollegen vor ihrer Tür stünden und ihr mitteilten, dass Fenja etwas zugestoßen war?

Solche Gedanken waren ihr bislang fremd gewesen. Doch nun spürte sie zum ersten Mal, wie Eltern wirklich empfanden und welcher Albtraum für die Jonkers gerade Realität geworden war.

Und doch meldete sich auch wieder der rationale Teil ihres Gehirns, ihr Ermittlerinstinkt. Wenn Fenja jemals etwas zustoßen sollte so wie Jessica Jonker, würde sie Gewissheit haben wollen. Darüber, ob es tatsächlich nur ein Unglück gewesen war oder ob es jemanden gab, der Schuld hatte und den man zur Rechenschaft ziehen musste.

Ihr *mobieltje* klingelte.

Auf dem Display sah Griet, dass es Fleming war, ihr Ex-Mann. »Hej«, meldete sie sich. »Was gibt's?«

»Entschuldige, dass ich so spät anrufe«, sagte er mit seiner vertrauten Stimme. »Ich hab ein kleines Problem und wollte dich fragen … ob du mir helfen könntest.«

»Natürlich, worum geht es?«

»Ich würde Fenja gern früher bringen.«

»Wie viel früher denn?«

»Morgen am späten Nachmittag?«

»Na ja, das …« Griet wusste nicht, was sie sagen sollte. Das kam überraschend. Sie wollte Fleming gern helfen, doch es lag auf der Hand, warum sie seinem Wunsch nicht so ohne Weiteres nachkommen konnte.

»Hör zu, ich weiß, dass ich dich damit überfalle«, sagte er. »Aber es ist wichtig. Die haben am Filmset Schwierigkeiten mit dem Drehbuch, und ich muss hinfahren.«

Flemings Kriminalromane waren in den Niederlanden ein so großer Erfolg gewesen, dass es schon seit Jahren Gespräche über eine Verfilmung gab. Vor einem halben Jahr waren die Verhandlungen über die Filmrechte konkret geworden. Soweit Griet wusste, arbeitete eine Produktionsfirma an einer Fernsehserie, und ihr war durchaus bewusst, wie viel für Fleming davon abhing.

»Was ist mit deinen Eltern?«, fragte sie.

»Die sind in die Berge gefahren.«

»Und wenn du einen Babysitter ...«

»Glaub mir, Griet, ich bin schon alle Möglichkeiten durchgegangen. Alle, die sonst auf Fenja aufpassen, sind weg oder im Weihnachtsbrass. Und jemand Fremden will ich nicht im Haus haben, wenn ich nicht da bin.«

»Also, ich stecke gerade mitten in einem Fall ...«

»Du steckst immer mitten in einem Fall.« Sie hörte, wie er seufzte. »Es ist nur dieses eine Mal ... bitte.«

Griet hatte nicht die geringste Ahnung, wie sie die Ermittlungen voranbringen und sich gleichzeitig um ihre Tochter kümmern sollte. Allerdings stand sie in Flemings Schuld. Die Trennung war ihr Wunsch gewesen, und er hatte kein Drama daraus gemacht. Im Gegenteil, er hatte die Sorge um Fenja übernommen und es Griet auf diese Weise überhaupt ermöglicht, sich ein neues Leben aufzubauen.

Sie konnte ihn unmöglich im Stich lassen.

»Ist gut«, sagte sie. »Wann bringst du sie?«

»Fünfzehn Uhr morgen? Dann kann ich am frühen Abend in Amsterdam sein und die ersten Gespräche führen.«

»Und ... wie lange soll sie bleiben?«

»Ich weiß es noch nicht genau«, sagte Fleming. »Könnte sein, dass ich das Wochenende brauche. Wäre das okay?«

»Ja, in Ordnung«, stimmte Griet zu, obwohl ihr Bauchgefühl das Gegenteil sagte. »Ich freu mich auf euch.«

Sie beendete das Gespräch und ließ das *mobieltje* sinken.

Es fiel ihr schwer, ihre Gedanken zu ordnen. Die Aussicht auf ein Wiedersehen mit Fenja hatte sie zwar die vergangenen Wochen in freudige Spannung versetzt. Doch da waren auch Zweifel gewesen, wie ihre Tochter nach all den Veränderungen zu ihr stehen würde. Was, wenn Fenja sich von ihr entfremdet hatte? Außerdem würde Fenja länger bleiben als erwartet – und vor allem würde Griet sich allein um sie kümmern müssen. Sie spürte, wie sich die Last der Verantwortung wieder auf ihre Schultern zu legen begann, ein Teil des Elterndaseins, den sie nie gemocht hatte. Sie fühlte sich dazu imstande, umfangreiche Mordermittlungen zu leiten, doch die Sorge um das Wohl eines jungen Lebens hatte sie immer an den Rand der Verzweiflung gebracht. Was, wenn sie es … vermasselte?

Je länger Griet darüber nachdachte, desto klarer wurde ihr, dass es für das Gefühl, das in ihr gerade übermächtig zu werden drohte, einen Namen gab.

Angst. Angst vor dem eigenen Versagen.

ZWEITER TEIL

8
DIE AKTE JONKER

Die Morgendämmerung kündigte sich mit den ersten orangefarbenen Streifen am Himmel an, als Griet mit dem Fahrrad in der Altstadt von Leeuwarden über das verschneite Pflaster der *Langepijp* fuhr, vorbei an *De Waag*, dem mittelalterlichen Waaghaus im Renaissance-Stil. Wo früher an Markttagen die Händler mit ihren Booten festgemacht hatten, um Fisch, Getreide oder Gemüse vor dem Verkauf wiegen zu lassen, lockte heute im Sommer ein kühles Pils auf der Terrasse. Griet bog links ab auf den *Oude Lobardsteeg*, eine schmale Gasse, die vollständig von einem Kunstwerk in Form eines riesigen Walskeletts aus Aluminium überdacht war. Dann passierte sie das *Fries Museum* und erreichte schließlich den *Museumhaven*. Hier lagen rund zwanzig Traditionsschiffe, die über die Landesgrenzen hinweg als *bruine vloot*, die braune Flotte, bekannt waren. Die Segeltücher der Schiffe waren allesamt braun, da sie gegen Feuchtigkeit und Schimmel gegerbt wurden. Im Sommer waren die Traditionssegler meist auf der Nordsee oder dem Ijsselmeer unterwegs, im Winter lagen sie hier und wurden für die nächste Saison präpariert. Der *Museumhaven* befand sich in nächster Nähe zum *politiehoofdkantoor*, dem Polizeipräsidium auf der Willemskade. Griet hatte schon einige Male während der Kaffeepausen – von denen es ziemlich viele gab, wenn man mit Pieter de Vries zusammenarbeitete – am Fenster gestanden und den Besatzungen der Schiffe bei den Reparaturarbeiten zugesehen. Es gab ihr das gute Gefühl, nicht der einzige Mensch auf der Welt zu sein, der mit einem alten Kahn geschlagen war, an dem es ständig etwas zu reparieren gab.

Griet fuhr an den Schiffen vorüber, bis sie zu einer kleinen Tjalk, einem historischen Segelfrachter, mit grünem Anstrich, mächtigen Seitenschwertern und abmontiertem Mast kam. *Vrouwe Jitske* stand auf dem Rumpf des Schiffs, in dem Leo Maaskant seine Hausbootpraxis betrieb.

Sie stellte das Fahrrad ab und betrat über den Holzsteg das Schiff. Der Innenraum war vollständig entkernt und modernisiert, sodass nur noch die Bullaugen und die niedrige Decke mit ihren Holzbalken daran erinnerten, dass man sich auf einem Schiff befand.

Eine junge Sprechstundenhilfe saß am Empfangstresen. Neben ihr blätterte ein hagerer Mittfünfziger mit zerzausten Haaren und weißem Kittel gedankenverloren in einer Akte.

»Goedemorgen«, begrüßte die Sprechstundenhilfe Griet. »Tut mir leid, aber Sie sind ein wenig früh dran. Wir öffnen erst in einer halben Stunde.«

»Ich dachte, ich komme lieber, bevor die Patienten da sind.« Griet zeigte ihren Dienstausweis.

Tatsächlich musste sie schon so früh unterwegs sein, damit überhaupt eine realistische Chance bestand, das Tagespensum zu erfüllen, das sie sich auferlegt hatte. Fleming würde heute Nachmittag Fenja bringen, und bis dahin gab es viel zu erledigen: Sie musste den Kühlschrank auffüllen, ein paar kindgerechte Getränke besorgen und vor allem den Ablauf der kommenden Tage in irgendeiner Form planen. Während des Frühstücks hatte sie darüber nachgedacht, vielleicht jenen Teil der Arbeit, den sie am Computer erledigen konnte, auf das Boot zu verlagern, wobei ihr schnell aufgegangen war, wie verschwindend gering diese Möglichkeit war. Die kommenden Tage würden Pieter und sie überwiegend mit Befragungen verbringen.

Griet versuchte, sich wieder auf das vor ihr liegende Gespräch zu konzentrieren, als die Sprechstundenhilfe ihr den Dienstausweis zurückgab.

»Ich möchte mit Ihnen über Ihre Patientin Jessica Jonker reden«, sagte sie zu dem Mann im Kittel, bei dem es sich um Leo Maaskant handeln musste. »*Mevrouw* Jonker ist leider gestern Abend verstorben.«

»Eine sehr tragische Sache.« Maaskant klappte die Akte zu und sah Griet an. Die Nachricht schien ihn nicht zu überraschen.

»Verzeihen Sie, wenn ich zu direkt bin, aber Sie könnten mir eine große Hilfe sein«, sagte Griet. »Mir ist klar, dass Sie als Arzt der Schweigepflicht unterliegen …«

Leo Maaskant setzte ein charmantes Lächeln auf und hob beschwichtigend die Hand. »Seien Sie unbesorgt. Wenn ich bitten darf …«

Er wies auf die offene Tür, die in das dahinter liegende Behandlungszimmer führte. Griet folgte seiner Einladung.

Maaskant schloss die Tür hinter ihnen, während Griet auf einem der beiden Besucherstühle vor dem Schreibtisch Platz nahm. Der Arzt setzte sich auf seinen Bürostuhl.

»Ich habe gestern Abend den Jonkers einen Besuch abgestattet«, erklärte er. »Die beiden sind ebenfalls bei mir in Behandlung. *Mevrouw* Jonker hatte einen Schwächeanfall. Es ging ihr aber rasch wieder besser. Die Jonkers sagten mir, dass Sie vielleicht Kontakt zu mir aufnehmen würden, und baten mich, Ihnen behilflich zu sein.«

»Das ist gut«, erwiderte Griet.

»Ich habe gehört, Jessica ist von einer Brücke gestürzt?«

»Ja. Was die Todesursache betrifft, gibt es allerdings noch keine Gewissheit. Die Eltern sagten mir, Jessica litt an einer Herzschwäche.«

»Richtig, eine Form der Supraventrikulären Tachykardie...« Er machte eine kurze Pause. »Vereinfacht gesagt, eine Herzrhythmusstörung, die sich in einem zu hohen Puls und häufigem Herzrasen äußert.«

»Wie ernst war es bei Jessica?«

»Nicht lebensbedrohlich. Eine Tachykardie ist grundsätzlich von Fall zu Fall unterschiedlich. Je nach Schwere der Erkrankung gehen Schwindelanfälle, eine Enge in der Brust oder gar Atemnot damit einher ... Das Problem bei Jessica war aber eher anderer Natur. Lassen Sie mich kurz einen Blick in die Akte werfen.« Maaskant beugte sich über den Laptop, der auf dem Schreibtisch stand, und klickte ein paarmal auf das Touchpad. »Sie war zwölf, als sie zum ersten Mal zu mir kam. Ein introvertiertes, verunsichertes Mädchen, das sehr unter seiner Krankheit litt.«

»Wir haben in Jessicas Besitz ein Röhrchen mit Globuli gefunden«, sagte Griet.

»Digitalis. Sie nahm das Mittel regelmäßig.«

»Soviel ich weiß, ist es nicht ganz ungefährlich.«

»Kommt drauf an. Bei der Therapie mit pflanzlichen Mitteln gibt es wenig Alternativen. Zudem hatten die herkömmlichen Medikamente bei ihr nicht die erhoffte Linderung gebracht, sondern sogar starke Nebenwirkungen hervorgerufen. Sie litt unter Angstattacken, traute sich in gewissen Phasen kaum noch vor die Tür ...« Maaskant deutete mit einem Nicken auf den Bildschirm. »Ich war damals weniger um ihr Herz als um ihren emotionalen Zustand besorgt.«

»Wie war es in letzter Zeit um ihre Psyche bestellt?«

»Ich weiß, worauf Sie hinauswollen«, sagte Maaskant. »Ein klares Nein. Jessica Jonker war keine Selbstmordkandidatin. Das Digitalis schlug an, sie bekam die Symptome der Krankheit in den Griff und blühte regelrecht auf. Ich hatte sogar den Eindruck, dass ihr Defizit für sie ein besonderer Ansporn wurde, der Welt zu beweisen, was in ihr steckte.«

»Wie wirkt das Digitalis?«

»Es wird aus einer Pflanze gewonnen, dem roten Fingerhut. Seine Wirkung setzt direkt am Herzen an, am Nervus Vagus. Es verlangsamt den Puls.«

»Eine Überdosierung wäre also tödlich?«

»Durchaus. Sie kann zu einem Herzstillstand führen«, sagte Maaskant. »Tatsächlich kommt ein solcher Fall jedoch selten vor. Aus zweierlei Gründen. Erstens zeigen sich bei einer Überdosierung deutliche Symptome wie Übelkeit, Bauchschmerzen oder Erbrechen. Es kann auch zu Kopfschmerzen, in schlimmen Fällen sogar zu Halluzinationen oder Benommenheit kommen. Ein Digitalis-Patient mit diesen Anzeichen würde sofort einen Arzt aufsuchen. Denn – zweitens – wer das Medikament regelmäßig nimmt, weiß um diese Symptome und die grundsätzliche Gefahr der Überdosierung. Bei Jessica war das nicht anders.«

»Wie stark war die Dosierung, mit der Sie Jessica behandelten? Wäre es vorstellbar, dass sie aus Versehen eine Überdosis genommen hat?«

»Ich verschrieb ihr ein Mittel mittlerer Potenz. Sie achtete auf die exakte Dosierung, und wir führten regelmäßige Checkups durch. Dass sie versehentlich überdosierte, halte ich für nahezu ausgeschlossen.«

»Wann war Jessica das letzte Mal zur Untersuchung bei Ihnen?«, fragte Griet.

»Lassen Sie mich sehen …« Er fuhr mit dem Finger über das Touchpad. »Sie war vergangene Woche hier.«

»Vergangene Woche?« Griet holte ihr Notizheft hervor. »Wie war ihr Zustand?«

»Exzellent. Hätte ich nicht um ihre Tachykardie gewusst, hätte ich Jessica für eine kerngesunde Frau gehalten.«

Griet beugte sich vor. »*Meneer* Maaskant, für wie wahrscheinlich halten Sie es, dass Jessica ein akutes Problem mit dem Herzen hatte und daran starb?«

Maaskant schwieg und schien seine Worte abzuwägen. Dann sagte er: »Wegen ihrer Erkrankung kann ich das nicht völlig ausschließen. Wenn ich allerdings ihren guten Allgemeinzustand bedenke, würde ich sagen … von all meinen Patienten mit Herzproblemen hätte ich ein krankheitsbedingtes, vorzeitiges Ableben bei Jessica am allerwenigsten erwartet.«

9
EIN PLÖTZLICHER FALL VON DRINGLICHKEIT

Griet verließ die Hausbootpraxis über den Holzsteg und warf einen Blick auf ihr *mobieltje,* das sie auf stumm geschaltet hatte. Es gab mehrere Anrufe in Abwesenheit und eine Nachricht auf ihrer Mobilbox. Sie stammte von Pieter.

»Griet, zwei Dinge«, sagte er. »Ich habe versucht, Evje Molenaar zu erreichen, die Freundin von Jessica. Sie meldet sich nicht, aber ich bleib dran. Dann hat Mei gerade durchgegeben, dass sie die Obduktion von Jessica gleich heute Morgen durchführt. Acht Uhr dreißig. Und schau mal auf die Seite vom Leeuwarder Dagblad. Die haben eine Meldung online. Ich mach mich auf den Weg. Wir treffen uns im GGD.«

Die Sprachaufnahme endete. Griet war bei ihrem Fahrrad angekommen. Sie rief auf ihrem Smartphone die Seite des *Leeuwarder Dagblad* auf, der Lokalzeitung, für die auch Jessica Jonker geschrieben hatte. Schon der Blick auf die Schlagzeile genügte, um zu erkennen, dass das Blatt sich, wie nicht anders zu erwarten, für die spektakuläre Lesart der Geschichte entschieden hatte:

> **Elfsteden-Chefin fischt tote Reporterin aus Gracht!**
> *06:42 Uhr*
> Sloten/Leeuwarden. Am frühen Montagabend ist in Sloten die Leiche einer Frau aus der Gracht geborgen worden. Bei der Toten handelt es sich um Jessica Jonker (25) aus Leeuwarden, eine Mitarbeiterin des Leeuwarder Dagblad und erfolgreiche YouTube-Influencerin. Aus bislang noch ungeklärtem Grund stürzte Jonker in Sloten vom *Bolwerk Zuidzijde* in die Gracht. Nach Aussagen der Anwohner war Marit Blom, die Vorsitzende der *Koninklijke Vereniging de Friesche Elf Steden*, vor Ort und unternahm trotz des brüchigen Eises einen waghalsigen Rettungsversuch. Ebenfalls daran beteiligt waren Geert Dammers, *ijsmeester* und *rayonhoofd* von Sloten, sowie Jeroen Brouwer, Inhaber von *Dutch Heat*, einer ortsansässigen Firma.
> Trotz der sofortigen Hilfe verstarb Jessica Jonker noch an Ort und Stelle.
> Die Redaktion des *Leeuwarder Dagblad* befindet sich in tiefer Trauer um ihre herausragende Reporterin. Wir hoffen, dass die Polizei die Umstände ihres Todes bald aufklären kann. Inwieweit der Vorfall die Vorbereitungen auf den Elfstedentocht stört, ist ungewiss. Marit Blom wollte sich auf eine Anfrage dieser Zeitung nicht äußern.

Es verwunderte Griet nicht, dass die Zeitung einen ungewöhnlichen Todesfall wie diesen aufgriff, noch dazu, wenn es um eine Journalistin ging. Die Nachricht würde sich schnell verbreiten, denn die Verbindung zum Elfstedentocht – mochte sie auch noch so gering sein – würde für zusätzliche Aufmerksamkeit sorgen. Normalerweise hätten sie vermutlich mehrere Tage auf die Obduktion der Leiche warten müssen. Unter diesen Umständen konnte Griet sich allerdings denken, warum es so schnell ging: Wim Wouters musste bei der Rechtsmedizin Druck gemacht haben. Sicherlich wollte er die Umstände dieses Todesfalls lieber früher als später geklärt haben.

Griet hatte den Artikel auf der Seite des *Leeuwarder Dagblad* bis ans untere Ende gescrollt, wo sie den Link zu einer weiteren aktuellen Meldung fand. Es schien um die Pressekonferenz des Bürgermeisters am gestrigen Nachmittag zu gehen, bei der auch der Polizeichef, Cornelis Hasselbeek, zugegen gewesen war. Unter der Headline war ein Foto der beiden abgebildet. Griet kam nicht umhin festzustellen, dass ihr oberster Chef trotz seiner fünfzig Jahre in schneidiger Uniform und mit durchtrainiertem Körper eine ziemlich gute Figur neben dem beleibten Bürgermeister machte.

Bevor sie das Smartphone in ihre Jackentasche steckte, blickte sie noch kurz auf die Uhr. Es war bereits halb zehn. Mei hatte bestimmt nicht mit der Obduktion auf sie gewartet. Allerdings kam Griet das nicht ungelegen. Sie hatte in ihrer Laufbahn genügend Leichensektionen beigewohnt und verspürte wenig Interesse, vor dem geöffneten Körper von Jessica Jonker zu stehen und Mei dabei zuzusehen, wie sie die junge Frau ausweidete. Das Endergebnis der Untersuchung würde ihr genügen.

Der GGD, der *Gemeentelijke Gezondheitsdienst*, wo die Rechtsmedizin untergebracht war, war nicht weit entfernt. Griet überquerte mit dem *fiets* – dem Fahrrad – die *Prins Hendrikbrug* und folgte der *Willemskade* bis zum *Harlingertrekweg*. Das Gebäude des GGD war ein moderner Komplex, der entfernt an eine Burg erinnerte, da der Architekt sich die Extravaganz erlaubt hatte, das Flachdach auf der Vorderseite mit einer Reihe von Zinnen zu versehen. Das Rechtsmedizinische Institut befand sich im Keller des Gebäudes.

Der Sektionssaal unterschied sich in seiner kühlen Nüchternheit mit den weiß gefliesten Wänden und Böden nicht von allen anderen, die Griet kannte. Die Leiche von Jessica Jonker lag auf dem Sektionstisch, und Mei Nakamura nähte gerade den Torso mit einem schwarzen Faden zu. Neben ihr stand Pieter, eine Tasse *koffie* in der Hand. Beide trugen grüne Kittel und eine durchsichtige Kopfhaube als Schutz.

Griet blieb stehen, weil sie einen Moment brauchte, um sich an den alles durchdringenden Geruch des Todes zu gewöhnen.

»Schön, dass du es auch noch schaffst«, sagte Mei, ohne aufzublicken. »Den spannenden Teil hast du verpasst. Die Schutzkleidung kannst du dir sparen, ich bin fertig.«

»Ich war bei Leo Maaskant, dem Hausarzt von Jessica Jonker«, erklärte Griet.

»Dann hat er dir vermutlich erzählt, dass sich *mevrouw* Jonker in einem sehr guten Allgemeinzustand befand.«

»Ja. Sie litt allerdings an einer Herzrhythmusstörung.«

Mei zog die Handschuhe aus, nahm die Schutzbrille ab und setzte ihre normale Brille auf. »Kurzgefasst ist es so, wie ich vermutet habe. Kein Wasser in der Lunge, keine sonstigen Verletzungen oder Schädigungen. Diese Frau ist an einem Herzstillstand gestorben.«

Pieter nippte an seinem *koffie*. »Dann war es ein Unglück? Sie fällt von der Brücke in die eisige Gracht und erleidet infolge des Schocks einen Herzstillstand?«

»Ich fürchte, so einfach ist es nicht.« Mei hob eine Augenbraue. »Selbst in Eiswasser kann man nach dem anfänglichen Schock noch bis zu einer Stunde bei Bewusstsein bleiben –

wobei eine Rettungsweste hilfreich wäre. Man ist nicht auf der Stelle tot. Natürlich besteht bei so einem Sturz die Möglichkeit, dass man bewusstlos wird, besonders, wenn man wie *mevrouw* Jonker mit dem Hinterkopf auf das Eis aufschlägt. Allerdings hätte sie trotzdem weitergeatmet, und es wäre Wasser in die Lunge eingedrungen, was aber nicht der Fall ist. Außerdem waren die Retter umgehend zur Stelle. So oder so bestand also eine sehr gute Chance, *mevrouw* Jonker lebend zu bergen. Nein, der Herzstillstand ist vor dem Sturz und dem Eintauchen ins Wasser eingetreten.«

»Sie geht also über die Brücke, hat einen Herzstillstand und fällt infolgedessen in die Gracht«, fasste Griet zusammen.

»Vermutlich«, sagte Mei. »Andererseits, wenn es so einfach wäre, würde ich in meinem Bericht eine natürliche Todesursache notieren, und ihr beiden könntet in Ruhe die Weihnachtseinkäufe machen. Da ist aber eine Sache, die mich stutzig macht.«

Mei sah hinab auf den leblosen Körper, als erhoffe sie sich von der toten Jessica Jonker eine Antwort. Schließlich hob sie den Kopf und blickte Griet über den Rand ihrer Brille an. »Der forensische Chemiker schuldete mir einen Gefallen. Er hat eine Nachtschicht eingelegt«, fuhr sie fort. »Und bei der toxikologischen Untersuchung hat er eine sehr hohe Konzentration Digitalis im Blut der Toten gefunden.«

»Ist das denn ungewöhnlich?«, erwiderte Griet. »Maaskant hat bestätigt, dass Jessica das Mittel regelmäßig nahm.«

»Die Dosis war definitiv tödlich«, erklärte Mei. »Ich kann mit ziemlicher Sicherheit sagen, dass das Digitalis zu dem Herzstillstand geführt hat.«

Pieter leerte seine Tasse, stellte sie ab und machte sich daran, die Schutzkleidung auszuziehen. »Hat sie versehentlich überdosiert?«

»Möglich, aber nicht wahrscheinlich«, antwortete Griet.

»Jessica nahm das Digitalis schon sehr lange, wusste um die Risiken und ging nach der Aussage ihres Arztes entsprechend umsichtig damit um. Zudem liegt ihr letzter Check-up erst eine Woche zurück. Da war alles in Ordnung.«

»Das deckt sich mit meiner Erfahrung«, sagte Mei. »Die Behandlung mit Digitalis ist umstritten. In den seltenen Fällen, in denen es noch angewandt wird, sind daher Ärzte und Patienten gleichermaßen vorsichtig.«

»Ausschließen können wir ein Versehen aber nicht ...«, überlegte Pieter laut. »Was ist mit Selbstmord?«

Griet schüttelte den Kopf. »Maaskant sagt – ebenso wie die Eltern –, dass es keine Hinweise auf Suizidgedanken gab. Außerdem ergibt es auch keinen Sinn. Jessica wohnte in Leeuwarden. Da fährt sie nicht nach Sloten, um sich dort auf der Brücke mit einer Überdosis das Leben zu nehmen.«

»So wäre das ohnehin nicht abgelaufen.« Mei räusperte sich. »Von einer Überdosis Digitalis kippt man nicht auf der Stelle tot um. Die Wirkung entfaltet sich über mehrere Stunden. Es beginnt mit Übelkeit oder Bauchschmerzen, dann folgen Kopfweh, Benommenheit, manchmal auch Halluzinationen oder eine Veränderung des Sichtfelds.«

»Das hat mir Maaskant auch erklärt«, bestätigte Griet. »Allerdings meinte er, dass Jessica über die Gefahren einer Überdosierung wusste, also auch um die Symptome, und umgehend einen Arzt aufgesucht hätte.«

»Was sie offenbar nicht getan hat«, stellte Pieter fest.

»Fragt sich, warum nicht«, sagte Griet.

Pieter nickte. »Wir sollten herausfinden, weshalb sie in Sloten war.«

»Und ihr solltet außerdem dringend in Erfahrung bringen, wo sie sich vorher aufgehalten hat«, sagte Mei. »*Mevrouw* Jonker stürzte gegen achtzehn Uhr in die Gracht. Ich schätze daher, dass ihr die tödliche Dosis in der Zeit zwischen fünfzehn und siebzehn Uhr verabreicht wurde …«

Mei sprach nicht weiter, und das musste sie auch nicht.

Griet blickte Pieter an, und auch er schien zu realisieren, was Meis Worte implizierten. Wenn sie einen Unfall, eine versehentliche Überdosierung und einen Selbstmord ausschlossen, blieb nur eine Möglichkeit.

Jemand hatte Jessica Jonker vergiftet.

10
EIN MANN VON WELT

»Ich will deinen Bericht auf meinem Schreibtisch«, befahl Wim Wouters, »und zwar so schnell wie möglich.«

Ihr Vorgesetzter sprach so laut, dass sie den Lautsprecher ihres *mobieltjes* gar nicht hätte zu aktivieren brauchen, um Pieter mithören zu lassen.

»Natürlich«, erwiderte Griet, wobei sie das genaue Gegenteil beabsichtigte. Es gab noch zu viele Fragen, die es zu klären galt. Sie befürchtete, dass Wouters den Tod von Jessica vorschnell als Unfall abtun könnte.

»Und noch etwas«, fuhr er fort. »Wenn ihr ohnehin dort seid, sagt De Leeuw, dem alten Schmierfinken, er soll sich an die Fakten halten und nicht irgendwelchen Unfug in die Welt setzen.«

»*Zeker* – sicher …«, antwortete Griet, doch Wouters hatte bereits aufgelegt.

Mit einem leisen Seufzen drehte sie sich zu dem Gebäude hinter sich um, deutete mit der Hand auf die Eingangstür und sagte zu Pieter: »Nach dir.«

Die Redaktionsräume des *Leeuwarder Dagblad* befanden sich an der Ecke *Kleine Hoogstraat* und *Grote Kerkstraat* im nördlichen Teil des Altstadtkerns. Blickte man von hier in Richtung Stadtzentrum, erkannte man, dass die Straße leicht bergab führte. Das Viertel lag auf einer der drei *terpen*, künstlich aufgeschüttete Erdhügel, auf denen Leeuwarden einst erbaut worden war und die Schutz vor den Sturmfluten der früher dort angrenzenden *Middelzee* geboten hatten. Das *Leeuwarder Dagblad* residierte in einem der Häuser, die noch aus dem Goldenen Zeitalter des Landes stammten und deren Ecken damals abgerundet worden waren, damit die Kutschen besser durch die schmalen Gassen kamen.

Die Platzverhältnisse in den Büroräumen der Zeitung waren ähnlich beengt. Einen Empfangsbereich suchten Griet und Pieter vergeblich. Als sie das Erdgeschoss betraten, fanden sie sich sofort im Großraumbüro der Redaktion wieder. Die einzelnen Arbeitsplätze waren durch Stellwände voneinander abgetrennt. Tastaturgeklapper erfüllte den Raum, hier und da telefonierte jemand, ein junger Mann eilte mit einer Kaffeekanne an ihnen vorbei. Trotz aller Geschäftigkeit herrschte nicht die elektrisierte Stimmung, wie Griet sie aus den Rotterdamer Zeitungsredaktionen kannte. Natürlich arbeitete man, doch wie alles in Leeuwarden ging es mit einem Quäntchen Gelassenheit einher.

Ein kleiner Tresen mitten im Raum diente als Empfang. Es dauerte einen Moment, bis eine junge Dame kam, die ihnen weiterhalf. Nachdem sie sich vorgestellt und ihr Anliegen erklärt hatten, telefonierte die Frau kurz und führte sie dann ins Obergeschoss, wo sie über einen Flur an Einzelbüros vorbeigingen, die vermutlich dem Führungspersonal vorbehalten waren. Im größten Büro residierte Stijn de Leeuw, der Chefredakteur des *Leeuwarder Dagblad*.

Nachdem sie das Vorzimmer passiert hatten, wo die Assistentin via Headset ein Skypegespräch führte, standen sie vor dem Schreibtisch des Chefredakteurs. Die Lamellenjalousien vor den Fenstern waren herabgelassen, sodass das Licht nur spärlich hereinschien. De Leeuw saß zurückgelehnt auf seinem Bürostuhl und hatte die beiden obersten Knöpfe seines Karohemds geöffnet, über dem er ein Tweedsakko mit Ellbogenpatches trug. Sein Haaransatz war weit zurückgewichen, und er hatte das Wenige, was ihm an Haaren verblieben war, mit Pomade nach hinten gelegt. Die gebogene Adlernase verlieh seinen Gesichtszügen etwas Adeliges.

Griet und Pieter stellten sich vor und drückten ihre Anteilnahme am Tod seiner Mitarbeiterin aus.

»Wir versuchen herauszufinden, weshalb *mevrouw* Jonker sich gestern Abend in Sloten aufhielt«, sagte Griet.

»Ich fürchte, da kann ich Ihnen keine große Hilfe sein«, antwortete De Leeuw. »Sie war Freiberuflerin. Ich weiß daher nicht, was sie dort wollte.«

»In der Meldung über ihren Tod schreiben Sie aber, sie sei eine Mitarbeiterin Ihrer Zeitung gewesen.«

»War sie ja auch.« Er zuckte die Schultern. »Aber das heißt ja nicht gleich, dass sie eine Festangestellte war.«

»Sie war also nicht in Ihrem Auftrag in Sloten?«

»Ich sage gern alles zweimal: Nein.«

»Woran arbeitete sie gerade?«

De Leeuw taxierte Griet einen Moment, bevor er erwiderte: »Sie schrieb an einer Reihe von Personality Stories.«

»Was muss ich mir darunter genau vorstellen?«

»Alte Geschichten vom letzten Elfstedentocht«, erklärte De Leeuw. »Gemeinhin liest man nur über die Profiläufer. Aber die wirklich spannenden Stories findet man oft bei den Amateuren. Einige Leute erlebten 1997 eine Katastrophe.

Mart Hilberts und sein verschollener Freund Edwin, zum Beispiel.«

»*Mevrouw* Jonker hat die Artikel über die beiden geschrieben und nach diesem Edwin gesucht«, bestätigte Pieter.

»Korrekt.« De Leeuw richtete sich auf und stützte die Ellbogen auf den Schreibtisch.

»Ich gehöre nicht zu den täglichen Lesern Ihrer Zeitung«, sagte Griet. »Würden Sie mir verraten, was in diesen Berichten stand?« Sie wusste, dass sie dies auch Pieter nachher noch hätte fragen können, doch sie wollte dem Chefredakteur seine einsilbigen Antworten nicht einfach durchgehen lassen.

De Leeuws Blick wanderte kurz zu Pieter, dann erklärte er: »*Mevrouw* Jonker hatte die dramatische Geschichte von Mart und Edwin erst kürzlich ausgegraben. Als Mart im Sterben lag, wollte er seinen alten Gefährten wiedersehen. Sie startete über unsere Zeitung eine öffentliche Suche.«

»Die aber erfolglos blieb«, fügte Pieter an. »Wobei die Sache Ihrem Blatt sicher eine gute Auflage beschert hat, oder?«

»Auch das ist richtig. *Mevrouw* Jonker sollte deshalb auch weitere, ähnliche Artikel schreiben.«

»Und um wen sollte es diesmal gehen?«, fragte Griet.

»Das stand noch nicht fest. Sie führte eine Vorrecherche durch und wollte uns Vorschläge unterbreiten.«

»Könnte sie deshalb in Sloten gewesen sein?«

»Möglich … aber wie gesagt, ich weiß es nicht.«

»Wann haben Sie *mevrouw* Jonker zuletzt gesehen?«

De Leeuw erhob sich. »Ich erinnere mich nicht. Externe kommen hier nicht so häufig rein. Fragen Sie meine Assistentin.«

Er ging hinüber zu einem Jackenständer in der Ecke neben der Tür und schlüpfte in einen braunen Mantel. »Sie müssen mich entschuldigen, ich habe einen Termin. Ihren Fragen entnehme ich, dass Sie weitergehende Ermittlungen in dem Fall anstellen?«

Griet überlegte. Sie hatte kein Verlangen, in der nächsten Ausgabe des *Leeuwarder Dagblad* zitiert zu werden. Schließlich zog sie sich auf eine allgemeine Floskel zurück: »Darüber kann ich Ihnen keine Auskunft geben.«

»Könnten Sie schon, Sie wollen aber nicht.« De Leeuw setzte einen Hut auf. »Ich könnte meinerseits ja ein paar Vermutungen anstellen …«

Er verabschiedete sich mit einem Lächeln und ging zur Tür hinaus. Griet fiel auf, dass er das linke Bein nachzog.

***

»Sie können von Glück reden, dass Sie ihn erwischt haben«, sagte Barbara Huibregts, die Assistentin von Stijn de Leeuw. »Normalerweise ist er um diese Zeit beim Mittagessen, und das kann dauern.« Sie machte eine vielsagende Miene, während sie auf der Kaffeemaschine den Knopf für einen *koffie verkeerd*, einen Milchkaffee, drückte. Griet schätzte, dass die Frau nicht viel älter war als sie und Pieter, doch ihr Haar, das bereits vollständig ergraut war, und die Hornbrille im »Cateye«-Stil ließen sie eher wie Ende fünfzig wirken.

Sie standen in der Teeküche, die auf dem Flur gegenüber dem Chefbüro lag. Pieter hatte im Vorzimmer auf einem der Besucherstühle Platz genommen. Barbara Huibregts zeigte sich zu Griets Erleichterung deutlich auskunftsfreudiger als ihr Boss und hatte ihnen gleich einen *koffie* angeboten.

»Wo verbringt Ihr Chef denn üblicherweise die Mittagspause?«, fragte Griet.

»Eigentlich immer im *Elfstedenkok*. Kennen Sie das Restaurant?« Barbara reichte Griet den *koffie verkeerd*, der für Pieter bestimmt war.

»Nein.«

»Sie sollten mal hin. Viele meinen ja, das *Spinoza* wäre das beste Restaurant der Stadt ... wenn nicht sogar der ganzen Niederlande. Aber, wenn Sie mich fragen, der *Elfstedenkok* ist besser.«

»Ihr Chef scheint einen exquisiten Geschmack zu haben.«

»Stijn spielt gern den Mann von Welt. Wobei ... neuerdings geht er auch oft in die Brasserie auf dem *Eewal*. Ein ziemlicher Abstieg, wenn Sie mich fragen.«

»Warum hat er das Lokal gewechselt?«

»Das weiß ich nicht.«

Sie gingen zurück in das Vorzimmer, und Griet reichte Pieter den *koffie verkeerd*.

»*Meneer* De Leeuw meinte, Sie könnten uns vielleicht sagen, wann er Jessica Jonker das letzte Mal gesehen hat?«, fragte Pieter, während er das Getränk kalt blies.

»Das ist schon eine Weile her, da muss ich nachsehen.« Huibregts setzte sich an den Computer. »Jessica ... war zuletzt vor drei Monaten hier. Alles andere ist über E-Mail gelaufen.«

»Wissen Sie, warum sie in Sloten gewesen sein könnte?«

»Nein.«

Griet erhob sich zum Gehen. »*Bedankt, mevrouw* Huibregts.«

»*Graag* – gern«, erwiderte sie. »Wenn Sie noch Fragen haben, melden Sie sich jederzeit.«

Griet und Pieter verließen die Redaktion auf dem Weg, den sie gekommen waren.

Es dämmerte bereits, und eine bittere Kälte empfing sie, als sie ins Freie traten. Griet setzte ihre Strickmütze auf und zog den Reißverschluss des Parkas bis zum Hals hoch. In den Straßen herrschte reges Treiben, und Leute mit Taschen voller Weihnachtsgeschenke gingen an ihnen vorüber.

Griet blickte auf die Uhr. Es war kurz vor drei am Nachmittag. Es gab noch viel zu tun, und ihr war nicht wohl dabei, einfach alles stehen und liegen zu lassen.

»Ich muss heute früher nach Hause«, sagte sie zu Pieter. »Fenja kommt gleich.«

»Was?« Pieter blickte sie erstaunt an und setzte sich seine Schiebermütze auf den Kopf. »Dein Ex wollte doch erst in den Weihnachtsferien mit ihr eintreffen...«

»Er muss beruflich nach Amsterdam. Kam wohl sehr überraschend. Ich wollte ihn nicht hängen lassen.« Griet hob die Hände. »Tut mir leid, dass ich dich mit der Sache allein lassen muss...«

Pieter lächelte. »Griet, das verstehe ich doch. Die Familie geht vor.«

»Ich weiß nicht...«, sagte Griet. »Ich habe ganz ehrlich keine Ahnung, was ich mit Fenja machen soll.«

»Spielen, vorlesen, ihr die Stadt zeigen...«

»Während wir arbeiten.« Griet schüttelte den Kopf. »Ich kann sie ja schlecht überallhin mitnehmen.«

Pieter überlegte einen Moment. »Wie wäre es... wenn sie zu uns kommt?«

Griet stutzte. Der Gedanke war ihr noch nicht in den Sinn gekommen. Pieter und Nettie waren für Fenja völlig Fremde. Sie war sich nicht sicher, wie ihre Tochter reagieren würde. Andererseits genossen die beiden ihr volles Vertrauen und hatten selbst Kinder. Außerdem... es war die erste vernünftige Möglichkeit, die sich ihr bot.

»Ginge das denn?«

»Ich müsste mit der Regierung sprechen...« Pieter schürzte die Lippen. »Aber warum nicht, Fenja kann mit unseren Kindern spielen, und sie wäre gut aufgehoben.«

»Du würdest mir einen Riesengefallen tun.«

»Gern.« Er deutete mit dem Daumen auf das Bürogebäude. »Hat sie dir in der Teeküche eigentlich noch was Spannendes erzählt?«

»Nein«, sagte Griet. »Nur, dass ihr Chef die Mittagspausen nicht mehr in seinem Stammlokal verbringt.«

»Welches war das denn?«

»Der *Elfstedenkok*.«

»Ah, nicht schlecht.« Pieter schnalzte mit der Zunge.

»Du kennst es?«

»Dem Namen nach. Leider zu teuer für mich. Aber Toon Ewerts soll ein guter Koch sein.«

»Toon Ewerts?«

»Ja, ihm gehört das Restaurant.«

Griet drehte sich zum Gebäude des *Leeuwarder Dagblad* um und blickte hinauf zum Fenster im ersten Stock, hinter dem sich das Büro von Stijn de Leeuw verbarg. Der Chefredakteur war Stammgast bei dem Mann gewesen, an dem Jessica Jonker in ihrem YouTube-Video kein gutes Haar gelassen hatte.

11
ONKEL PIETERS TIERREICH

Ihr Plattboot lag beinahe vollständig im Dunkeln, als Griet nach Hause kam. Sie machte sich in Gedanken eine Notiz, demnächst ein Licht brennen zu lassen. Lediglich der Schein des Hauses, das der Gracht am nächsten war, erhellte die Wiese vor dem Schiff. Der Mann, der darin wohnte, stand auf einer Leiter und war damit beschäftigt, eine bunte Lichterkette an der Regenrinne zu befestigen. Griet hatte mit ihm im Sommer ab und an ein paar Worte gewechselt. Er lebte allein und arbeitete oft in seinem Garten, wo er Höhe und Umfang seiner Buchsbäume mit dem Zollstock vermaß. Pünktlich zum Fest schien er sein Anwesen mit den Lichterketten in einen Weihnachtsbaum verwandeln zu wollen – mit der Kette, die er gerade aufhängte, machte er das Dutzend voll. Der Mann blickte kurz in ihre Richtung, und Griet grüßte ihn mit einem Nicken.

Der Schnee knirschte unter ihren Schritten, als sie über die Wiese zum Schiff ging. Sie hatte bereits mittschiffs nach der Reling gegriffen und wollte sich an Deck ziehen, als sie aus dem Augenwinkel bemerkte, wie hinter einem Baum zwei Schatten hervortraten. Griets rechte Hand wanderte automatisch zu ihrem Gürtel, wo das Holster mit ihrer Dienstwaffe angebracht war, doch diese hatte sie natürlich vorschriftsmäßig im *politiehoofdkantoor* eingeschlossen. Sie brauchte die Waffe allerdings auch nicht. Die beiden Gestalten kamen auf sie zugerannt und riefen laut: »Überraschung!«

Es waren Fleming und ihre Tochter.

Fenja trug einen Rucksack auf den Schultern und hielt ihren Vater an der Hand. Sie blickte schüchtern zu Griet auf und sagte leise: »Hallo, Mama.«

Griet kniete sich hin und breitete die Arme aus. »Komm her, lass dich drücken.«

Fenja kam zu ihr herüber und umarmte sie, wobei Griet das Gefühl hatte, dass sie dies eher pflichtschuldig tat. Griet gab ihr einen Kuss auf die Wange. »Schön, dass du da bist, meine Kleine, oder sollte ich besser sagen« – sie ließ Fenja los und musterte sie –, »meine Große?«

Fenja löste sich aus der Umarmung und stellte sich wieder neben Fleming. Sie hatte die Haare zu Zöpfen geflochten, und sogar im Halbdunkel konnte Griet die vielen Sommersprossen in ihrem Gesicht sehen.

»Hallo, Griet«, sagte Fleming und begrüßte sie mit einer flüchtigen Umarmung.

»Es ist kalt«, meinte sie, »kommt erst mal rein.«

Sie kletterte an Deck, ging nach hinten zur Flügeltür und schloss sie auf. Die Heizung war den Tag über auf kleiner Stufe gelaufen, und ein Schwall warmer Luft wehte ihr aus dem Inneren des Schiffs entgegen. Sie stieg nach unten und schaltete das Licht ein. Fleming und Fenja folgten ihr.

***

Wenig später saß Griet mit Fleming im Salon am Esstisch. Fenja spielte in der Koje mit dem großen Teddybären.

»Es ist wirklich nur für ein paar Tage«, sagte Fleming. »Ich versuche, am Sonntagabend zurück zu sein.«

»Und was tust du in Amsterdam?«

»Ich weiß nur, dass es irgendwelche Probleme mit dem Skript gibt.« Er nahm den Teebeutel aus der Tasse vor sich und legte ihn auf den Untersetzer.

»Ist das nicht Sache der Drehbuchautoren?«

»Schon, aber die kennen die Figuren und die übergreifende Dramaturgie halt nicht so gut wie ich.«

»Sagtest du zuletzt nicht, sie hätten schon mit den Dreharbeiten begonnen? War das nicht sogar im Sommer …«

»Ja.«

»Ist es üblich, dann noch das Drehbuch zu ändern?«

»Kommt heute allenthalben vor.«

»Und sie drehen in Amsterdam?«

»Deswegen muss ich ja dorthin.«
»Aber keines deiner Bücher spielt in Amsterdam.«
»Es sind ... sie drehen im Studio.«
Griet musterte ihren Ex-Mann.

Sein Äußeres hatte sich verändert. Von seinem Vollbart war nur noch eine kurz geschorene Henriquatre um den Mund geblieben. Statt Brille trug er Kontaktlinsen. Und dort, wo sich früher ein Sixpack befunden hatte, war unter dem Pullover ein deutlicher Bauchansatz zu erkennen. Der Mann, der früher an den Wochenenden Hundert-Kilometer-Touren mit dem Rennrad unternommen hatte, schien in seiner Rolle als Hausmann und Vater buchstäblich aufzugehen.

Fleming trank einen Schluck Tee, und Griet musste daran zurückdenken, wie sie sich in einem Café in Rotterdam gegenübergesessen hatten. Sie hatte als junge *Commissaris* zum ersten Mal mit einem Ermittlungserfolg in der Zeitung gestanden, und er recherchierte für sein erstes Buch. Ihre Berichte aus dem Polizeialltag waren für ihn pures Gold. Wobei sie nur eine halbe Stunde über die Arbeit gesprochen hatten, danach war es schnell privat geworden.

Griet hatte an Fleming immer gemocht, dass er einer der wenigen Männer war, die sich auf die Kunst des Zuhörens verstanden. Davon war allerdings heute wenig zu spüren. Er wirkte fahrig, und Griet entging auch das leichte Zittern seiner Hand nicht, als er die Teetasse abstellte.

»Alles in Ordnung?«, fragte sie.

Fleming blickte auf. »Klar. Fenja ist ein tolles Mädchen. Sie ist fleißig, bringt gute Noten nach Hause ... anscheinend kommt sie nach ihrer Mutter.«

»Danke für die Blumen. Aber ich meinte eigentlich dich.«
»Was?«
»Wie geht es *dir*, Fleming?«

Er zuckte die Schultern. »Alles prima. *Time of my life*.«

Griet kannte den Ausdruck auf seinem Gesicht. Etwas bedrückte ihn, und sie hatte genügend Verdächtigen in Verhörzimmern gegenübergesessen, um zu wissen, dass er nicht mit der ganzen Wahrheit herausrückte.

»Du kannst mit mir über alles reden.«

»Nett von dir … du sagtest, Fenja könnte tagsüber bei der Familie deines Kollegen bleiben?«

Griet hatte ihm von Pieters Vorschlag erzählt, wobei sie verschwiegen hatte, dass er noch das Einverständnis seiner Frau einholen musste.

»Ja, das wäre wohl eine gute Lösung«, sagte sie. »Ich kann mich nicht komplett aus dem aktuellen Fall rausziehen. Aber Pieters Frau ist reizend, seine Kinder sind nett und … sie haben eine Menge Tiere. Fenja wird es bestimmt gefallen.«

»Wie alt sind die Kinder?«

»Beide acht Jahre. Es sind Zwillinge.«

»Und du denkst, Fenja kommt mit ihnen klar?«

»Ehrlich?« Griet hob die Augenbrauen. »Keine Ahnung. Wir müssen es ausprobieren.«

»Ich weiß nicht …«

Griet neigte den Kopf zur Seite. »Du hast mich um Hilfe gebeten. Ich regle das, okay? Vertraust du mir?«

»Natürlich.« Fleming sah ihr in die Augen, und kurz flackerte der spitzbübische Blick auf, den sie schon immer an ihm gemocht hatte. »Weißt du übrigens, dass du Fenjas heimliche Heldin bist? Sie hört gern Detektivgeschichten und rennt mit einer Spielzeugpistole herum und jagt Verbrecher.«

Griet rang sich ein bitteres Lächeln ab und fühlte sich an ihre eigene Kindheit erinnert. Ihre Mutter war ebenfalls bei der *politie* gewesen, und obwohl sie bei einem Einsatz ums Leben kam, hatte Griet immer nur einen Berufswunsch gehabt, nämlich selbst Polizistin zu werden. Sie hoffte, dass Fenja niemals auf ihren Pfaden wandeln würde.

»Vielleicht hat sie ja auch deine Bücher gelesen«, sagte sie.

»Griet, Fenja ist in der ersten Klasse, da lernen sie erst das Lesen. Und Krimis stehen nicht auf dem Lehrplan.«

»Ja, sicher ... war nur ein Spaß«, meinte Griet, allerdings realisierte sie in diesem Moment, wie wenig sie eigentlich über ihre Tochter und ihren Entwicklungsstand wusste.

»Danke, dass du dich kümmerst«, sagte Fleming. Dann zog er einen Stapel Bücher und Hefte aus der Reisetasche, die er mitgebracht hatte. »Ich hab Fenja früher aus der Schule genommen, es sind ohnehin bald Weihnachtsferien. Die Lehrerin hat mir ein paar Aufgaben mitgegeben, die du mit ihr machen kannst ...«

Wenig später stand Griet mit Fenja an Deck und winkte Fleming zum Abschied. Während die roten Rücklichter seines Saab in der Dunkelheit verschwanden, spürte Griet, wie sich die Last der Verantwortung auf ihre Schultern legte. Das erste Mal seit langer Zeit war sie mit ihrer Tochter allein.

Fenja zupfte an ihrem Pullover. »Ich hab Hunger.«

»*Verdomme* ...« Griet fiel siedend heiß ein, dass sie die Einkäufe vergessen hatte. Im Kühlschrank befand sich nichts, aus dem sich eine vollwertige Mahlzeit zubereiten ließ.

Ihr *mobieltje* klingelte. Sie blickte kurz auf das Display und nahm den Anruf entgegen. »Pieter, ich glaube, ich hab ein Problem ...«

»Ich habe mit Nettie gesprochen«, unterbrach er sie. »Sie würde sich freuen, wenn deine Tochter zu uns kommt.«

»Im Ernst? Das ist ja großartig.«

»Was macht ihr heute Abend?«, fragte er. »Habt ihr Lust vorbeizuschauen? Dann können sich alle schon mal beschnuppern, und Fenja muss morgen nicht gleich ins kalte Wasser springen.«

»Pieter, das ist eine tolle Idee«, sagte Griet. »Habt ihr schon zu Abend gegessen?«

***

Pieter lebte mit seiner Familie in *Camminghaburen*, einem zwischen den Siebzigern und Neunzigern gewachsenen Siedlungsgebiet im Osten von Leeuwarden. Die Doppelhaushälfte, die ihnen gehörte, unterschied sich in nichts von den umstehenden Häusern. Sie hatte eine weiße Fassade, ein Ober- und ein Dachgeschoss, keinen Keller, einen gepflasterten Vorgarten und auf der Rückseite eine Rasenfläche, die man ab fünf Personen wegen Überfüllung schließen musste. Ebenso austauschbar war das Interieur, bestand es doch zu geschätzten achtundneunzig Prozent aus Ikea-Möbeln.

Das Einzige, worin sich Pieter und seine Familie von den Nachbarn unterschieden, war ihre ausgesprochene Tierliebe. Ihr Haus war ein kleiner Streichelzoo.

Es gab zwei Katzen, die durch eine Klappe in der Haustür sporadisch Anteil am Familienleben nahmen. Den Käfig im Wohnzimmer, den Pieter aus Plexiglasscheiben und einem auf den Kopf gestellten Ikea-Tisch gebastelt hatte, bewohnte eine Meerschweinchenfamilie. Und das neueste Mitglied der Familie war ein zotteliger Bernhardiner.

Der unangefochtene Star im Heimtierreich war allerdings ein Papagei, dessen Käfig neben der Wohnzimmertür stand. Er begrüßte Griet und Fenja mit einem gekrächzten *goedemorgen, goedemorgen.*

»Er heißt Pipo, und er hat es nicht so mit den Tageszeiten. Dafür kann er prima fluchen«, sagte Pieters Sohn Martin.

Er war schlaksig und überragte Griets Tochter um einen Kopf.

»Echt?«, fragte Fenja.

Martin griff nach dem Käfig und rüttelte daran.

Der Papagei spreizte die Flügel und krächzte ein paarmal hintereinander: »*Rotzack* – Drecksack!«

Fenja bekam einen Lachanfall.

»Du sollst ihn in Ruhe lassen!« Pieters Tochter Suske boxte ihrem Bruder auf den Oberarm.

»Aua!«

Er holte zum Gegenschlag aus, und Griet wollte ihn gerade aufhalten, als Pieters Stimme erklang: »Kriegt euch wieder ein, Kinder, es gibt Abendessen!«

Sie gingen in die Küche und nahmen am Tisch Platz, auf dem eine grüne Weihnachtstischdecke mit stilisierten Glocken, Tannenbäumen und Schlitten lag. Im Radio sang George Michael *Last Christmas*. Nettie stellte einen großen Topf in die Mitte, während sich der Rest der Familie versammelte.

»So«, sagte sie, »es gibt leckeren *stamppot*.«

Stamppot war ein Eintopf aus Gemüse und Kartoffeln. Griet kannte das Gericht von ihrer Großmutter. Es musste eine Ewigkeit her sein, dass sie es zuletzt gegessen hatte.

Nettie gab zuerst den Kindern eine Portion auf den Teller, dann den Erwachsenen, ihrem Ehemann einen zusätzlichen Löffel. Dann stellte sie den Topf wieder auf den Herd und setzte sich zu ihnen. Nettie hatte eine Küchenschürze umgebunden und die Haare zu einem Dutt gesteckt. Sie gehörte zu jenem Typ Frau, der auf Make-up weitgehend verzichtete, und Griet hatte sie nur selten mit Schmuck gesehen. Die einzige Gelegenheit war das Abendessen mit ihr und Pieter im *Onder de kelder* gewesen, bei dem sie sich kennengelernt hatten.

Griet wollte gerade mit dem Essen beginnen, als der riesige Bernhardiner ihr auf den Schoß sprang beziehungsweise es versuchte. Der Hund zielte etwas zu hoch, sodass seine Pfoten in Griets Eintopf landeten, der Teller vom Tisch fiel, sich in der Luft überschlug und auf Pieters Knien landete.

Die Kinder brachen in schallendes Gelächter aus, und Griet sah, wie Fenjas Gesicht vor Freude knallrot anlief.

Pieter wischte sich mit einem Finger über die Brille, die auch einen Klecks *stamppot* abbekommen hatte. Seine Frau reichte ihm ein Küchentuch.

»Entschuldige«, sagte Nettie und deutete mit einem Nicken auf den Bernhardiner, der sich hechelnd neben Griet gesetzt hatte. »Bianca ist noch etwas ungestüm.«

»Bianca.« Griet streichelte dem sabbernden Ungetüm über den Kopf. Als sie das letzte Mal hier gewesen war, hatte es den Hund noch nicht gegeben. »Seit wann habt ihr sie?«

»Sie ist vergangene Woche bei uns eingezogen«, antwortete Nettie. »Ein Geschenk von …«

»Ich werde wohl mit ihr in die Hundeschule gehen müssen«, unterbrach Pieter seine Frau, während er das Küchenpapier mit dem *stamppot* in den Mülleimer beförderte. Mit Blick auf die Kinder meinte er: »An eurer Stelle würde ich loslegen, sonst holt es sich der Hund.«

Sie begannen mit dem Essen, und für einen Moment herrschte Stille, bis auf *Driving Home for Christmas* im Radio. Dann brachen die Kinder wieder in Gelächter aus. Das Bernhardinerweibchen hatte den Kopf auf die Tischplatte gelegt und schaute mit traurigem Blick den Topf mit dem *stamppot* an. Pieter schüttelte den Kopf. »Entschuldige, Griet, es ist …«

»Perfekt.« Sie blickte zu Fenja hinüber, der vor Lachen die Tränen die Wangen hinabliefen.

Als sie mit dem Essen fertig waren, servierte Nettie *koffie*, und Fenja verschwand mit den Kindern in ihren Zimmern. Griet trank einen Schluck Wasser, als ihr *mobieltje* vibrierte.

»Entschuldigt kurz.«

Es war Noor van Urs, die Leiterin der Kriminaltechnik. Sie teilte Griet mit, dass sie ihr soeben die Auswertung von Jessica Jonkers Laptop per Mail geschickt hatte.

»Mit dem Smartphone sind wir noch nicht so weit«, erklärte sie. »Dauert noch ein paar Tage.«

»Kein Problem«, sagte Griet.

»Wir haben in den Daten auf dem Laptop etwas gefunden, das ihr euch ansehen solltet ...«

Griet hörte zu, was die Kriminaltechnikerin zu sagen hatte. Dann legte sie auf und wandte sich an Pieter. »Noor. Die Auswertung des Laptops ist da.«

Pieter sah zur Uhr über der Küchentür. Die Zeiger standen auf halb acht. »Wollen wir uns das heute noch ansehen?«

»Wäre gut. Ich schätze aber, Fenja muss gleich ins Bett.«

»Ich könnte noch etwas Bewegung vertragen. Wie wär es, wenn ich mit aufs Boot komme?« Pieter blickte zu Nettie, die den abendlichen Ausflug mit einem Nicken genehmigte.

Fenja kam mit den anderen Kindern zurück in die Küche. »Suske hat den großen Reiterhof von Playmobil!«, rief sie.

»Das ist schön«, sagte Griet. »Aber wir müssen jetzt gehen.«

»Darf ich denn wiederkommen?«

»Aber natürlich«, meinte Pieter. »Wie wäre es, wenn deine Mutter dich gleich morgen früh vorbeibringt?«

Fenja machte einen Satz. »Au ja!«

»Und weißt du was? Du darfst mich Onkel Pieter nennen.«

Auch wenn sie nicht wirklich an ihn glaubte, dankte Griet im Stillen Gott dafür, dass er Pieter de Vries erschaffen, ihm eine so reizende Familie gegeben und ihn mit einem so ausgezeichneten Gespür für Kinder ausgestattet hatte. Sie war sich sicher, dass ihre Tochter sich wohlfühlen würde in Onkel Pieters Tierreich.

Diese Sorge war sie also los. Dafür hatte sie nun eine andere. Wenn es stimmte, was Noor ihr erzählt hatte, hatte sich der Fall soeben zu einer veritablen Bombe entwickelt.

12
VOR ALLER AUGEN

Im Inneren der *Artemis* gaben die runden Deckenleuchten ein eher spärliches Licht ab. Griet hatte den Esstisch ausgeklappt und die Ausdrucke mit den Ergebnissen der Kriminaltechnik darauf ausgebreitet. Neben dem Terminkalender von Jessica Jonker hatten die Kollegen auf dem Laptop eine ausufernde Zahl an Word-Dokumenten gefunden sowie diverse Audiofiles mit Mitschnitten von Interviews.

Griet setzte sich auf die Eckbank und betrachtete die Unterlagen auf dem Tisch. Pieter saß neben Fenja in der Koje und erzählte ihr eine Gutenachtgeschichte. Griet hörte, wie er etwas von einem Einhorn fabulierte, und aus der routinierten Art, wie er es tat, schloss sie, dass seine Kinder die Geschichte bereits viele Male gehört hatten. Sie fragte sich, wie er das machte. Allein der Versuch, Geschichten frei zu erfinden, führte bei ihr meist zu einem spontanen Blackout. Ihr Talent schien sich darauf zu beschränken, Tatabläufe zu rekonstruieren, die auf Indizien und Ermittlungsergebnissen beruhten.

»So«, sagte Pieter, »und nun wird es Zeit, dass sich kleine

Prinzessinnen und Einhörner ins Land der Träume begeben. *Slaap zacht!*«

Pieter zog den Kopf ein, als er unter dem Türbogen der Koje hervortrat. »Ich denke, da möchte jemand noch einen Gutenachtkuss.«

Griet stand auf und ging nach vorn in die Koje. Fenja hatte die Bettdecke bis ans Kinn gezogen und schaute mit großen Augen zu dem Bullauge hinauf, das langsam von den Schneeflocken bedeckt wurde. »Gibt es hier Piraten, Mama?«

»Nicht, dass ich wüsste.« Griet formte mit den Fingern eine Pistole. »Und falls doch, verjage ich sie. *Welterusten* – gute Nacht.«

Sie drückte ihrer Tochter einen Kuss auf die Stirn. Dann ging sie zurück in den Salon und setzte sich zu Pieter an den Tisch, der die Unterlagen studierte.

»Es gibt hier einige interessante Sachen. Aber das hier ... ist wirklich beunruhigend.« Er reichte Griet jene Seite des Terminkalenders, auf die auch Noor sie hingewiesen hatte.

Griet betrachtete das Blatt. Es war der Tag, an dem Jessica gestorben war. Den Vormittag hatte sie sich offenbar für die Arbeit an einem Artikel geblockt, zwischen neun und dreizehn Uhr war jedenfalls ein roter Strich gezogen, daneben stand die Notiz *schrijven* – schreiben. Der einzige Termin an diesem Tag lag zwischen fünfzehn und siebzehn Uhr. Danach war nichts mehr eingetragen.

Griet nahm die anderen Seiten des Terminplaners und blätterte sie durch: eine Vielzahl von Interviews, Treffen mit Jessicas Freundin Evje, Kino, Arbeitszeiten, Telefonate, der Arztbesuch. Jessica hatte ihren Kalender offenbar penibel geführt. Umso verwunderlicher war es, dass ihre Fahrt nach Sloten nicht auftauchte. Vielleicht hatte sich dieser Termin spontan ergeben.

Griet wollte gerade etwas sagen, als draußen jemand gegen den Rumpf des Bootes klopfte. Sie stand auf, stieg den Niedergang hinauf und öffnete die Flügeltür.

Auf der Wiese vor dem Schiff stand inmitten des Schneegestöbers eine junge Frau. Es war Noemi Boogard.

***

Der Aufenthalt in London schien seine Spuren bei Noemi hinterlassen zu haben. Als Griet die junge Kollegin im Zuge der Vlieland-Ermittlungen kennengelernt hatte, hatte sie Businesskostüme getragen und war auch in privaten Situationen auf ein korrektes Äußeres bedacht gewesen. Nun trug sie schwarze Jeans, eine Lederjacke, darunter einen Sweater der Foo Fighters. Die ehemals kurzen Rastalocken hatte sie lang wachsen lassen und die Haare zu einem Zopf geflochten. In die dunkle Haut ihres Gesichts hatten sich die ersten Fältchen geschlichen, und ihre Augen wirkten müde.

Griet stand mit Noemi an der kleinen Küchenzeile des Schiffs und schaltete den Gasherd an, um Wasser für den Tee aufzukochen. Pieter telefonierte an Deck.

»Sie sieht dir sehr ähnlich«, sagte Noemi, die einen Blick auf die schlafende Fenja in der Koje geworfen hatte.

»Ich hoffe, das ist das Einzige, was ich ihr vererbt habe«, meinte Griet und holte zwei Tassen aus dem Schapp über der Küchenzeile. »Und, wie ist es bei Scotland Yard?«

»Interessant ... an das Essen in der Kantine musste ich mich allerdings erst mal gewöhnen.«

»Du siehst ein wenig abgekämpft aus.«

»Ja, das viele Hin- und Herreisen strengt an. Ich war zwischendrin immer mal wieder bei meinen Eltern.«

»Und jetzt besuchst du sie über Weihnachten?«

Noemi nickte.

Griet reichte ihr eine Tasse Tee. »Wann musst du wieder zurück nach London?«

»Ich …« Noemi nippte kurz an ihrem Getränk. »Also … ich bleibe hier.«

»Was?« Griet erinnerte sich an die Postkarte, die Noemi ihr geschickt hatte. »Solltest du nicht eigentlich noch bis Februar dort arbeiten?«

»Ursprünglich, ja«, sagte sie. »Aber …«

Pieter kam herein, schloss die Flügeltür hinter sich und stieg rückwärts den Niedergang herunter, wobei er sein *mobieltje* in die Höhe hielt.

»Evje Molenaar, die Freundin von Jessica, hat mich eben zurückgerufen«, sagte er. »Sie arbeitet in einem kleinen Laden in der Stadt. Wir können sie morgen dort treffen.«

Griet reichte ihm ebenfalls eine Tasse Tee, die er dankend annahm. Dann blickte er zu Noemi. »Und was hast du vor? Einer großen Karriere steht wohl nichts mehr im Weg. Für die letzten Kollegen, die im Ausland waren, ging es hoch hinaus. Also, was planst du?«

»Ich erzählte gerade … dass ich wieder zurück bin«, sagte Noemi. »Ich arbeite wieder für die *Districtsrecherche*.«

Pieter blickte verdutzt drein. »Du meinst doch nicht die *Districtsrecherche* hier in *Fryslân*?«

»Ich bin ab sofort wieder im Dienst.«

»Ist nicht dein Ernst«, sagte Pieter. »Dir stehen doch alle Türen offen …«

»Ja, aber … mir gefällt es hier. Und, wisst ihr, so anders ist die Polizeiarbeit in England auch nicht. Ich sehe keinen Sinn darin, noch länger dort zu bleiben. Und … ihr beiden habt mir gefehlt.«

Die Erklärung erschien Griet reichlich fadenscheinig, denn

wenn sich bei Noemi nicht grundlegend etwas verändert hatte, war sie durch und durch eine Karrieristin. Bei ihrer gemeinsamen Ermittlung auf Vlieland hatte sie großen Ehrgeiz an den Tag gelegt, weil sie sich profilieren wollte. Eine Führungsposition und eine Karriere innerhalb des Corps waren ihr erklärtes Ziel gewesen. Und in dieser Hinsicht war nach einem Auslandsjahr der nächste logische Schritt auf der Karriereleiter nicht die *Districtsrecherche* in Leeuwarden.

»Ich habe mit Wouters gesprochen«, fuhr Noemi fort. »Ich habe meinen alten Job wieder und soll euch bei der Sache helfen, an der ihr gerade arbeitet.«

Pieter strich sich über den grau melierten Bart und musterte Noemi. »Ich fürchte, das musst du mir erklären.«

Pieters Frage zielte offenkundig nicht auf ihre Zusammenarbeit, sondern auf Noemis Rückkehr ab. Ebenso offenkundig schien die junge Kollegin aber nicht weiter darüber reden zu wollen. »Wouters meinte, dass alle mit dem Elfstedentocht über beide Ohren dicht sind und ihr Unterstützung gebrauchen könnt«, sagte Noemi. »Also lasst uns loslegen. Wir sollen übrigens aufpassen, dass wir nicht wieder Mist bauen. Und er will endlich einen ersten Bericht.«

***

Kurz darauf beugten sie sich am Esstisch über die Auswertungen der Kriminaltechnik. Griet und Pieter hatten Noemi auf den Stand der Dinge gebracht.

»Für einen Unfall oder einen natürlichen Tod gibt es tatsächlich zu viele Ungereimtheiten«, bestätigte Noemi die bisherige Einschätzung ihrer Kollegen. »Und wenn ihr ein Versehen oder einen Selbstmord ausschließen könnt, ist die naheliegende Erklärung tatsächlich, dass jemand Jessica vergiftet hat.«

»Lasst uns der Reihe nach vorgehen«, sagte Griet. »Wir wissen, dass Jessica mit den Artikeln über Mart Hilberts und den Jungen, den er suchte, diesen Edwin, großen Erfolg hatte. Deshalb sollte sie für das *Leeuwarder Dagblad* eine Folgeserie über dramatische Erlebnisse von Amateurläufern beim Elfstedentocht von 1997 schreiben. Laut Stijn de Leeuw arbeitete sie an einer Vorrecherche. Gibt die Auswertung des Laptops dazu etwas her?«

Pieter blätterte in den Ausdrucken. »Den Wust an Word-Dokumenten müssen wir erst mal sichten … Aber im Kalender sind einige Interviewtermine eingetragen. In den Wochen vor ihrem Tod sprach sie unter anderem mit Mart Hilberts und Toon Ewerts.«

»Ewerts?«, wiederholte Griet, und auf Noemis fragenden Blick fügte sie hinzu: »Ihm gehört ein Restaurant, in dem Stijn de Leeuw mittags gern abstieg. Außerdem plant Ewerts offenbar eine Konkurrenzveranstaltung zum offiziellen Elfstedentocht … Jessica hat ihn auf ihrem YouTube-Kanal öffentlich an den Pranger gestellt.«

»Hier ist noch etwas«, sagte Pieter. »Ein Termin mit … Marit Blom.«

»Wann war das?« Griet runzelte die Stirn.

»Sechs Tage vor ihrem Tod.«

»Daran hätte Marit Blom sich erinnern müssen«, meinte Griet. »Uns hat sie nicht gesagt, dass sie Jessica kannte.«

»Blom war eine der Auffindungszeugen?«, fragte Noemi.

»Ja.«

»Was ist mit den beiden Männern, die am Fundort waren? Gibt es da eine Verbindung?«

»Nein, weder Jeroen Brouwer noch Geert Dammers kannten Jessica.« Pieter tippte auf die Liste mit den Dateien, die die Kriminaltechnik auf dem Laptop gefunden hatte. »Von dem Gespräch mit Marit Blom existiert ein Audiomitschnitt.«

»Den sollten wir uns anhören«, sagte Griet. »Ich will außerdem eine Auswertung der Dateien und von Jessicas Social-Media-Accounts und des YouTube-Kanals. Und ich möchte mehr über Marit Blom wissen.«

»Ich übernehme das«, bot Noemi an.

»Einverstanden. Morgen früh reden wir mit Jessicas Freundin, Evje Molenaar. Außerdem sollten wir die Verbindung zwischen Ewerts und De Leeuw prüfen. Mag Zufall sein, dass er Jessica beschäftigte und gleichzeitig im *Elfstedenkok* verkehrte. Seine Assistentin erzählte mir, dass er neuerdings in ein anderes Restaurant geht. Vielleicht hat das einen Grund.«

»Okay«, meinte Noemi. »Was ist mit dem *mobieltje*?«

»Steht noch aus«, sagte Griet. »Wir müssen uns außerdem im *Blokhuisport* umsehen. Jessica hatte dort ihr Büro und … eine Wohnzelle. Pieter?«

»Ich fahr gleich morgen früh mit Noor hin.« Er griff nach dem Ausdruck des Terminkalenders und blätterte zu dem Tag, als Jessica Jonker gestorben war. Er wies mit dem Zeigefinger auf den Termin, der für den Nachmittag eingetragen war. »Was machen wir hiermit?«

»Laut Mei wurde Jessica in der Zeit zwischen fünfzehn und siebzehn Uhr vergiftet«, rekapitulierte Griet.

Noemi nahm den Kalendereintrag in die Hand. »*Verdomme.*«

»Genau«, sagte Griet. »Bevor sie nach Sloten fuhr und dort von der Brücke in den Tod stürzte, verbrachte Jessica Jonker zwei Stunden auf der Pressekonferenz im *stadhuis*. In Gesellschaft des Bürgermeisters und des Polizeichefs.«

13
DIE LISTE

Pace et Justitia, Friede und Gerechtigkeit, stand in goldenen Lettern auf dem Giebel über der Eingangstür des *stadhuis* geschrieben. Griet hielt es für einen besonders makabren Scherz des Schicksals, sollte Jessica Jonker tatsächlich in einem Gebäude mit dieser Aufschrift vergiftet worden sein. Das *stadhuis* war Anfang des 18. Jahrhunderts erbaut worden, ein Gebäude im Stil des klassizistischen Barocks, errichtet auf den Kellergewölben der *Auckamastins,* der alten Stadtburg. Die Front aus rotbraunen Klinkersteinen zierten sechsundzwanzig Sprossenfenster, von denen die unteren beiden Reihen mit Schlagläden versehen waren. Auf dem Schieferdach befand sich ein Uhrenturm, dessen Glockenspiel jeweils zur halben und vollen Stunde weit über die Stadt klang.

Es war noch früh am Morgen, und die Sonne kroch nur langsam über den Horizont. In der Nacht hatte es weiter geschneit, und der *hofplein,* der kopfsteingepflasterte Platz, an dem sich das *stadhuis* befand und in dessen Mitte ein großer Weihnachtsbaum stand, war von einer dicken Schicht Neuschnee überzogen.

Direkt gegenüber dem *stadhuis* lag der *Stadhouderlijk Hof,* der alte Palast des Statthalters, der heute als Hotel genutzt wurde. Ein Page befreite gerade die Treppe von Eis und Schnee, als Griet mit Noemi um das *stadhuis* herum zum seitlichen Eingang ging. Sie waren mit Suzanne van Dijk verabredet, der Pressesprecherin der Stadtverwaltung, die auch der Pressekonferenz beigewohnt hatte.

Der Radiowecker hatte Griet am Morgen mit der Stimme von Marit Blom geweckt, die im Morgenmagazin einem Reporter berichtete, dass die Wärmepumpen von Jeroen Brouwers Firma hervorragende Arbeit leisteten und der Elfstedentocht damit um einiges wahrscheinlicher wurde. Im Anschluss hatte ein Meteorologe erklärt, dass die Luftströmung, die gegenwärtig eisige Polarluft aus dem Norden zu ihnen trieb, weiter Bestand haben würde. Das wiederum führte dazu, dass sich in der folgenden halben Stunde, während Griet mit Fenja frühstückte, allerhand lokale Experten darin versuchten, ihr Glück in Worte zu fassen, dass das Traditionsrennen dieses Jahr offenbar wieder stattfinden würde.

Griet war froh, dass Fenja die *puntjes* – weiche Brötchen – mochte, die sie frisch vom Bäcker geholt hatte. Griet hatte sie mit Schokoflocken bestreut, dem Einzigen, was der Vorratsschrank neben Marmelade hergegeben hatte. Nach dem Frühstück waren sie mit dem *fiets* – Fenja auf dem Gepäckträger – nach *Camminghaburen* gefahren.

Pieter war zu diesem Zeitpunkt bereits auf dem Weg zum Präsidium gewesen. Er würde heute Vormittag mit Noor und einem Team der Kriminaltechnik zum *Blokhuisport* fahren. Als Nettie ihnen die Haustür öffnete, hatte Griet von ihrer Tochter nur noch einen Kondensstreifen gesehen, so schnell war sie nach drinnen gelaufen, wo die Bernhardinerdame sie mit wedelndem Schwanz begrüßte.

Es war überraschend, wie schnell sich Kinder auf neue Situationen einstellen konnten, hatte Griet gedacht. Und doch hatte sich gleichzeitig ihr schlechtes Gewissen gemeldet.

Im Eingangsbereich des *stadhuis* erwartete Suzanne van Dijk, die Pressesprecherin der Stadt, die beiden Polizistinnen, eine Aktenmappe unter dem Arm. Sie trug ein blaues Businesskostüm und hatte die dunklen Haare mit einer Klammer hinter dem Kopf zusammengefasst. Sie rückte ihre randlose Brille zurecht, bevor sie Griet die Hand entgegenstreckte.

»Vielen Dank, dass Sie sich Zeit nehmen«, sagte Griet.
»Gern«, erwiderte Van Dijk. »Folgen Sie mir.«

Die Frau führte Griet und Noemi eine monumentale Holztreppe mit handgeschnitztem Geländer hinauf in einen großen Saal. Dessen Wände waren mit Eichenfurnieren vertäfelt und mit Porträts von Königinnen und Königen der Niederlande geschmückt, darunter Gemälde von *koning* Wilhelm II. und *koningin* Juliana.

»Wir haben die Pressekonferenz hier abgehalten«, erklärte Van Dijk. »Der alte Ratssaal ist unser größter Raum. Sie sagten am Telefon, es gehe um Ermittlungen in einem aktuellen Fall. Darf ich mich nach den Hintergründen erkundigen?«

Griet zögerte. Van Dijk hatte sich auf ihren frühen Anruf am Morgen hilfsbereit gezeigt, da wollte sie nicht unhöflich sein und sich auf die allgemeine Aussage beschränken, dass sie sich nicht zu laufenden Ermittlungen äußern durfte. Andererseits wollte sie auf keinen Fall die Vermutung in die Welt setzen, dass es um die Besichtigung eines möglichen Tatorts ging, wofür es noch keine Beweise gab und was Bürgermeister und Polizeichef gleichermaßen in Aufruhr versetzen würde.

»Es geht um die junge Frau, die wir vorgestern in Sloten tot aufgefunden haben«, sagte Griet schließlich. »Sie war hier auf der Pressekonferenz ... Wir gehen dem lediglich routinemäßig nach.«

»Verstehe.«

»Das Thema der Pressekonferenz war der Elfstedentocht?«, erkundigte sich Noemi.

»Ja. In den vergangenen Wochen gab es immer wieder Bedenken, was die Sicherheit bei dem zu erwartenden Massenandrang betrifft«, erklärte Van Dijk. »Der Bürgermeister und der Polizeichef haben deutlich gemacht, dass alles dafür getan wird, den *tocht* zu einer sicheren Veranstaltung für Teilnehmer und Zuschauer zu machen.«

»Wie viele Leute waren hier?«, fragte Griet.

»Sechzig waren geladen. Gekommen sind fünfundfünfzig.«

»Existiert eine Gästeliste?«

»Ich habe sie Ihnen ausgedruckt.« Van Dijk öffnete die Mappe, die sie dabeihatte, und reichte Griet einen zusammengetackerten zweiseitigen Ausdruck.

Griet überflog die Liste, auf der die Namen alphabetisch angeordnet waren. Unter dem Buchstaben J fand sie Jessicas Namen. »Alle, die hier aufgeführt sind, waren auch tatsächlich anwesend?«

»Ja«, antwortete Van Dijk.

»Haben Sie persönlich mit *mevrouw* Jonker gesprochen?«

»Nein, dazu war nicht die Gelegenheit. Ich musste dem Bürgermeister bei seinen anschließenden Gesprächen mit den TV-Sendern assistieren.«

»Wann begann die Pressekonferenz?«

»Pünktlich um fünfzehn Uhr. Die letzten Gäste verließen das Haus gegen siebzehn Uhr.«

»Wie war der Ablauf der Veranstaltung?«

»Zunächst haben der Bürgermeister und der Polizeichef geredet, dann sagte Marit Blom etwas zum Stand der Dinge. Danach gab es die obligatorische Fragerunde.«

Griet blickte sich um. In einer Ecke des Raums befand sich ein Rednerpult, daneben mehrere Stapel mit Stühlen. »Die Sprecher standen vorn am Pult, die Gäste saßen?«

»Ja. Neben dem Pult stand noch ein Tisch für die Redner, die nicht an der Reihe waren. Für die Gäste waren fünf Stuhlreihen aufgebaut.«

»Gab es Verpflegung?«

»Nicht hier oben«, sagte Van Dijk. »Aber im Anschluss fand unten im Gewölbekeller ein Get-together statt.«

»War Jessica Jonker dort anwesend?«

»Kann ich Ihnen nicht mit Sicherheit sagen. Der offizielle Teil endete gegen sechzehn Uhr, einige Gäste verließen dann die Veranstaltung, andere gingen noch runter.«

»Waren die Honoratioren ebenfalls im Gewölbe?«

»Ja, nach den TV-Interviews. Der Bürgermeister, der Polizeichef und Marit Blom.«

»Das heißt, wer noch ein Gespräch mit ihnen wünschte, begab sich nach unten.«

»Ja.«

»Würden Sie uns die Räumlichkeiten zeigen?«, bat Griet.

»Natürlich. Kommen Sie.«

Sie verließen den alten Ratssaal, und Van Dijk führte sie durch das Treppenhaus in den Keller.

Der Raum, den sie betraten, hatte eine niedrige, weiß verputzte Gewölbedecke, die auf breiten Steinsäulen ruhte. Neben einer Reihe von Stehtischen, die frei im Raum positioniert waren, gab es einige moderne Sessel, die entfernt an überdimensionierte, eingedellte Bälle erinnerten. An der Frontseite befand sich ein Tresen. Ein bogenförmiger Durchgang führte zu einem Nebenraum, der ähnlich gestaltet war.

Van Dijk erklärte, dass an der Theke Sekt, Orangensaft und Alkoholfreies gereicht worden waren.

»Wurden die Getränke jedem Gast einzeln ausgeschenkt?«, fragte Noemi.

»Nein, sie waren vom Catering bereits vorbereitet worden. Es wurde nur nachgefüllt.«

»Die Gläser standen also auf dem Tresen?«

»So war es. Dazu reichten wir Kanapees. Auch da haben sich die Gäste selbst bedient.«

Griet durchmaß langsamen Schrittes den Raum und versuchte, sich vorzustellen, wie die Situation gewesen war.

Es hatten sich Dutzende Menschen in dem Gewölbe befunden, was bedeutete, dass dichtes Gedränge geherrscht haben musste.

Den Raum von der Kriminaltechnik nach Spuren untersuchen zu lassen, war sinnlos. Augenscheinlich hatte man nach der Veranstaltung sauber gemacht und aufgeräumt. Und davon abgesehen war es auch fraglich, nach welchen Hinweisen sie überhaupt hätten suchen sollen – sollte jemand Jessica hier vergiftet haben, hatte er mit ziemlicher Sicherheit dabei keine Spuren hinterlassen. Mei hatte Griet nach der Leichensektion erklärt, dass das Digitalis vermutlich in Pulverform verabreicht worden war, zum Beispiel, indem der Täter es in ein Getränk oder in eine Mahlzeit aus entsprechender Konsistenz mischte.

Vor Griets innerem Auge füllte sich der Gewölbekeller des *stadhuis* wieder mit Menschen. Stimmengewirr lag in der Luft, man stand dicht beisammen, lachte, unterhielt sich. Manche hielten sich an den Stehtischen auf, andere hatten in den Sesseln Platz genommen. Die Leute schlenderten umher, suchten Gesprächspartner. Immer wieder versorgten sie sich mit Getränken und Häppchen, ein stetes Kommen und Gehen herrschte an der Theke. Für jemanden, der sich mit Jessica unterhielt und ihr beiläufig ein Glas oder ein Kanapee reichte, wäre es vielleicht möglich gewesen, ihr etwas unterzumischen.

Griet wandte sich Van Dijk zu. »Wer war für das Catering verantwortlich?«

»Wie üblich Toon Ewerts.«

»Ewerts?« Griet hob die Augenbrauen.

»Seinem Restaurant ist ein Cateringbetrieb angeschlossen.

Ein sehr guter, zu fairen Preisen«, erklärte Van Dijk. »Er versorgt alle Veranstaltungen im *stadhuis*.«

»War Ewerts persönlich anwesend?«

»Ja, allerdings überließ er das Catering seinen Mitarbeitern«, sagte Van Dijk. Und dann wich die professionelle Nüchternheit für einen Moment aus ihrem Gesicht, als sie erklärte: »Er hatte darum gebeten, als Organisator eines ... ›alternativen Elfstedentocht‹ bei der Pressekonferenz zugegen sein zu dürfen. Ich fürchte, es ist nicht so gelaufen, wie er es sich vorgestellt hat.«

»Wie meinen Sie das?«

»Er hat sich vor versammeltem Publikum eine Abfuhr eingefangen, als er wissen wollte, ob die *politie* auch ein alternatives Rennen schützen würde.« Van Dijk setzte ein Lächeln auf. »Ihr Chef und der Bürgermeister machten unmissverständlich klar, dass es sich dabei um eine profitorientierte, private Unternehmung handelte. Daher müsse Ewerts die Kosten eines solchen Einsatzes gegebenenfalls selbst tragen beziehungsweise die Sicherheit anderweitig gewährleisten.«

»War Ewerts später hier unten?«

»Ja, ich musste den Bürgermeister vor ihm abschirmen. Er hat stattdessen Ihren Chef belagert.«

Griet sah sich um. Natürlich gab es hier unten keine Überwachungskameras. Weshalb auch. Dennoch wäre es hilfreich gewesen, zu sehen, was sich hier unten genau abgespielt hatte. Und mittels einer Videoaufnahme hätte sich auch zweifelsfrei klären lassen, ob Jessica nach der Pressekonferenz tatsächlich hier unten gewesen war. Alle Anwesenden zu befragen, würde zu viel Wirbel verursachen.

»Wie steht es mit Ihrer Sicherheitstechnik?«, fragte Griet.

»Wir haben Außenkameras.«

»Sie speichern die Aufnahmen?«

»Ja, allerdings nur vierzehn Tage lang.«

»Das genügt«, sagte Griet. »Wir benötigen die Aufzeichnungen für den Zeitraum der Pressekonferenz.«

»Kann ich Ihnen gleich besorgen«, sagte Van Dijk.

Griet bedeutete Noemi mit einem Nicken, der Frau zu folgen. Die beiden verließen den Keller in Richtung Treppenhaus.

Griet beschloss, draußen auf Noemi zu warten. Während sie durch die Empfangshalle zum Ausgang ging, suchte sie die Gästeliste nach Namen ab, die mit den Ermittlungen in Zusammenhang standen. Neben Jessica Jonker und Marit Blom entdeckte sie Toon Ewerts und Stijn de Leeuw.

Griet trat durch den Ausgang auf den Platz vor dem *stadhuis* und blickte noch einmal zu der Inschrift über dem Giebel hinauf.

Friede und Gerechtigkeit.

Für Letztere würde sie sorgen.

14
DER GRUTTERSWINKEL

Griet stapfte mit Noemi durch den Schnee über die *Kleine Kerkstraat*, wo die Geschäfte gerade ihre Türen öffneten. Mit ihren vielen kleinen Läden, von denen die meisten inhabergeführt waren, stand die Gasse in dem Ruf, die schönste Einkaufsstraße des Landes zu sein. Griet und Noemi waren auf dem Weg zu Evje Molenaar, der Freundin von Jessica Jonker, die in der Nähe in einem Museumsladen arbeitete.

Griet nippte an dem *koffie*, den sie sich nach ihrem Besuch im *stadhuis* in einem Stehcafé besorgt hatten. Sie fragte sich, ob es mehr als Zufall war, dass drei Leute die Pressekonferenz besucht hatten, die mit Jessica Jonker in Verbindung standen. Bei jedem von ihnen ließ sich eine plausible Erklärung für die Anwesenheit finden. Marit Blom hatte in ihrer Eigenschaft als Vorsitzende der *Koninklijke Vereniging de Friesche Elf Steden* an der Veranstaltung teilgenommen. Stijn de Leeuw als Chefredakteur des *Leeuwarder Dagblad*. Und Ewerts war in einer Doppelrolle zugegen gewesen – in eigener Sache und als Caterer.

Hatte einer von ihnen Grund gehabt, Jessica nach dem Leben zu trachten? Am ehesten konnte Griet es sich bei Ewerts vorstellen – aber wegen eines YouTube-Videos?

»Hier muss es sein«, sagte Noemi.

Sie waren auf den *Nieuwesteeg* abgebogen und standen nun vor einem kleinen Museumsladen, der als *De Grutterswinkel* bekannt war. Evje Molenaar verdiente sich hier einen Teil der Studiengebühren.

Das kleine Geschäft befand sich in einem historischen Reihenhaus mit brauner Klinkerfassade im Rokokostil. Über dem Eingangsbereich, der mit dunkelbraunem Holz umrahmt war, wehten zwei Fahnen: die blau-gelb gestreifte Flagge von Leeuwarden und die Flagge von *Fryslân* mit blauen und weißen Streifen, Letztere mit roten Herzen besetzt. Im rechten Schaufenster waren alte Verpackungen von Schokoladen, Kaffees oder Waschmitteln ausgestellt. Durch das linke Fenster war eine Theke zu sehen, wie Griet sie noch aus den Tante-Emma-Läden ihrer Jugend kannte. Eine junge Frau stand dahinter und kontrollierte gerade die antike Registrierkasse.

Griet betrat den Laden durch die Eingangstür, die sich mit dem Klingeln eines Glöckchens öffnete.

***

Das Haus, in dem sich der *Grutterswinkel* befand, war im Jahr 1596 erbaut worden, sogar ein Bürgermeister der Stadt hatte einmal darin gewohnt. Evje Molenaar erzählte ihnen, wie alles damit begonnen hatte, dass 1901 ein Klaas Lieuwe Fennstra einen Kolonialwarenladen in dem Gebäude eröffnete, das er zunächst für den jährlichen Betrag von 375 Gulden anmietete, bevor er es einige Jahre später erwarb. Als er und seine Frau 1926 kurz nacheinander verstarben, übernahmen ihre drei Töchter notgedrungen das Geschäft. Obwohl die Älteste erst dreiundzwanzig war, führten sie den Laden zu neuer Blüte. Der Krämerladen genoss bald einen hervorragenden Ruf, und es kauften wohlhabende Leute dort ein, wie zum Beispiel die Zelles, die Eltern der berühmten Mata Hari, die gebürtig aus Leeuwarden stammte. Das Geschäft schloss 1973, allerdings erlebte die jüngste der drei Schwestern noch, wie der *Grutterswinkel* 1991 als Museum wiedereröffnet wurde.

Griet blickte sich um. Die Regale waren bis an die Decke gefüllt mit Konservendosen und Waren, die in Papier oder Pappe verpackt waren – Suppen und Eintöpfe, Gemüse, Schokolade, Spül- oder Putzmittel, Seife. Auf einem Bord hinter der Theke standen Einmachgläser voller Süßigkeiten, unter anderem die Himbeerbonbons und würfelförmigen Karamellen, die Griet als Kind sehr geliebt hatte.

Eine Tür führte zu einem Nebenraum, früher das Wohnzimmer, der heute als Café genutzt wurde. Es roch nach Lakritz und warmem Kuchen.

Griet wandte sich Evje zu. »Das ist wirklich alles bezaubernd. Aber Sie wissen vermutlich, dass wir nicht deshalb hier sind.«

»Jessicas Eltern haben es mir gesagt.«

»Was geschehen ist, tut uns sehr leid«, sagte Griet. »Wir würden Ihnen gern ein paar Fragen über Jessica stellen.«

»Natürlich.«

»Sie beide waren gut befreundet?«

»Seit der *kleuterschool* – dem Kindergarten«, erwiderte die junge Frau. »Jessica war meine beste Freundin.«

»Sie studieren hier in Leeuwarden?«

»Ja, Geschichte.«

»Wann haben Sie Jessica zuletzt gesehen?«

»Vergangenen Samstag. Wir waren im *Shooters*.«

»Welchen Eindruck machte Jessica da auf Sie?«

»Sie war gut drauf. Wurde ein ziemlich langer Abend … und ich hatte ein paar Cocktails zu viel.«

»War Jessica ebenfalls angeheitert?«, fragte Noemi.

»Nein, sie hielt sich vom Alkohol fern.«

»Wegen ihrer Krankheit?«

»Genau«, sagte Evje.

»Dann war Ihnen bekannt, dass Jessica medikamentös behandelt wurde?«, fragte Griet.

»Das Digitalis, ja.«

»Wie kam sie damit zurecht?«

»Gut, soweit ich weiß.«

»Es gab also keine Anzeichen, dass sich ihre Krankheit in letzter Zeit verschlimmert hatte?«

»Nein, überhaupt nicht.«

»Bereitete ihr etwas Sorgen?«

»Na ja, nicht wirklich …« Evje zögerte. »Mal abgesehen von ihrer beruflichen Situation.«

»Warum, gab es Probleme?«, fragte Griet. »Sie schien doch recht erfolgreich zu sein … die Artikel im Leeuwarder Dagblad, der YouTube-Kanal …«

»Schon, aber sie verdiente nicht wirklich Geld damit.«

»Zahlt die Zeitung so mies?«, wollte Noemi wissen.

»Für einen Artikel bekam sie nur ein paar Hundert Euro«,

sagte Evje. »Und der YouTube-Kanal ... klar, sie hatte viele Abonnenten und Likes, aber dafür bezahlt Ihnen YouTube kein Geld. Das kommt nur aus den Werbeclips, die in die Videos eingebunden sind. Und pro tausend Aufrufe bleiben bei Ihnen vielleicht gerade mal ein bis zwei Euro hängen.«

»Man braucht also ... eine halbe Million Aufrufe oder mehr, damit überhaupt etwas Zählbares dabei rumkommt«, stellte Noemi fest. »Warum hat Jessica das gemacht, wenn es sich nicht lohnt?«

»Es hatte als Spaßprojekt während des Studiums begonnen«, erklärte Evje. »Und solange es Laune machte ... Eigentlich war Jessica auf eine feste Stelle bei einer Zeitung aus.«

»Der Chefredakteur des Leeuwarder Dagblad sagte uns, dass Jessica noch weitere Artikel für das Blatt schreiben sollte.«

Evje runzelte die Stirn. »Echt jetzt? Ist ja nicht zu fassen.«
»Was meinen Sie?«
»Er hat Jessica doch die Zusammenarbeit aufgekündigt.«
Griet warf Noemi einen kurzen Blick zu. »Davon war nicht die Rede. Er sagte, sie sollte ihm Vorschläge für weitere Artikel machen.«

»Das hatte sie auch getan«, berichtete die junge Frau. »Sie hat ihm eine E-Mail geschickt ... Als Antwort bekam sie dann von ihm die Nachricht, dass ihre Mitarbeit in Zukunft nicht mehr erwünscht sei.«

»Gab es dafür einen Grund?«

»Nicht wirklich. Auf Jessicas Nachfragen hin reagierte De Leeuw nicht«, sagte Evje. »Allerdings hatte sie eine Vermutung ... Der Rauswurf kam, kurz nachdem sie das Video über Toon Ewerts veröffentlicht hatte. Und sie meinte, die beiden wären irgendwie befreundet.«

»Jessica sah also einen Zusammenhang?«, fragte Griet.

»Sie wollte das jedenfalls nicht so einfach auf sich beruhen lassen.«

Griets *mobieltje* klingelte.

»Entschuldigung.« Sie wandte sich ab und nahm den Anruf an. Am anderen Ende hörte sie die Stimme von Pieter.

»Ihr beiden kommt besser in den *Blokhuisport*«, sagte er. »Wir haben hier etwas gefunden.«

15
HINTER GITTERN

Der *Blokhuisport* musste einst, als er noch als Gefängnis genutzt worden war, die schönste Strafvollzugsanstalt der Welt gewesen sein, da war Griet sich ziemlich sicher. Zwei spitze Türme zierten das Eingangstor der mittelalterlichen Festung, die erst 1821 zu einem Zuchthaus umfunktioniert worden war und direkt an der *Zuiderstadsgracht* lag. Und wer es nicht besser wusste, konnte das ockerfarbene Gemäuer von Weitem durchaus für ein herrschaftliches Schloss halten, vor dem sich in anderen Städten die Touristen scharen würden.

Griet und Noemi betraten die Steinbrücke, die über einen Wassergraben zum Eingang führte. Die letzten Gefangenen waren 2007 verlegt worden, danach hatte man den Komplex vorsichtig renoviert. Heute beherbergte der *Blokhuisport* ein Hostel, in dem man in den ehemaligen Zellen übernachten konnte, sowie einige Restaurants, Ateliers und Geschäfte.

Durch das gewölbte Eingangstor kamen Griet und Noemi in einen Innenhof, der früher vermutlich für den Freigang genutzt worden war. Zu ihrer Linken gab es eine Bibliothek, rechts eine Töpferei und ein Restaurant mit Terrasse an der Gracht. Sie folgten einem Schild mit der Aufschrift: *Shops en ateliers in Celblock H*. Der Weg in den Zellenblock H führte über einen weiteren Hof, wo man neben einem Weihnachtsbaum eine Eislaufbahn für Kinder hergerichtet hatte.

Rot-weißes Absperrband flatterte vor dem Zellenblock, und eine Menschentraube hatte sich am Eingang versammelt. Bei den meisten Leuten handelte es sich wohl um die Inhaber von Geschäften und die Mieter von Büros und Ateliers, die aufgrund der Polizeiaktion Pause machen mussten. Sie unterhielten sich, tranken *koffie* und aßen Gebäck. Versorgt wurden sie von einem Streifenbeamten, der hinter einem kleinen Tisch vor dem Eingang postiert war. Griet ging zu dem Kollegen und zeigte ihren Dienstausweis. »Bessern Sie sich hier Ihr Gehalt mit Catering auf?«

Der Kollege verdrehte die Augen. »Das war die Idee von Pieter de Vries. Damit die Leute bei Laune bleiben, wenn wir sie schon von der Arbeit abhalten. Gehen Sie durch und sehen Sie zu, dass die da drinnen fertig werden. Ich will hier nicht den ganzen Tag herumstehen.«

Griet und Noemi duckten sich unter dem Absperrband hindurch und betraten den Zellenblock.

In ihrer Laufbahn hatte Griet bereits unzählige Gefängnisse besucht, um mit Inhaftierten zu sprechen. Was ihr aus diesem Grund sofort auffiel, war das Fehlen der üblichen Gerüche und Geräusche einer Haftanstalt, der Gestank von menschlichen Ausdünstungen, die Rufe der Gefangenen. Doch auch in seinem Erscheinungsbild unterschied sich der Zellenblock H des *Blokhuisport* von seinen eher klinisch anmutenden Pendants in modernen Gefängnissen. Die Zellen verteilten sich auf drei Ebenen, deren umlaufende Korridore mit mannshohen Gittern gesichert waren. Die alten Eisentüren der Zellen waren in Wände aus braunem Backstein eingelassen, und die Leuchtstoffröhren an den Decken tauchten alles in ein gelbbraunes Licht. Griet fühlte sich um ein Jahrhundert in der Zeit zurückversetzt, und sosehr man das alte Gefängnis herausgeputzt hatte, hätte sie damals nicht hier einsitzen wollen.

Noemi schien ebenfalls von dem historischen Gemäuer beeindruckt zu sein. Sie ließ den Blick schweifen und nahm die Umgebung in sich auf.

Jessica Jonkers Zellen befanden sich im ersten Stockwerk. Griet sah dort oben den Polizeifotografen bei der Arbeit, und zwei Kollegen von der Kriminaltechnik kamen gerade in weißen Schutzanzügen aus einer Zelle. Pieter unterhielt sich einige Meter weiter mit einer Frau.

Ein Schild mit der Aufschrift *Kapper Dames & Heren* wies darauf hin, dass sich in der Zelle an der Treppe, die nach oben führte, ein Friseursalon verbarg. Direkt daneben lag ein Künstleratelier. Griet warf einen Blick in die Zelle, die, wie die anderen, vielleicht sechs oder sieben Quadratmeter maß. Diverse Bilder hingen an den Wänden, und weitere standen auf Staffeleien im Raum. Sie zeigten Winterlandschaften mit zugefrorenen Grachten, Windmühlen und Reetdachhäusern und erinnerten an den Stil eines Hendrick Avercamp. Andere Bilder mit Eisschnellläufern waren eher im expressionistischen Stil gehalten.

Die Kunstwerke stammten alle von demselben Maler, dessen Signatur Griet beim besten Willen nicht entziffern konnte. Sie staunte auch nicht schlecht über die Preise, die der Künstler für seine Werke aufrief. An der Darstellung *Elfstedentocht 63* klebte ein Etikett über 10 000 Euro, und *Elfstedentocht 97* sollte gar 15 000 Euro kosten.

»Kommst du?«, fragte Noemi. Sie stand schon halb auf der

Treppe nach oben. Griet wandte sich von den Bildern ab und folgte ihr.

Pieter stellte ihnen die Frau vor, mit der er sich gerade unterhalten hatte. »Famke Terheiden. Sie leitet das Hostel und organisiert die Vermietung der übrigen Zellen.«

Griet reichte der Frau die Hand.

»Wie ich gerade sagte …«, meinte Terheiden. »Jessica hatte eine Bürozelle und einen Schlafraum angemietet.«

»Ist es üblich, dass die Leute hier arbeiten und wohnen?«, fragte Pieter.

Terheiden schüttelte den Kopf. »Nein. Normalerweise läuft das getrennt. Wir haben Gäste, die ein oder zwei Nächte im Hostel verbringen, die Vermietung der Zellen als Büro, Atelier oder Geschäft ist eine andere Sache. Doch als Jessica mit ihrem Ansinnen an mich herantrat, dachte ich mir, warum nicht etwas Neues ausprobieren, zu viel Leerstand kann ich mir auf Dauer nicht leisten.« Sie wies mit der Hand auf die dritte, obere Etage, wo die Zellen allesamt ungenutzt waren.

»Seit wann hat Jessica die Zellen gemietet?«, fragte Griet.

»Sie ist ungefähr vor einem Vierteljahr eingezogen. Sie kam aus Groningen. Soviel ich weiß, suchte sie nach einer bezahlbaren Wohnung«, erklärte Terheiden. »Aber Sie wissen ja vielleicht, wie schwierig das aktuell ist.«

Pieter wandte sich Griet und Noemi zu: »Wir haben uns in beiden Zellen umgesehen. Die Wohnzelle ist ziemlich spartanisch eingerichtet – ein schmales Bett, ein Sessel, ein Kleiderschrank. Aber nichts, das für uns von Interesse wäre. Bei der Bürozelle sieht das schon anders aus. Kommt mit.«

Sie verabschiedeten sich von Terheiden, und Pieter wies den beiden Kolleginnen den Weg zu der Zelle. »Ich war vorhin kurz im *politiehoofdbureau*«, erklärte er. »Wouters drängelt wegen des Berichts. Am liebsten will er ihn noch heute ... Da wären wir.«

Die Eisentür der Zelle stand offen. Die Kriminaltechnik hatte offenbar ihre Arbeit beendet. Noemi ging voran, und Griet folgte ihr.

Sie schätzte, dass der Raum ungefähr drei mal drei Meter groß war und früher mehreren Häftlingen Platz geboten hatte. Auf der Stirnseite stand unter einem vergitterten Fenster ein Schreibtisch, auf dem diverse Zeitungsausschnitte, Papiere und Fotos lagen. Auf der linken Seite war eine Videokamera mit Stativ auf die gegenüberliegende Wand ausgerichtet. Dort erkannte Griet die Fototapete mit der friesischen Landschaft wieder, die sie in Jessicas YouTube-Video gesehen hatte.

Ihr kam der Gedanke, dass es wahrlich ungewöhnlichere Wohnorte gab als ein altes Plattbodenschiff.

»Schaut euch das hier an«, sagte Pieter. Er ging zum Schreibtisch und nahm mehrere Fotos, die er trotz der Handschuhe, die er trug, vorsichtig auf die offene Handfläche legte, um keine Spuren zu verwischen.

Griet betrachtete die Bilder. Es waren zwei Serien, und sie zeigten beide denselben Mann. Auf den einen Fotos sah man ihn ein Restaurant betreten, auf den anderen, wie er es wieder verließ. In der unteren rechten Ecke der Fotos war jeweils ein Zeitstempel zu erkennen. Der Mann betrat das Lokal um 12.15 Uhr und kam gut zwei Stunden später wieder heraus.

Noemi war neben Griet und Pieter getreten und deutete mit dem Zeigefinger abwechselnd auf die beiden Bilder. »Bemerkenswert. Der Mann trägt beim Verlassen des Restaurants eine Aktentasche bei sich, die er beim Hineingehen nicht dabeigehabt hat.«

Pieter nickte und verzog einen Mundwinkel zu einem schiefen Lächeln, was wohl bedeutete, dass dies genau der Punkt war, auf den er hinauswollte.

Griet sah sich die Bilder noch einmal näher an. Auf dem Schild über dem Eingang stand in verschnörkelter Schrift der Name des Restaurants geschrieben: *De Elfstedenkok*. Es war das Restaurant von Toon Ewerts.

Und bei dem Mann mit der Aktentasche handelte es sich um Stijn de Leeuw, den Chefredakteur.

16
DREI MINUTEN NACH MITTERNACHT

»Kannst du mir mehr über diesen Toon Ewerts erzählen?«, fragte Griet. Pieter saß neben ihr auf der Steinbank an der Gracht. Ein freudiger Ausdruck lag auf seinem Gesicht, als er ein Stück *kibbeling* in die Remouladensoße tunkte. Dann biss er hinein und ließ einen Laut des Entzückens vernehmen. »*Heerlijk* – herrlich.«

Über ihrem Besuch im *Blokhuisport* war es Mittag geworden, und Pieter hatte vorgeschlagen, seinen stärker werdenden Hunger an einem Imbissstand zu stillen. Griet und Noemi hatten sich für eine Portion *patat* entschieden und dann einen ruhigen Platz an der Gracht in der Nähe des alten Waaghauses gesucht.

»Ich weiß nicht viel über Ewerts, mal abgesehen von seinem Erlebnis beim Elfstedentocht von 97«, antwortete Pieter. »Aber die Geschichte kennt in der Stadt wohl jeder.«

»Ich nicht«, sagte Griet, und Noemi, die auf der anderen Seite neben ihr saß, pflichtete ihr bei.

»Ist schnell erzählt.« Pieter machte ein weiteres Stück *kibbeling* verzehrbereit, indem er es von möglichst vielen Seiten in die Soße tauchte. »Der *tocht* von 97 war der längste, der jemals ausgetragen wurde, und wohl auch einer der kältesten. Der Wind war so eisig, dass die gefühlte Temperatur bei minus achtzehn Grad lag, selbst in den Mittagsstunden kletterte das Thermometer nicht über minus drei Grad. Wer es ins Ziel schaffte, hatte also eine echte Tortur hinter sich …«

»Pieter, *alstublieft*.« Griet versuchte, einen möglichst gnädigen Gesichtsausdruck zu machen. »Bitte die Kurzfassung.«

»Okay, okay …« Er schob das Stück *kibbeling* in seinen Mund und kaute, bevor er weitersprach. »Toon Ewerts kam zu spät. Er passierte die Ziellinie hier in Leeuwarden um genau drei Minuten nach Mitternacht.«

»Versteh ich nicht«, meinte Noemi. »Er ist ins Ziel gekommen, wo ist dann das Problem?«

Pieter seufzte und aß das letzte Stück *kibbeling*, bevor er weitersprach. »Es gibt ein Zeitlimit. Die Teilnehmer müssen bis Mitternacht im Ziel sein. Wer zu spät kommt, hat Pech gehabt, da kennen die Wettkampfrichter kein Pardon.«

»Soll das heißen«, erkundigte sich Griet, »Ewerts schaffte die gesamte Strecke, und alles war … umsonst?«

»Genau. Und als er sein Pech realisierte, brach er vor laufenden Kameras in Tränen aus. Das hat ihm über die Stadtgrenzen hinweg das Mitgefühl der Leute beschert. Und ich schätze, für den Erfolg seines zuvor völlig unbekannten Restaurants war das nicht abträglich …«

»Bei dir klingt ein Aber mit«, sagte Griet, die den Tonfall kannte, in dem Pieter die Geschichte erzählt hatte. Sie hatte ihn im vergangenen Jahr allzu oft gehört, wenn dem Kollegen etwas nicht gefiel.

»Ach … nichts Wichtiges.« Pieter winkte ab. »Ewerts hat sein Erlebnis mal in irgendeiner Chronik geschildert, und etwas hat mich daran immer gestört …«

»Was denn?«

Pieter kratzte sich unter der Schiebermütze am Kopf.

»Also, damit ihr es versteht …«, begann er. »Das Ganze funktioniert folgendermaßen: Die Profis starten morgens um halb sechs Uhr. Sie brauchen ungefähr sieben Stunden für die Strecke.«

»Sieben Stunden für zweihundert Kilometer auf Schlittschuhen?«, warf Noemi überrascht ein.

»Das sind Wettkampfsportler«, erklärte Pieter. »Die Amateure gehen zeitversetzt nach ihnen in Gruppen an den Start. Ewerts lief gegen acht Uhr morgens los. Er war damals Anfang zwanzig. Natürlich brauchen die Hobbyläufer wesentlich länger als die Profis. Doch selbst ein normal trainierter Mensch in Ewerts' Alter hätte die Strecke bis zum frühen Abend bewältigen müssen. Aber er kam erst nach Mitternacht im Ziel an. Das passte einfach nicht zusammen.«

»Hm«, brummte Griet. Sie persönlich wäre froh, eine solche Tortur lebend zu überstehen. »Gibt es eine Erklärung?«

»Nicht, dass ich wüsste.«

»Es bringt uns jedenfalls nicht weiter«, sagte Noemi. »Hat der Mann sich denn mal was zuschulden kommen lassen?«

»Glaub nicht«, sagte Pieter. »Sein Laden brummt jedenfalls. Der *Elfstedenkok* ist neben dem *Spinoza* der Anlaufpunkt für die Lokalprominenz und alle, die in der Stadt etwas zu melden haben … oder haben wollen. Entsprechend gesalzen sind die Preise.«

»Ich denke, ich würde *meneer* Ewerts gern einen Besuch abstatten.« Griet stand auf. »Und was haltet ihr von den Fotos, die wir gefunden haben?«

»Liegt doch auf der Hand, oder?«, erwiderte Noemi. »Evje Molenaar hat uns ja erzählt, dass De Leeuw Jessica die Zusammenarbeit aufgekündigt hatte, kurz nachdem sie ihr Video über Ewerts veröffentlicht hatte. Dem wollte sie nachgehen ... was sie offenbar getan hat.«

»Du meinst, sie hat De Leeuw beschattet?«, fragte Pieter.

»Was denn sonst? Denkst du, sie hat die Fotos zufällig gemacht?«

»Wohl kaum«, sagte Pieter.

»Na also.« Noemi stand auf. »Und sie wird sich auch nicht auf die Lauer gelegt haben, um zu fotografieren, wie De Leeuw eine neue Aktentasche holt, die er im Restaurant vergessen hat.«

»Ich weiß, worauf du hinauswillst«, sagte Pieter und erhob sich ebenfalls. »Aber wir sind hier nicht in London, sondern in Leeuwarden.«

»Ach. Und du meinst, in deinem kleinen Städtchen erkauft man sich nicht auch mit Geld kleine Gefallen? Jessica ist Ewerts auf den Keks gegangen mit ihrem Video. Schlechte Publicity kann der nicht brauchen. Er kennt De Leeuw. Also steckt er ihm ein paar Scheinchen zu, damit er Jessica abserviert. Für die Artikel im Leeuwarder Dagblad hat sie einen Hungerlohn bekommen, und mit ihrem YouTube-Kram verdient sie kein Geld. Sie hat also plötzlich genug damit zu tun, sich über Wasser zu halten und sich woanders einen neuen Job zu suchen. Und das bedeutet ... Ewerts hat seine Ruhe.«

»Ich weiß nicht ...« Pieter schüttelte den Kopf. »Das ist mir zu voreilig. Du solltest Schritt für Schritt vorgehen und erst entsprechende Indizien samm...«

»Das kannst du dir sparen. Ich hab beim Yard mehr über moderne Polizeiarbeit gelernt als du in den letzten zehn Jahren.«

Pieters Gesicht lief rot an. »*Je bent getikt* – du hast wohl einen Sprung in der Schüssel!«

»*Mensen* – Leute!«, ging Griet dazwischen.

Sie hatte die Streitereien zwischen den beiden von ihrer ersten gemeinsamen Ermittlung noch in bester Erinnerung, allerdings hatte sie gehofft, dass sich die Gemüter in den Monaten, die sie sich nicht begegnet waren, abgekühlt hatten.

»Wir reden mit beiden, okay. Pieter und ich knöpfen uns Ewerts vor. Noemi, du sprichst mit De Leeuw. Setz ihn unter Druck und bestell ihn zur Befragung ein. Er soll uns erklären, warum er Jessica nicht weiter beschäftigen wollte und weshalb er über das letzte Treffen mit ihr gelogen hat.«

Pieter zog sich die Jacke zurecht. »In Ordnung. Wir sehen uns später.«

Er ging, und Noemi setzte gerade an, etwas zu sagen, als ihr *mobieltje* klingelte.

»Ja?«, sagte sie, und Griet sah, wie sich ihr Gesicht verfinsterte. »Oh ... natürlich ... ich komme.«

»Alles in Ordnung?«

»Meine Mutter ...«, meinte Noemi. »Ich müsste heute Nachmittag etwas für sie erledigen. Wäre das okay? Ich kann auf dem Weg noch beim Leeuwarder Dagblad vorbeischauen ... und wenn was Dringendes ist, stoße ich später wieder dazu.«

»Kein Problem«, sagte Griet. »Wirklich alles gut?«

»Ja, natürlich.« Noemi verabschiedete sich.

Griet blickte ihr nach. Da sie sich selbst dieser Tage noch Zeit für Fenja freinehmen musste, hatte sie Noemi den Wunsch nach einem freien Nachmittag für Familienangelegenheiten wohl schlecht verwehren können.

Was ihr zu denken gab, war etwas anderes.

Seit Noemi aus London zurück war, wurde Griet das Gefühl nicht los, dass ein dunkler Schatten über der jungen Frau lag.

17

DE ELFSTEDENKOK

Das Restaurant von Toon Ewerts befand sich an der Ecke *Nieuwestad* und *Bagijnesteeg* in einem schmalen Haus aus weiß getünchten Backsteinen, dessen Front sich leicht nach vorn neigte. Die Butzenscheiben der dunkelbraunen Holzfenster waren mit Glasmalereien verziert, die Porträts von ehemaligen Gewinnern des Elfstedentocht zeigten. Auf einem runden emaillierten Schild, das an der Fassade hing, stand der Name des Lokals geschrieben: *De Elfstedenkok*. Direkt vor dem Gebäude lag der *Lange Pijp*, ein breiter Platz, der in Form einer Brücke über die Gracht gebaut war. Dort standen, umgeben von einer Plexiglaswand, fünf Tische, die ebenfalls zum Restaurant gehörten. Die Gäste saßen teils in Decken eingehüllt unter Heizpilzen und aßen zu Mittag. Eine Kellnerin kam mit einem Tablett aus dem Haus und ging zu den Tischen hinüber.

Griet folgte Pieter in das Lokal. Der Innenraum war kleiner, als sie erwartet hatte, und bot lediglich Platz für ein gutes Dutzend Tische, von denen fast alle besetzt waren. Das Licht war gedämpft, und leise Jazzmusik spielte im Hintergrund, während sich die Gäste unterhielten.

Die Bedienung führte sie zu einem freien Tisch am Fenster, direkt gegenüber der Theke, die mit einem auf Hochglanz polierten, umlaufenden Messinghandlauf versehen war. Die Wände des Restaurants schmückten Reliquien des Elfstedentocht: alte Schlittschuhe, Trikots und diverse Fotos des Rennens aus unterschiedlichen Epochen.

Die Kellnerin zündete die Kerze auf dem Tisch an und reichte ihnen die Speisekarten. Griet bestellte einen Tee, um sich aufzuwärmen.

»Wir würden gern mit *meneer* Ewerts sprechen«, sagte Griet und zeigte unauffällig ihre Dienstmarke.

»Ich seh, was sich machen lässt«, antwortete die Frau. Dann ging sie nach hinten in die Küche.

Pieters *mobieltje* gab den Ton einer eingehenden Nachricht von sich. Er blickte auf das Display und hielt es dann Griet hin. »Sieh mal. Sie sind auch gerade beim Mittagessen.«

Nettie hatte ein Foto über WhatsApp geschickt. Fenja saß vor einer großen Portion *friet* und einer *frikandel speciaal*.

Die Kleine ist süß, hat einen gesegneten Appetit, las Griet den Text unter dem Bild vor. *Sie fragt allerdings immer mal wieder nach ihrem Papa …*

Griet spürte einen Stich im Herz, und ihr schlechtes Gewissen meldete sich. Pieter schien ihre Gedanken zu lesen.

»Sag mal«, meinte er bedächtig, »wie hast du dir das mit Fenja eigentlich weiter gedacht?«

Griet hob die Hände. »Ganz ehrlich … ich weiß nicht. Ich bin jedenfalls dankbar, dass sie heute bei euch sein kann.«

»Sie kann auch die nächsten Tage zu uns kommen, darum geht es nicht. Ich meine etwas anderes … Kinder werden größer. Vielleicht kannst du inzwischen mehr mit deiner Tochter anfangen. Gib eurer Beziehung eine Chance. Ihr müsst euch neu kennenlernen. Nimm dir frei. Unternimm etwas mit ihr. Im *Natuurmuseum* gibt es zum Beispiel eine Unterwassersafari für Kinder …«

»Du hast bestimmt recht. Nur stecken wir gerade mitten in einem Fall«, unterbrach Griet ihn und enthielt ihm damit ihre wahren Gedanken vor. Wenn sie ehrlich zu sich selbst war, fürchtete sie sich nämlich vor genau einem solchen Kennenlernen. Was, wenn Fenja sie nicht mochte und sie nicht miteinander klarkamen?

»Der Fall.« Pieter schüttelte den Kopf und stützte die Ellbogen auf den Tisch. »Fenja ist deine Familie. Und Familie geht immer vor. Das ist eine zweite Chance.«

»Richtig«, erwiderte Griet. »Dieser Fall ist aber auch eine zweite Chance. Und wenn wir jemals von den Cold Cases wegkommen wollen, sollten wir sie besser nutzen …«

»Sie wollten mich sprechen?«

Ein Mann trat zu ihnen an den Tisch. Er trug ein Karohemd und darüber Hosenträger, die eine Bluejeans sicherten. Sein fülliges Gesicht wurde von einem rotblonden Vollbart umrahmt. Mit einem Küchentuch trocknete er sich die Hände.

»Toon Ewerts?«, fragte Griet.

»Ja.«

»Wir würden gern mit Ihnen über Jessica Jonker reden«, sagte sie, während sie und Pieter ihm ihre Dienstausweise zeigten. »Sie hatten vor Kurzem ein Interview mit ihr.«

»Stimmt.« Ewerts deutete nach hinten in die Küche. »Es ist gerade Hochbetrieb. Wenn es Ihnen nichts ausmacht, kommen Sie doch später wieder.«

»Tatsächlich macht es mir etwas aus«, erwiderte Griet. Sie wollte ihm keine Zeit geben, sich in irgendeiner Weise auf das Gespräch vorzubereiten. »*Mevrouw* Jonker ist tot. Wir untersuchen die Umstände ihres Ablebens. Nehmen Sie bitte Platz.«

Ewerts blickte sich verstohlen um. Griet hatte laut genug gesprochen, dass einige Gäste auf ihre Unterhaltung aufmerksam geworden waren. Er stieß ein Brummen aus und setzte sich neben Pieter.

»Der Tod von *mevrouw* Jonker scheint Sie nicht zu überraschen«, stellte Griet fest und zog ihr Notizheft aus der Innentasche ihres Parkas.

»Stand doch in der Zeitung ... tragische Sache.«

»Wann haben Sie mit *mevrouw* Jonker gesprochen?«

»Vor etwa zwei Wochen.«

»Und worum ging es?«

»Mein Erlebnis beim Elfstedentocht.«

Die Bedienung kam und brachte ihnen die Getränke.

Griet tauchte den Teebeutel in das heiße Wasser. »Wie verlief Ihr Gespräch mit ihr?«

»Normal«, sagte Ewerts. »Warum fragen Sie?«

»*Mevrouw* Jonker hat auf YouTube ein Video veröffentlicht, in dem sie sich hinsichtlich Ihrer Pläne für den Elfstedentocht kritisch äußert«, erwiderte Griet. »Sie behauptet auch, Sie hätten das Interview abgebrochen.«

Ewerts verschränkte die Arme und schien sich seine Antwort zu überlegen. »Ich habe nichts gegen kritische Fragen. Aber sehr wohl etwas gegen Unterstellungen«, meinte er schließlich. »Ich sagte *mevrouw* Jonker, dass sie Unfug redet und wir uns auf dieser Basis nicht weiter zu unterhalten brauchten. Sie packte ihre Sachen und ging.«

»Was unterstellte sie Ihnen denn?«, fragte Pieter.

»Denselben Unsinn, den sie auch in dem Video verbreitet. Dass ich das Leben der Leute aufs Spiel setze, nur um Geld zu verdienen.«

»Und das stimmt nicht?«, fragte Griet. »Es gibt doch bereits einen Elfstedentocht. Außer geschäftlichen Interessen sehe ich wenig Gründe für ein zweites, alternatives Event der gleichen Art.«

»Ich bin Mitglied in der FNP«, sagte Ewerts, als würde das irgendetwas erklären.

Griet musste unwillkürlich an ihr Erlebnis mit dem Vertreter der *Fryske Nasjonale Partij* auf dem Einwohnermeldeamt denken.

»Und ich bin Mitglied in der *Eifelvereniging*«, warf Pieter ein, der offenbar denselben Gedanken hatte. »Was wollen Sie uns also damit sagen?«

»Wir setzen uns für den Erhalt der Traditionen ein«, erklärte Ewerts, »und um nichts anderes geht es bei meinem Elfstedentocht. Tatsache ist, dass wir seit über zwanzig Jahren keinen *tocht* mehr hatten. Und Marit Blom ist gerade dabei, aus übertriebener Vorsicht die einmalige Gelegenheit für eine Neuauflage des Rennens zu verspielen.«

»Wenn ich es recht verstehe«, sagte Griet, »geht es ihr lediglich darum, die Sicherheit zu gewährleisten, wenn Zehntausende Menschen gleichzeitig aufs Eis stürmen.«

»Das ist doch übertrieben …« Ewerts blickte kurz zum Fenster hinaus. »Es gab schon viele Male alternative Rennen. Zuletzt brachen 1996 Hunderte Läufer zu einem privaten Elfstedentocht auf. Bei ähnlichen Bedingungen. Auch damals hieß es, das offizielle Rennen könne nicht stattfinden, weil es zu gefährlich sei … bla, bla, bla. Aber die Leute kamen alle unbeschadet im Ziel an.«

»Und deshalb meinen Sie, dass *mevrouw* Jonker Ihnen unrecht tat?«, fragte Griet.

»Sehen Sie, das Klima wird doch immer wärmer. Wer weiß, wann wir das nächste Mal solche günstigen Bedingungen haben? Ich finde, wir sollten die Gelegenheit nutzen. Und damit bin ich nicht allein.«

»Und da kam Ihnen das Video von *mevrouw* Jonker sehr ungelegen«, meinte Pieter.

»Wie gesagt, die Anschuldigungen sind haltlos«, bekräftigte Ewerts. »Viele Leute in der Stadt stehen hinter mir. Es hat ja zum Beispiel auch niemand verstanden, warum sich Blom so gegen den Einsatz moderner Technik gesträubt hat.«

Pieter hob die Augenbrauen. »Aber sie lässt doch jetzt die Wärmepumpen testen. Ist das keine moderne Technik?«

»Genau darum geht es doch. Ihr Vorgänger, Jaap van der Horst, hatte sich schon klar für deren Verwendung ausgesprochen. Dann kam Blom und hat alles abgeblasen.« Ewerts schüttelte den Kopf. »Weiß der Teufel, warum sie es sich so plötzlich doch wieder anders überlegt hat.«

Es hatte wenig Sinn, diesen Punkt weiter zu vertiefen, dachte Griet, sie kamen zu sehr vom eigentlichen Thema ab. »Haben Sie *mevrouw* Jonker nach dem Interview noch einmal getroffen?«, fragte sie.

»Nein.«

»Auch nicht auf der Pressekonferenz im *stadhuis*?«

»Nein … also, schon.« Ewerts stockte kurz. »Sie war da. Ich sah, wie sie mit dem Bürgermeister, Marit Blom und ein paar anderen Leuten sprach. Aber ich selbst hab nicht mit ihr geredet.«

»Wann war das?«, fragte Griet. »Während der Pressekonferenz oder anschließend im Gewölbekeller?«

»Im Keller.«

Dann war Jessica tatsächlich dort gewesen. »Und sie unterhielt sich mit Marit Blom?«

»Sie standen da, redeten und stießen miteinander an.«

»Sie tranken etwas?«

»Ja.«

Griet machte sich eine Notiz. »Man sagte uns, Sie waren an dem Abend für das Catering verantwortlich?«

»Ja«, antwortete Ewerts. »Allerdings läuft der Cateringbetrieb getrennt vom Restaurant. Ich war dort, um mit dem

Bürgermeister und Ihrem Chef über meine Pläne bezüglich des Elfstedentocht zu sprechen.«

»Das bedeutet, Sie waren weder an der Zubereitung der Speisen noch an Ausschank und Essensausgabe beteiligt?«

»Damit hatte ich an dem Abend nichts zu tun.« Ewerts blickte nach hinten zur Küche. »Wenn das alles wäre ...«

»Eine Frage hätte ich noch«, sagte Griet. »M*evrouw* Jonker schrieb für das Leeuwarder Dagblad. Kennen Sie zufällig den Chefredakteur?«

»Ich glaube ... schon, ja.«

»Es heißt, er wäre einer Ihrer Stammgäste.«

»Ziemlich viele Leute kommen regelmäßig hierher. Schwierig, da den Überblick zu behalten. Aber ... ich hab ihn ein paarmal hier gesehen, ja.«

»In letzter Zeit auch?«

»Das kann ich nicht sicher sagen. Die meiste Zeit stehe ich ja hinten in der Küche ...«

»*Bedankt*«, sagte Griet und schloss ihr Notizheft. Sie glaubte Toon Ewerts kein Wort. Zumindest war sie noch nie einem Wirt begegnet, der seine Stammkundschaft nicht kannte, zumal, wenn er ein solch übersichtliches Etablissement wie den *Elfstedenkok* betrieb.

***

Im Hinausgehen blieben sie in dem kleinen Flur vor der Eingangstür stehen. Diverse Bilderrahmen hingen hier an den holzvertäfelten Wänden. Einer von ihnen enthielt eine Karte mit der Streckenführung des Elfstedentocht. Das Rennen startete von Leeuwarden aus in südlicher Richtung über Sneek nach Sloten, bevor die Läufer in westlicher Richtung nach Stavoren liefen. Entlang des Ijsselmeers ging es weiter über Hindeloopen und Workum nach Harlingen. Der nördlichste Teil der Route führte von dort nach Franeker, Dokkum und schließlich wieder zurück nach Leeuwarden. Allerdings war in anderer Farbe auch noch eine zweite Strecke in entgegengesetzter Richtung eingezeichnet.

»Bis in die Dreißigerjahre lief man das Rennen *om de noord*«, erklärte Pieter und deutete auf die Karte. »Es startete in nördliche Richtung nach Dokkum. Das Problem war, dass die Läufer sich bei Einbruch der Dunkelheit dann auf den *friese meeren* befanden, also auf den großen Seen zwischen Stavoren und Sloten. Viele verirrten sich dort, und es gab weit und breit keine Hilfe. Deshalb wird der *tocht* heute im Uhrzeigersinn gelaufen, *om de zuid,* mit Start in südliche Richtung.«

Griet betrachtete die Fotos, die neben der Karte hingen. Einige schienen vom Elfstedentocht von 1997 zu sein. Auf einem davon war Toon Ewerts mit einem anderen Mann zu sehen, der ihm frappierend ähnlich sah.

»Ist das sein Bruder?«, erkundigte sich Pieter.

Sein *mobieltje* vibrierte. Er las die eingegangene Nachricht.

»Etwas Wichtiges?«, fragte Griet.

»Nein, nur Noud Wolfs, ein alter Kollege. Er ist in Rente, und wir treffen uns ab und an auf ein *pilsje*.« Er schob das Smartphone in die Hosentasche zurück. »Was hast du jetzt vor?«

»Ich denke«, antwortete Griet, »wir sollten uns mal mit Marit Blom unterhalten.«

18
SCHNELLES EIS

Griet lehnte mit Pieter an der Bande der Eislaufbahn in der *Elfstedenhal*. Die große Eishalle befand sich im Westen der Stadt und war erst 2015 eröffnet worden. Auf dem Platz vor dem Eingang stand die bekannte Bronzestatue eines *Elfstedenrijders*. Reinier Paping, der Gewinner des *tocht* von 1963, hatte dafür Modell gestanden, wie Griet von Pieter erfahren hatte, und auf dem Sockel waren die Namen aller Gewinner des Rennens eingraviert. Im Volksmund wurde das Standbild auch *ijsvreter* genannt, der Eisfresser.

Die *Elfstedenhal* war in eisfreien Wintern eine beliebte Stätte für alle, die sich fit halten und ihre Eislaufkünste trainieren wollten, für den Fall, dass doch noch einmal ein Elfstedentocht stattfinden würde. Heute jedoch war die vierhundert Meter lange Bahn nur spärlich besucht, da die gefrorenen Grachten und Seen eine attraktivere Alternative boten.

Ein halbes Dutzend Eisläufer befand sich auf der Bahn, darunter Marit Blom, die Aufnahmen mit einem Fernsehteam machte.

»Ich hatte heute Morgen kurz Gelegenheit, mich ein wenig mit der Dame zu beschäftigen«, sagte Pieter, während sie darauf warteten, dass die Dreharbeiten endeten. »Marit Blom hat ein durchaus bewegtes Leben.«

»Inwiefern?«

»Sie war Mitte der Neunziger beim *Dutchbat III,* falls dir das etwas sagt.«

»Das tut es.« Griet warf Pieter einen Seitenblick zu.

Das *Dutch Air Mobile Battalion*, ein luftbewegliches Bataillon, war das niederländische Kontingent der Blauhelmmission im Jugoslawienkrieg gewesen. Während des Einsatzes von *Dutchbat III* war es 1995 zum Massaker von Srebrenica gekommen, bei dem über achttausend bosnisch-muslimische Männer getötet worden waren. Das oberste niederländische Gericht in Den Haag hatte erst vor wenigen Jahren geurteilt, dass das Land eine Mitschuld am Tod dieser Menschen trug, weil sich das Bataillon den anrückenden serbischen Truppen kampflos ergeben hatte.

»War sie dabei?«, fragte Griet.

»Sieht ganz so aus«, antwortete Pieter. »Sie war damals noch sehr jung. Jedenfalls quittierte sie kurz darauf den Militärdienst und kam zurück nach *Fryslân*. Ihrer Mutter gehörte in Franeker ein Blumenladen. Der Vater war wohl früh bei einem Unfall gestorben. Alles recht einfache Verhältnisse.«

»Was tat sie dann?«

»Sie knackte den Jackpot.«

»Wie, du meinst, sie gewann im Lotto?«

Pieter lachte. »Nein, sie heiratete in den Blom-Klan ein. Die Bloms sind Jachtbauer. Sie fertigen in Franeker nun bereits in dritter Generation sehr beliebte Plattbodenschiffe.«

»Nach ihrem Militäreinsatz hatte sie ein wenig Glück vielleicht verdient.«

»Mag sein. Allerdings ließ ihr Mann, Jurre, sie bald sitzen – er suchte offenbar heimlich das Weite, während sie 1997 den Elfstedentocht lief«, erzählte Pieter. »Die Familie hielt aber zu ihr, und Marit baute eine Charterkette mit Blom-Jachten auf. Die Heimatbasis ist in Sneek, aber inzwischen gibt es ein halbes Dutzend Basen, die sich über *Fryslân* und Zeeland verteilen.«

»Eine geschäftstüchtige Frau«, sagte Griet. »Wie schafft sie es, parallel noch die Elfsteden-Kommission zu führen?«

»Sie war offenbar schon lange in der Vereinigung aktiv«, erwiderte Pieter. »Und während der Wintermonate ist hier oben beim Verchartern ohnehin Flaute. Der Bruder ihres Mannes, Erik Blom, scheint in ihrer Abwesenheit die Geschäfte übernommen zu haben. Viel weiter bin ich nicht gekommen ...«

Griet sah, wie das Filmteam die Kameras einpackte und sich von Marit Blom verabschiedete. Griet winkte der Frau zu, und Blom kam auf Schlittschuhen zu ihnen herübergelaufen.

»*Mevrouw Commissaris*«, sagte sie. »Was kann ich für Sie tun?« Marit Blom trug einen schwarzen Eislaufanzug und ein gleichfarbiges Stirnband über den feuerroten Haaren.

»Ich möchte noch einmal mit Ihnen über Jessica Jonker sprechen«, erklärte Griet.

»Wie wäre es, wenn Sie mir dabei auf dem Eis Gesellschaft leisten?« Blom lächelte.

Griet warf Pieter einen Blick zu, und er nickte. »Ich besorg uns ein paar Schuhe.«

»Sagen Sie an der Ausgabe, dass Sie Gäste von mir sind«, rief ihm Marit Blom nach, als er in Richtung Foyer ging.

»Sie kannten Jessica Jonker.« Griet kam direkt auf den Punkt. »Wenige Tage vor ihrem Tod hatten Sie ein Interview mit ihr. Warum haben Sie uns davon nichts gesagt?«

Blom schürzte die Lippen. »Ist mir wohl in der Aufregung durchgegangen.«

»Tatsächlich? Völlig unbekannt ist Ihnen eine solche Situation wohl nicht, wenn ich recht informiert bin«, meinte Griet.

»Sie spielen auf meine militärische Vergangenheit an? Ich habe meinen Teil an Verletzten und Toten gesehen, ja. Und ehrlich gesagt, werde ich ungern daran erinnert. Tote Frauen aus der Gracht zu ziehen, das gehört jedenfalls nicht zu meinem Alltag.«

»Entschuldigen Sie, wenn ich zu direkt war«, lenkte Griet ein, wobei ihr nicht entging, wie ruhig und abgeklärt Blom reagiert hatte. »Da ist noch eine Sache, die ich nicht ganz verstehe. Sie erzählten mir, Sie wären an jenem Abend in Sloten gewesen, um eine Kontrolle durchzuführen. Geert Dammers war von Ihrem Besuch allerdings sehr überrascht.«

»Das will ich auch hoffen«, erwiderte Blom, »schließlich war das der Sinn der Sache. Ich verlasse mich nicht ausschließlich auf die Meldungen, die aus den einzelnen Bezirken bei uns eingehen. Ich überzeuge mich lieber mit eigenen Augen von der Lage vor Ort. Und wenn man das unangekündigt macht, hält es die Leute auf Zack. So halte ich es in meiner Firma auch immer.«

Pieter kam mit den Schlittschuhen zurück, und sie setzten sich auf eine Bank, um sie anzuziehen. Derjenige, der sie zuvor getragen hatte, war bei den Schnürsenkeln wohl auf Nummer sicher gegangen, der Knoten von Griets Schuhen ließ sich jedenfalls partout nicht öffnen. Pieter hatte seine Schuhe bereits angezogen und stiefelte auf das Eis.

Marit Blom kam zu Griet an die Bank und öffnete den Reißverschluss ihres Anzugs ein Stück. Aus einer Innentasche zog sie etwas hervor, das wie ein Messer aussah, und klappte einen metallenen Dorn heraus. »Hier«, sagte sie und hielt Griet das Messer hin, »damit bekommen Sie jeden Knoten auf.«

Auf Griets fragenden Blick hin fügte sie erklärend hinzu: »Ein Schäkelmesser. Ist auf einem Segelschiff unverzichtbar. Ich hab es aus alter Gewohnheit immer dabei.«

Griet schob den Dorn in den Knoten und löste ihn. Als sie die Schuhe angezogen hatte und aufs Eis stakste, gab sie Blom das Schäkelmesser zurück.

»Legen wir los«, sagte Blom und setzte sich in Bewegung. Griet folgte ihr auf der rechten Seite, Pieter auf der linken.

»Worüber sprachen Sie mit Jessica?«, fragte Griet.

»Über die Frauen beim Elfstedentocht. Das Rennen war ja lange Zeit eine Männerdomäne. Dass ich als erste Frau den Kommissionsvorsitz übernommen habe, sollte wohl der Aufhänger für ihren Artikel sein.«

»Die Frauen waren bis in jüngste Zeit vom Profiwettkampf ausgeschlossen«, erklärte Pieter, an Griet gewandt.

»Richtig«, meinte Blom. »Sie durften erst 1985 zum ersten Mal in der Wettkampfwertung antreten. Lenie van der Hoorn-Langelaan gewann damals. Davon nahm allerdings kaum jemand Notiz, obwohl sie zwei Minuten schneller war als Jeen van den Berg, der Sieger von 1954. Die Fernsehkameras filmten nicht einmal, wie sie über die Ziellinie fuhr. Und als zwölf Jahre später Klasina Seinstra gewann, war es nicht viel besser. Bei der Siegerehrung gab es keinen Kranz für sie. Henk Angenent rettete die Situation, indem er den seinen mit ihr teilte. Ich erklärte *mevrouw* Jonker, dass ich beabsichtige, die Frauen in Zukunft stärker in den Fokus zu rücken.«

»Sie sind selbst beim Rennen von 1997 angetreten, richtig?«, erkundigte sich Griet.

»Ja«, sagte Blom. »Wobei ich mich nicht gern an diese Nacht erinnere.«

»Wegen Ihrem Mann?«

»Als ich nach dem Rennen nach Hause kam, musste ich feststellen, dass Jurre seine Sachen gepackt und mich verlassen hatte.«

»Einfach so? Wo war er hingegangen?«

»Das weiß ich bis heute nicht«, erwiderte Blom. »Ich hörte nie wieder von ihm. Vermutlich ist er mit einer anderen durchgebrannt.«

»Das tut mir leid«, meinte Griet.

»Das ist lange her. Freud und Leid liegen im Leben eben

nahe beieinander. Den Elfstedentocht zu laufen war schon ein unbeschreibliches Gefühl. Wenn man es ein Mal erlebt hat, will man es immer wieder tun. Was ist mit Ihnen?« Sie blickte Griet von der Seite an und musterte sie. »Sie machen keine schlechte Figur auf dem Eis.«

Die Frau wollte ihr schmeicheln, dachte Griet und ging nicht darauf ein. »Sie waren am Montagnachmittag auf der Pressekonferenz im *stadhuis*. Haben Sie Jessica Jonker dort getroffen?«

»Ja«, antwortete Blom im Plauderton, sie schien das forsche Tempo, das sie gerade liefen, mühelos durchzuhalten. »Ich sprach nach der Veranstaltung kurz mit ihr.«

»Worum ging es?«

Blom blickte Griet zweifelnd an. »Ich weiß nicht, ob ich Ihnen das sagen sollte. Ich ... möchte keine Gerüchte in die Welt setzen.«

»Trauen Sie sich«, erwiderte Griet. »Was Sie sagen, bleibt unter uns.«

»Jessica interessierte sich für Toon Ewerts. Sie wollte wissen, ob an den Gerüchten etwas dran sei, die man sich erzählt.«

»Welche Gerüchte?«

»Sie wissen, dass er politisch aktiv ist?«

»In der FNP, ja.«

»Er hat einen steilen Aufstieg in der Partei hingelegt«, erklärte Blom. »Und man munkelt, dass er weitergehende Ambitionen hat. Sein ... Projekt mit dem alternativen Elfstedentocht ist dabei nicht ganz unwichtig.«

»Ich nehme an, Sie halten nicht viel von diesem Unterfangen?«

»Er setzt die Sicherheit der Leute aufs Spiel«, sagte Blom, während sie das Tempo weiter verschärfte. »Trotzdem, sollte er einen Elfstedentocht an den Start bringen und wir nicht, dann werden ihm die Herzen der Leute zufliegen. Vor allem die der Geschäftsleute.«

»Was seinen politischen Ambitionen zuträglich wäre.«

»Genau. Und inzwischen ist es ein offenes Geheimnis, dass er sich manche Gefälligkeit mit kleineren Spenden erkauft.«

»Sie meinen ...« Griet hatte für einen Moment nicht achtgegeben, als sie in die Kurve einbogen. Sie rutschte mit dem inneren Fuß weg, schlug hart mit der Hüfte aufs Eis und schlitterte weiter, bis die Bande sie unsanft stoppte. Augenblicklich schoss ein stechender Schmerz durch ihre linke Seite, an der Stelle, wo vor Jahren die Kugel im Rotterdamer Hafen sie erwischt hatte.

Marit Blom stoppte und kam zu ihr zurück. Pieter brauchte einen Moment länger. Mit besorgtem Gesichtsausdruck bückte Blom sich zu ihr herunter.

»Sie haben sich doch nicht verletzt?«

Griet bewegte sich vorsichtig und stellte fest, dass sie außer ein paar blauen Flecken wohl keine ernsteren Blessuren davongetragen hatte. »Geht schon.«

»Sie sollten eine Pause einlegen. Gönnen Sie sich doch vorn in der Cafeteria einen *koffie* ... und lassen Sie ihn auf meine Rechnung schreiben.« Blom setzte ein Lächeln auf. »Ich hoffe, ich konnte Ihnen weiterhelfen. Meine Tür steht Ihnen immer offen.«

Pieter half Griet auf, während Marit Blom auf dem Eis mit eleganten Bewegungen davonfuhr.

19
MISTER X

»Du bist umzingelt, und Flucht ist zwecklos«, sagte Noemi. Fenja lugte unter dem schwarzen Sichtschutz hervor, den sie tief in die Stirn gezogen hatte. Ihr Blick wanderte suchend über das Spielbrett, das auf dem Tisch lag und den Stadtplan von London darstellte.

»Sieh genau hin«, riet Pieter ihr. »Du hast noch eine Chance, zu entkommen.«

Griet saß mit den dreien im Salon der *Artemis*. Es war bereits dunkel, und sie hatten die Deckenlichter eingeschaltet. In der Luft hing der Geruch des Bami Goreng, das Griet auf dem Heimweg besorgt und auf die Schnelle zubereitet hatte. Die Pfanne und das schmutzige Geschirr lagen in der Spüle. Sie würde den Abwasch später machen.

Nachdem Griet sich von ihrer Bruchlandung in der *Elfstedenhal* erholt hatte, war sie mit Pieter zu ihm nach Hause gefahren, um Fenja abzuholen. Unterwegs hatte sich Noemi bei ihr gemeldet und sie gebeten, sich später mit ihr und Pieter auf dem Schiff zu treffen. Sie wollte ihnen etwas Wichtiges zeigen.

Was Fenja betraf, schien der Tag nach ihrem Geschmack verlaufen zu sein. Nachdem sie den Vormittag über ausgiebig mit allen Tieren bei den De Vries' gespielt hatte, hatten Martin und Suske ihr nachmittags das Brettspiel *Scotland Yard* gezeigt. Fenja hatte einen Narren daran gefressen und wollte es unbedingt mit Griet spielen. Noemi war sofort in ihrer Gunst gestiegen, als Fenja erfuhr, dass sie tatsächlich bei der berühmten Polizeibehörde gearbeitet hatte.

Griet trank einen Schluck und beobachtete ihre Tochter, die noch immer angestrengt auf dem Spielbrett nach einer

Lösung fahndete. Natürlich hatte sie Mister X sein wollen, gejagt von drei echten Polizisten. Inzwischen war Fenja bei ihrem vorletzten Zug angekommen. Griet, Pieter und Noemi hatten sie mit ihren Spielfiguren am linken Rand des Spielfelds bei Kensington Gardens eingekesselt. Fenja stand auf Feld 93, von wo aus sie mit der U-Bahn, dem Bus oder dem Taxi fahren konnte. Noemi stand direkt darüber auf Feld 92, Griet daneben auf der 74 und Pieter etwas unterhalb auf 95.

Die Lösung war denkbar einfach. Fenja musste lediglich mit der U-Bahn auf Feld 79 fahren. Da Noemi, Pieter und Griet danach jeder nur noch einen Zug hatten, würden sie keine Chance mehr haben, Fenja zu stellen.

Doch sie tat sich mit dem Gewirr aus Zahlen und bunten Linien offensichtlich schwer. Griet bemerkte, wie Pieter eine Augenbraue hob und mit einer flüchtigen Kopfbewegung auf Noemi deutete. Sie wusste, was er wollte. Pieter hatte – von Noemi unbemerkt – Griets Notizbuch unter den Tisch wandern lassen. Und jetzt sollte sie Noemi ablenken, damit er Fenja einen Tipp geben konnte. Griet wusste nicht, ob das eine gute Idee war. Noemi gehörte zu jenen Menschen, für die Spiele eine todernste Angelegenheit waren und die auch gegenüber Kindern auf die strikte Einhaltung der Regeln pochten. Aber egal. Griet wandte sich an Noemi. »Sag mal, hast du eigentlich noch versucht, Stijn de Leeuw zu erreichen?«

»Ich war kurz in der Redaktion«, sagte Noemi. »Er ist offenbar auf Recherchereise.«

»So plötzlich? Wohin?«

»Nach Urk.«

»Urk ist am südlichen Ende des Ijsselmeers«, sagte Pieter, »ziemlich weit weg für eine Lokalzeitung. Was will er dort?«

»Wollten sie mir nicht sagen«, antwortete Noemi.

Griet sah aus dem Augenwinkel, wie Pieter ihrer Tochter unter dem Tisch das Notizbuch zuschob.

»Bleib an ihm dran und schau, was du in Erfahrung bringen kannst«, sagte sie. »Und kannst du dich morgen um die Dateien und Audiofiles von Jessicas Laptop kümmern? Mich interessiert vor allem ihr Interview mit Marit Blom.«

»Geht klar«, versprach Noemi. »Was ist eigentlich mit Mart Hilberts?«

»Ist vor Kurzem gestorben«, sagte Pieter.

»Das ist mir klar.« Noemi blickte flehend in Richtung Himmel, als erhoffe sie sich Hilfe von oben. »Jessica hat ihn mehrere Male aufgesucht, zuletzt kurz vor ihrem Tod. Vielleicht reden wir mal mit seiner Witwe.«

»Ich hab's!« Fenja blickte mit breitem Grinsen auf. Dann legte sie ein U-Bahn-Ticket auf den Tisch und machte ihren Zug. Damit war klar, dass sie nun für alle außer Reichweite sein musste. Griet, Noemi und Pieter spielten dennoch die letzte Runde. Dann deckte Fenja ihre Position auf. Feld 63.

»Oh, nein«, jammerte Pieter und machte ein enttäuschtes Gesicht. »Du bist entkommen!«

»Jippiee!«, schrie Fenja, riss die Arme in die Höhe und sprang auf. In dem Moment fiel ihr das Notizbuch vom Schoß und landete auf dem Boden.

Noemi hob es auf. »Was ist denn das?«

Fenja blickte Pieter an, und beide übten sich in Unschuldsmienen, wobei Griets Tochter ein Kichern nur mühsam unterdrücken konnte.

»Ihr beiden steckt unter einer Decke«, stellte Noemi fest. »Ihr habt gemogelt!«

»Kommen wir ins Gefängnis?« Fenja machte große Augen.

»Jep.«

»Auch Onkel Pieter?«

»Ich fürchte schon.« Noemi funkelte ihn an. »Ein Polizist hilft niemals einem Verbrecher.«

Pieter wiegte den Kopf hin und her, dann blickte er auf Fenja hinab. »Bei Kleinkriminellen mache ich schon mal eine Ausnahme.«

»Aber wenn wir Polizisten uns nicht an die Regeln halten, wer dann?«, hielt Noemi entgegen.

Pieter verdrehte die Augen und wollte etwas erwidern, doch Griet unterband jede weitere Diskussion. »Ich denke, für alle kleinen Kriminellen ist es jetzt Zeit, ins Bett zu gehen.«

»Ich will noch nicht ins Bett«, rief Fenja.

»Aber kleine Diebe müssen besonders ausgeschlafen sein, wenn sie der Polizei ein Schnippchen schlagen wollen«, erklärte Pieter in verschwörerischem Ton.

Fenja machte einen Schmollmund. »Aber nur, wenn ich morgen wieder mit Bianca spielen darf.«

»Abgemacht.«

»Wer ist Bianca?«, fragte Noemi.

»Pieters Bernhardinerfreundin«, sagte Griet und dann, an Fenja gewandt: »Und jetzt ab in die Koje.«

»Du musst mich noch zudecken.«

Während Noemi und Pieter begannen, das Brettspiel einzuräumen, ging Griet mit ihrer Tochter in die vordere Kabine. Sie knipste das Deckenlicht an und deckte Fenja mit dem Plumeau zu. Als Fenja den großen Teddybären in die Arme nahm und sich an ihn schmiegte, wurde Griet von einem überwältigenden Gefühl der Liebe durchströmt – und gleichzeitig auch von der Gewissheit, dass es sie in den Wahnsinn treiben würde, sollte ihrer Tochter jemals etwas zustoßen.

Kurz musste sie daran denken, wie es dem Ehepaar Jonker wohl erging.

»Bei Papa muss ich vor dem Schlafen immer noch Zähne putzen«, meinte Fenja.

Griet überlegte kurz. »Ich glaube, wir machen heute mal eine Ausnahme.«

»Kann ich noch was hören? Ich bin gar nicht müde.«

Griet blickte auf die Uhr. Es war erst kurz nach neunzehn Uhr. »Na gut. Aber nicht mehr lange.«

»Darf ich die drei Fragezeichen?«

»Ist das nicht zu gruselig?« Noch während Griet die Worte aussprach, erinnerte sie sich daran, dass sie selbst als Kind die gruseligen Geschichten immer am interessantesten gefunden hatte. Sie aktivierte ihr *mobieltje* und startete auf Spotify eine Hörspielfolge der Reihe.

»Wenn es dir zu unheimlich wird, schaltest du aber aus«, sagte sie und zeigte Fenja den Stopp-Button.

»Ist gut.« Fenja gähnte. »Was macht ihr jetzt?«

»Wir reden noch ein wenig.«

»Worüber denn?«

»Darüber, wie wir einen echten Verbrecher fangen.«

***

Pieter goss jedem von ihnen eine Tasse des frisch aufgebrühten Tees ein, als Griet wieder in den Salon kam und sich auf die Eckbank setzte. Noemi hatte einen USB-Stick an Griets Laptop angeschlossen und ihn auf den Tisch gestellt. Sie wartete, bis Pieter sich ebenfalls gesetzt hatte.

»Das ist die Aufnahme der Überwachungskamera vor dem *stadhuis,* die uns Suzanne van Dijk, die Pressesprecherin der Stadtverwaltung, gegeben hat«, sagte Noemi. »Ich habe den für uns relevanten Zeitraum ausgewählt. Die Aufnahme startet eine halbe Stunde vor Beginn der Pressekonferenz und endet eine halbe Stunde danach.«

Noemi fuhr mit dem Finger über das Touchpad des Laptops und stellte den Zeitmarker auf eine Position am Schluss der Aufnahme. Dann drückte sie auf Play.

Der Winkel der Überwachungskamera war so gewählt, dass man von schräg oben den Ausgang und den großen Platz vor dem *stadhuis* überblickte, auf dem zahlreiche Autos parkten.

Eine Frau kam aus dem Gebäude. Obwohl es dunkel und die Aufnahme in Schwarz-Weiß war, konnte Griet Jessica Jonker an der Kleidung, die sie trug, erkennen. Am unteren rechten Bildrand lief der Zeitmarker mit. *16:57:35 Uhr.*

Jessica ging hinüber zu den geparkten Autos und verschwand aus dem Blickfeld. Einen Moment später leuchteten kurz Scheinwerfer auf und verblassten dann wieder.

»Kommt ungefähr hin«, meinte Pieter. »Im Berufsverkehr wird sie eine halbe bis Dreiviertelstunde nach Sloten gebraucht haben.«

»Achtung«, sagte Noemi und deutete auf den Monitor.

Weitere Menschen traten auf den Platz vor dem *stadhuis* und gingen zu ihren Wagen. Darunter auch Marit Blom. Sie marschierte zu ihrem Porsche und fuhr los.

Noemi stoppte die Aufnahme und schob den Zeitregler fünf Minuten vor. Dann drückte sie wieder auf Play.

Toon Ewerts kam aus dem *stadhuis*. Er musste einer der Letzten gewesen sein, die die Veranstaltung verließen. Er zog den Reißverschluss seiner Jacke zu, dann ging er zu Fuß in Richtung des oberen Bildrands, wo eine Straße vom Platz wegführte. Als Ewerts außer Sicht war, wurden Scheinwerfer eingeschaltet, und ein Wagen fuhr ihm nach.

»Folgt der ihm etwa?«, fragte Pieter.

»Wart's ab.« Noemi öffnete auf dem Laptop ein weiteres Fenster, in dem sie bereits eine zweite Videoaufnahme aufgerufen hatte. »Das hier stammt von einer der Kameras hinter dem Haus.«

Der Bildausschnitt zeigte den rückwärtigen Teil des *stadhuis*. Am oberen rechten Bildrand war die Straße zu sehen, die vom Vorplatz wegführte. Dort hatte der Wagen neben Toon Ewerts gehalten. Es war dunkel und die Aufnahme grobkörnig, doch Griet glaubte, zwei Köpfe auf den vorderen Sitzen des Autos ausmachen zu können. Ewerts schien sich kurz mit dem Fahrer zu unterhalten. Er gestikulierte. Schließlich fuhr der Wagen weiter, und Ewerts setzte seinen Weg fort.

Noemi ließ die Aufnahme zurücklaufen, bis der Wagen wieder im Bild war. Dann deutete sie auf das Kennzeichen, das einigermaßen gut zu entziffern war.

»Ich hab es gecheckt«, sagte sie. »Das Auto ist auf einen Rob Hoekstra zugelassen.«

»*Rob Hoekstra?*«, wiederholte Pieter überrascht und stellte die Teetasse wieder auf den Tisch, die er gerade aufgenommen hatte.

Griet hob die Augenbrauen. »Muss ich den Mann kennen?«

Noemi deutete mit einem Nicken auf den Karton des Brettspiels, der neben dem Laptop auf dem Tisch lag.

»Rob Hoekstra scheint der Mister X von Leeuwarden zu sein.« Sie schob Griet einen Ausdruck zu, den sie mitgebracht hatte. »Seine Akte. Hoekstra ist kein Unbekannter bei uns. Er hat Mitte der Neunziger mal wegen Einbruchdiebstahl gesessen. Wegen guter Führung vorzeitig entlassen. In letzter Zeit war es still um ihn geworden. Er lebt mit seiner Frau und zwei Kindern in Weidum, einem Vorort. Dort betreibt er eine Autowerkstatt.«

Griet betrachtete das Standbild auf dem Laptop.

»Meint ihr, das hat etwas mit unserer Sache zu tun?«, fragte Griet.

Noemi zuckte die Schultern. »Schwer zu sagen. Ist auf jeden Fall nicht die beste Gesellschaft, die Ewerts da pflegt.«

»*Verdomme*«, fluchte Pieter plötzlich und blickte auf seine Armbanduhr. »Ich hab vergessen, dass ich heute Abend auf die Kinder aufpassen muss. Entschuldigt mich.«

Er raffte seine Sachen zusammen.

»Vielleicht machen wir dann morgen weiter?«, fragte Noemi. »Ich müsste auch noch etwas erledigen.«

»Klar«, meinte Griet, obwohl sie sich über die plötzliche Eile der beiden wunderte. »Kein Problem.«

Sie begleitete Noemi und Pieter an Deck und verabschiedete sie. Dann stieg sie wieder den Niedergang in den Salon hinunter. Fenja kam ihr aus der Koje entgegen. »Ich kann nicht schlafen.«

»Sicher kannst du das«, sagte Griet. »Komm, ich kuschel mich zu dir.«

»Wann kommt Papa mich wieder abholen?«

»Er ... kommt bald.« Griet musste den Kloß in ihrem Hals runterschlucken. »Vermisst du ihn?«

Fenja nickte.

»Das ist normal«, versuchte Griet, sie zu trösten. »Wenn man woanders ist, hat man manchmal Heimweh. Das geht vorbei. Komm, wir kuscheln uns in die Koje, und morgen sieht die Welt wieder anders aus.«

»Ich hab aber noch Hunger.«

Griet seufzte. »Du hast gerade erst gegessen.«

»Ich mag noch was Süßes.«

Griet war sich ziemlich sicher, dass ihre Vorräte an Knabberkram und Süßem restlos aufgebraucht waren. Ihr Blick ging zum Laptop hinüber, wo das Standbild von Rob Hoekstras Auto zu sehen war.

»Sag mal«, sagte sie und schlug kurz Hoekstras Adresse in der Akte nach, »was hältst du von einem kleinen Ausflug im Dunkeln? Wir besorgen uns auch ein Eis.«

20
AUF GEHEIMER MISSION

Eine knappe Stunde später parkte Griet mit dem Auto vor einem unscheinbaren Einfamilienhaus kurz hinter dem Ortseingang von Weidum. Sie hatte sich wieder einen *Renault Zoë* aus dem Pool eines Carsharing-Anbieters geliehen, der die Autos im gesamten Stadtgebiet per App rund um die Uhr zur Verfügung stellte. Zum Glück hatte die Firma auch an Menschen mit Kind gedacht und Kindersitze im Angebot.

Weidum war ein kleiner Ort wenige Kilometer südlich von Leeuwarden, bekannt für ein außergewöhnliches Hotel. Sie waren auf der Hinfahrt, die sie ein kurzes Stück über die Autobahn und dann über eine schnurgerade Landstraße geführt hatte, daran vorbeigekommen. Das *Weidumer Hout,* wie das Hotel hieß, bestand aus kubusförmigen Holzbauten, die auf der grünen Wiese entlang der *Weidumer Faert,* einem schmalen Kanal, aufgestellt worden waren und einen fantastischen Blick boten. Das Frühstück wurde in der Scheune eines ehemaligen Bauernhofs serviert, wo es auch vorzügliches Abendessen gab. Griet hatte sich vor etlichen Jahren einmal dort einquartiert, als sie ihren Vater besuchte.

Fenja saß auf der Rückbank und löffelte ein Softeis mit

Schokoladensoße, das Griet ihr am Drive-in eines Fast-Food-Restaurants besorgt hatte.

Griet spähte durch das Fernglas zu dem Einfamilienhaus hinüber. Im Wohnzimmer brannte Licht, und ein beständiges buntes Flackern ließ darauf schließen, dass jemand vor dem Fernseher saß. Auf der linken Seite grenzte der *Autobedrijv Hoekstra* an das Haus, eine der üblichen kleinen Reparaturwerkstätten, deren Name auf dem Schild an der Werkshalle geschrieben stand. Neben einigen neueren Fahrzeugen reihten sich diverse ausgeschlachtete Wracks auf dem Hof aneinander. In der Halle brannte noch Licht. Griet blickte auf die Uhr. Es war kurz nach einundzwanzig Uhr. Rob Hoekstra schien ein fleißiger Mensch zu sein.

Griet öffnete das Fenster einen Spaltbreit und ließ frische, kalte Luft herein. Der Geruch von Schnee und der salzige Geschmack der nahen See lagen darin. Hinter den Ästen der kahlen Bäume, unter denen Griet den Wagen abgestellt hatte, erstreckte sich der Sternenhimmel über den weiten Feldern bis in die Unendlichkeit.

»Mama, darf ich auch mal gucken?«, fragte Fenja.

Griet reichte ihr das Fernglas nach hinten.

Sie war sich darüber bewusst, dass das, was sie hier tat, vermutlich pädagogisch nicht sonderlich wertvoll war. Andererseits, fragte sie sich, wie sinnvoll es wohl war, wenn Eltern ihre Kinder in Vergnügungsparks schleppten und sie mit Popcorn und Zuckerwatte vollstopften. Dies hier war ihre Art, ihrer Tochter ein spannendes Erlebnis zu bieten, wobei sie nichts Schlimmes zu befürchten hatten.

Im Grunde wusste Griet nicht einmal genau, warum sie hierhergefahren war. Vermutlich reine Neugierde. *Gluren bij de buren*. Einfach mal einen Blick durch das Wohnzimmerfenster oder das Tor von Hoekstras Werkstatt werfen und sehen, wer dieser Mann war – und ob sich irgendeine Verbindung zum Tod von Jessica Jonker entdecken ließ.

Für Fenja hatte sie ein Spiel daraus gemacht und ihr erklärt, sie seien Agenten auf einer geheimen Mission.

Sie standen bereits seit einer halben Stunde vor der Autowerkstatt, ohne dass etwas Bemerkenswertes geschehen war. Ein Mann, bei dem es sich offenbar um einen Mitarbeiter von Hoekstra handelte, war aus der Halle gekommen und mit einem Wagen weggefahren. Vermutlich hatte er Feierabend gemacht.

»Schau mal, Mama«, sagte Fenja. »Das Auto da sieht fast so aus wie Papas.«

Griet sah zur Werkstatt hinüber und erkannte, was Fenja meinte. Unter den ausgeschlachteten Karossen stand ein vom Schnee bedeckter alter VW-Käfer. Fleming besaß ein schwarzes Käfer-Cabrio, einen Oldtimer, den er sich von seinem ersten Bucherfolg gekauft hatte.

»Seid ihr im Sommer wieder damit gefahren?«

Fenja schüttelte den Kopf. »Papa hat's verkauft.«

»Er hat es *verkauft*?« Griet wandte sich verwundert zu ihrer Tochter auf dem Rücksitz um. »Warum denn das?«

»Weiß nicht. Er meinte, es gefällt ihm nicht mehr.« Fenja zuckte die Schultern.

Fleming hatte den alten Wagen wie seinen Augapfel gehütet. Die Spazierfahrten bei Sonnenschein und mit geöffnetem Verdeck hatte er im Spaß immer als seine persönlichen Meditationseinheiten bezeichnet. Griet hätte nie gedacht, dass er das alte Stück einmal freiwillig hergeben würde.

Ein schwarzer Kombi rollte auf den Hof der Werkstatt. Griet hob das Fernglas an die Augen. Die Türen der Werkshalle wurden aufgeschoben. Der Wagen wendete und fuhr rückwärts hinein. Sie sah, wie ein Mann ausstieg. Ein anderer, vielleicht Hoekstra, kam auf ihn zu und schüttelte ihm die Hand. Zwei Mechaniker in blauen Arbeitsoveralls öffneten den Kofferraum des Wagens und begannen, ihn zu entladen. Sie holten mehrere Kisten heraus und brachten sie zu einem schwarzen Transporter, der ebenfalls in der Halle stand.

Griet nahm ihr Notizbuch und schrieb die Kennzeichen beider Fahrzeuge auf.

Es dauerte keine fünf Minuten, bis der Wagen ausgeräumt war. Hoekstra verabschiedete sich von dem Mann, und die Werkshalle wurde hinter dem wegfahrenden Kombi wieder geschlossen.

Griet blickte den roten Rücklichtern nach, die auf der Landstraße langsam kleiner wurden. Ein gewöhnlicher Inspektionstermin war das gerade nicht gewesen.

»Schau mal, Mama, da kommt noch ein Auto.«

Griet wandte den Kopf und sah aus der entgegengesetzten Richtung einen dunkelblauen Volvo sich nähern. Er bremste ab und rollte über den Hof auf die Werkstatthalle zu. Der Fahrer hupte. Nach einem kurzen Moment kam Hoekstra aus der Halle. Er hatte eine glimmende Zigarette im Mund.

Griet nahm erneut das Fernglas zur Hand. Als sie hindurchblickte, beobachtete sie, wie die Lichter des Wagens erloschen, die Fahrertür geöffnet wurde und ein Mann ausstieg, den Griet nur von hinten sehen konnte. Er trat zu Hoekstra, der die Zigarette auf den Boden warf und austrat. Die beiden umarmten einander. Und als sie sich umdrehten, um in das Wohnhaus zu gehen, sah sie das Gesicht des Mannes. Griet ließ das Fernglas sinken, und in dem Moment sprach Fenja laut aus, was sie soeben mit Entsetzen selbst hatte feststellen müssen.

»Mama, das ist ja Onkel Pieter.«

21
ELFSTEDENMOORD

Griet hob die Tasse an den Mund und inhalierte den Duft des frischen schwarzen *koffie*. Es war ihr erster Kaffee an diesem Morgen.

Um diese Uhrzeit waren erst wenige Kollegen im *politiehoofdkantoor*, und sie nutzte die Ruhe, um konzentriert zu arbeiten. Sie hatte Wouters, der als Einziger ebenfalls schon anwesend war, eben einen kurzen Bericht eingereicht und hoffte, dass damit der Form Genüge getan war.

Sie trank einen Schluck, dann konzentrierte sie sich wieder auf den Bildschirm. Mittels der Kennzeichen, die sie sich notiert hatte, suchte sie im Register des *Rijksdienst voor de Wegverkeer* nach den Haltern der beiden Fahrzeuge, die sie in der Werkshalle von Rob Hoekstra gesehen hatte.

Ein seltsames Gefühl hatte sie beschlichen, als sie vorhin Fenja zu den De Vries' gebracht hatte. Sie hatte ihrer Tochter eingeschärft, nichts von ihrem abendlichen Ausflug zu erzählen – gute Agenten schweigen über verdeckte Einsätze –, wobei sie sich ermahnt hatte, dass es vermutlich nicht richtig war, ein Kind überhaupt in einen solchen Loyalitätskonflikt zu bringen. Andererseits hatte ihr nächtlicher Ausflug eine zwar unwillkommene, aber dennoch interessante Erkenntnis zutage gefördert.

Fenja war freudig auf die Eingangstür der Doppelhaushälfte zugestürmt, wo Nettie und die Bernhardinerdame sie in Empfang nahmen. Pieter war schon unterwegs gewesen und brachte die Kinder zur Schule. Griet hatte sich von Fenja und Nettie verabschiedet, und die beiden waren ins Haus gegangen.

Als sie auf ihr *fiets* stieg, hatte Griet kurz einen Blick zurückgeworfen. Was verbarg sich hinter der Fassade der Normalität? Warum traf sich Pieter de Vries, treuer Ehemann, hingebungsvoller Vater zweier Kinder und Ermittler der *Districtsrecherche,* heimlich mit einem Kriminellen, der vielleicht eine Rolle in einem aktuellen Fall spielte? Und sosehr Griet Pieter und seine Familie mochte und ihn als Freund schätzen gelernt hatte, drängte sich doch eine weitere Frage auf. Konnte sie Fenja weiterhin zu diesen Leuten schicken?

Griet wurde abrupt aus ihren Gedanken gerissen, als eine Tageszeitung mit lautem Knall auf ihrem Schreibtisch landete.

Wim Wouters, *Hoofdcommissaris* und Teamchef der *Districtsrecherche,* baute sich neben ihr auf.

Er war ein Mann Mitte fünfzig, in dessen Gesicht sich anscheinend jedes einzelne Berufsjahr eingekerbt hatte. Der untersetzte Körperbau und das Doppelkinn zeugten von vielen Stunden hinter dem Schreibtisch. Wouters fuhr sich mit einer Hand durch das gelockte graue Haar, mit der anderen deutete er auf die Zeitung: »Was hast du ihm erzählt?«

Griet nahm die Zeitung in die Hand. Schon der erste Blick auf die Titelseite genügte, um zu wissen, warum ihr Chef nicht allzu guter Laune war.

Tote in Gracht doch kein Unglück – Was geschah mit Jessica Jonker?

Von Stijn de Leeuw

Sloten/Leeuwarden. Als am Montagabend eine junge Reporterin tot aus der Gracht von Sloten geborgen wurde, deutete zunächst alles auf einen Unfall hin. Doch nach neuesten Erkenntnissen scheint die Polizei sogar einen Mord für möglich zu halten.

Bei der Toten handelte es sich um Jessica Jonker (25), eine freien Mitarbeiterin dieser Zeitung. Die in dem Fall zuständige Ermittlerin, Griet Gerritsen, *Commissaris* der *Districtsrecherche*, wollte auf unsere Anfrage hin keine Stellung nehmen. Wie unserer Redaktion bekannt ist, ermittelt die Polizei inzwischen aber in alle Richtungen. Das bedeutet, dass man offenbar nicht mehr von einem Unfall ausgeht und eventuell sogar ein Gewaltverbrechen in Betracht zieht ...

Weiter las Griet nicht, sie kannte diese Art von Artikeln. Sie faltete die Zeitung zusammen und hielt sie Wouters hin. »Das reimt er sich zusammen«, sagte sie. »Ist doch offensichtlich.«

»Ich habe euch nach Sloten geschickt, weil es nach einer klaren Sache aussah.« Wouters wedelte drohend mit der Zeitung. »Macht es nicht komplizierter, als es ist!«

»Kompliziert ist der Fall von ganz allein geworden.«

»Da bin ich mir nicht sicher. Aus deinem Bericht geht kein einziges Indiz hervor, das klar für ein Verbrechen spricht«, schnaubte er. »Weitere Ermittlungen sind nur gerechtfertigt, wenn ihr eindeutige Spuren habt. Das sieht übrigens auch der Polizeichef so.«

»Hasselbeek?«

»Ja, Marit Blom hat sich gestern in der Sache bei ihm gemeldet«, sagte Wouters, als wäre das Erklärung genug.

Griet lehnte sich im Stuhl zurück. »Blom? Interessant. Was wollte sie von ihm?«

»Presse, Fernsehen, Radio ... die klingeln wohl gerade alle Sturm bei ihr, weil Blom die Leiche aus der Gracht gefischt hat.« Wouters zuckte die Schultern. »Sie wollte von Hasselbeek wissen, wie sie sich in der Sache verhalten soll und wann das Theater ein Ende hat. Und jetzt das hier ...« Wouters gestikulierte abermals mit der Zeitung. »Der Chef möchte die

Sache geklärt wissen. Besser heute als morgen. Und das mit der Pressekonferenz sollen wir unter dem Teppich halten.«

Griet richtete sich im Stuhl auf. »Jessica Jonker hat weder aus Versehen eine Überdosis genommen noch Selbstmord begangen, und ein Unfall war es mit Sicherheit auch nicht.« Sie kam nun richtig in Fahrt. »Jonker war für Toon Ewerts eine Bedrohung, zudem unterhält er offenbar Kontakt zu einem verurteilten Kriminellen. Seinem Freund Stijn de Leeuw hat er wohl ein paar Scheinchen zugesteckt, damit er Jessica rauswirft. Zufällig waren die beiden auf der Pressekonferenz, wo Jessica mutmaßlich vergiftet wurde. Marit Blom war übrigens auch da. Die Frau taucht sowieso überall auf, zum Beispiel in Sloten, wo niemand sie erwartet hat, just in dem Moment, als Jonker von der Brücke stürzt. Und dann wäre da noch Jeroen Brouwer, der Dinge sieht, die er gar nicht gesehen haben kann …« Griet musste Luft holen. Dann deutete sie auf ihren Computer. »Das kommt mir alles reichlich spanisch vor. Und wenn du mich nicht länger von der Arbeit abhältst, finde ich gern heraus, was wirklich geschehen ist. Und falls du oder Hasselbeek irgendein Problem damit habt, beantrage ich ebenso gern die Versetzung.«

Damit drehte sie sich zu ihrem Schreibtisch herum und machte mit der Arbeit weiter. Hinter sich hörte sie ein Schnaufen. Bevor er sich mit stampfenden Schritten entfernte, sagte Wouters noch leise: »Darauf komme ich mit Freuden zurück.«

Griet starrte auf den Bildschirm und war vor Wut nicht in der Lage, klar zu denken. Sie hatte nicht die geringste Absicht, sich von Wouters, Hasselbeek, den Medien oder sonst irgendjemandem unter Druck setzen zu lassen. Sie hatte schon zu viele Ermittlungen erlebt, bei denen aus Zeitnot wichtige Hinweise übersehen oder voreilige Schlüsse gezogen worden waren.

Allerdings war sie dankbar, dass Stijn de Leeuw sich mit dem Artikel in Erinnerung gerufen hatte. Sie würde Noemi bitten, erneut in der Redaktion vorbeizusehen, und falls der Mann nicht vor Ort anzutreffen war, sollte sie herausfinden, wo er steckte, und ihn zur Vernehmung schleifen.

Sie seufzte und widmete sich wieder ihrer Aufgabe. Nachdem sie sich durch einige Menüs geklickt hatte, tauchten auf dem Monitor die Informationen auf, nach denen sie suchte.

Der Kombi, aus dem die Männer in Hoekstras Werkstatt Kisten entladen hatten, gehörte einem Jaap Leinders. Griet öffnete ein zweites Fenster, startete parallel einen Suchlauf nach dem Namen in den Datenbanken der *politie* und landete einen Treffer. Die Kollegen vom *basisteam* Leeuwarden hatten Leinders im Visier. Sie verdächtigten ihn, an mehreren Einbrüchen beteiligt gewesen zu sein. Allerdings fehlten handfeste Beweise, um ihn dafür zu belangen.

Griet gab das Kennzeichen des Transporters ein, der bei Hoekstras gestanden hatte. Der Name, den das Register des RDW wenige Sekunden später ausspuckte, ließ sie aufmerken. Das Fahrzeug war auf Vlam Ewerts zugelassen, den Bruder von Toon Ewerts. Außer ein paar kleineren Jugendsünden fand Griet nichts über den Mann in den Datenbanken. Eine Googlesuche war ergiebiger. Vlam Ewerts gehörte ein Auktionshaus im *Molenpad* hier in der Stadt.

Sie nahm die Tasse und stellte fest, dass der *koffie* inzwischen kalt geworden war. Heute hatte sie wirklich keinen guten Start in den Tag.

Ihre Gedanken wanderten wieder zu Pieter.

Mein lieber Pieter, was hast du mit diesen Leuten zu schaffen?

Als Polizist hatte er unbestritten seine Qualitäten. Griet hatte sich schon manches Mal gefragt, warum jemand wie er auf dem Abstellgleis gelandet war. Bislang hatte sie es einfach als Pech abgetan. Manchmal genügte es schon, wenn das eigene Gesicht jemandem nicht passte – und dass Wim Wouters nicht allzu viel von Pieter hielt, war Griet bereits an ihrem ersten Tag hier in Leeuwarden aufgefallen.

Vielleicht steckte dahinter mehr, als sie bislang angenommen hatte, und es ging nicht nur um persönliche Animositäten.

Aber egal, so oder so führte alles unweigerlich zu der Frage: Konnte sie Pieter noch vertrauen?

Griet bemerkte, wie jemand hinter sie trat. In der Annahme, dass es Wouters war, der seiner Position noch einmal Nachdruck verleihen wollte, drehte sie sich auf dem Stuhl herum. Doch es war Pieter, der in Mantel und Mütze an ihrem Schreibtisch stand. Er machte keine Anstalten, seine Sachen abzulegen.

»Ich habe von unterwegs mit der Witwe von Mart Hilberts telefoniert«, sagte er. »Sie hätte Zeit, heute Vormittag mit uns zu sprechen. Kommst du mit?«

22
DER ZEH VON TINUS UDDING

Die N359 von Leeuwarden nach Hindeloopen war eine beinah schnurgerade Landstraße. Zu beiden Seiten erstreckten sich die verschneiten Wiesen und Felder bis zum Horizont. Immer wieder fuhren sie durch Gebiete, in denen das Land fast verlassen wirkte, wären nicht die Kirchtürme der kleinen Ortschaften gewesen, die dann und wann in der Ferne in die Höhe ragten. Als Griet nach *Fryslân* gezogen war, hatte sie sich gewundert, dass es in einem so dicht besiedelten Land wie den Niederlanden überhaupt noch einen derart menschenleeren Landstrich gab.

Griet fühlte sich leer, nachdem ihr Ärger über das Gespräch mit Wouters langsam abgekühlt war. Es war nachvollziehbar, dass er und Hasselbeek Klarheit wollten, nun, da manches darauf hindeutete, dass Jessica eventuell im *stadhuis* vergiftet worden war. Und im Stillen fragte sie sich, ob ihr Vorgesetzter nicht recht hatte. Sie hatte den Fall Jonker von Beginn an als eine zweite Chance begriffen, eine Fahrkarte raus aus der Abstellkammer voller Cold Cases. Vielleicht wollte sie es zu sehr. Interpretierte sie am Ende etwas in die Sache hinein, was nicht da war?

Ähnlich erging es ihr mit Pieter. Was hatte sie wirklich in der Nacht bei der Autowerkstatt gesehen? Gab es eine harmlose Erklärung für alles?

Sie musterte Pieter von der Seite. Er hatte eine Hand am Lenkrad, in der anderen hielt er eine Tüte mit einem *saucijzenbroodje,* einem warmen Blätterteigbrötchen mit einer Wurst darin. Sein Blick blieb konzentriert auf die Straße gerichtet, als er ein Stück abbiss.

Wiebeke Hilberts, die Witwe von Mart Hilberts, lebte in Hindeloopen, einem kleinen Ort am Ijsselmeer. Griet erwartete sich nicht viel von dem Gespräch. Doch Jessica Jonker hatte der Arbeit an der Geschichte von Mart und Edwin in den Wochen vor ihrem Tod viel Zeit gewidmet und den alten Mann mehrere Male besucht. Es war nur folgerichtig, sich mit Wiebeke zu unterhalten.

»Du siehst müde aus«, sagte Griet.

»War eine unruhige Nacht«, erwiderte Pieter. Seine Augen waren von roten Äderchen durchzogen, die Gesichtshaut fahl, und er hatte sich nicht rasiert.

»Was war denn los?«

»Nichts Besonderes«, wiegelte er ab. »Suske hatte einen Albtraum ... und dann konnte ich nicht mehr einschlafen.«

»Soll ich lieber fahren?«

»Geht schon.«

Griet richtete den Blick wieder aus dem Fenster. Sie fuhren schweigend weiter, bis Pieter den Wagen schließlich auf den *Oosterdijk* lenkte, der direkt auf das Ijsselmeer zuführte. Am Horizont tauchte der schiefe Kirchturm von Hindeloopen auf, der sich genau wie der *Oldehove* auf dem sandigen Untergrund mit den Jahren zur Seite geneigt hatte.

Hindeloopen war bis ins späte 18. Jahrhundert hinein ein wichtiger Handelshafen an der damaligen *Zuiderzee* gewesen. Von hier aus waren die Segler in die Hansestädte gefahren, um *Jenever* oder Hausschuhe aus Wolle zu verkaufen, oder hatten aus den Kolonien edle Gewürze in die Heimat gebracht.

An den Glanz vergangener Tage erinnerten die Kapitänshäuser, an denen Griet und Pieter vorbeikamen, als sie den Wagen auf dem Parkplatz am Deich abstellten und zu Fuß dem Damm in Richtung Ortskern folgten. Eine schmale Zugbrücke aus weißem Holz führte über die Schleuse, die die Gracht aus dem Ort mit dem Ijsselmeer verband. Direkt neben der Brücke stand etwas tiefer das alte Schleusenwärterhaus aus gelben Backsteinen, auf dessen Dach ein kleiner Uhrenturm thronte. An der Stirnseite des Hauses gab es auf Straßenniveau eine überdachte Veranda, die im Volksmund *leugenbank* – Lügenbank – genannt wurde. Von hier reichte die Sicht weit über das Meer, und bei gutem Wetter verging kein Tag, an dem nicht die Einheimischen auf der Bank saßen und, eine Pfeife oder selbst gedrehte Zigarette im Mund, Seemannsgarn spannen und die Hafenmanöver der Segler kommentierten. Heute gab es allerdings nichts zu sehen. So weit das Auge reichte, war das Ijsselmeer zugefroren. Lediglich eine schmale Fahrrinne, die offen gehalten wurde, führte hinaus auf das Meer, wo der Wind den Schnee in lichten Wolken vor sich hertrieb.

Griet und Pieter bogen links auf die *Kalverstraat* ab, ein Gässchen, in dem die Häuser so dicht beieinanderstanden, dass man den Eindruck hatte, zwei *fietsers* würden mit ihren Fahrrädern kaum aneinander vorbei passen. Sie überquerten eine kleine Fußgängerbrücke, die über eine Gracht führte und Einblick in die Gärten hinter den Häusern gab, deren Terrassen und Wiesen mit Schnee bedeckt waren. In manchen standen aufgebockte Boote, die aus dem Wasser geholt worden waren. In der vereisten Gracht lagen nur einige Schaluppen, die schon so verfallen waren, dass ihre Besitzer wohl darauf warteten, dass das Eis den Rest besorgte. Sie bogen schließlich in die Stichstraße *Kleine Weide* ab und kamen zu einem niedrigen Wohnhaus, vor dessen Tür eine Kreidetafel mit der Aufschrift stand: *Het Eerste Friese Schaatsmuseum,* das erste friesische Schlittschuhmuseum.

Wiebeke Hilberts arbeitete hier. Die Frau hatte Pieter bereits am Telefon erzählt, dass sie gebürtig aus Hindeloopen stammte. Nachdem ihr Mann vor vielen Jahren in Rente gegangen war, hatten sie Leeuwarden verlassen und waren wieder hierhergezogen. Mart hatte die Stadt zwar geliebt, doch er hatte sich auch mit dem kleinen Ort anfreunden können, schließlich gehörte Hindeloopen als eine der elf friesischen Städte zur Strecke des Elfstedentocht, und Mart hatte ihn diverse Male auf Schlittschuhen passiert.

Griet und Pieter betraten das Museum und entdeckten Wiebeke Hilberts im *Elfstenzaal*, jenem Raum der Ausstellung, der sich mit dem berühmten Rennen befasste. Wiebeke war mit Hammer und Nägeln damit beschäftigt, Bilderrahmen mit alten Zeitungsausschnitten aufzuhängen. Die Presseschnipsel zeigten Überschriften, die in fetten Lettern die Worte wiedergaben, mit denen der jeweils amtierende Vorsitzende der Elfsteden-Kommission einen Elfstedentocht angekündigt hatte. *It giet oan!*, hatte Henk Kroes 1997 verlauten lassen, und sein Vorgänger Jan Sipkema sagte 1985 feierlich: *It sil heve!* Wie Pieter Griet erklärte, handelte es sich bei beidem um friesische Umschreibungen für ein und dieselbe profane Tatsache: Der Elfstedentocht würde stattfinden.

Wiebeke Hilberts war eine Frau, mit der es das Alter gut gemeint hatte. Sie wirkte eher wie Ende fünfzig als Ende sechzig. Die grauen Haare hatte sie strubbelig kurz geschnitten, ihre Figur wirkte trainiert, und die Augen versprühten Lebensfreude. Sie lud Griet und Pieter zu einem kleinen Rundgang durch den *Elfstedenzaal* ein und führte sie herum.

Diverse alte Fotos und Filme erzählten die Geschichte des Rennens. Den Gewinnern war jeweils eine eigene Vitrine gewidmet, in der Schlittschuhe, Kleidung oder andere Gegenstände aus ihrem Besitz ausgestellt waren – wie zum Beispiel die Schlittschuhe von Evert van Benthem, der 1985 und 1986 gleich zweimal nacheinander den Elfstedentocht gewonnen hatte, wie Wiebeke erklärte.

Sie blieben schließlich vor einer länglichen Käseglocke stehen, unter deren Glas auf einem schwarzen Holzteller ein bräunliches Gebilde lag. Erst als Griet näher heranging, erkannte sie, worum es sich handelte. Aus Ekel wich sie unwillkürlich wieder ein Stück zurück. »Ist das ein Fußnagel?«

Wiebke nickte. »Das ist der Zeh von Tinus Udding. Der ist ihm beim *tocht* von 1963 abgefroren. Damals war natürlich noch ein Stück Fleisch vorhanden, aber mit der Zeit sind nur noch der Nagel und etwas Haut übrig geblieben.«

Griet blickte zu Pieter, dem das ungewöhnliche Exponat offenbar ebenfalls die Sprache verschlagen hatte. Wiebeke schien ihr Unbehagen zu bemerken und deutete auf die beiden Bilderrahmen, die an der Wand hinter dem Zeh hingen.

»Vielleicht unser wertvollstes Stück«, sagte sie und wies auf das angegilbte Stück Pappe hinter dem Glas des oberen Rahmens. »Die Stempelkarte von *Koning* Willem Alexander. Er lief 1986 den *tocht,* allerdings unter dem Namen W.A. van Buren.«

Griet betrachtete die Karte, auf der einige Stempel mit Ortsnamen und Uhrzeiten zu sehen waren.

Wiebeke deutete auf den unteren Bilderrahmen, in dem ein Dutzend ähnlicher Karten hingen. »Die haben wir aus aktuellem Anlass in die Ausstellung aufgenommen. Es sind die Stempelkarten von allen Mitgliedern des aktuellen Elfsteden-Komitees, die selbst einmal am *tocht* teilgenommen haben.«

»Was bedeuten die Angaben auf den Karten?«, erkundigte sich Griet.

»Es gibt einen Kontrollposten in jedem Ort, den die Läufer passieren«, erklärte Wiebeke. »Dort müssen sie ihre Teilnehmerkarte abstempeln lassen. Ort und Uhrzeit werden vermerkt. Im Ziel müssen die Läufer eine vollständige Stempelkarte vorzeigen. So ist es ausgeschlossen, dass jemand mogelt und eine Abkürzung nimmt.«

»Ist so etwas denn schon mal geschehen?«, fragte Griet.

»Ja, 1947 zum Beispiel«, fuhr Wiebeke fort. »Nach dem Rennen stellte sich heraus, dass diverse Teilnehmer sich vom Eis geschlichen und ganze Teilabschnitte auf Bauernkarren und Fahrrädern zurückgelegt hatten oder sich gar per Anhalter von Autos mitnehmen ließen. Einige wenige hatten sogar ihre eigenen Wagen an der Strecke bereitgestellt. Die gesamten Top vier wurden damals disqualifiziert. Jan van der Hoorn, der eigentlich als Fünfter im Ziel gewesen war, wurde zum Sieger erklärt.«

»Wobei nicht alle absichtlich mogelten«, warf Pieter ein. »Einige hatten sich einfach verlaufen und von Ortskundigen wieder zur Strecke fahren lassen.«

»Das stimmt. Du scheinst dich gut auszukennen.« Wiebeke lächelte. »Bei schlechter Sicht kommt es schon mal vor, dass jemand die Orientierung verliert. Allerdings gelten auch dann die Regeln. Wer das Eis verlässt und ein Hilfsmittel besteigt, wird disqualifiziert.«

Griet war sich ziemlich sicher, dass der historische Exkurs zum Elfstedentocht noch den ganzen Tag weitergehen könnte und Pieter seine helle Freude daran gehabt hätte. Doch deshalb waren sie nicht hier.

»Wiebeke«, sagte sie, »Jessica Jonker hat einige Male mit deinem Mann gesprochen und euch besucht. Dabei ging es um die Suche nach seinem Freund Edwin?«

»Richtig. Mart hoffte, dass Jessica den Jungen vielleicht finden würde.«

»Ich habe die Geschichte verfolgt«, sagte Pieter. »Und ich habe mich immer gefragt, warum Mart erst jetzt nach dem Jungen suchte. Ich meine ... es ist über zwanzig Jahre her, dass sie den *tocht* gemeinsam gelaufen sind.«

Wiebeke machte ein verlegenes Gesicht. »Ich fürchte, die Sache war ... ein wunder Punkt in Marts Leben.«

»Warum?«

»Ich glaube, es hat immer an seiner Ehre gekratzt, dass er die Hilfe des Jungen in Anspruch nehmen musste. Ohne ihn hätte er es nicht geschafft, hat er mir mal gesagt. Deshalb hatte er darüber nicht gern gesprochen.«

»Und nun wollte er den Jungen plötzlich wiedersehen. Warum?«, fragte Pieter.

»Weißt du, wenn du an Krebs stirbst, hat das zumindest einen Vorteil ... du kannst dich in Ruhe verabschieden.« Wiebeke fuhr sich durch die kurzen Haare. »Mart wollte irgendwie mit allem abschließen und auch mit dieser Sache für sich ins Reine kommen. Deshalb suchte er nach Edwin. Aber er kannte ja nicht mal den Nachnamen des Jungen. Also nahm er Kontakt mit der Zeitung auf. Und die waren natürlich von der Geschichte begeistert.«

»Das bedeutet, die Geschichte ist tatsächlich erst vor Kurzem an die Öffentlichkeit gekommen?«, wollte Griet wissen.

»Ja.«

»Wann hat Mart zuletzt mit Jessica gesprochen?«

»Ich weiß es nicht genau«, meinte Wiebeke. »Mart war kein Unbekannter hier in *Fryslân*. Wir hatten viel Besuch in den Wochen vor seinem Tod. Die Leute kamen, um Abschied zu nehmen. Henk Angenent war hier, der Sieger von 1997, der Bürgermeister, einige Vertreter der Elfsteden-Kommission, Freunde, Familie und Nachbarn ... Ich verlor ein wenig den Überblick. Jessica war auch da, und ich glaube ... sie rief später noch einmal an. Da war Mart schon schwach, also sprach ich mit ihr.«

»Worum ging es?«

»Um den Jungen. Sie hatte ihn gefunden ...«

»Was?« Griet bemerkte Pieters ungläubigen Blick, als er erwiderte: »Es hieß doch, dass die Suche ins Leere lief ...«

»Ich kann es nicht genau sagen.« Wiebeke hob entschuldigend die Hände. »Jessica nannte einen Namen und meinte, sie wisse endlich, wer der Junge sei. Doch dann ... hörte ich nichts mehr von ihr. Mart starb. Und wenig später war auch sie tot.«

»Sie gab dir den vollständigen Namen?«, fragte Griet.

Wiebeke nickte. »Ja.«
Griet zog ihr Notizbuch aus der Jackentasche.

23
SCHNEEGESTÖBER

Wenige Stunden später stapfte sie durch den Schnee auf der gefrorenen *Westerstadsgracht* und achtete bei jedem Schritt darauf, nicht auszurutschen. Auf der Rückfahrt aus Hindeloopen hatte es zu schneien begonnen, und inzwischen trieb der Wind die Flocken so wild vor sich her, dass der Schnee von allen Seiten zu kommen schien. Griet hob die Hand vor die Augen, um etwas sehen zu können. Mit dem Schnee war es wie mit diesem Fall, dachte sie. Die einzelnen Fragmente wirbelten wie Flocken umher und ergaben ein Gestöber, in dem man sich nur langsam Schritt für Schritt vorantasten konnte, im Versuch, möglichst nicht die Orientierung zu verlieren.

Edwin Mulder.

Das war der Name, den Jessica Jonker Wiebeke Hilberts am Telefon genannt hatte. Womit sich ein weiteres Rätsel in diesem Fall eröffnete: Wenn Jessica den Jungen gefunden hatte, warum war das nicht publik geworden?

Nach ihrer Rückkehr aus Hindeloopen hatte Griet umgehend Noemi damit beauftragt, den Mann ausfindig zu machen. Er musste heute Anfang vierzig sein. Wiebeke hatte ihnen gesagt, dass der Junge, mit dem Mart den Elfstedentocht gelaufen war, nach dessen Angaben damals achtzehn oder neunzehn Jahre alt war.

Die Geräusche von fahrenden Autos drangen zu Griet herüber. Irgendwo links von ihr war vermutlich die *Vrouwenportbrug*. Unfassbar, dass sie sich mitten in der Stadt befand und dennoch keine fünfzig Meter weit sehen konnte. Sie musste daran denken, was Wiebeke über die Läufer des Elfstedentocht erzählt hatte. Wie mochte es ihnen erst ergehen, wenn sie in der Dunkelheit draußen auf den Binnenmeeren von so einem Wetter erwischt wurden?

Langsam schälten sich die Schemen der Brücke aus dem Gestöber. Griet orientierte sich daran und gelangte schließlich zu der Ansammlung von Zelten und Holzhütten auf dem Eis. Dort befand sich auch das *koek en zopie* von Joop, das sie neulich mit Pieter besucht hatte.

Noemi und Pieter verbrachten die Mittagspause im *Pannekoekenship* auf der Gracht vor dem Präsidium. Griet hatte sich mit der Ausrede entschuldigt, noch ein paar Einkäufe für Fenja erledigen zu müssen.

Griet folgte der bunten Lichterkette, mit der die Zelte verbunden waren, bis sie das *koek en zopie* erreichte. Im Inneren des Zelts war es warm und düster. Griet klopfte sich die Jacke ab und zog die Mütze aus. Obwohl man den Wind deutlich an der Zeltplane zerren hörte, war es hier drinnen ruhiger als draußen. Zur Mittagszeit schien das *koek en zopie* weniger gut besucht zu sein als in den Abendstunden. An den zehn Stehtischen standen lediglich an dreien Gäste. Griet nahm den Tisch in der Nähe der behelfsmäßigen Theke. Joop rührte mit einem Holzlöffel in einem gusseisernen Topf.

Von ihrem ersten Besuch hatte Griet in Erinnerung behalten, dass der Mann in seiner früheren Profession als Gastwirt intensiven Kontakt zu ihren Kollegen gehabt hatte. Sie konnte sich die Art von Polizeikneipe, die er geführt hatte, gut vorstellen – bevor sie Fleming kennenlernte, hatte sie in Rotterdam selbst einen Gutteil ihrer Freizeit in solchen Pinten verbracht. Sie wusste, wie es lief. Vermutlich hatte Joop das Vertrauen seiner ordnungshütenden Stammgäste genossen und im Laufe der Jahre einiges zu Ohren bekommen. Oft mochten es nur einzelne Wörter, Halbsätze oder Gerüchte gewesen sein, Details laufender Ermittlungen, die sich die Gäste an der Theke nach ein paar *pilsjes* hinter vorgehaltener Hand zugeraunt hatten. Für sich allein ergaben sie meist keinen Sinn, rückte man sie aber in den passenden Kontext, erfuhr man manches, das nie offiziell in den Akten landete.

»Griet«, sagte Joop, als er sie bemerkte, »schön, dich wiederzusehen. Was darf es sein?«

»*Snert*. Und lass bitte den Speck weg.«

»Kein Problem.«

Mit einer großen Kelle löffelte er eine Portion Erbsensuppe auf einen Teller und reichte ihn Griet.

»*Eet smakelijk*«, sagte er. »Guten Appetit.«

»*Bedankt*. Darf ich dich etwas fragen?«

»Nur zu.«

»Sagt dir der Name Rob Hoekstra etwas?«

Er schürzte die Lippen. »Vielleicht.«

»Mich interessiert, was nicht über ihn in den Akten steht.«

»Und da kommst du zu mir?«

Griet lächelte, zumindest versuchte er, den Anschein zu wahren, dass er kein Tratschweib war. »Wann hast du deine Kneipe eigentlich dichtgemacht?«

»Ist jetzt zwei Jahre her.«

Das bedeutete, dass er noch auf einem einigermaßen aktuellen Stand sein musste. »Was haben die Kollegen denn so über Hoekstra geredet?«

Joop stützte sich mit dem Ellbogen auf den Tisch. »Ziemlich viel. Doch dezentes Weghören ist eine Kernkompetenz in meinem Beruf.«

»Natürlich.« Griet aß einen Löffel Suppe. »Mal angenommen, wir beide hätten einen gemeinsamen Freund, und dieser Freund hätte mit Hoekstra zu tun und würde sich dadurch … in Schwierigkeiten bringen.«

Joop taxierte sie. »Verstehe. Und du würdest unserem Freund helfen wollen?«

»Grundsätzlich schon.«

Er überlegte einen Moment. Durch den Eingang des Zelts kam eine Gruppe von Leuten herein und blickte sich nach einem Tisch um. Joop bedeutete seiner Mitarbeiterin hinter der Theke, sich um die Gäste zu kümmern. Dann wendete er sich wieder Griet zu.

»Was weißt du über Hoekstra?«

»Einbruch, Diebstahl … er stand in den Neunzigern offenbar vor einer steilen Karriere als Krimineller. Dann saß er kurz ein. Und heute betreibt er eine Autowerkstatt.«

»Ja, das fasst es ganz gut zusammen«, bestätigte Joop. »Das alles zog sich bis in die Nullerjahre hinein. Bei deinen Kollegen war er damals Stammkunde. Seltsam wurde es 2009. Da machte sich Hoekstra plötzlich ehrlich.«

Griet zog die Augenbrauen hoch. »Die Werkstatt?«

»Er eröffnete sie 2009 und wollte über Nacht nichts mehr mit krummen Geschäften zu tun haben.«

»Klingt nach einem spontanen Sinneswandel«, meinte Griet. »Gab es einen Grund?«

»Fragten sich deine Kollegen damals auch. Niemand konnte sich einen Reim darauf machen. Allerdings hörte man … Gerüchte. Bemerkenswert war zum Beispiel, dass Hoekstras spontane Entscheidung mit einem aufsehenerregenden Kunstraub in jenem Jahr zusammenfiel.«

»Einem Kunstraub … hier in Leeuwarden?«

»Der Elfstedentocht feierte damals hundertjähriges Bestehen. Das *Fries Museum* initiierte eine Sonderausstellung. Unter den Exponaten befanden sich Gemälde mit Motiven des Elfstedentocht. Sie stammten von Klaas Veenstra. Eines Nachts wurden sie aus dem Museum gestohlen.«

»Waren sie wertvoll?«

»Schwer zu sagen. Veenstra war damals noch nicht bekannt, aber er stammte aus Leeuwarden, deshalb berichteten die Zeitungen über seine Bilder.«

»Es gab eine Ermittlung?«

»Natürlich. Die *politie* suchte nach dem Dieb. Und ... dann erlebten alle eine Überraschung.« Joop hob nun ebenfalls die Augenbrauen. »Eines Morgens standen die Bilder wieder vor der Tür des Museums. Fein säuberlich verpackt und unbeschadet.«

Griet wusste, dass sich in den Polizeiarchiven manch kurioser Fall verbarg, doch dass ein Dieb seine Beute freiwillig zurückbrachte, kam wirklich nicht alle Tage vor.

»Und was hat das mit Hoekstra zu tun?«

»Man munkelte, dass er seine Langfinger im Spiel hatte. Und nur wenige Wochen, nachdem die Bilder wieder aufgetaucht waren, eröffnete der die Autowerkstatt.«

»Soll das heißen ...«

Joop unterbrach Griet mit erhobener Hand. »Mehr kann ich nicht sagen. Du hast gefragt, was nicht über ihn in den Akten steht, und das ist die Antwort. Möglich, dass Hoekstra an diesem Raub beteiligt war. Aber sie haben ihn nie dafür drangekriegt.«

Griet hatte den Teller Erbsensuppe während des Gesprächs geleert. Joop nahm ihn und wandte sich zum Gehen. Dann hielt er kurz inne.

»Tust du mir auch einen Gefallen, Griet?«

»Natürlich.«

»Dieser Freund von uns ...«
»Was ist mit ihm?«
»Sag ihm, er soll nicht wieder eine Dummheit begehen.«

24
DER MANN, DEN ES ZWEIMAL GAB

In den Räumen der *Districtsrecherche* herrschte geschäftiges Treiben, als Griet zurückkam. Die Kollegen hatten sich in der Mitte des Großraumbüros um eine aufstellbare Magnettafel versammelt, die vor der Glasfront von Wim Wouters' Büro platziert war. Eine Karte mit dem Streckenverlauf des Elfstedentocht war darauf befestigt. Wouters und der junge Kollege, der vor wenigen Tagen die Großübung geleitet hatte, erklärten Details zum Ablauf des möglichen Großeinsatzes. Soviel Griet aus den wenigen Sätzen ableiten konnte, die sie im Vorbeigehen aufschnappte, ging es darum, wie man die Leute vom Eis schaffte, sollte das Rennen wetterbedingt abgebrochen werden müssen.

Cornelis Hasselbeek, der Polizeichef, wohnte der Versammlung ebenfalls bei. Er lehnte, in einen dunkelblauen Maßanzug gekleidet, an einem Aktenschrank und folgte den Ausführungen aufmerksam.

Griet hatte bislang noch nicht persönlich mit ihm zu tun gehabt und wusste nur, was sich die Kollegen über ihn erzählten. Sie hatten ihm den Spitznamen *Captain Picard* verpasst, nach dem gleichnamigen Kommandanten der Enterprise aus *Star Trek*. Einerseits war dies ganz offensichtlich seinem Äußeren geschuldet. Hasselbeek hatte wie sein fiktionales Ebenbild eine Glatze und einen schlanken, athletischen Körperbau. Andererseits lag es aber wohl auch an der Art, wie er mit seinen Mitarbeitern umging. Er stand in dem Ruf, immer ein offenes Ohr zu haben und mit guten Ratschlägen zu Lösungen beizutragen. Kurz, der Mann war offenbar das genaue Gegenteil von Wim Wouters.

Hasselbeek hatte sie bemerkt, löste sich von dem Schrank und folgte ihr. »Griet«, sagte er, »auf ein Wort.«

Er deutete auf die Teeküche, in der sich gerade niemand aufhielt. Griet ging hinein, und Hasselbeek schloss die Tür hinter sich.

»Der Fall Jonker ...«, begann er.

»Ich weiß«, sagte Griet. »Wim hat mit mir geredet. Wir arbeiten, so schnell es geht. Aber ich bin mir sicher, dass es kein Unglück war.«

Hasselbeek schloss kurz die Augen, setzte ein Lächeln auf und hob beruhigend die Hände. »Ich fürchte, der liebe Kollege ist mal wieder über das Ziel hinausgeschossen. Ich weiß, was ihr drei gerade leistet, und es tut mir leid, dass wir euch keine Unterstützung zukommen lassen können. Aber dir ist ja klar ...«

»Ja«, unterbrach Griet ihn, »der Elfstedentocht.«

»Ich konnte den ganzen Trubel um dieses Rennen persönlich noch nie nachvollziehen«, sagte Hasselbeek. »Aber da müssen wir jetzt wohl durch. Die Sache ist die, heute Morgen ...«

»Die Presse, ich weiß. Ich habe den Artikel im Leeuwarder Dagblad gelesen.«

»Was die schreiben, lässt mich ziemlich kalt. Ich gebe später eine Mitteilung raus, in der wir die Sache erst mal wieder runterkochen. Es geht um etwas anderes.« Er blickte Griet ernst an. »Der Bürgermeister hat mich vorhin angerufen. Suzanne van Dijk, seine Pressesprecherin, hat ihm von eurem Besuch im *stadhuis* erzählt. Ich kam nicht umhin, ihn ... über ein paar Details in Kenntnis zu setzen. Und nun möchte er die Angelegenheit schnellstmöglich geklärt wissen.«

»In Ordnung«, sagte Griet. »Wir hängen uns rein.«

Wenn der Bürgermeister dem Polizeichef auf den Füßen stand, bedeutete das nichts anderes, als dass nun Druck auf dem Kessel war.

»Dennoch sind wir der Wahrheit verpflichtet«, sagte Hasselbeek. »Wenn es kein Unfall war, will ich wissen, was wirklich geschehen ist.«

Bevor Hasselbeek die Tür öffnete, schenkte er ihr ein anerkennendes Lächeln und blickte Griet dabei für ihr Gefühl einen Moment zu lange in die Augen. Dann ging er mit federnden Schritten zu der Versammlung zurück.

Griet blieb noch einen Augenblick in der Teeküche stehen und dachte über das Gespräch nach. Im Grunde hatte Hasselbeek ihr gerade nicht viel Neues erzählt – wie Wouters vorhin. Nur dass er es auf eine charmante Weise getan und ihr dabei den Rücken gestärkt hatte.

Sie spürte ein Kribbeln in der Magengegend, und während sie ihrem Chef nachblickte, kam sie nicht um die Feststellung umhin, dass der Schneider seines Anzugs ganze Arbeit geleistet hatte. Vor allem die Proportion des Hosenbodens war ihm äußerst gut gelungen. Mit einem Schmunzeln machte Griet sich auf den Weg zu ihrem Büro.

Pieter stand hinter der Trennwand von Noemis Arbeitsplatz und blickte der jungen Kollegin über die Schulter, während sie am Computer arbeitete. Er winkte Griet heran, als er sie kommen sah.

»Was gibt es?«, fragte sie.

»Edwin Mulder«, sagte Noemi. »Wir skypen gleich mit ihm.«

»Du hast ihn gefunden?«

»War nicht schwierig. Ich hab mir von der Elfsteden-Kommission die Starterliste von 1997 besorgt. Da taucht nur ein Edwin Mulder auf. Seine Nummer steht im Telefonbuch.«

»Hier in Leeuwarden?«

»*Jawell.*«

Griet konnte kaum glauben, dass es so einfach gewesen war. »Dann muss Jessica ihn auch gefunden haben. Aber warum schrieb sie nicht darüber?«

»Werden wir gleich erfahren«, erklärte Pieter. »Wir haben eben kurz mit ihm telefoniert. Und, na ja ... das wenige, was er erzählt hat, genügte schon, dass ich ihm am liebsten gleich einen Besuch abgestattet hätte.«

»Und ich dachte, die Zeit sparen wir uns«, schob Noemi ungeduldig dazwischen. »Wozu gibt es digitale Kommunikation?«

Pieter verdrehte die Augen. »Ein Videotelefonat ersetzt nicht den persönlichen Kontakt. Wenn ich jemandem Auge in Auge gegenübersitze, spüre ich die zwischenmenschlichen Schwingungen. Auf einem Monitor ...«

»In welchem Jahrhundert lebst du eigentlich?« Noemi schüttelte den Kopf.

Griet hob beschwichtigend die Hände. »*Mensen* – Leute, ist doch jetzt egal ...«

Das typische Skypeklingeln verkündete einen eingehenden Anruf auf Noemis Computer. Griet ging um die Trennwand herum, während Noemi das Gespräch annahm.

»*Goede middag*«, grüßte der Mann, dessen Gesicht auf dem Monitor erschien. Griet realisierte sofort, was hier nicht stimmte, und verstand, warum Pieter Edwin Mulder von Angesicht zu Angesicht hatte sehen wollen.

Der Mann, der in die Webcam seines Rechners blickte, war alt. Und zwar so alt, dass er beim Elfstedentocht von 1997 niemals achtzehn oder neunzehn gewesen sein konnte – dem

Alter von Edwin – nach Angaben von Wiebeke Hilberts –, als er mit ihrem Mann das Rennen lief. Jener Edwin hätte heute um die vierzig sein müssen. Doch Griet schätzte den Mann auf Anfang siebzig, was bedeutete, dass er 1997 etwa fünfzig Jahre alt gewesen war.

»*Meneer* Mulder«, begann Pieter das Gespräch. »Meine Kollegin Noemi Boogard und mich kennen Sie ja bereits. Das hier neben mir ist *Commissaris* Griet Gerritsen. Sie leitet die Ermittlungen.«

Pieter sprach mit erhobener Stimme und überdeutlich, als müsse er sich mit einem Schwerhörigen verständigen.

»Das Mikrofon Ihres Computers funktioniert sehr gut«, kam es prompt von Mulder zurück. »Sie brauchen nicht so laut zu reden.«

»Ja, in Ordnung. Würden Sie für *Commissaris* Gerritsen noch einmal wiederholen, was Sie uns erzählt haben?«, bat Pieter, diesmal leiser.

»Natürlich«, sagte Mulder. »Ich erklärte Ihren Kollegen dasselbe, was ich auch *mevrouw* Jonker gesagt habe. Nämlich dass ich nicht derjenige bin, den Sie suchen.«

Griet stützte sich mit einer Hand auf den Schreibtisch, mit der anderen umfasste sie die Rückenlehne von Noemis Bürostuhl und blickte in die Kamera, um dem Mann das Gefühl zu geben, dass sie direkt zu ihm sprach. Dabei war es so gut wie unmöglich, aus dem Augenwinkel seine Reaktion auf dem Monitor zu sehen, was bei der Einschätzung, ob er die Wahrheit sagte, recht hilfreich gewesen wäre. Sie musste Pieter in Gedanken recht geben, es hatte doch Vorteile, persönlich mit seinem Gesprächspartner zu reden.

»Dann hatten Sie Kontakt mit *mevrouw* Jonker«, stellte sie fest. »Wann war das?«

»Vor drei Wochen. Sie hat mich besucht.«

»Die Initiative ging von ihr aus?«

»Wie meinen Sie das?«

»*Mevrouw* Jonker meldete sich bei Ihnen, nicht umgekehrt?«, präzisierte Griet.

»Genau. Sie rief mich an.« Der Mann räusperte sich, und ein überlautes Knacken drang aus den Lautsprechern.

»Wie hatte *mevrouw* Jonker Sie gefunden?«

»Offenbar hatte sie sich alle Männer mit dem Namen Edwin aus der Starterliste von 1997 herausgesucht und sie abtelefoniert.«

»Aber wussten Sie denn nicht, dass *mevrouw* Jonker und Mart Hilberts nach Ihnen suchten?«

»Da ich zu der aussterbenden Gattung der Tageszeitungsleser gehöre, konnte ich das kaum übersehen.«

»Warum haben Sie sich dann nicht gemeldet?«

»Ganz einfach«, erwiderte der Mann. »Ich bin, wie gesagt, nicht derjenige, nach dem die beiden suchten. Ich habe Mart Hilberts noch nie gesehen.«

»Aber Sie sind den *tocht* von 1997 gelaufen?«

»Ich war am Start, ja, aber ...«

Die Verbindung brach ab.

»*Potverdikkie!*«, schimpfte Pieter.

»Ruhe bewahren, das haben wir gleich«, sagte Noemi und machte sich daran, die Verbindung wiederherzustellen.

Griet wandte sich an Pieter. »Das ergibt doch keinen Sinn. Er ist das Rennen von 1997 gelaufen. Kennt Mart Hilberts aber angeblich nicht. Das alles erzählt er auch Jessica, als sie ihn anruft. Die sagt aber Wiebeke Hilberts, dass sie den Jungen gefunden hat ...«

»Leute, es geht wieder los«, erklärte Noemi.

Auf dem Monitor erschien erneut das Bild von Edwin Mulder, zunächst stumm, doch nach wenigen Sekunden war auch der Ton wieder da. Der Mann hielt nun einen dicken, rot-weiß gescheckten Kater auf dem Schoß, der sich an ihn schmiegte. »*Excuses* – Entschuldigung, Rasputin ist über die Tastatur gelaufen.«

»Kein Problem«, sagte Griet. »*Meneer* Mulder, wir verstehen noch nicht ganz …«

»Entschuldigen Sie, wenn ich Sie unterbreche«, erwiderte er. »Aber ich glaube, wir können die Sache abkürzen, indem ich Ihnen einfach meine Geschichte erzähle. So habe ich es auch mit *mevrouw* Jonker gemacht.«

»Wir sind ganz Ohr«, sagte Pieter.

»Ich war 1997 am Start. Sie wissen ja vielleicht, wie es da zugeht«, berichtete er. »Es ist ein einziges Geschubse und Gedränge. Jedenfalls rempelte mich jemand um. Ich ging zu Boden, fiel ziemlich unglücklich auf den Arm. Es tat höllisch weh … und ich ging ins Sanitätszelt. Mein Arm war gebrochen. Tja, und damit hatte sich mein Elfstedentocht erledigt.«

»Nur, dass wir uns richtig verstehen«, sagte Griet. »Sie brachen das Rennen direkt nach dem Start ab und nahmen es auch nicht wieder auf.«

»So war es.« Auf dem Bildschirm sprang der Kater von Mulders Schoß, und der Mann rückte wieder näher an die Kamera heran. »Tja, ich lag also auf einem Feldbett, während andere das Rennen ihres Lebens liefen. Und dann war da plötzlich dieser junge Kerl. Er konnte nicht älter als fünfzehn oder sechzehn gewesen sein. Mir war klar, worauf er aus war. Ich hatte davon gehört, dass sie so etwas tun …«

»Dass sie was tun?«, fragte Griet.

»Das Mindestalter für die Teilnahme am Elfstedentocht war auch damals achtzehn Jahre, und es konnte nur starten, wer Mitglied in der *Koninklijke Vereniging de Friesche Elf*

Steden war. Diese Bedingungen versuchten natürlich manche zu umgehen. Man wusste, dass sich nicht wenige Teilnehmer bereits in der Frühphase des Rennens verletzten und in einem der Sanitätszelte landeten. Und ... tja, dort trieben sich dann Leute ohne Startgenehmigung rum, auch Minderjährige. Sie hofften, dass sie jemanden fanden, der ihnen seine Starterkarte abtrat, weil er selbst nicht mehr mitlaufen konnte.«

»Das heißt, Sie gaben dem Jungen Ihre Stempelkarte?«

»Das tat ich«, sagte Mulder. »Der Junge bettelte darum. Er erzählte mir, dass er auf diesen Tag hin trainiert hatte. Er dachte, es wäre vielleicht für lange Zeit die letzte Chance ... Sie wissen schon, wegen der Klimaerwärmung und so. Damit hatte er rückblickend ja auch recht. Tja, ich schaute mir den Burschen an, ich wollte ihn ja nicht ins Verderben rennen lassen. Aber er wirkte verdammt fit und kräftig. Er konnte es schaffen. Also gab ich ihm meine Karte.«

»Konnte er denn so ohne Weiteres in das Rennen einsteigen?«, fragte Griet. »Es gab doch Kontrollen?«

Der Mann auf dem Bildschirm lächelte. »Das war ja das Geniale an der Sache, eine kleine Lücke im System. Ich hatte bereits den Stempel vom Start auf der Karte. Die nächste Kontrolle kam erst bei Sneek. Der Junge musste sich nur irgendwo aufs Eis schleichen und loslaufen. Sie können bei einem Natureisrennen ja nicht die gesamte Strecke einzäunen.«

»Und was ist mit den Kontrollposten, wo er die Karte abstempeln lassen musste?«, fragte Griet.

»Sie haben's nicht so mit dem Elfstedentocht, oder, *Commissaris*?« Edwin Mulder zog die Stirn kraus. »An den Stempelposten ist der Teufel los. Da kommen im Sekundentakt neue Läufer reingerauscht, während die vorigen gerade ihre Karten stempeln lassen und andere schon wieder loslaufen.

Das ist wie im Taubenschlag! Da kommt nun wirklich keiner auf die Idee, sich den Personalausweis zeigen zu lassen ...«

Griet dachte einen Augenblick nach. Was Mulder erzählte, klang plausibel. »Und das alles sagten Sie auch *mevrouw* Jonker?«

»Ja.«

»Hatten Sie danach noch einmal Kontakt mit ihr?«

»Nein.«

»Und mit Mart Hilberts oder seiner Frau haben Sie ebenfalls nicht gesprochen.«

»Nein.«

»*Meneer* Mulder ... vielen Dank für das Gespräch.«

»Sehr gern«, sagte er. »Melden Sie sich, falls Sie noch Fragen haben.«

Noemi trennte die Verbindung.

»Dann ist also jemand anderes unter dem Namen Edwin Mulder den Elfstedentocht mit Mart Hilberts gelaufen«, fasste Pieter die Quintessenz der Unterhaltung zusammen.

»Sieht ganz so aus.« Griet blickte nachdenklich über die Trennwand des Abteils zu den Kollegen hinüber, die noch immer vor der Magnettafel mit der Strecke des Elfstedentocht versammelt standen. Insgeheim kam sie nicht umhin, dem Jungen Respekt zu zollen, der die Identität von Edwin Mulder angenommen hatte. Im jugendlichen Alter eine solche Monstertour zu überstehen, das war ein Husarenstück. Sie konnte sich in etwa vorstellen, was Jessica Jonker gedacht haben musste, als Mulder ihr das alles erzählte: Diese Geschichte war noch viel aufregender als die ursprüngliche. Umso seltsamer, dass Jessica sie nicht publik gemacht hatte.

»Und wohin bringt uns das jetzt?«, fragte Noemi.

»Dorthin, wo auch Jessica nach ihrem Gespräch mit Edwin Mulder stand«, sagte Griet und blickte Noemi und Pieter an.

»An ihrer Stelle wäre ich jetzt noch entschlossener gewesen, den wahren Edwin ausfindig zu machen.«

25
HEISSE WARE I

Am frühen Abend saß Griet mit Fenja im Salon des Plattboots und aß zu Abend. Durch die Deckluken sah sie über ihnen die Schneeflocken auf das Deck fallen. Die Erfahrungen, die sie am heutigen Nachmittag gemacht hatte, hatten sie wieder daran erinnert, was sie an Kindern nicht mochte und warum ihr das Familienleben so gegen den Strich gegangen war.

Eine Stunde nach dem Telefonat mit Edwin Mulder hatte sie das *politiehoofdkantoor* verlassen und Fenja abgeholt. Ihr schlechtes Gewissen hatte sie dazu getrieben, und natürlich auch die nagende Frage, inwieweit sie Pieter noch trauen konnte. Dann war sie mit Fenja zum *Natuurmuseum* in der *Schoenmakersperk* gefahren.

Es machte seinem Ruf als kinderfreundliche Einrichtung alle Ehre. Fenjas Begeisterung kannte keine Grenzen. Die von Griet hingegen schon.

Es wimmelte dort nur so vor Erwachsenen, die mit ihrem Nachwuchs durch die Ausstellung wanderten und eine derart gute Laune versprühten, dass Griet sich fragte, ob diese Menschen einfach nur talentierte Schauspieler waren oder ob sie tatsächlich Vergnügen an Dingen fanden, die aus ihrer Sicht allenfalls dazu angetan waren, kleine Kinder zu unterhalten. Sie lief wie ferngesteuert hinter Fenja durch die Räume, während sie in Gedanken woanders war.

Ein Teil der Ausstellung zeigte ausgestopfte Tiere, und man konnte einem Präparator bei der Arbeit zusehen. Der Mann trug einen weißen Kittel und weidete mit seinen filigranen Werkzeugen gerade ein Rotkehlchen aus. Während Fenja gleichermaßen angeekelt wie interessiert zusah, musste Griet an Mei Nakamura und die diversen Autopsien denken, denen sie beigewohnt hatte.

Der weitere Weg führte sie durch das Raritätenkabinett eines fiktiven friesischen Kapitäns namens Severein, der allerhand Mitbringsel von seinen Weltreisen versammelt hatte. Die Bezeichnung Gruselkabinett wäre passender gewesen, dachte Griet. Neben antikem Klimbim und ausgestopften Tieren hatte der Kapitän auch zahlreiche Einmachgläser von seinen Exkursionen mitgebracht, in denen Tierföten, kleinere Affen oder auch mal ein einzelnes Auge schwammen. Fenja fand den Anblick zumindest irritierend, und Griet schob sie rasch in den nächsten Raum weiter, wobei ihr durch den Kopf ging, dass es in der realen Welt tatsächlich abartige Zeitgenossen gab, die ähnliche Sammlungen unterhielten, allerdings mit den Körperteilen ihrer Opfer.

Bei *Swim Fish Swim* kam es zu einem kleinen Zwischenfall. Es handelte sich bei der Attraktion um einen dreidimensionalen Flug mit einem Tauchhelikopter unter dem *afsluitdijk* hindurch, genauer gesagt, durch eine Schleuse in dem Deich, der das Ijsselmeer von der Nordsee trennte, die man eigens eingebaut hatte, um die natürliche Fischwanderung nicht zu unterbinden. Man nahm dazu in einer nachgebauten Helikopterkanzel Platz und setzte eine Oculus-3-D-Brille auf. Eine technische Spielerei, die Kinder naturgemäß magisch anzog, weshalb sich nicht gerade wenige von ihnen um das Gerät scharten. Die meisten Eltern schienen sich eher für nüchterne Schautafeln über die Fauna der friesischen Seen zu interessieren, die ein Zimmer weiter ausgestellt waren. Griet fand sich jedenfalls als einzige Erwachsene in einem Pulk lärmender Kinder wieder. Es ging nicht voran, da drei Jungen den Simulator blockierten und den 3-D-Flug zweimal hintereinander absolvierten. Die freundliche Ermahnung einer Museumsmitarbeiterin ignorierten sie und schickten sich an, zum Unmut aller anderen eine dritte Runde zu drehen. Griet fühlte sich in diesem Moment in ihrem Verdacht bestätigt, dass die Welt voller kleiner *klootzakken* – Arschlöcher – war, die nur zu großen *klootzakken* heranwuchsen. Sie ging zu den drei kleinen *klootzakken* hinüber, zückte ihren Dienstausweis und sagte, sie mögen schleunigst Leine ziehen, wenn sie keinen Ärger wollten. Das machte Eindruck auf die drei und gefiel den anderen Kindern.

Den anschließenden Tauchflug genossen Fenja und Griet gleichermaßen. Die 3-D-Technik faszinierte Griet, und sie malte sich aus, welche Möglichkeiten sich in Zukunft mit virtuellen Einsatzübungen auftaten. Für die Übung einer Großlage wie dem Einsatztraining zum Elfstedentocht würde man kein Heer von Kollegen als Komparsen mehr beschäftigen müssen, sondern konnte jedwede Situation digital nachbilden.

Das Ende des Museumsbesuchs markierte die *OnderWaterSafari*, bei der man die Wasserwelt von Friesland zu allen vier Jahreszeiten von unten bestaunen konnte. Die Museumsleute hatten sich große Mühe gegeben, die Unterwasserfauna mit ihren zahlreichen Fischen, Bibern, Seehunden und Wasserpflanzen nachzubilden. Das Ganze erinnerte Griet an die Besuche im *Efteling* mit ihrem Vater. Sie waren in ihrer Kindheit oft dorthin gefahren, wenn ein wenig Geld übrig gewesen war. Griet hatte sich immer prächtig amüsiert, ihr Vater weniger, was sie damals nie verstanden hatte. Als sie nun mit Fenja in einem ruckeligen Karren durch die *OnderWaterSafari* rollte, begriff sie es endlich. Für die kindliche Fantasie war die Illusion perfekt, Erwachsene aber schauten hinter die Kulissen, sahen die Tricks und die Technik, die am Werk waren.

Spätestens an der Stelle, wo sie unter einer künstlichen Eisdecke entlangfuhren, in der ein Loch klaffte, durch das ein Taucher hinabschwamm, waren Griets Gedanken wieder vollends bei Jessica Jonker und der dünnen Eisdecke in Sloten, durch die sie in den Tod gestürzt war. Sie dachte an die Brüder Ewerts und Stijn de Leeuw, Mart Hilberts und Edwin und an Rob Hoekstra und ihren Kollegen Pieter. Allzu gern hätte sie in ihre Tasche gegriffen und die Akte eingesehen, die sich darin befand. Bevor sie das Präsidium verlassen hatte, hatte sie sich die Ergebnisse der Ermittlungen zum Kunstraub von 2009 ausgedruckt, von dem Joop ihr erzählt hatte.

Auf dem Heimweg besorgten sie sich zwei Portionen *shawarma* – die arabische Version von Grillfleisch in gerolltem Fladenbrot –, wobei Griet die vegane Variante wählte. Außerdem kaufte sie Fenja ein Comicheft, damit sie am Abend beschäftigt war, wenn sie sich in Ruhe die Fallakte ansehen wollte. Griet hatte in Fenjas Alter *Wonder Woman* geliebt, und ihre Hoffnung, dass ihre Tochter ebenfalls Gefallen daran finden würde, erfüllte sich. Fenja schaute sich mit großen Augen die bunten Bilder an, und Griet hatte ihre Ruhe.

Doch jetzt, da sie auf der Eckbank im Salon saßen, wollte Fenja von ihr wissen, was in den kleinen Sprechblasen geschrieben stand. Griet las ihr ein paar Seiten vor. Dann meinte sie: »Und jetzt versuchst du es allein. Ich muss noch etwas für die Arbeit lesen.«

»Das haben wir aber noch nicht gelernt ...«

»Übung macht den Meister ... ansonsten guckst du dir einfach weiter die Bilder an.«

»Und was musst du lesen, Mama?«

»Es geht ... um einen Dieb, der Bilder aus einem Museum gestohlen hat.«

Fenja machte ein nachdenkliches Gesicht und schien abzuwägen, ob sich weiteres Nachfragen lohnte oder ob das Comic nicht doch interessanter war. Sie entschied sich für Letzteres und vertiefte sich wieder in das Heftchen.

Griet nahm sich die Akte vor. Sie enthielt neben Fotos vom Einbruchsort auch einige Aufnahmen der gestohlenen Gemälde, die für die Versicherung des Museums gemacht worden waren. Die Bilder stammten von Klaas Veenstra, und Griet erkannte den Stil sofort wieder. Sie ähnelten auf frappierende Weise jenen, die sie in dem Atelier im *Blokhuisport* gesehen hatte. Ob es sich um denselben Künstler handelte? Die Gemälde, die damals im Museum ausgestellt worden waren, hatten ebenfalls den Elfstedentocht zum Thema. Sie zeigten Eisläufer vor verschiedenen Kulissen, auf Grachten mit alten Häusern im Hintergrund, vor Windmühlen oder auf Kanälen in weitläufiger Landschaft.

Griet blätterte weiter und las den Bericht über den mutmaßlichen Tathergang, der mithilfe von Zeugenaussagen und der Spurensicherung rekonstruiert worden war.

Der Dieb war anscheinend durch ein Seitenfenster eingedrungen. Dieses war zwar alarmgesichert gewesen, allerdings hatte das gesamte Sicherheitssystem einen Blackout gehabt, sodass auch auf den Bändern der Videoüberwachung nichts zu sehen war. Der Sicherheitschef des Museums, ein Thijs de Boer, sagte, er habe die Anlage noch am Vorabend kontrolliert, bevor er das Gebäude nach Dienstschluss verließ. Die Nachtwache, ein externer Dienstleister, patrouillierte im Zweistundentakt. Der Einbruch ereignete sich genau zwischen zwei Kontrollrunden in der Zeit zwischen 01.00 Uhr und 03.00 Uhr. Aus der Sonderausstellung wurden lediglich die fünf Arbeiten von Klaas Veenstra entwendet.

Die Suche nach den Bildern blieb zunächst erfolglos. Die *politie* installierte ein TGO, ein *team grootschalige opsporing*, das bei Kapitalverbrechen ermittelte und von Experten aus unterschiedlichen Bereichen gebildet wurde. Doch die Kollegen tappten im Dunkeln. Es blieb unklar, ob der Sicherheitschef des Museums oder der Securitydienst einfach geschlampt hatten oder ob jemand dem Dieb geholfen hatte. Die Erklärung, dass es sich bei dem Ausfall der Alarmanlage um einen Zufall handelte, glaubte jedenfalls niemand.

Nach gut zwei Wochen ergebnisloser Ermittlungen geschah dann das Überraschende. Die Bilder standen eines Morgens wohlbehalten und sorgfältig verpackt wieder vor dem *Fries Museum*. Der Dieb hatte seine Beute in der Nacht retourniert, wobei er leider so schlau gewesen war, sich mittels dunkler Kleidung und Schirmmütze so unkenntlich zu machen, dass er auf den Aufnahmen der Überwachungsanlage nicht identifiziert werden konnte – zumal er offenbar genau Bescheid wusste, wo sich die Kameras befanden.

Die Ermittlungen wurden offiziell weitergeführt, doch da die Gemälde nun wieder da waren, hatte die Sache keine Priorität mehr. Nachdem etwas Zeit verstrichen war, landete der Fall bei den Akten.

Zurück blieb die Schlussbemerkung des Ermittlungsleiters, dessen Einschätzung Griet teilte: Der Dieb hatte versucht, die heiße Ware auf dem Schwarzmarkt loszuwerden, dabei aber keinen Erfolg gehabt. Nachdem die Angelegenheit Wellen geschlagen hatte, fand sich offensichtlich kein Abnehmer. Zudem hatte der Täter wohl erkennen müssen, dass die Gemälde von Klaas Veenstra nicht so wertvoll waren, wie er vielleicht aufgrund der Berichterstattung in der Presse angenommen hatte. Der Ermittlungsleiter schloss daraus, dass es sich bei dem Täter vermutlich um jemanden handelte, der im Kunstraub nicht sonderlich bewandert war, also auch nicht über die geeigneten Kontakte verfügte, heiße Ware loszuschlagen.

»Mama, ist das hier der Mann, der es geschrieben hat?«, fragte Fenja und tippte auf den Namen auf dem Titelbild des Comics.

»Ja«, antwortete Griet und sagte ihr, wie man den Namen ausspricht. Sie legte die Akte zur Seite und wollte das Geschirr und die leeren Verpackungen hinüber zur Spüle tragen, als sie innehielt. *Der Mann, der es geschrieben hat.* Sie stellte alles wieder ab und nahm die Fallakte noch einmal zur Hand. Sie hatte einen wesentlichen Punkt übersehen, und das war nicht der Diebstahl selbst, sondern der Name des Ermittlungsleiters.

Noud Wolfs.

Griet erinnerte sich an ihn. Er war der ehemalige Kollege, der neulich versucht hatte, Pieter zu erreichen.

Griet blätterte zu der Stelle, an der die Namen der Beamten vermerkt waren, die Mitglied des TGO gewesen waren und mit Wolfs in dem Kunstraub ermittelt hatten.

Ihr Zeigefinger fuhr die Liste von oben nach unten entlang, bis er bei jenem Namen verharrte, den sie gehofft hatte, nicht zu finden.

Pieter de Vries.

26
HEIßE WARE II

Griet hatte eine erste vage Vorstellung davon, was bei dem Kunstraub von 2009 vielleicht im Verborgenen geschehen war und was ihren Kollegen Pieter mit Rob Hoekstra verband. Um zu verstehen, ob der Kfz-Mechaniker auch eine Rolle in ihrem aktuellen Fall spielte und Pieter die Ermittlungen in irgendeiner Form hintertrieb, musste sie allerdings mehr in Erfahrung bringen.

Den Vorschlag, dass sie sich als Agenten erneut auf eine geheime Mission begaben, musste sie Fenja nicht zweimal machen. Und so parkten sie mit einem geliehenen *Renault Zoë* wieder an derselben Stelle unter den Bäumen vor Hoekstras Autowerkstatt. Griet blickte durch das Fernglas und beobachtete, was sich auf dem Gelände tat.

Sie war sich darüber bewusst, dass sie mit ihrer Tochter eine besondere, recht fragwürdige Form des Quidproquo betrieb. Sie bot Fenja eine Form des Abenteuers – nichts anderes war es für sie, ein harmloses Spiel –, das sie von ihrem Vater nicht kannte, verbunden mit einem kulinarischen Angebot, das kein Kind ablehnen konnte. Nachdem es letztes Mal Eis gegeben hatte, hatte sie Fenja heute ein Burger-Menü spendiert. Im Gegenzug erhielt Griet von ihrer Tochter das Gefühl, gemocht zu werden und eine gute Mutter zu sein. Wobei sie das natürlich nicht war. Vernünftige Mütter nahmen ihre Kinder nicht mit, um im Dunkeln mutmaßliche Kriminelle zu observieren.

Fenja löste den Sicherheitsgurt und kletterte von hinten auf den Beifahrersitz. »Was machen die Männer da?«

»Weiß ich noch nicht …«

In der Werkshalle des *Autobedrijv Hoekstra* herrschte erneut geschäftiges Treiben. Ein schwarzer Transporter hatte das Gelände vor wenigen Minuten verlassen, ein weiterer stand in der Halle und wurde von Rob Hoekstra und drei anderen Männern mit Kartons und Gegenständen beladen, die für den Transport verpackt waren.

Was auch immer dort drüben gerade geschah, mit Autoreparaturen hatte es nichts zu tun. Griet spürte, wie sich ihre Nackenhaare aufstellten. Sie hätte nicht mit dem Kind herkommen sollen.

Das Licht in der Werkshalle erlosch. Der zweite Transporter schaltete die Scheinwerfer ein, fuhr heraus und bog auf die Landstraße ein. Am Kennzeichen erkannte Griet, dass es der Wagen war, der auf Vlam Ewerts, den Bruder von Toon Ewerts, zugelassen war.

Sie zögerte, ob sie ihm folgen sollte. Das hier war kein Kinderspiel mehr. Andererseits …

»Ab nach hinten mit dir«, sagte sie zu Fenja, startete den Motor und folgte dem Wagen.

Der Transporter fuhr ein Stück über die Autobahn, bog dann ab in Richtung Innenstadt und schlängelte sich durch die Gassen von Leeuwarden bis zum *Molenpad,* wo er schließlich durch eine schmale Einfahrt auf den Hinterhof eines Geschäfts fuhr und dort stehen blieb.

Griet schaltete die Scheinwerfer aus, ließ den Wagen lautlos noch ein Stück weiterrollen und brachte ihn in einer Seitenstraße zum Stehen. Sie drehte sich um und blickte durch die Heckscheibe zurück zu dem Gebäude, das im Dunkeln lag. Im Schaufenster konnte sie ein Schild erkennen, mit der Aufschrift: *Veiling iedere zaterdag en zondag v. a. 10 uur* – Versteigerung jeden Samstag und Sonntag ab 10 Uhr. Es musste das Auktionshaus von Vlam Ewerts sein.

Sie überlegte kurz, entschied aber, das Risiko einzugehen. Sie hatte den Wagen so geparkt, dass er unbemerkt bleiben würde. Außerdem standen die Elektroautos mit dem Aufdruck der Carsharingfirma im gesamten Stadtgebiet herum.

»Du verschließt die Türen von innen und öffnest niemandem«, sagte sie zu Fenja und zeigte auf den Knopf am Armaturenbrett, den sie drücken musste.

»Ist gut«, sagte Fenja und nickte, doch an dem ängstlichen Tonfall erkannte Griet, dass ihrer Tochter nicht wohl dabei war, hier in der dunklen Gasse allein im Auto zu bleiben. Sie zögerte. Ihr Blick wechselte zwischen Fenja und dem Auktionshaus hin und her.

»Ich bin gleich wieder da«, sagte sie schließlich, öffnete die Wagentür und trat ins Freie. Das Auktionshaus war vielleicht zweihundert Meter entfernt. Sie achtete darauf, in den Schatten zu bleiben, während sie sich der Hofeinfahrt näherte. Als sie nahe genug heran war, drückte sie sich an die Mauer und spähte um die Ecke durch das Metalltor. Der Transporter stand rückwärts geparkt am Hintereingang des Auktionshauses. Drei Männer luden die Kisten und die übrigen Gegenstände aus und trugen sie über eine Rampe in das Gebäude. Zwei weitere Männer standen an der Hintertür des Wagens und unterhielten sich. Griet konnte aus diesem Winkel nicht erkennen, um wen es sich handelte. Sie musste näher ran.

Auf der linken Seite des Hofs befand sich direkt am Gebäude eine *fietsenstalling*, ein Unterstand für Fahrräder, der an den Stirnseiten mit gewelltem Plexiglas versehen war.

Griet blickte sich um, schätzte ab, wie schnell sie die *fietsenstalling* erreichen und in Deckung gehen konnte. Dann lief sie leise los. Sie duckte sich gerade in dem Moment hinter das

Plexiglas, als die Männer wieder aus dem Haus kamen und die nächsten Kartons aus dem Transporter holten.

Sie wartete, bis die drei wieder hineingingen, dann versuchte sie, einen Blick auf die anderen beiden Männer zu bekommen. Von hier aus konnte sie ihre Gesichter deutlich erkennen. Es waren Rob Hoekstra und Vlam Ewerts.

Griet holte ihr *mobieltje* hervor, aktivierte die Kamera und schoss ein paar Fotos, in der Hoffnung, dass trotz der schlechten Lichtverhältnisse etwas zu erkennen sein würde.

In ihren Gedanken fügten sich die Puzzleteile zusammen. Rob Hoekstra erhielt in seiner Werkstatt offenbar Warenlieferungen. Nach dem zu urteilen, was sie über den Halter des Wagens herausgefunden hatte, den sie letztes Mal in der Werkstatt gesehen hatte, konnte es sich dabei um Hehlerware handeln. Hoekstra lieferte sie an Vlam Ewerts weiter, der sie vermutlich in seinem Auktionshaus unter den Hammer brachte.

Griet fuhr zusammen, als ein Scheinwerferstrahl sie traf. Der zweite Transporter bog in die Einfahrt ein. Wo kam der plötzlich her? Sie zögerte nicht. Noch bevor die Männer aus dem Transporter ausgestiegen und ihre Kollegen aus dem Haus zurückgekommen waren, rannte sie durch die Schatten wieder auf die Straße hinaus. Sie war, wenn überhaupt, nur für Sekunden im Scheinwerferlicht zu sehen gewesen, doch sie wollte sich nicht darauf verlassen, dass sie unentdeckt geblieben war. Sie lief zu der Gasse zurück, wo das Auto parkte, drückte sich an die Hauswand und blickte zurück. Ein Mann trat aus der Hofeinfahrt und kam in ihre Richtung. Er musste sie gesehen haben.

Griet eilte zum Auto, riss die Fahrertür auf und stieg ein. »Runter«, zischte sie Fenja zu. »Und keinen Mucks!«

Sie legte sich quer über den Beifahrersitz, sodass man sie von Weitem nicht erkennen konnte. Mit einem schnellen

Handgriff rückte sie den Rückspiegel so zurecht, dass sie die Straße sehen konnte.

Dann wartete sie.

»Was ist denn los, Mama?«, flüsterte Fenja.

»Psst!«

Im Rückspiegel sah Griet, wie der Mann am Eingang der Gasse stehen blieb. Er blickte sich zu allen Seiten um. Dann schaltete er eine Taschenlampe ein. Griet duckte sich flach auf den Sitz. Der Lichtstrahl der Lampe wischte durch die Gasse und verharrte für einen Moment auf dem Auto. Es schien eine Ewigkeit zu dauern, bis das Licht wieder erlosch. Griet blickte weiter in den Rückspiegel. Der Mann wandte sich endlich ab und ging zurück zum Auktionshaus.

Griet atmete auf. »Alles gut«, sagte sie zu Fenja.

»Was war denn los, Mama?«

»Nichts ... nur falscher Alarm, ich dachte, es wäre ein Agent der Gegenseite, aber ...« Griet drehte sich zur Rückbank um, in der Hoffnung, Fenja zu beruhigen, indem sie die Situation wieder auf die Ebene des Spielerischen führte.

Doch als sie hörte, wie ihre Tochter in der Dunkelheit leise zu schluchzen begann, wusste sie, dass sie es vermasselt hatte.

27
ÜBERRASCHENDE ERKENNTNISSE

Sie hatte es nicht einfach nur vermasselt, sie hatte es richtig gründlich vermasselt. Die Nacht war kurz gewesen. Griet war mehrere Male von Fenja aus dem Schlaf gerissen worden. Zuletzt hatte ihre Tochter in den frühen Morgenstunden weinend neben ihr in der Koje gelegen und einen Albtraum gehabt – von einem schwarzen Mann, der sie verfolgte. Griet hatte sie tröstend in den Arm genommen. Als Fenja schließlich wieder eingeschlafen war, hatte Griet wach gelegen und sich selbst dazu beglückwünscht, dass sie die Arbeit wider besseres Wissen über das Wohl ihrer Tochter gestellt hatte.

Der Morgen hielt noch eine böse Überraschung parat. Als das erste Licht des Tages durch das Bullauge in die Koje fiel, gab Griet alle weiteren Schlafversuche auf. Sie schlich in den Salon und machte sich einen *koffie*. Wenig später kletterte sie mit einer dampfenden Tasse in der Hand an Deck und kontrollierte ihre Lebensversicherung. Zu ihrem Entsetzen musste sie feststellen, dass der De-Icer den Dienst quittiert hatte – und das Eis sich bereits um das Boot schloss.

Sie zog das Gerät an den Halteseilen aus dem Wasser, betrachtete es von allen Seiten, konnte aber keine äußeren Schäden erkennen. Die Bedienungsanleitung, die sie daraufhin aus dem Verschlag unter der Sitzbank holte und konsultierte, brachte ebenfalls keine Erkenntnisse.

»Mama.« Fenja kam mit verschlafenem Blick aus der Koje. Im Arm hielt sie den großen Teddybären.

»*Goedemorgen, schatteke* – guten Morgen, mein Schatz.«

Fenja krabbelte zu ihr auf die Eckbank und schmiegte sich an sie. »Hast du Hunger?«

Sie nickte. »Darf ich Cornflakes?«

»Klar.« Griet holte eine Schale aus dem Schapp oberhalb des Gasherds und füllte sie.

Während Fenja aß, wählte Griet auf dem *mobieltje* die Nummer von *Dutch Heat,* der Firma von Jeroen Brouwer, die den De-Icer hergestellt hatte. Nachdem sie zahlreiche Fragen einer automatischen Bandansage beantwortet hatte, wurde sie durchgestellt. Sie beschrieb der Frau am anderen Ende der Leitung das Problem, woraufhin diese sie zu einem Kollegen durchstellte, dem Griet das Problem erneut beschrieb. Der Mann erklärte ihr, dass ein Servicetechniker zu ihr kommen müsse. Er bot ihr einen Termin in zwei Monaten an.

»In *zwei Monaten?*«, wiederholte Griet verblüfft. »Da ist der Winter vorbei. Ich brauche das Gerät jetzt.«

»Tut mir leid«, sagte der Mann. »Vorher geht es nicht.«

»Warum? Das ist ein Notfall. Mein Schiff liegt in der *Noorderstadsgracht*. Und das Eis wird eher dicker als dünner. Schicken Sie bitte jemanden raus.«

»Das kann ich leider nicht. Ich übermittle den Auftrag gern an das Service-Unternehmen und notiere Ihren Wunsch nach einem vorgezogenen Termin, vielleicht …«

»Ihre Firma ist hier um die Ecke. Da kann es doch nicht so schwierig sein …«

»Verzeihen Sie, aber wir sind nicht in Leeuwarden, wir sind in Belgien.«

»Was?«

»Wir sind eine externe Hotline für Dutch Heat, und unser Firmensitz ist in Lüttich.«

Griet stutzte. Natürlich war es nicht ungewöhnlich, dass Firmen Telefondienste dieser Art auslagerten, doch bei einem mittelständischen Betrieb wie *Dutch Heat,* der sein Geschäft in erster Linie regional in *Fryslân* betrieb, hatte sie nicht damit gerechnet.

»Mag ja sein«, sagte sie. »Aber der technische Service ist doch hier in Leeuwarden?«

»Nein, die Firma regelt den technischen Service ebenfalls über einen externen Dienstleister.«

»Aha.«

»Soll ich nun den Termin in zwei Monaten für Sie festmachen?«

»Ja, tun Sie das«, bat Griet. »Und, sagen Sie, könnten Sie mir einen direkten Kontakt zu der Service-Firma geben?«

»Das ist leider nicht üblich.«

»Hören Sie, es ist mir egal, was üblich ist.« Griet drohte der Kragen zu platzen. »Ich habe hier ein echtes Problem. Geben Sie mir den Kontakt, dann kann ich die Dinge vielleicht beschleunigen.«

Ein Seufzen erklang am anderen Ende der Leitung.

»Versuchen Sie Ihr Glück. Der Name der Firma ist SystemCare, und die direkte Durchwahl lautet …«

Griet notierte sich die Telefonnummer, legte auf und wählte neu. Nach einer weiteren automatischen Bandansage landete sie bei einer Servicemitarbeiterin.

»Wir haben lange Vorläufe«, erklärte die Frau, »der nächste freie Termin ist tatsächlich erst in zwei Monaten.«

»Hören Sie, ich wohne auf einem Plattboot …«, versuchte Griet erneut, die Dringlichkeit klarzumachen.

»Tatsächlich?« Die Stimmlage der Frau ging in die Höhe. »Das muss ja ein Traum sein!«

»Na ja … ganz, wie man's nimmt«, erwiderte Griet etwas irritiert über die plötzliche Euphorie.

»Das muss fantastisch sein. Im Sommer abends an Deck sitzen, den Sonnenuntergang mit einem Gläschen Wein …«

»Ja, die Sommer sind wirklich toll. Die Winter aber nicht. Ich kann mein Gläschen Wein bald auf dem Grund der Gracht trinken, wenn ich den De-Icer nicht wieder zum Laufen bekomme.«

»Oh …« Tastaturgeklapper erklang. »Lassen Sie mich mal sehen, ob ich da nicht doch etwas für Sie regeln kann … hm … es könnte übermorgen jemand vorbeikommen.«

»Das wäre großartig. Vielen Dank.«

»Gern, falls Sie noch weitere Fragen haben …«

»Nein ... das heißt, warten Sie ... eines würde mich tatsächlich interessieren«, sagte Griet, einer spontanen Eingebung folgend. »Ist es üblich, dass Firmen den Service vollständig an externe Dienstleister wie Sie vergeben?«

»Inzwischen schon, ja. Unsere Firma erledigt den Service für verschiedene Marken und Anbieter im Bereich Wärmepumpen und Heizungstechnik.« Die Frau machte eine kurze Pause, und es klang so, als würde sie etwas trinken. »Unsere Auftraggeber kommen allerdings meist aus dem asiatischen Raum. Es sind Firmen, die alte europäische Marken und Labels aufgekauft haben, aber in Asien produzieren und hierzulande keine Dependance haben.«

»Verstehe, aber Dutch Heat ist doch ein hiesiges Unternehmen.«

»Ja, und die Produktion ist auch bei Ihnen in Leeuwarden. Es ist nur ... also ich weiß nicht, wie ich das sagen soll.« Die Dame räusperte sich. »Wenn wir den Service für niederländische Kunden übernehmen, dann ... handelt es sich meist um Unternehmen ... deren Auftragslage es ihnen nicht mehr erlaubt, eine eigene Serviceabteilung zu unterhalten. Sie verstehen, was ich meine?«

»Durchaus«, sagte Griet. »Sie haben mir sehr geholfen.«

Sie beendete das Gespräch.

Unternehmen, deren Auftragslage es ihnen nicht mehr erlaubt, eine eigene Serviceabteilung zu unterhalten.

Das war eine sehr freundliche Umschreibung eines sehr unangenehmen Sachverhalts: *Dutch Heat,* dem Unternehmen von Jeroen Brouwer, stand offenbar das Wasser bis zum Hals.

***

Eine halbe Stunde später stand Griet in der Küche von Nettie de Vries und nahm von ihr eine Tasse Tee entgegen. Die Vögel im Käfig auf dem Küchenschrank veranstalteten ein kleines Konzert, und Bianca, die Bernhardinerdame, scharwenzelte um Griets Beine herum. Fenja hatte von Nettie bereits eine warme *Chocomel* bekommen und fütterte, zusammen mit Pieters Kindern, im Wohnzimmer die Fische im Aquarium. Griet hatte Pieter gerade noch mit dem Wagen wegfahren sehen, als sie angekommen waren.

»Nochmals vielen Dank, dass du dich um Fenja kümmerst«, sagte Griet.

»Gern, sie ist wirklich reizend«, erwiderte Nettie. »Ich wollte gleich mit den Kindern Schlittschuhlaufen gehen. Wär das okay für dich? Fenja kann ein altes Paar Schuhe von Suske haben.«

»Natürlich.«

Griet musterte Pieters Frau, während sie einen Schluck *koffie* trank. Nettie trug selten Schmuck, und wenn, dann nur zu besonderen Anlässen. Heute allerdings hatte sie eine silberne Kette um den Hals, die Griet wegen ihrer ungewöhnlichen Form auffiel. Die einzelnen Glieder bestanden aus unterschiedlich großen Ringen, die alle ineinander verdreht waren.

»Ist die neu?«, fragte Griet mit Blick auf das Stück.

Nettie nahm die Kette zwischen Daumen und Zeigefinger. »Gefällt sie dir?«

»Ja, gefällt mir gut. Nicht zu aufdringlich, aber trotzdem elegant.«

»Das fand ich auch ...«

»Ist es echtes Silber?«

»Ja.«

»Wo hast du sie gekauft?«

»Ich habe sie von Pieters Schwester ...« Nettie sprach nicht weiter und machte ein Gesicht, als wäre ihr etwas herausgerutscht, das sie nicht hätte sagen sollen.

Von einer Schwester hatte Pieter Griet gegenüber noch nie gesprochen. Es war die Macht der Gewohnheit, die Griet sofort nachhaken ließ. »Er hat Geschwister?«

Nettie rang mit sich, dann brachte sie heraus: »Eine Halbschwester.«

»Lebt sie hier in Leeuwarden?«

»Das ... erzählt er dir besser selber.«

»Verstehe.«

Die Kinder kamen herein und fragten nach Süßigkeiten. Nettie erklärte ihnen, dass es so früh am Morgen allenfalls Obst gäbe, und damit war für Griet die Gelegenheit vorüber, mehr über Pieters überraschende Verwandtschaftsverhältnisse zu erfahren. Griet verabschiedete sich von Fenja und ließ sich von Nettie zur Tür bringen.

Als sie auf ihr *fiets* stieg, meldete sich Noemi auf dem *mobieltje*. »Was gibt es?«, fragte Griet.

»Es geht um Stijn de Leeuw«, sagte Noemi. »Ich weiß jetzt, warum er in Urk war ... und es hatte nichts mit einer Recherche zu tun.«

Griet hörte sich an, was Noemi herausgefunden hatte, dann erkundigte sie sich: »Wo ist De Leeuw jetzt?«

»In der Redaktion.«

»Bestell ihn zur Befragung ein.« Griet überlegte einen Moment. »Und sag Pieter, er soll Toon Ewerts holen.«

»Mit welcher Begründung?«

»Er soll sich was einfallen lassen ...« Sie blickte auf die Uhr. »Wir treffen uns in einer Stunde im *politiehoofdkantoor*.«

Sie beendete das Gespräch und stieg auf ihr *fiets*. Allerdings fuhr sie nicht auf direktem Weg ins Polizeipräsidium. Vorher wollte sie noch etwas anderes in Erfahrung bringen.

28
KÜNSTLERGLÜCK

Griet durchmaß mit schnellen Schritten den Flur im Zellenblock H des *Blokhuisport*. Sie ging vorbei an der Zelle des Friseurs und erreichte das Atelier, das sie sich bei ihrem ersten Besuch in dem alten Gefängnis angesehen hatte. Die Eisentür stand offen. Griet betrat den schmalen Raum, blieb vor den Bildern mit den Eisläufern stehen und verglich sie mit den Kunstwerken, die aus dem Museum gestohlen worden waren. Es war derselbe Stil. Griet betrachtete die Künstlersignatur, die sich auf jedem Bild am unteren rechten Rand befand. Es war nach wie vor schwierig, sie zu entziffern, doch wenn man den Namen des Künstlers kannte, war jeder Irrtum ausgeschlossen. Dort stand: *K. Veenstra*.

Jemand räusperte sich hinter ihr. »Kann ich Ihnen helfen?«

Griet drehte sich um. In der Tür stand ein hagerer Mann mit grauem Bart und gleichfarbigen langen Haaren. Seine Jeans und das Hemd waren mit Farbspritzern übersät.

»Ich interessiere mich für Ihre Bilder«, sagte Griet.

»Das freut mich.« Er kam zu ihr herüber und streckte die Hand aus. »Klaus Veenstra. Hab mir nur kurz einen Tee geholt.« Er hielt die Tasse in seiner linken Hand in die Höhe. Dann ging er zu der Staffelei am Fenster hinüber und zog einen Hocker heran.

»Kommen Sie«, sagte er und deutete auf das Bild, an dem er gerade arbeitete. »Ich weiß noch nicht, wie ich es nenne.«

Griet trat hinter ihn. Das halb fertige Bild zeigte – wenig überraschend – Eisläufer auf einer Gracht. Im Hintergrund war der stilisierte *Oldehove* zu erkennen.

»Der Elfstedentocht scheint Ihre Domäne zu sein?«

Veenstra zuckte die Schultern. »Sagen wir, das Thema verfolgt mich schon sehr lange.«

Griet holte ihren Dienstausweis hervor. »Ich bin von der *Districtsrecherche* ...«

»Oh.« Veenstra hob die Hände. »Ich hoffe, ich habe mit meinen ... Erzeugnissen kein öffentliches Ärgernis erregt!«

Griet musste lachen. »Nein, das haben Sie nicht.«

»Gott sei Dank.« Er atmete demonstrativ aus.

»Es geht um den Raub Ihrer Werke aus dem *Fries Museum*.«

»Das ist schon ein Weilchen her ...« Veenstra setzte eine Stahlgestellbrille auf. Er nahm Pinsel und Farbpalette und fügte dem Bild einige neue Tupfer hinzu.

»Aber Sie erinnern sich?«

»Natürlich ... ich bin dem Dieb zu Dank verpflichtet.«

»Wie das?«

»Ich war damals ein Niemand. Ohne den Raub hätte sich vermutlich kein Mensch jemals für meine Bilder interessiert.«

»Ganz unbekannt können Sie nicht gewesen sein, das Museum nahm Ihre Bilder in die Sonderausstellung auf ... irgendjemand dort muss Sie also gekannt haben.«

»Das stimmt. Jemand kannte mich.« Veenstra lachte in sich hinein. »Sagen wir, ich hatte damals eine sehr innige Beziehung zur Assistentin des Kurators. Und als das Museum für die Ausstellung einen regionalen Bezug suchte, brachte sie mich als örtlichen Künstler ins Gespräch ... Die vier Bilder, die dann gestohlen wurden, habe ich an einem Wochenende gemalt.«

»Wenn die Bilder keinen hohen Wert hatten«, fragte Griet, »warum wurden sie dann gestohlen?«

Veenstra schürzte die Lippen. »Vielleicht lag es an den Zeitungsberichten über die Ausstellung. In der Lokalpresse wurden meine Bilder besonders hervorgehoben.«

»Und Sie meinen, der Dieb hielt sie fälschlicherweise für wertvoll, als er die Artikel las?«

»Könnte so gewesen sein. Jedenfalls machte mich der Raub bekannt. Das war statt des viel zitierten Künstlerpechs mal Künstlerglück.« Er wies auf die Bilder an den Wänden. »Künstlerisch mag es größere Herausforderungen geben, aber immerhin verdiene ich mir seitdem mit solchen Motiven den Lebensunterhalt.«

»Soviel ich weiß, konnte dieser Diebstahl nie restlos aufgeklärt werden.«

»Nein, der Dieb hatte die Bilder ja freundlicherweise zurückgebracht.« Veenstra zog die Mundwinkel nach unten. »Was mich ehrlich gesagt ein wenig gekränkt hat.«

»Sind Ihnen mal Gerüchte zu Ohren gekommen, wer dahintersteckte?«, fragte Griet.

»Nein.« Der Maler legte sein Handwerkszeug zur Seite und trank einen Schluck Tee. Dann sagte er: »Eine Sache war allerdings schon seltsam ... kurz nach dem Raub wurde ein Museumswärter entlassen.«

»Sie vermuten einen Zusammenhang?«

»Von meiner Freundin hörte ich, dass das Museum den Mann im Verdacht hatte, mit dem Dieb gemeinsame Sache zu machen.«

»Warum sagte man das nicht der Polizei?«

»Keine Ahnung, könnte mir vorstellen, dass es mit der Versicherung zu tun hatte. Die hätte dem Museum vermutlich Probleme gemacht, wenn rausgekommen wäre, dass einer der eigenen Leute den Dieb reingelassen hat.«

»Wissen Sie, wie der Mann hieß?«

»Thijs de Boer, wenn ich mich recht entsinne.«

Griet erinnerte sich, den Namen auch in der Fallakte gelesen zu haben. »Wissen Sie, wo ich ihn finde?«

»Ich habe ihn letztes Jahr mal zufällig getroffen. Er arbeitete im S*tadhouderlijk Hof,* dem Nobelhotel gegenüber dem *stadhuis.*«

29
EIN FOLGENSCHWERER STURZ

Toon Ewerts hielt die beiden Fotos in Händen, auf denen Stijn de Leeuw in sein Restaurant ging und es wenig später mit einer Aktentasche in der Hand wieder verließ. Er betrachtete die Bilder schweigend, dann legte er sie vor sich auf den Tisch und schob sie zu Griet hinüber. »Und was sollen mir diese Aufnahmen sagen?«

Griet saß mit Ewerts am Metalltisch des fensterlosen Vernehmungsraums im obersten Stockwerk des *politiehoofdkantoors*. Im benachbarten Zimmer führte Noemi zeitgleich ein Vorgespräch mit Stijn de Leeuw, und Pieter verfolgte das Ganze in einem separaten Raum auf dem Monitor.

Ohne Ewerts' Frage zu beantworten, legte Griet die Fotos zusammen und schob sie zur Seite, wo ein weiterer Packen Bilder bereitlag. Dann sah sie Ewerts an und sagte: »Wir gehen davon aus, dass Jessica Jonker ermordet wurde.«

Ewerts' Kopf zuckte ein Stück zurück, und ein überraschter Ausdruck trat auf sein Gesicht. »Aber … es hieß doch, es sei ein Unfall gewesen?«

»Inzwischen haben wir anderweitige Erkenntnisse.«

»Und was hat das mit mir zu tun?«

»Das fragen wir uns auch, deshalb sind Sie hier«, sagte Griet. Sie stützte sich mit den Ellbogen auf den Tisch und faltete die Hände. »Ich möchte keine voreiligen Schlüsse ziehen und hatte gehofft, Sie können mir ein paar Erklärungen liefern.« Ohne abzuwarten, ob er etwas erwiderte, fuhr sie fort: »Beginnen wir mit dem Offensichtlichen, dem YouTube-Video, das *mevrouw* Jonker über Sie gemacht hatte. Sie sagten mir ja bereits, dass Sie nicht sonderlich erfreut darüber waren.«

Ewerts nickte. »Allerdings.«

»Nachdem *mevrouw* Jonker das Video veröffentlicht hatte, kündigte Stijn de Leeuw ihr kurzfristig die Zusammenarbeit auf. Sie vermutete, dass es einen Zusammenhang gab.«

»Darüber weiß ich nichts«, antwortete Ewerts. »Worauf wollen Sie hinaus?«

Griet tippte auf die Fotos, die De Leeuw vor dem *Elfstedenkok* zeigten. »Böse Zungen behaupten, Sie erkauften sich in der Stadt manche Gefälligkeit. *Mevrouw* Jonker hatte wohl den Verdacht, dass Sie sich bei ihr für das Video rächen wollten ... indem Sie Stijn de Leeuw um einen entsprechenden Gefallen baten.«

»Das ist blanker Unsinn.« Ewerts stieß ein kurzes Lachen aus, dann stützte er sich mit den Händen auf die Armlehnen des Stuhls und machte Anstalten, aufzustehen. »Wenn Sie mir etwas Konkretes vorwerfen, sagen Sie es. Ansonsten möchte ich jetzt gehen.«

»Das steht Ihnen frei.« Griet ließ sich nicht beeindrucken. »Vielleicht interessiert es Sie, dass *mevrouw* Jonker vergiftet wurde. Und zwar auf der Pressekonferenz im *stadhuis*, auf der Sie ebenfalls anwesend waren.«

Ewerts ließ sich zurück auf den Stuhl sinken.

»Wir nehmen an, dass jemand ihr eine Überdosis Digitalis in ein Getränk oder das Essen mischte«, sprach Griet weiter. »Ihr Betrieb machte das Catering bei der Veranstaltung.«

Ewerts schüttelte den Kopf. »Sie wissen schon, wie absurd das ist, oder?«

Griet griff nach dem anderen Bilderstapel, der auf dem Tisch lag. Sie zog die Aufnahmen der Überwachungskamera hervor, die zeigten, wie Ewerts das *stadhuis* verließ und dann ein Auto neben ihm zum Stehen kam. »Wir konnten den Wagen einem Rob Hoekstra zuordnen. Kennen Sie den Mann?«

»Nein«, sagte Ewerts, allerdings erst, nachdem er einen Moment zu lange gezögert hatte.

Griet lehnte sich zurück. »Das YouTube-Video von Jessica Jonker hat Sie ganz schön in Rage versetzt. Und wir wissen beide, dass es für Ihre politischen Ambitionen und Ihr Elfstedentocht-Projekt schädlich gewesen wäre, wenn *mevrouw* Jonker den Verdacht, den sie bezüglich Ihrer Beziehung zu Stijn de Leeuw hegte, öffentlich gemacht hätte. Dann wurde sie bei der Veranstaltung vergiftet, bei der Ihre Firma das Catering übernommen hatte. Und dann sind da diese Aufnahmen, wie Sie sich kurz nach der Veranstaltung mit Rob Hoekstra treffen ... einem stadtbekannten Kriminellen.«

»Ich sagte doch ...«

Griet hob eine Hand. »Wir wissen, dass Hoekstra eine Beziehung zu Ihrem Bruder unterhält, also machen Sie mir nichts vor. Auf dem Video ist klar zu erkennen, wie Sie sich mit ihm unterhalten. Sie kennen ihn. Und, m*eneer* Ewerts, das alles lässt Sie in keinem guten Licht dastehen ...« Sie machte eine kurze Pause. Dann fuhr sie fort: »Wir haben jetzt zwei Möglichkeiten. Entweder stufe ich Sie offiziell als Verdächtigen ein, was in der Stadt schnell die Runde machen wird ... oder Sie sagen mir, was da gelaufen ist.«

Ewerts schloss die Augen. Er überlegte einen Moment, dann seufzte er und meinte: »Einverstanden.«

»Wie wäre es, wenn Sie mit Ihrer Beziehung zu De Leeuw beginnen?«

»Da muss ich allerdings etwas weiter ausholen …«

»Ich habe Zeit.« Griet holte ihr Notizbuch hervor. »Der Gute sitzt übrigens im Zimmer nebenan. Es wäre besser, wenn Ihre Aussage und seine nicht zu weit voneinander abweichen.«

***

»Im Grunde begann der ganze Schlamassel mit dem Elfstedentocht von 1997«, erzählte Toon Ewerts. »Ich wollte das Rennen gemeinsam mit meinem Bruder laufen, doch wir wurden im Startgetümmel im *Zwettehaven* voneinander getrennt.«

Griet stellte ihm die Flasche Cola hin, um die er zwischenzeitlich gebeten hatte. Er trank einen Schluck.

»Ich traf Vlam später irgendwo zwischen Sneek und Sloten wieder. Er hatte sich einer Gruppe von Männern angeschlossen. Es waren Hoekstra und seine Freunde.«

»Ihr Bruder und Hoekstra kannten sich also schon damals?«

»Leider. Wissen Sie, ich musste immer ein Auge auf den Kleinen haben, aufpassen, dass er nicht abdriftet. Vlam war nicht der Hellste. Ich hatte ihm eine Ausbildung im Hotel organisiert. Aber er kam ständig zu spät, hielt sich nicht an die Regeln. Er hing schon damals mit Hoekstra rum. Der zeigte ihm, wie man auf weniger anstrengende Art sein Geld verdient. Ich machte mir Sorgen. Und ich war nicht begeistert, ihn bei dieser Truppe zu sehen.«

»Verständlich«, meinte Griet.

»Wir blieben dennoch bei Hoekstra. Allein oder zu zweit ist es recht mühsam, vor allem, wenn es später gegen den Wind geht. Gemeinsam in der Gruppe kommt man schneller voran, wenn man sich gegenseitig Windschatten gibt – und Hoekstra war zugegebenermaßen ein sehr guter Läufer. Wir schafften es bis nach Stavoren, stempelten am Kontrollposten. Ein irres Gedränge. Hoekstra kam auf die Idee, ein Foto von Vlam und mir zu machen. Er hatte eine dieser ersten kleinen Digitalkameras dabei. Die waren damals noch verdammt teuer … ich wollte gar nicht genau wissen, wie er an das Teil gekommen war. Jedenfalls standen wir da, und plötzlich rauschte ein anderer Läufer in Hoekstra rein. Ein Versehen, aber die Kamera fiel runter und ging zu Bruch. Hoekstra tickte aus und wollte den Kerl verprügeln, doch der suchte das Weite. Ich habe dann erst mal versucht, ihn wieder runterzubringen. Irgendwann liefen wir weiter. Kurz vor Hindeloopen holten wir den Mann ein. Hoekstra revanchierte sich, indem er ihn zu Fall brachte. Der arme Kerl schlug übel auf und blieb liegen. War klar, dass er sich verletzt hatte. Hoekstra kümmerte das aber nicht. Er lief weiter, und Vlam folgte ihm. Ich blieb bei dem Mann und half ihm. Sein Knie war kaputt, die Dämmerung setzte ein, außerdem war es elend kalt. Ich schleppte ihn bis nach Hindeloopen ins Sanitätszelt und blieb so lange, bis er versorgt war.«

Griet erinnerte sich daran, wie Pieter sich darüber gewundert hatte, warum Ewerts so lange für die Strecke gebraucht hatte, obwohl er frühmorgens gestartet war.

»Dann war das der eigentliche Grund, weshalb Sie zu spät im Ziel ankamen?«

»Ja, das verhagelte mir das Rennen. Aber dafür rettete ich dem armen Kerl wohl das Leben.«

»Der Mann, dem Sie geholfen haben, wie hieß er?«

»Das war Stijn de Leeuw.«

***

»Es begann mit einem kleinen Gefallen, mehr war es nicht, okay? Ich stand immerhin in seiner Schuld.«

Stijn de Leeuw saß Griet in einem Tweedsakko gegenüber, bemüht darum, professionelle Nüchternheit zu wahren. Auf seiner Stirn zeichneten sich allerdings erste Schweißperlen ab. Griet blätterte durch die Notizen, die sie sich während der Befragung von Toon Ewerts gemacht hatte. Bisher hatte De Leeuw dessen Version der Ereignisse bestätigt.

Noemi lehnte hinter ihr in der Ecke, die eine Hand in der Hosentasche, in der anderen eine Aktenmappe.

»Welche Art von Gefallen war das?«, fragte Griet.

»Toon hatte damals gerade sein Restaurant eröffnet ... und es lief nicht besonders. Also machte ich unsere Leser mit ein paar netten Zeilen auf seine Kochkünste aufmerksam. Was übrigens nicht gelogen war, er kocht nämlich wirklich fantastisch, Sie sollten bei Gelegenheit mal ...«

»Gab er Ihnen Geld?«

»Wo denken Sie hin? Ich wollte mich nur bei ihm revanchieren.«

»Und neulich forderte er erneut einen Gefallen ein.«

»Ja.«

»Was wollte er?«, fragte Griet.

»Hat er das Ihnen nicht gesagt?«

»Ich will die Geschichte aus Ihrem Mund hören.«

»Es ging um sein Projekt mit dem Elfstedentocht und ... ich mochte seine Idee. Und warum sollte ausschließlich die Elfsteden-Kommission ...«

»Zahlte er Ihnen diesmal Geld?«

De Leeuw machte ein unschuldiges Gesicht. »Die Zeitungen sind doch heute voll mit bezahlten Artikeln, die als Werbung deklariert werden ... Ich finde, das sollte man nicht so eng sehen.«

Griet tippte mit dem Kugelschreiber auf ihr Notizbuch. »Sah *mevrouw* Jonker das Ihrer Meinung nach auch zu eng?«

»Wie meinen Sie das?«

»Sie beendeten die Zusammenarbeit mit ihr, kurz nachdem sie auf YouTube über Ihren Freund Toon gewettert hatte.«

»Sagen wir doch einfach, wir hatten … kreative Differenzen.« De Leeuw wich Griets Blick aus.

»Kann ich kaum glauben«, erwiderte Griet. »Jessicas Artikel bescherten Ihnen doch eine gute Auflage. Und wie Sie selbst sagten, hatten Sie sie bereits beauftragt, eine weitere Artikelreihe zu schreiben.« Griet sah ihn eindringlich an. »Das müssen sehr plötzliche *kreative Differenzen* gewesen sein. Außerdem frage ich mich, warum Sie mir das alles bei unserem ersten Gespräch vorenthalten haben.«

De Leeuw zuckte die Schultern. »Der Tod von *mevrouw* Jonker hatte mich emotional sehr aufgewühlt.«

»Tatsächlich? Deshalb vergaßen Sie wohl auch, uns zu sagen, dass Sie Jessica das letzte Mal nur wenige Stunden vor ihrem Tod gesehen haben … auf der Pressekonferenz im *stadhuis*.«

De Leeuw schaute zu Boden.

Griet drehte sich um. »Noemi?«

Es dauerte einen Moment, bis sie reagierte, und Griet hatte den Eindruck, dass sie mit den Gedanken ganz woanders gewesen war. Die junge Kollegin trat aus der Ecke und schlug die Mappe auf, die sie in der Hand hielt.

»Wir hätten das alles gern schon früher mit Ihnen geklärt«, sagte Noemi, während sie sich auf die Tischkante setzte und auf De Leeuw hinabsah. »Doch Sie waren ja auf Recherchereise … in Urk, wie man uns mitteilte.«

De Leeuw nickte.

»Was haben Sie dort gemacht?«

»Ich ... recherchierte zur Historie des Ortes.«

»Was Sie nicht sagen.« Noemi sah ihn unverwandt an.

Er versuchte sich an einem Lächeln. »Was ... soll ich denn sonst dort gemacht haben?«

»Sie waren bei Ihrer Ex-Frau und Ihrer Tochter Lydia.«

»Woher wissen Sie ...«

»Ich habe mit ihr telefoniert.«

»Moment mal, dazu haben Sie kein Recht.«

Griet unterbrach ihn. »*Meneer* De Leeuw, wir ermitteln in einem mutmaßlichen Mordfall. Das gibt uns ziemlich weitreichende Kompetenzen. Besonders, wenn wir den Verdacht haben, dass jemand lügt oder uns Informationen vorenthält.«

Die Augen von De Leeuw weiteten sich. Obwohl Griet ihm deutlich anmerkte, dass ihm die Situation unangenehm war, schien für einen Moment sein journalistischer Spürsinn durchzubrechen, der eine Schlagzeile witterte. »Wollen Sie etwa sagen ...?«

»Sie haben mich verstanden«, erwiderte Griet trocken. »Und wenn Sie nicht möchten, dass Sie selbst zum Stadtgespräch werden, wäre es besser, ich lese darüber nicht gleich morgen in Ihrer Zeitung.«

Noemi schlug die Mappe auf und zog den Ausdruck eines Zeitungsartikels hervor. »Ihre Tochter ist querschnittgelähmt. Sie hatte vor fünf Jahren einen Autounfall.«

De Leeuw ließ die Schultern sinken und nahm den Artikel in die Hand. »Lydia ...«

»Ihre Frau erzählte mir, dass Sie beide sich kurz nach dem Unfall trennten«, sagte Noemi. »Details interessieren hier nicht. Jedenfalls kommen Sie seitdem für einen Teil der Pflege Ihrer Tochter auf.«

De Leeuw legte den Artikel mit versteinerter Miene zurück auf den Tisch.

»Toon Ewerts gab Ihnen Geld, damit Sie nicht weiter mit Jessica zusammenarbeiteten«, sagte Griet. »Und es scheint, als konnten Sie dieses Geld gut gebrauchen.«

De Leeuw rückte sein Sakko zurecht und setzte sich aufrecht hin. »Ich ... nahm es für Lydia.«

Griet legte die Fotos auf den Tisch, die De Leeuw mit der Aktentasche vor dem *Elfstedenkok* zeigten. »Dann ist es das, wobei Jessica Sie fotografierte?«

Er betrachtete die Fotos, ohne sie anzurühren. »Toon gab mir an dem Tag die versprochene Summe.«

»Und deshalb hatten Sie Jessica den Geldhahn zugedreht, in der Hoffnung, dass sie von Ewerts abließ?«, fragte Griet.

»Das hatten wir uns zumindest so gedacht«, antwortete De Leeuw. »Diese YouTube-Clips ... man kann damit eine Menge Stunk machen, aber sie bringen nicht viel Geld. Das verdiente sie mit den Artikeln für uns, außerdem war sie auf eine Festanstellung aus. Wir rechneten uns aus, dass sie andere Sorgen haben würde, wenn die Aufträge ausblieben.«

»Wussten Sie von den Fotos?«

»Ja, sie schickte mir eines davon. Sie war stocksauer und drohte, die Sache publik zu machen.« De Leeuw zog ein Stofftaschentuch aus der Innentasche seines Sakkos und tupfte sich die Stirn ab. »Sie hatte offenbar bereits Kontakt zum Chefredakteur des Leeuwarder Courant aufgenommen ... unserer direkten Konkurrenz.«

»Das wäre sowohl für Sie als auch für *meneer* Ewerts problematisch gewesen«, sagte Griet.

»Ja, das wäre es ...«

»Und deshalb beschlossen Sie beide, das Problem aus der Welt zu schaffen«, schloss Noemi.

»Was?« Er sah erschrocken zu ihr auf.

»Jessica Jonker wurde auf der Pressekonferenz im *stadhuis* vergiftet. Sie waren beide dort und hätten die Gelegenheit gehabt«, erklärte Griet. »Es haben schon Menschen aus schlechteren Gründen gemordet.«

De Leeuw blickte sie flehend an. »Nein ... an so etwas habe ich keine Sekunde gedacht, wirklich, das müssen Sie mir glauben.«

Der Mann hatte schon zu viel gelogen, als dass sie ihm einfach glauben würde. Doch Griet fragte sich, ob er tatsächlich die Art Mensch war, die ein solches Vorhaben planten und kaltblütig in die Tat umsetzten. Angesichts der Tatsache, dass es Jessica Jonker offenbar ein Leichtes gewesen war, seine Kungeleien mit Toon Ewerts aufzudecken, schien er als Krimineller kein großes Talent zu sein.

»Sie haben es vielleicht nicht getan«, sagte Griet. »Aber was ist mit Ihrem Freund Toon?«

»Toon?« De Leeuw schüttelte den Kopf. »Toon hat mir das Leben gerettet ... er würde keiner Fliege etwas zuleide tun. Nein, ausgeschlossen. Allerdings ... wäre ich mir bei seinem Bruder nicht so sicher.«

»Vlam?«

»Ja«, sagte De Leeuw. »Vlam arbeitete an jenem Abend als Bedienung im *stadhuis*.«

***

»Und jetzt?« Toon Ewerts lachte auf. »Glaubt er etwa, dass Vlam Jessica vergiftet hat?«

Griet hatte sich den Stuhl herangezogen und neben Ewerts Platz genommen. Noemi saß hinter ihr auf dem Tisch.

»Es ist zumindest seltsam, dass Ihr Bruder Teil des Catering-Personals war. Er hat sein eigenes Geschäft«, sagte

Griet. »Was also hatte er an jenem Abend im *stadhuis* zu suchen?«

Ewerts sank im Stuhl zusammen und hob beide Hände vor das Gesicht. »Hören Sie ... das ist alles ein großes Missverständnis.«

»Dann klären Sie uns auf.«

»Ich habe Ihnen ja vorhin schon gesagt, dass ich mich um meinen kleinen Bruder sorge«, sagte Ewerts. »Ich spanne ihn dann und wann beim Catering ein, weil ich ihm eine Perspektive bieten will. Irgendwie hoffe ich noch immer, ihn aus dieser Nummer rauszubekommen ...«

»Mit *Nummer* meinen Sie das Auktionshaus?«, fragte Griet.

»Ja. Hoekstra hängt da mit drin, und das, was die beiden da abziehen ...«

Griet holte ihr *mobieltje* aus der Hosentasche, öffnete das Foto-Archiv und scrollte zu den Bildern, die sie in der Nacht im Hinterhof des Auktionshauses gemacht hatte.

»Ich glaube«, sagte sie und zeigte Ewerts das Foto auf dem Smartphone, »ich habe eine recht gute Vorstellung davon, welchen Geschäften die beiden nachgehen.«

Ewerts betrachtete das Bild und nickte stumm. Seine Augen wurden wässrig. »Ich ... möchte nicht, dass er ins Gefängnis muss. Vlam ist ein guter Kerl, es ... es ist dieser Hoekstra, von dem alles ausgeht.«

Griet beugte sich zu ihm vor. »Ich muss das weitergeben. Aber ich kann Ihnen und Ihrem Bruder helfen. Sollte er sich kooperativ zeigen und gegen Hoekstra aussagen, wirkt sich das günstig für ihn aus. Wichtig wäre aber, dass Sie mir genau erzählen, was an dem Abend im *stadhuis* passiert ist.«

»Ich habe Ihnen die Wahrheit gesagt«, erklärte Ewerts. »Das mit Stijn und dem Geld war dumm ... aber ich war an dem Abend nicht mal in der Nähe von *mevrouw* Jonker. Und mein Bruder wusste nichts von der ganzen Sache. Er machte nur seinen Job, und dann ging er.«

»Und was ist mit Hoekstra?«

»Er holte Vlam vor dem *stadhuis* ab. Ich wollte gar nicht wissen, was die beiden noch vorhatten ...«

»Und was wollte er von Ihnen?«

»Nichts, er bot nur an, mich heimzufahren. Aber ... ich lehnte ab.« Ewerts schüttelte den Kopf. »Da hatte ich Vlam mal zu einer ehrlichen Arbeit überredet ... und schon hatte dieser Kerl ihn wieder in seinen Fängen.«

Griet lehnte sich zurück und tauschte einen Blick mit Noemi. Im Grunde seines Herzens schien Toon Ewerts kein schlechter Kerl zu sein. Immerhin hatte er Stijn de Leeuw beim Elfstedentocht in der Not geholfen und sein Rennen geopfert. Und seinen Bruder gab er nicht auf, obwohl dieser sich offenbar rettungslos in kriminelle Machenschaften mit Rob Hoekstra verstrickt hatte.

Auf Toon Ewerts traf wohl die Weisheit *Schuster bleib bei deinem Leisten* zu. Er hatte ein Spiel gespielt, dessen Regeln er nicht kannte. Mit seinem alternativen Elfstedentocht hatte er vor aller Öffentlichkeit eine Bauchlandung gemacht, als er sich von Bürgermeister und Polizeichef eine Abfuhr einholte. Und der Versuch, eine übereifrige Reporterin mundtot zu machen, war auf dilettantische Weise gescheitert.

Hatten er oder sein Bruder Jessica auf dem Gewissen?

Es sah nicht danach aus.

Doch dafür wuchs in Griet eine andere Gewissheit heran.

Toon Ewerts hatte die illegalen Geschäfte von Rob Hoekstra und seinem Bruder durchschaut, und auch für Griet war es ja kein größeres Problem gewesen, das herauszufinden. Das bedeutete, dass ein erfahrener und kluger Polizist wie ihr

Kollege Pieter zumindest ahnen musste, was beim *Autobedrijv Hoekstra* vor sich ging, der Werkstatt jenes Mannes, mit dem er offenbar befreundet war.

Die Tür des Vernehmungsraums ging auf. Griet und Noemi drehten sich um. Es war Pieter. »Kommt ihr beiden mal?«, sagte er.

Sie standen auf und gingen nach draußen. Griet schloss die Tür hinter sich. »Was gibt es?«

Pieter hielt sein *mobieltje* in die Höhe. »Nach dem, was De Leeuw vorhin gesagt hat, habe ich mal beim Leeuwarder Courant angerufen und mit dem Chefredakteur gesprochen, einem Jeen Asselborn.«

»Und?«, fragte Noemi.

»Jessica hatte sich tatsächlich bei ihm gemeldet. Allerdings nicht wegen der Sache mit De Leeuw und Ewerts«, berichtete Pieter. »Sie bot ihm eine andere, sehr auflagenträchtige Geschichte an, für die sie viel Geld verlangte.«

»Und was war das?«, wollte Griet wissen.

»Sie sagte ihm, sie habe herausgefunden, wer in Wahrheit den Elfstedentocht mit Mart Hilberts lief …«

»Diese Sache mit Edwin Mulder?«, meinte Noemi. »Das war doch eine Sackgasse …«

Pieter wedelte mit dem Zeigefinger. »Nein, sie sprach von einem Videoband, das sie bei den Hilberts in einer Sammlung von alten Fernsehmitschnitten entdeckt hatte. Darauf hatte sie den Jungen identifiziert.«

»Sagte sie ihm den Namen?«

»Nein, sie meinte aber, dass eine noch viel größere Geschichte hinter allem steckte. Dieser Edwin wollte ihr offenbar davon erzählen.«

»Wann hat sie mit Asselborn gesprochen?«

»Am Tag, als sie starb«, sagte Pieter. »Sie wollte sich wieder bei Asselborn melden, sobald sie den echten Edwin getroffen hatte.«

»Heißt das, sie war mit ihm verabredet?«

»Ja. Sie wollte Edwin an jenem Abend in Sloten treffen.«

30
DER BESUCHER

Ein Kälteschwall kam Griet entgegen, als sie hinter Wiebeke Hilberts die knarrende Holzstiege zum Speicher emporkletterte. Noemi und Pieter folgten ihr. Die Witwe von Mart Hilberts wohnte in einem alten Bauernhaus mit Reetdach in der *Molenstraat*, direkt hinter dem Deich, der Hindeloopen vor dem Ijsselmeer schützte. Wiebeke zog an einer Schnur und schaltete das Licht ein, eine einzelne Glühbirne, die in der Fassung von einem Dachbalken herabbaumelte. Der Speicher war vollgestellt mit den Requisiten eines Lebens: alten Elektrogeräten, Säcken voller Altkleider, einem ausgedienten Sofa und etlichen Kisten, die Kleinteile enthielten. Eine dichte Staubschicht hatte sich auf alles gelegt, abgesehen von einem Stapel mit Umzugskartons, der noch nicht lange hier oben zu stehen schien.

»Ich weiß nicht, was ich mit Marts Sachen machen soll«, erklärte Wiebeke. »Ich kann mich schwer davon trennen, aber trotzdem hatte ich das Bedürfnis, endlich aufzuräumen.«

Griet konnte nachvollziehen, wie die alte Frau empfand, ihr war es nach dem Tod ihres Vaters genauso ergangen. Die Hinterlassenschaften eines Verstorbenen erinnerten einen oft an die schönen Momente, die man gemeinsam erlebt hatte, weshalb man sie nicht einfach entsorgen wollte. Gleichzeitig führten sie einem aber auch immer wieder vor Augen, dass man diesen geliebten Menschen nie wiedersehen würde, sodass man die Sachen nicht mehr bei sich haben wollte.

Wiebeke hob zwei Kartons von dem Stapel. »Mart sammelte Erinnerungen an jeden Elfstedentocht, den er gelaufen war. Einiges davon werde ich wohl dem *schaatsmuseum* geben.«

»Und diese Sammlung zeigte er Jessica?«, fragte Griet. Sie hatte Wiebeke am Telefon erzählt, dass die Suche nach Edwin offenbar noch weitergegangen war.

»Ja, sie sahen sich die Stücke an. Jessica nahm einiges mit, wovon sie dachte, es könnte ihr helfen. Später schickte sie alles mit der Post zurück.«

»Dürfen wir einen Blick darauf werfen?«

»*Zeker* – sicher.«

Griet nickte Noemi und Pieter zu. Sie gingen in die Hocke und begannen, die Kartons zu öffnen.

Wiebeke zog die Strickjacke, die sie trug, enger um die Schultern. »Kann ich euch hier oben allein lassen?«

»Natürlich«, sagte Griet.

Während Wiebeke die Treppe hinunterstieg, kniete Griet sich hin und betrachtete den Inhalt eines Kartons. Mehrere Mappen mit Zeitungsausschnitten befanden sich darin, viel zu viele, um sie alle hier zu sichten. Eventuell würden sie einen Teil davon mit ins Präsidium nehmen müssen.

»Wie wollen wir weiter mit Rob Hoekstra verfahren?«, fragte Noemi und hob einen zerschlissenen Schlittschuh aus der Kiste.

»Wir werden die zuständigen Kollegen informieren«, antwortete Griet. »Aber erst mal warten wir noch ab, wie sich die Brüder Ewerts verhalten.«

Ehe sie Toon Ewerts aus der Vernehmung entlassen hatte, hatte Griet ihm ans Herz gelegt, seinen Bruder Vlam zu einem

Geständnis zu bewegen und gegen Hoekstra auszusagen. Auf diese Weise hatte er die Chance, mit einer geringen Strafe davonzukommen, denn Ermittlungen würde es in der Sache auf jeden Fall geben.

Stijn de Leeuw hatte sie nach einigem Überlegen gegen das Versprechen davonkommen lassen, dass er ihr einen Gefallen schuldete, wenn sie seine Kungelei nicht an die große Glocke hängte. Griet hatte die Erfahrung gemacht, dass es sich immer auszahlte, wenn man Freunde bei der örtlichen Presse hatte.

»Ehrlich gesagt, bin ich mir nicht sicher, ob wir das so einfach weitergeben sollten«, sagte Pieter.

»Weshalb?« Griet blickte auf und spürte, wie sich ihr Magen zusammenzog.

Pieter klappte den Karton zu, den er gerade durchsucht hatte, und schob ihn zur Seite. »Was Hoekstra treibt, fällt nicht in die Kategorie Kriminalität, mit der sich die *Districtsrecherche* beschäftigt ...«

»Weshalb wir die Angelegenheit ja den Kollegen übergeben.« Noemi bedachte ihn mit einem kritischen Blick.

»Und da mahne ich eben zur Vorsicht ... falls du mich mal ausreden lassen würdest«, schnaubte Pieter.

»Und was soll das bedeuten, willst du Hoekstra ungeschoren davonkommen lassen?«

»Nein.« Pieter zögerte einen Moment. »Ich bin lange genug beim Corps, um zu wissen, dass die Kollegen es nicht mögen, wenn Fälle, die wir ablegen, einfach von oben zu ihnen herunterpurzeln. Solche Angelegenheiten werden oft nicht mit der nötigen Priorität behandelt. Wir sollten deshalb Wouters ins Boot holen. Er kann die Sache auf Leitungsebene in die richtigen Hände weiterleiten, dann bleibt Druck auf dem Kessel.«

Griet überlegte einen Moment. »Ja, vermutlich hast du recht ... so könnten wir es machen«, sagte sie, dachte aber etwas völlig anderes.

Sie hatte bereits in Erwägung gezogen, die Machenschaften von Hoekstra persönlich den entsprechenden Kollegen zu übergeben. Das Dezernat, das sich auf städtischer Ebene mit solchen Delikten befasste, befand sich im Erdgeschoss des *politiehoofdkantoor*. Der Weg dorthin war kurz, und Griets Erfahrung nach rannte man bei Kollegen offene Türen ein, wenn man ihnen einen mehr oder weniger wasserdichten Fall präsentierte, zumal einen, in dem bereits ein Geständnis vorlag, das in dieser Sache hoffentlich von Vlam Ewerts kommen würde. Angelegenheiten dieser Art wurden rasch abgewickelt, da man sich ohne große Anstrengung Meriten verdienen konnte. Völlig anders lag die Sache, wenn sie den offiziellen Weg über Wim Wouters und die Leitungsebene wählte. So etwas dauerte.

Pieter mochte die Befindlichkeiten im Polizeipräsidium vielleicht länger und besser kennen als sie. Dennoch teilte Griet seine Einschätzung nicht. Sie ahnte aber, welches Kalkül sich hinter seinem Vorschlag verbarg: Er wollte Zeit schinden. Warum? Um Hoekstra zu warnen? Und weshalb sollte er das tun?

Griet richtete den Blick wieder auf den Inhalt des Kartons und stutzte. Unter den alten Zeitungsausschnitten lugte die Ecke eines bräunlichen Briefumschlags hervor. Sie nahm ihn in die Hand. Er war an Mart Hilberts adressiert. Auf der Rückseite stand der Absender: *Jessica Jonker*. Der Umschlag war ungeöffnet. Griet entfernte das Klebeband von der Einschublasche, griff hinein und zog eine alte Videokassette heraus. Es war ein VHS-Format mit hundertachtzig Minuten Laufzeit. Auf dem vergilbten Etikett auf der Vorderseite hatte jemand in Handschrift notiert: *NOS Elfstedentocht 1997*. Es schien sich um einen Mitschnitt der Fernsehübertragung zu handeln.

Das technische Equipment der *politie* war teilweise schon in die Jahre gekommen, doch Griet bezweifelte, dass es dermaßen veraltet war, dass sie im Präsidium noch einen VHS-Videorekorder finden würden, auf dem sie das Band abspielen konnten. Vielleicht standen ihre Chancen hier besser. Wer alte VHS-Kassetten aufbewahrte, hatte meistens auch noch ein entsprechendes Abspielgerät.

Griet stand auf, bedeutete Noemi und Pieter, ihr zu folgen, und stieg die steile Speichertreppe hinab.

***

Eine Viertelstunde später saßen sie im Wohnzimmer von Wiebeke Hilberts. Der Fernseher war in einem rustikalen Schrank aus Eichenholz untergebracht, in dem auch eine Sammlung von Blu-rays, DVDs und VHS-Kassetten stand. Wiebeke hatte das Band in den Videorekorder geschoben, und nun lief auf dem Bildschirm eine grobkörnige Aufzeichnung der originalen Fernsehübertragung des Elfstedentocht von 1997. Genau genommen handelte es sich um den Schluss der Sendung, der die letzten Stunden des Rennens abdeckte.

»Gegen Ende gibt es ein Interview mit Mart«, erklärte Wiebeke.

»Sehen wir uns das an.« Griet hatte neben Pieter und Noemi auf dem Sofa Platz genommen.

Es dauerte einen Moment, bis Wiebeke das Band an die entsprechende Stelle vorgespult hatte. Griet lobte in Gedanken die Digitaltechnik, die es erlaubte, in einem Video binnen einer Sekunde an die gewünschte Stelle zu springen.

Wiebeke stoppte den schnellen Vorlauf und ließ die Aufzeichnung wieder in normaler Geschwindigkeit ablaufen.

Auf dem Fernseher erschien in grober Auflösung das Gesicht von Mart Hilberts. Griet entging nicht, dass Wiebeke kurz mit den Tränen kämpfte, als sie ihren Mann sah und sprechen hörte.

Es war unschwer zu erkennen, dass Mart damals mit den Kräften völlig am Ende gewesen sein musste. Er hatte den Arm um die Schultern seiner Frau gelegt, die neben ihm stand. Trotz der blassen Farben des alten Bands und der groben Auflösung erkannte man, dass seine Augenbrauen und Wimpern mit Eiskristallen bedeckt und die Lippen blau angelaufen waren. Mart sagte nicht viel, lediglich, wie hart das Rennen gewesen sei und dass er mit ziemlicher Sicherheit zum letzten Mal den Elfstedentocht gelaufen war. Zu längeren Ausführungen war er augenscheinlich nicht mehr imstande. Der Reporter wandte sich der Kamera zu und meinte, dass Hilberts den Elfsteden-Fans als einer der letzten großen Läufer vom alten Schlag in Erinnerung bleiben würde. Danach wechselte die Übertragung wieder zu Liveaufnahmen von der Strecke.

»Spielen Sie die Stelle bitte noch einmal ab«, sagte Griet.

Wiebeke tat wie geheißen. Als das Interview erneut durchgelaufen war, stoppte sie das Band.

»Noch mal«, sagte Griet. Sie stand auf und ging näher an den Fernseher heran, um einen besseren Blick auf die Menschen zu bekommen, die sich in Marts Rücken versammelt hatten.

»Stopp!«

Wenige Meter hinter Hilberts befand sich eine Holzbude, bei der es sich vermutlich um den finalen Kontrollposten handelte. Unzählige Läufer standen dort an, um sich den Zieleinlauf auf ihren Stempelkarten bestätigen zu lassen. Dahinter ragten aus einem Meer an Zuschauern Wimpel und Fahnen in die Höhe.

Es war der Eisläufer, der rechts neben der Holzhütte stand, der Griet aufgefallen war. Ein junger Mann, der offenbar auch gerade das Rennen beendet hatte. In seiner rechten Hand konnte sie eine Art Medaille erahnen, wahrscheinlich das begehrte *elfstedenkruisje,* das allen Läufern verliehen wurde, die den *tocht* erfolgreich beendeten.

Etwas an seinem Verhalten war sonderbar.

Die anderen Läufer in dem Bildausschnitt ließen sich in drei Gruppen einteilen. Die einen kamen gerade an und eilten zu der Bretterbude. Andere standen bereits dort und warteten auf ihre Stempel. Und jene, die ihre Stempel und Medaillen erhalten hatten, gingen weg.

Der junge Mann aber verharrte auf der Stelle. Über die gesamte Dauer des Interviews lag sein Blick auf Mart Hilberts.

Obwohl das Videoband über die Jahre an Qualität verloren hatte, das Bild unscharf und farblos war, musste Griet ihre Vorstellungskraft nicht überstrapazieren. Sie ließ das Gesicht des jungen Mannes vor ihrem inneren Auge um einige Jahre altern. Sie war sich ziemlich sicher, wen sie da sah.

Es war Jeroen Brouwer, der Chef der Firma *Dutch Heat.*

Wiebeke trat zu Griet an den Fernseher und betrachtete den Jungen. Ein Ausdruck des Erinnerns huschte über ihr Gesicht.

»Sie kennen ihn?«, fragte Griet.

»Ich bin mir nicht sicher«, erwiderte sie. »Aber ich glaube, dieser junge Mann hat Mart kurz vor seinem Tod besucht.«

31
DER MANN IM SCHATTEN

Im ausgehenden 16. Jahrhundert war Willem Lodewijk van Nassau-Dillenburg der Statthalter von *Fryslân* gewesen. Er hatte im *Stadhouderlijk Hof* residiert, dem prächtigen Palast im Herzen Leeuwardens, der heute ein Nobelhotel beherbergte. Griet lehnte gegenüber am Brunnen der Statue, die man zu Ehren Willem Lodewijks errichtet hatte, dem Mann, den die Friesen zu Lebzeiten *us heit* genannt hatten, unseren Vater. Das Denkmal befand sich in der Mitte des *hofplein,* umgeben vom *Stadhouderlijk Hof* auf der einen Seite und dem *stadhuis* auf der anderen. Griet empfand diese Position beinahe sinnbildlich für die beiden Rätsel, denen sie auf der Spur war. Die Lösung des einen verbarg sich vielleicht im *Stadhouderlijk Hof*. Dort arbeitete Thijs de Boer, der ehemalige Wachmann des *Fries Museum*. Der andere Fall hatte gegenüber im *stadhuis* seinen Anfang genommen, wo Jessica Jonker mutmaßlich vergiftet worden war. Doch vielleicht war diese Theorie auch hinfällig. Denn ihre Entdeckung auf dem alten Videoband eröffnete neue Möglichkeiten.

Griet hatte Noemi gebeten, das Bild des Jungen aus der Fernsehaufnahme zu digitalisieren und es Edwin Mulder zu zeigen. Er hatte dem Jungen damals seine Starterkarte gegeben, also würde er ihn identifizieren können.

Von Edwin Mulder wussten sie zudem, dass der Junge, der seine Identität angenommen hatte, noch nicht alt genug für die Teilnahme gewesen war. Griet hatte deshalb zwischenzeitlich in der Fallakte nachgesehen: Die *wijkagenten* in Sloten hatten die persönlichen Daten von Jeroen Brouwer aufgenommen. Brouwer war 1981 geboren, beim Elfstedentocht

1997 also erst sechzehn Jahre alt und damit nicht startberechtigt gewesen. Dennoch ließen die Fernsehbilder und das *elfstedenkruisje* in seiner Hand keinen Zweifel daran, dass er das Rennen erfolgreich beendet hatte.

Griet hatte Noemi zwar den Auftrag gegeben, die Starterlisten des Elfstedentocht 1997 durchzugehen und nach Brouwers Namen zu suchen. Sie war sich aber ziemlich sicher, dass sie ihn nicht finden würde.

Denn es gab eine weitere Koinzidenz: Aus der Befragung von Stijn de Leeuw und nach dem, was Jeen Asselborn Pieter gesagt hatte, wussten sie, dass Jessica Jonker am Abend ihres Todes in Sloten mit dem echten Edwin verabredet gewesen war. Und dass Jeroen Brouwer just zu dieser Zeit ebenfalls vor Ort gewesen war, konnten sie nicht mehr als Zufall abtun.

Für Griet bestand kein Zweifel.

Jeroen Brouwer war Edwin.

Leider machte das Jessicas Tod noch rätselhafter.

Brouwer hatte ausgesagt, dass er den Sturz der jungen Frau beobachtet hatte – was von der Position aus, wo er angeblich gestanden hatte, aber nicht möglich gewesen war. Und bei dem Versuch, Jessica zu helfen, brach er durch das Eis – wofür es keine Zeugen gab. Das untermauerte der Bericht, den Griet in Händen hielt. Er stammte von den *wijkagenten* des *basisteams,* das für Sloten zuständig war. Sie hatten die Anwohner befragt, die direkt an der Gracht wohnten. Niemand hatte gesehen, wie Jessica von der Brücke gestürzt war. Viele waren erst durch die Hilferufe von Jeroen Brouwer oder später durch die Blaulichter der Ambulanz und des Streifenwagens auf das Geschehen aufmerksam geworden. Andere waren nicht zu Hause gewesen. Damit war völlig offen, wie Brouwer in die Gracht neben die Leiche von Jessica gelangt war.

Griet wollte dem Mann nicht unrecht tun. Mancher Kollege würde seiner Aussage Glauben schenken und alles als eine Reihung unbedeutender Zufälle sehen. Doch bei Griet war der Punkt erreicht, an dem ein Instinkt einsetzte, den sie ihre *realistische Vorsicht* nannte.

Ihre Großeltern waren strenggläubige Calvinisten gewesen, und obwohl Griet um Religionen einen weiten Bogen machte und nicht an eine wie auch immer geartete, alles bestimmende Gottheit glaubte, hatte sie doch eine Überzeugung des Calvinismus verinnerlicht: die der absoluten Verderbtheit des Menschen. Jeder hatte eine dunkle Seite. Das war für Griet nicht nur ein Glaubenssatz, sondern etwas, das die jahrelange Erfahrung in ihrem Beruf sie gelehrt hatte.

Und so gab es keinen Grund, Jeroen Brouwers Angaben blindlings zu vertrauen. Auch ein völlig anderer Ablauf der Ereignisse war vorstellbar.

Brouwer hatte 1997 die Identität von Edwin Mulder angenommen und war mit Hilberts den *tocht* gelaufen. Jessica Jonker hatte das herausgefunden, vielleicht auf demselben Weg wie Griet, Noemi und Pieter. Sie hatte sich mit ihm abends in Sloten verabredet. Es kam zu einem Streit, vielleicht darüber, dass Jessica das Geheimnis von Brouwer öffentlich machen wollte. Da stieß er sie von der Brücke, sie riss ihn mit sich.

Möglich, allerdings warf das neue Fragen auf, denn es blieb der Fakt, dass Jessica an einer Überdosis Digitalis gestorben war. In diesem Fall musste sie diese doch versehentlich genommen haben. Brouwer war nicht auf der Pressekonferenz im *stadhuis* gewesen, und es war völlig unvorstellbar, dass er Jessica bei klarem Bewusstsein auf der Brücke in Sloten vergiftet hatte. Was wiederum zu der Überlegung führte ... dass vielleicht doch alles ein Unfall gewesen war: Jessica hatte einen stressigen Tag gehabt, sie achtete nicht auf die richtige Dosierung ihres Medikaments, und vor lauter Aufregung, dass sie endlich den wahren Edwin gefunden hatte, ignorierte sie auf dem Weg zu dem Treffen mit ihm die erste Warnung ihres Körpers, dass etwas nicht stimmte. Auf der Brücke versagte ihr Herz, sie fiel, Brouwer wollte sie festhalten, wurde mitgerissen, stürzte ebenfalls in die Gracht. Dann wäre er unschuldig.

Fraglich, ob er überhaupt ein Motiv gehabt hatte, Jessica nach dem Leben zu trachten.

Vielleicht, dachte Griet.

Immerhin war öffentlich in der Zeitung und anderen Medien nach Edwin gesucht worden. Wenn Brouwer nicht völlig hinter dem Mond lebte, musste er das mitbekommen haben.

Warum hatte er sich dann nicht gemeldet?

Immerhin schienen Brouwer und Hilberts nicht zerstritten gewesen zu sein. Brouwer hatte seinem alten Freund den Wunsch nach einem Wiedersehen offenbar heimlich erfüllt und ihn vor seinem Tod besucht – daran hatte sich Wiebeke Hilberts erinnert. Brouwer hatte sich lange mit Mart unterhalten. Doch er hatte es heimlich getan.

Warum? Und weshalb hatte er sich wenig später mit Jessica verabredet und sich dann doch bereitwillig zu erkennen gegeben? Warum nicht früher? Und warum ausgerechnet in Sloten?

Für Griet gab es nur eine plausible Erklärung: Brouwer wollte unter allen Umständen vermeiden, dass die ganze Angelegenheit publik und er auf irgendeine Weise damit in Verbindung gebracht wurde. Das einte ihn mit seinem verstorbenen Freund Mart Hilberts, auch er hatte, wie Wiebeke sagte, nie gern über den Elfstedentocht von 1997 gesprochen.

Natürlich ließen sich für dieses Verhalten in beiden Fällen nachvollziehbare Gründe finden: Hilberts war es offenbar peinlich gewesen, dass er damals die Hilfe des jungen Mannes hatte in Anspruch nehmen müssen, um das Rennen beenden zu können. Brouwer hatte seinerseits illegal am Rennen teilgenommen, und da der Elfstedentocht für viele Menschen in *Fryslân* eine ernste Angelegenheit war, konnte man sich denken, dass Brouwer als Chef einer Firma, der es offenbar ohnehin nicht gut ging, wenig Interesse daran hatte, dass sein falsches Spiel von damals bekannt wurde und sein Image Schaden nahm.

Das war die simple Erklärung.

Aus ihren vielen Dienstjahren wusste Griet aber, dass es oft eine tiefer liegende Ursache hatte, wenn zwei Menschen ein Erlebnis, an das sie sich eigentlich mit Stolz erinnern sollten, so hartnäckig beschwiegen. Und meistens war es keine erfreuliche.

Es lief immer nach demselben Muster ab. Die Betreffenden hatten etwas getan oder erlebt, das sie am liebsten vergessen wollten. Ihnen mochte es gelingen, dies sehr lange für sich zu behalten, viele Jahre, manchmal gar ein Leben lang. Doch die Erinnerungen an das, was man getan oder gesehen hatte, belasteten das Gewissen und wurden mit der Zeit übermächtig. Irgendwann, häufig dann, wenn es dem Lebensende entgegenging, wollten viele sich die Last von der Seele reden. Dieses Verhalten war Griet bestens bekannt, zum Beispiel von Mördern und Vergewaltigern.

Gehörten Mart Hilberts und Jeroen Brouwer zu dieser Kategorie? Griet hatte Zweifel.

Hilberts hatte seinen Freund Edwin – Jeroen Brouwer – noch einmal sehen wollen, um *mit der Sache ins Reine zu kommen,* so hatte Wiebeke es ausgedrückt.

Griet musste an Toon Ewerts denken, der 1997 in Wahrheit zu spät ins Ziel gekommen war, weil er in die Auseinandersetzung mit seinem Bruder, Rob Hoekstra und Stijn de Leeuw verwickelt worden war.

Darüber hatte er nie gesprochen.

Vielleicht hatten Hilberts und Brouwer ebenfalls ein Geheimnis. Und vielleicht hatte Jessica Jonker herausgefunden, worum es sich dabei handelte.

Griet beschloss, diesem Gedanken später weiter nachzugehen. Zunächst wollte sie sich Klarheit darüber verschaffen, woran sie bei Pieter war. Sie faltete den Bericht zusammen und ließ ihn in der Innentasche ihres Parkas verschwinden. Dann ging sie über den roten, mit Schnee bedeckten Läufer zum Eingang des *Stadhouderlijk Hof*.

***

An der Rezeption des Hotels, einer wuchtigen Marmortheke, checkte gerade ein älteres Paar ein. Griet wartete, bis die Rezeptionistin ihnen die Schlüsselkarte ausgehändigt und den Weg zu ihrem Zimmer gewiesen hatte. Dann trat sie vor und erkundigte sich nach Thijs de Boer, wobei sie sich als eine Freundin ausgab. Die Rezeptionistin erklärte, dass sie ihn im Innenhof finden würde. Griet bedankte sich und folgte dem angegebenen Weg, der sie durch einen langen Korridor führte. Ein roter Läufer war auf dem Steinboden ausgelegt und dämpfte ihre Schritte. An den Wänden links und rechts hingen Bilder der Fürsten von Nassau, die als Statthalter in dem Anwesen gelebt hatten. Eines der Bilder zeigte Wilhelm IV., Fürst von Oranien und Nassau und Großvater des späteren Wilhelm I., der als Erster zum König der Niederlande gekrönt worden war. Griet erinnerte sich an einen ausführlichen

Vortrag, den Pieter ihr an einem lauen Sommerabend auf der Pontonterrasse des *Onder de Kelders* darüber gehalten hatte. *Fryslân* und insbesondere Leeuwarden seien die Wiege des niederländischen Königshauses, hatte er erklärt und daraus einen besonderen historischen Stellenwert seiner Heimat abgeleitet. Damals hatte Griet den Vortrag unter steter Zufuhr von Rotwein über sich ergehen lassen. Jetzt fragte sie sich, ob sie mit Pieter jemals wieder so unbefangen zusammensitzen würde.

Sie gelangte an das Ende des Korridors. Rechts führte eine Tür zum Wintergarten, dahinter lag der Innenhof.

Griet durchmaß den rundum verglasten Raum mit wenigen Schritten und trat hinaus auf eine kleine Terrasse, die von einem schmalen Stück Wiese umgeben war. Im Schnee stand ein hoher Tannenbaum, den Thijs de Boer gerade mithilfe einer Leiter bestieg, um eine Lichterkette aufzuhängen. Griet ging zu ihm hinüber und stellte sich vor.

»Sie bereiten schon alles für das Fest vor?«, fragte sie.

»Das Hotel wird über die Tage proppenvoll sein«, antwortete De Boer. »Nach den Sommermonaten ist Weihnachten für uns die stressigste Zeit. Da hat man sogar als Hausmeister alle Hände voll zu tun.«

»Seit wann arbeiten Sie hier?«

»Inzwischen mehr als zehn Jahre.«

»Davor waren Sie im *Fries Museum* ...«

»Ist schon eine Weile her ... aber, ja.«

»Ich bin wegen einer alten Geschichte hier«, sagte Griet. »Es gab während Ihrer Zeit einen Einbruch im Museum. Das war 2009. Die Bilder des Künstlers Klaus Veenstra wurden entwendet. Erinnern Sie sich daran?«

De Boer blickte von der Leiter zu Griet herab. »Wie gesagt, ist schon lange her ...«

»Sie waren damals Teil des Sicherheitsteams?«

»Ja.«

»Offenbar gab es Gerüchte über den möglichen Täter. Ist Ihnen mal etwas zu Ohren gekommen?«

»Nein ... nicht wirklich.« De Boer blickte sich um. Zu allen Seiten führten Fenster zum Innenhof. »Sehen Sie ... ich mag meinen Job hier. Und ich würde ihn gern behalten. Wenn man uns hier so miteinander sieht ...«

»Beantworten Sie meine Fragen, dann bin ich schnell wieder weg«, sagte Griet. »Im Übrigen ... da der Täter damals niemanden verletzt hat und die Bilder sogar zurückbrachte, würde die Sache von der Staatsanwaltschaft als einfacher Diebstahl gewertet werden. Und ein solcher verjährt nach fünf Jahren. Der Dieb – und wer auch immer ihm vielleicht geholfen hat – müsste sich also keine Sorgen machen ...«

Griet schenkte De Boer einen vielsagenden Blick und lächelte. Er nickte zögerlich. Dann befestigte er das letzte Ende der Lichterkette mit wenigen Handgriffen und stieg von der Leiter herunter. »Was wollen Sie denn wissen?«

»Es konnte nie geklärt werden, wie der Dieb ins Museum kam, ohne Alarm auszulösen. Meine Kollegen mutmaßten damals, dass ein Mitarbeiter ihm geholfen hatte. Meinen Sie, da könnte was dran sein?«

»Schwer zu sagen.« De Boer schürzte die Lippen. »Kann man natürlich nie ganz ausschließen.«

»Jemand vom Wachpersonal könnte den Alarm und die Überwachungsanlage kurzzeitig abgeschaltet haben.«

»Möglich.«

»Vielleicht hat er demjenigen einen Anteil versprochen.«

De Boer lachte. »Sonst würde das ja wohl niemand tun.«

Er zuckte die Schultern und machte sich daran, die Leiter zusammenzuklappen.

»Sagt Ihnen ein Rob Hoekstra etwas?«, fragte Griet.

»Den kennt wohl jeder hier in der Stadt.«

»Es gab damals das Gerücht, dass er hinter der Sache steckte.«

»Hm.«

Über ihnen öffnete sich im ersten Stock ein Fenster, und ein Mann in Hoteluniform streckte den Kopf heraus. »*Thijs kom jij straks naar boven?* Thijs, kommst du gleich rauf?« Während er auf eine Antwort wartete, blickte der Mann neugierig zu ihnen herab.

Griet trat einen Schritt auf De Boer zu. »Sie möchten das hier doch schnell hinter sich bringen, oder?«

De Boers Blick wechselte zwischen Griet und dem Mann im Fenster. Er rief zurück: »*Ik kom er aan* – bin auf dem Weg.«

»Also?«, fragte Griet, als der Mann das Fenster schloss.

»Ja … möglich, dass Hoekstra damit zu tun hatte.«

Griet schob die Hände in die Jackentaschen. »Was ist eigentlich Ihre Geschichte?«

»Wie meinen Sie das?«

»Sie haben Ihren Posten damals nicht freiwillig geräumt«, sagte Griet. »Das Museum entließ Sie kurz nach dem Einbruch.«

De Boer legte die Leiter auf der Terrasse ab. Dann steckte er das Kabel der Lichterkette in die Außensteckdose und ließ den Tannenbaum in bunten Farben erstrahlen. Zufrieden betrachtete er sein Werk. Ohne Griet anzublicken, sagte er: »Meine Frau erwartete unser zweites Kind. Das Museum zahlte nicht gut. Da kommt man auf unorthodoxe Ideen.«

Griet kommentierte seine Worte nicht und stellte sich neben ihn auf die Terrasse. »Eines habe ich nicht verstanden. Warum brachte Hoekstra die Bilder zurück?«

»Schätze, die waren nicht so wertvoll, wie er gedacht hatte.«

»In dem Fall hätte er sie einfach verschwinden lassen können. Stattdessen stellte er die Bilder nachts vor dem Museum ab und ging das Risiko ein, dabei erwischt zu werden.«

De Boer holte tief Luft und ließ den Atem langsam entweichen. »Wie Sie schon erwähnten, es gab damals viele Gerüchte … Eines davon besagte, dass jemand es gut mit Hoekstra meinte. Jemand, der sich in solchen Angelegenheiten auskannte. Er riet ihm zu diesem Vorgehen und versprach, dass dann rasch Gras über die Sache wachsen würde.«

Griet schwieg einen Moment. Sie war hierhergekommen, um Bestätigung für das zu finden, was sie vermutete. Und doch hatte sie gehofft, von De Boer nicht das zu erfahren, was er soeben gesagt hatte. Griet ahnte, um wen es sich bei Hoekstras Freund handelte.

»*Dat was het?*«, fragte De Boer. »War das alles?«

Griet nickte. »*Bedankt.*«

Sie wandte sich zum Gehen und hatte bereits die Tür des Wintergartens halb geöffnet, als sie innehielt und sich noch einmal zu De Boer umdrehte.

»Sagen Sie, haben Sie darüber eigentlich jemals mit der Polizei gesprochen?«

»Nein, nicht so richtig …«, gab De Boer zu.

»Was meinen Sie mit *nicht so richtig?*«

»Das war … etwas seltsam. Ich meine, die Bilder waren schon lange wieder zurück im Museum, und ich suchte gerade eine neue Stelle. Da kam ein junger Ermittler auf mich zu …«

»Was wollte er?«

»Nun ja, er erklärte mir, dass die Sache sicher bald bei den Akten landen würde, wenn keine neuen Erkenntnisse auftauchten. Außerdem … es tat ihm leid, dass ich meinen Job verloren hatte. Er sagte, er kenne jemanden hier im Hotel und könne vielleicht ein gutes Wort für mich einlegen.«

Griet runzelte die Stirn. »Und warum wollte er das für Sie tun?«

De Boer rieb die Hände aneinander. »Der Mann schlug vor, ich sollte einfach ein neues Leben anfangen und die Vergangenheit hinter mir lassen.«

Griet trat einen Schritt auf De Boer zu. »Wie hieß dieser Mann?«

»Wie gesagt, das ist schon lange her. Aber ich glaube, sein Name war Wouters.«

32
PIETER DE VRIES IST NICHT ZU FASSEN

Die Arbeitsplätze im Großraumbüro der *Districtsrecherche* waren uniform und unterschieden sich lediglich im Grad der Ordnung oder der Anzahl der persönlichen Verschönerungsgegenstände, mit denen ein Schreibtisch wohnlicher gestaltet wurde. Auf dem Monitor in Pieters Abteil blinkte ein kleiner USB-Weihnachtsbaum in bunten Farben, als Griet sich mit schnellen Schritten näherte.

Sie musste mit Pieter sprechen, daran führte nun kein Weg mehr vorbei. Was auch immer damals abgelaufen war, Wim Wouters steckte ebenfalls mit drin. Und offenbar hatte er sich große Mühe gegeben, die Sache unter den Teppich zu kehren. Pieters Vorschlag, die weiteren Ermittlungen gegen Hoekstra in Wouters' Hände zu legen, erschien damit in neuem Licht.

Griet fand Pieters Schreibtisch verwaist vor. Sie blickte sich um, entdeckte den Kollegen aber nirgendwo.

Griet ging zu ihrem Abteil. Auf dem Keyboard unterhalb des Monitors hatte jemand eine handschriftliche Notiz abgelegt. Sie stammte von Noemi. In kurzen Sätzen fasste sie zusammen, dass sie mit Edwin Mulder gesprochen hatte, der Jeroen Brouwer eindeutig als den Jungen identifizierte, dem er seine Starterkarte abgetreten hatte. Zudem hatte Noemi Brouwers Namen, wie zu erwarten, nicht auf der Teilnehmerliste des Elfstedentocht gefunden. Die Notiz endete mit der Erklärung, dass Noemi heute früher Schluss gemacht hatte, die Arbeitszeit aber nachholen würde.

Griet ließ den Zettel sinken und sah zu der Kollegin hinüber, die am Arbeitsplatz zu ihrer Rechten auf der Tastatur tippte. Die Frau war Mitte dreißig und hatte die schwarzen Haare zu einem Bob geschnitten. Griet deutete auf die Abteile von Pieter und Noemi: »Weißt du, wo die beiden stecken?«

»Noemi hat einen Anruf bekommen und musste weg.«

»Hat sie gesagt, warum?«

»Nein. Wohl irgendwas Privates.«

»Und Pieter?«

»Der wollte in die Kriminaltechnik zu Noor.«

Bedankt.

»Übrigens«, sagte die Kollegin, als Griet sich bereits abgewandt hatte, »Marit Blom hat für heute eine Pressekonferenz angekündigt. Alle glauben, dass sie den Start des Elfstedentocht verkünden wird.«

»Ganz toll.« Griet machte sich nicht die Mühe, auch nur den Hauch von Begeisterung in ihre Stimme zu legen. Sie ging weiter, durchquerte das Großraumbüro und eilte durch das Treppenhaus. Die Forensik war im Stockwerk unter der *Districtsrecherche* untergebracht. Über einen langen Korridor steuerte Griet zielstrebig das Büro von Noor van Urs an, der Leiterin der Kriminaltechnik.

Noor blickte vom Computer auf, als Griet den Raum ohne Anklopfen betrat. »Trifft sich gut, dass du kommst.«

»Ich bin auf der Suche nach Pieter«, sagte Griet.

»Der war hier. Ist aber schon eine Weile her.«

»Sagte er, wo er hinwollte?«

»Nach Hause.« Noor warf einen Blick auf die Uhr an der Wand. Es war kurz nach siebzehn Uhr. »Ich hab ihm versprochen, dass ich euch eine E-Mail mit der Auswertung schicke.«

»Welche Auswertung?«

»Pieter war wegen Jessica Jonkers *mobieltje* hier«, erklärte Noor. »Die *nationale politie* hatte noch nichts von sich hören lassen, also haben wir da mal angerufen. Und wie immer, wenn man ein wenig Druck macht, ging es plötzlich ganz schnell.«

»Haben die etwas Interessantes gefunden?«

»Ich glaube kaum … allerdings konnte ich mir noch nicht alles ansehen. Eure Tote war jedenfalls vorsichtig im Umgang mit ihren Daten. Sie hat den Browsercache regelmäßig gelöscht und ausschließlich verschlüsselte Messengerdienste verwendet, deren Chatprotokolle sie ebenfalls gelöscht hat. Das Spannendste, was ich zu bieten habe, ist daher wohl lediglich eine Liste der ein- und ausgegangenen Anrufe.«

Noor hob entschuldigend die Hände.

»Konnten die Kollegen ein Bewegungsprofil vom Tag ihres Todes erstellen?«

»Ja«, sagte Noor. »Jonkers Handy hat sich an dem Tag bei verschiedenen Funkmasten eingeloggt. Sie ist morgens vom *Blokuisport* in die Innenstadt, hat dort eine gute Stunde verbracht und ist dann wieder zurück. Bis zum frühen Nachmittag war sie in ihrem Büro. Gegen fünfzehn Uhr ist sie dann zum *stadhuis* und später von dort nach Sloten.«

»Wenn du noch etwas findest, gib Bescheid«, sagte Griet. »Ich schau mir die Auswertung später an.«

»Griet«, meinte Noor und gab der Tür ihres Büros mit dem Fuß einen kleinen Schubs, sodass sie zufiel. »Darf ich dich was fragen?«

»Immer.«

»Es geht um Noemi. Die Kollegen reden über sie, weißt du das?«

»Nein.« Griet setzte sich auf die Schreibtischkante. Sie hatte bereits in ihren frühen Dienstjahren damit aufgehört, sich am üblichen Getratsche zu beteiligen. »Was sagen sie denn?«

»Sie rätseln, warum Noemi früher aus London zurückgekommen ist. Manche munkeln, Noemi hätte sich dort etwas zuschulden kommen lassen.«

»Hm«, brummte Griet. »Da ist nichts dran.«

»Ja, das war meine Vermutung«, sagte Noor. »Ich dachte nur, du solltest auf dem Laufenden sein.«

»Danke. Das ist nett von dir.« Griet lächelte. Dann sagte sie, einer spontanen Eingebung folgend: »Darf ich dich auch etwas fragen?«

»Nur zu.«

»Kennst du einen Noud Wolfs?«

»Natürlich, Pieter hat früher oft mit ihm zusammengearbeitet.«

»Ich wüsste gern zwei Dinge«, sagte Griet. »Wann ging Wolfs in Rente? Und wann wurde Pieter zu den Cold Cases versetzt?«

Wenig später verabschiedete Griet sich und lief durch das Treppenhaus in den Keller, wo sie ihr Fahrrad aus der *fietsenstalling* holte. In der Hoffnung, dass sie Pieter zu Hause antreffen würde, wenn sie Fenja abholte, machte sie sich auf den Weg nach *Camminghaburen*.

***

Der dunkelblaue Volvo stand nicht in dem Carport der Doppelhaushälfte, als Griet ihr *fiets* in der Einfahrt abstellte. Sie ging zur Haustür und klingelte. Nettie öffnete und begrüßte sie mit einem Lächeln.

»*Griet, kom maar binnen* – komm doch rein.« Sie putzte sich die Hände an der mit Mehl und Kuchenteig befleckten Schürze ab, die sie trug.

Griet folgte ihr in die Küche. Dort hatten sich die Kinder um den Arbeitsblock versammelt. Fenja rollte mit einem Nudelholz Teig aus. Suske und Martin stachen Formen aus.

»Wir machen Weihnachtsplätzchen«, erklärte Nettie.

»Mama«, rief Fenja und kam mit dem Nudelholz zu Griet herüber. Sie löste mit dem Finger einen Teigrest und hielt ihn in die Höhe. »Willst du auch mal probieren?«

Griet schüttelte den Kopf, und Fenja schleckte den Teig genüsslich vom Finger ab. Sie wandte sich zu Nettie, die ein voll belegtes Blech in den vorgewärmten Ofen schob. »Ich hatte gehofft, Pieter hier zu treffen ...«

»Er musste noch mal weg«, sagte Nettie.

»Wohin wollte er denn?«

Nettie klappte die Ofentür zu und ging zur Spüle, um sich die Hände zu waschen. »Er ... ist einkaufen.«

Griet nickte schweigend. Dabei musterte sie Nettie. Etwas an ihr war anders.

»*Kinderen, kom op* – Kinder, auf geht's«, sagte Nettie, »die schmutzigen Sachen in den Geschirrspüler. Fenja, du machst dich fertig, deine Mutter will dich mitnehmen. Suske und Martin, ihr räumt vor dem Abendessen noch eure Zimmer auf.«

Griet staunte über Netties strenges Regiment, allerdings war dies bei zwei Kindern vielleicht auch notwendig. Griet sah zu, wie Fenja, Suske und Martin Ordnung schafften und dann ins Obergeschoss stürmten.

Nettie wischte den Arbeitsblock mit einem Küchentuch sauber und zog dann die Schürze aus. Dazu griff sie sich mit beiden Händen in den Nacken und löste den Knoten.

Da sah Griet es.

»Wo ist denn deine Kette?«

Nettie wandte sich mit überraschtem Gesichtsausdruck zu ihr herum. »Meine Kette?«

»Die silberne, die du heute Morgen getragen hast.«

»Ach, die ...« Nettie wandte sich schnell wieder ab. »Die habe ich beim Backen abgelegt.«

»Natürlich.« Griet nickte und versuchte, in einem möglichst beiläufigen Tonfall zu fragen: »Kann ich sie mir vielleicht noch mal ansehen?«

Netties Wangen färbten sich rot. »Warum?«

»Ich will nur mal schauen, ob mir so etwas auch steht ...« Sie zuckte die Schultern.

»Ja, es ist nur so ... Pieter hat sie mitgenommen. Der Verschluss war kaputt. Er will sie reparieren lassen.«

Fenja kam wieder in die Küche gerannt und schlang die Arme um Griets Beine. Sie hatte bereits ihre Jacke und eine Wollmütze angezogen.

»Sag Pieter doch, dass er mich kurz anrufen soll, wenn er wieder da ist«, meinte Griet und verabschiedete sich von Nettie. Draußen stiegen sie auf das *fiets* – Fenja saß erneut auf dem Gepäckträger – und machten sich auf den Weg.

Sie fuhren eine Weile, bis Griet bei einem kleinen Park anhielt und sich zu ihrer Tochter herumdrehte. In ihrem Inneren regte sich tiefer Widerwille gegen das, was sie nun tun würde.

Sie erinnerte sich noch zu gut an die subtilen Verhöre, die

ihre Großmutter mit ihr als Kind geführt hatte, um ihr Details über das Privatleben ihres Vaters zu entlocken. Griet hatte bald durchschaut, was ihre Großmutter trieb, und hatte sie dafür gehasst. Sie wollte ihr eigenes Kind nicht aushorchen. Doch sie sah keine andere Möglichkeit.

»Sag mal, Süße, hast du vorhin Onkel Pieter gesehen?«

»Ja«, antwortete Fenja, »er hätte uns fast den ganzen Kuchenteig weggeschleckt. Nettie hat ihn ausgeschimpft.«

»Hast du mitbekommen, wo er hinwollte?«

»Hm, er ist mit Nettie ins Wohnzimmer gegangen ... dann musste sie ihre schöne Kette ausziehen, und dann hat Onkel Pieter gesagt, dass er sie einer Betske zurückbringt.«

»Betske? Bist du sicher, dass das der Name ist, den er nannte?«

Fenja nickte. »Suske hat gesagt, das wär Onkel Pieters Schwester, und sie wär ein bisschen verrückt.«

Griet schwang sich wieder auf den Sattel und trat in die Pedale.

Betske.

Pieters Schwester.

Das war das Puzzlestück, das gefehlt hatte. Und natürlich war er nicht auf dem Weg zum Einkaufen oder um die Kette reparieren zu lassen.

Griet bog auf die *Noordersingel* ein, die Straße, die parallel zur *Noorderstadsgracht* verlief, und brachte das Fahrrad vor ihrem Plattboot zum Stehen. Als Fenja vom Gepäckträger kletterte, leuchtete in einem geparkten Auto kurz das Innenlicht auf, und die Fahrertür öffnete sich. Ein Mann stieg aus und winkte ihnen zu. Es war Fleming.

Griet dachte nicht lange nach. Es war ihr egal, warum er unangekündigt hier auftauchte. Sie nahm Fenja an der Hand und ging zu ihm hinüber.

»Hallo, Griet …«, begann Fleming.

»Setz dich hinters Steuer«, unterbrach sie ihn. »Wir machen einen Ausflug.«

***

Eine Viertelstunde später fuhren sie langsam auf den Ortseingang von Weidum zu. Als das Haus und die Werkstatt von Hoekstra in Sichtweite kamen, sagte Griet zu Fleming: »Mach das Licht aus und roll langsam weiter.«

Fleming presste die Lippen zusammen und bedachte Griet mit einem Kopfschütteln, schaltete aber die Scheinwerfer ab. »Erzähl mir nicht, wir wären hier, um einen Freund zu besuchen.«

»Du wirst es kaum glauben«, erwiderte Griet, »wir suchen nicht nur einen Freund, sondern auch den Freund dieses Freundes.«

»Park da unter den Bäumen, Papa«, meldete sich Fenja in fachmännischem Ton von der Rückbank. »Dort sieht uns niemand.«

Fleming blickte sich kurz zu seiner Tochter um. Dann schüttelte er erneut den Kopf und sagte zu Griet: »Ihr beiden seid nicht das erste Mal hier, oder?«

»Unser Ausflugsprogramm war … abwechslungsreich.«

»Das ist jetzt nicht dein Ernst …« Fleming stellte den Wagen ab, doch Griet brachte ihn mit einer Handbewegung zum Schweigen, öffnete die Tür und stieg aus.

Sie wechselte die Straßenseite und betrat den Hof. Weder im Wohnhaus noch in der Werkstatt brannte Licht. Lediglich die Straßenlaterne, die unmittelbar vor dem Haus stand, verbreitete ihren Schein.

Griet blieb stehen und lauschte. Nichts. Keine Geräusche.

Sie ging weiter zum Tor der Werkshalle, umfasste die Metallgriffe und rüttelte daran. Es war verschlossen.

Sie blickte sich um. Links neben der Halle standen einige ausgeschlachtete Autos. Auf der rechten Seite führte ein Kiesweg über eine Wiese zur Rückseite des Hauses. Griet setzte sich in Bewegung, stapfte durch den Schnee zur Terrassentür und warf einen Blick ins Innere. Niemand da.

Nun bestand kein Zweifel mehr: Die Hoekstras waren ausgeflogen. Und Griet war sich ziemlicher sicher, wer Rob Hoekstra davor gewarnt hatte, dass es bald sehr ungemütlich für ihn werden würde. Onkel Pieter.

Griet wollte sich gerade letzte Sicherheit verschaffen und an der Vordertür klingeln, als sich ihr eine Hand auf die Schulter legte. Sie fuhr herum, bereit, dem Angreifer einen Schlag zu versetzen. Doch im letzten Moment hielt sie inne.

»*Verdomme*«, zischte Fleming, »was, zum Geier, treibst du hier eigentlich?«

»Du gehst besser wieder ins Auto …«

»Den Teufel werd ich! Griet, mit dir ist ernsthaft was nicht in Ordnung.« Sie sah im Halbdunkel sein wütendes Gesicht. »Fenja hat mir gerade erzählt, dass ihr mitten in der Nacht hier wart und irgendwelche Typen beobachtet habt.«

»Es war harmlos, und es bestand keine Gefahr …«

»*Keine Gefahr?* Ihr habt irgendwo in einer gottverfluchten Gasse geparkt, und ein Kerl ist dir nachgeschlichen.«

»Aber er hat uns nicht entdeckt.«

»Du hast eine veritable Macke, weißt du das?« Er wandte sich kurz ab, stemmte die Hände in die Seiten und blickte kopfschüttelnd zum Himmel hinauf. »Griet … ich hab immer Verständnis für dich gehabt, aber hier hört der Spaß auf.«

Sie hob die Hände. »Tut mir leid, okay?«

»Nein, nicht okay. Ich dachte, ich könnte mich auf dich

verlassen.« Fleming drehte sich wieder Griet zu. Seine Miene hatte sich verändert. »Ich wollte dich nicht damit belasten ... und eigentlich geht es dich nichts mehr an. Aber hast du eine Ahnung, warum ich Fenja zu dir bringen musste?« Er machte eine kurze Pause, wobei klar war, dass er keine Antwort auf seine Frage erwartete. »Weil ich versucht habe, meinen Hintern zu retten. Die Fernsehserie ist geplatzt. Die haben sie einfach eingestampft. Und der Verlag liegt mir wegen der sinkenden Verkaufszahlen in den Ohren ... weil die Leute lieber Netflix glotzen, oder was weiß ich. Weniger Leser gleich weniger Vorschuss. Wenn ich denn überhaupt noch einen weiteren Vertrag bekomme.«

Griet wusste nicht, was sie erwidern sollte.

Als Fleming Fenja gebracht hatte, hatte sie gespürt, dass ihm etwas auf der Seele lag. Doch damit hatte sie nicht gerechnet. Fleming war immer das Glückskind gewesen. Derjenige, bei dem nie etwas schieflief, dem die Sympathien zuflogen und der aus allem Gold machte, was er anfasste.

»Ich wusste nicht ...«, begann sie, doch Fleming ließ sie nicht ausreden.

»Das solltest du auch nicht wissen«, sagte er. »Ich dachte, du hast genug mit dir selbst zu tun. Und da lag ich ja wohl auch ganz richtig. Ich sag dir jetzt, wie das laufen wird, Griet. Ich fahre zurück zum Boot und packe Fenjas Sachen. Und dann wirst du unsere Tochter für eine sehr lange Zeit nicht mehr sehen.«

33
ONDER DE KELDERS

Eines war gewiss. Der diesjährige Elfstedentocht, sollte er denn wirklich stattfinden, würde einer der härtesten in der Geschichte des traditionsreichen Rennens werden. In diesem Punkt waren sich die Gäste im *Onder de kelders* einig.

Über der Theke des *eetcafés* in einem Gewölbekeller an der *Bierkade* hing ein Fernseher, auf den alle Blicke gerichtet waren. Marit Blom sollte in wenigen Minuten vor die Kameras treten. Und die Wetten liefen, dass sie den Starttermin des Rennens bekannt geben würde. Der Wetterdienst tat das Seine, um die Spannung noch zu steigern. Im aktuellen Bericht, der gerade über den Flachbildschirm flimmerte, war von einem ausgewachsenen Wintersturm die Rede, der sich geradewegs auf die niederländische Küste zubewegte.

Der alternative Elfstedentocht von Toon Ewerts war mittlerweile offiziell Geschichte. Der Restaurantbesitzer hatte seinen persönlichen Gang nach Canossa angetreten und vor den Kameras des Regionalfernsehens von seinem Projekt Abstand genommen. Er würde als einer der übrigen zehntausend Läufer beim Elfstedentocht mitmachen und versuchen, dieses Mal pünktlich über die Ziellinie zu kommen.

Griet saß auf einem Barhocker an der Theke und verfolgte die Berichte zum Elfstedentocht mit halbem Ohr, nicht, weil sie sich wirklich dafür interessierte, sondern weil sie ihre Gedanken zumindest für wenige Sekunden in eine andere Richtung lenkte.

Sie gab dem Wirt ein Zeichen, und er stellte ein weiteres Glas *Jenever* vor sie auf die Theke. Diesmal einen doppelten. Sie trank einen Schluck, in der Hoffnung, der Alkohol würde ihren Verstand bald so weit betäubt haben, dass ihr das Geschehene nicht mehr ganz so katastrophal erschien.

Fleming hatte Fenjas Sachen in den Kofferraum gepackt. Dann hatte Griet zugesehen, wie er mit ihrer Tochter davongefahren war. Fenjas Gesicht in der hinteren Scheibe hatte Bände gesprochen. Das Kind hatte nicht verstanden, was gerade vor sich ging. Wie auch.

Fleming würde es ihr später erklären. Erklären, dass Mami großen Mist gebaut hatte. Und damit hatte er sogar recht. Denn wie sollte man ein Verhalten rechtfertigen, das nicht zu rechtfertigen war?

Er hatte Griet vertraut, und sie hatte dieses Vertrauen enttäuscht. Schlimmer noch: Sie hatte auch Fenja im Stich gelassen, die darauf vertraute, dass Griet, ihre Mutter, die Erwachsene, das Richtige tat.

Fenjas Besuch hätte ein Neuanfang sein sollen. Stattdessen hatte Griet alles noch schlimmer gemacht.

Sie leerte den Jenever und bestellte einen weiteren.

Als Flemings Wagen mit Fenja in der Dunkelheit verschwunden war, war sie auf das Schiff zurückgegangen. Eine Weile hatte sie einfach regungslos im Salon gestanden, umgeben von Stille. Ein ungewohntes Gefühl hatte sich in ihrer Brust breitgemacht: Einsamkeit.

Sie war in das *Onder de kelders* gegangen. Geholfen hatte das nicht, obwohl sie nun von Menschen umgeben war. Früher hatte es ihr nie etwas ausgemacht, allein zu sein. Im Gegenteil, sie hatte oft die Einsamkeit gesucht.

Doch etwas hatte sich verändert. Sie hatte sich verändert.

Der Polizeipsychologe, den sie nach den Erlebnissen im Rotterdamer Hafen und dem Tod von Bas regelmäßig aufgesucht hatte, hätte dem vermutlich einen Namen geben können. Er hätte all die unterbewussten Prozesse beschrieben, die permanent abliefen, hätte erklärt, wie das Umfeld und das Erlebte einen formten, egal, ob man das wollte oder nicht.

Griet drehte das leere Glas *Jenever* zwischen Daumen und Zeigefinger hin und her. Es führte kein Weg daran vorbei: Sie hatte sich an die Menschen in ihrer Umgebung in einer Weise gewöhnt, wie sie es nicht für möglich gehalten hätte.

Klammheimlich waren sie Bestandteile ihres Lebens geworden, lieb gewonnene Gefährten. Griet hatte Fenja in den vergangenen Tagen auf eine neue Art ins Herz geschlossen. Pieter war ihr zum besten Freund geworden. Und Noemi hatte sie beim ersten Kennenlernen für sich eingenommen, nicht zuletzt deshalb, weil sie Griet so sehr an sich selbst erinnerte.

Sie hatte nicht gut auf diese Menschen achtgegeben. Und das tat ihr nun leid. Dabei dachte Griet nicht nur an Fenja.

Fleming steckte in ernsten Problemen, das hätte sie ahnen müssen. Schon als er Fenja bei ihr abgeliefert hatte, waren ihr seine Erklärungen fadenscheinig vorgekommen. Sie hätte dem nachgehen sollen. Das Gleiche galt für Noemi. Etwas stimmte nicht, ein Auslandsjahr bei Scotland Yard brach man nicht ohne Grund vorschnell ab. Und dann Pieter. Im Stillen hatte Griet schon immer vermutet, dass es einen Grund gab, warum er mit seinen Fähigkeiten bei den ungelösten Fällen gelandet war. Nun kannte sie ihn, und sie war sich nicht sicher, was sie mit diesem Wissen anfangen sollte.

Griet blickte sich in dem *eetcafé* um. Das Licht in dem Gewölbekeller war gedimmt, und für einen Wochentag hatten ziemlich viele Gäste den Weg hierher gefunden. Die Stimmung glich der eines Fußballspiels, und Griet war sich sicher, dass ihre Landsleute nicht nur im *Onder de kelders*, sondern im ganzen Land die Nacht zum Tag machen würden, sollte der Elfstedentocht wirklich stattfinden.

Sie spürte einen kalten Luftzug im Rücken, als sich die Eingangstür öffnete und weitere Besucher das Lokal betraten.

»*Excuses*«, sagte jemand hinter ihr. »Ist der Platz noch frei?«

Griet erkannte die Stimme und drehte sich um.

»Pieter!«

***

»Nettie meinte, ich soll mich bei dir melden. Ich hab dich nicht erreicht, auf dem Schiff warst du auch nicht, also dachte ich, ich finde dich vielleicht hier.« Pieter hatte sich neben sie gesetzt und ebenfalls ein *pilsje* bestellt. »Wo ist Fenja?«

»Fleming hat sie mitgenommen.«

»Warum das?«

»*Ik heb er een soep van gemaakt.*« Griet zuckte die Schultern. »Ich hab Mist gebaut.«

»Nämlich?«

Griet überlegte, was sie erwidern sollte. Eine ehrliche Antwort würde nicht nur ihre Unzulänglichkeit als Mutter in den Mittelpunkt der Unterhaltung rücken, sondern unweigerlich zu Pieters Verbindung zu Rob Hoekstra führen. Andererseits hätte sie das Thema vielleicht schon wesentlich früher offen ansprechen sollen, so wie man es unter guten Freunden tat.

»Ich habe Fenja mitgenommen, als ich Rob Hoekstra observiert habe«, sagte sie schließlich.

Pieter dankte dem Wirt, als dieser das Bier vor ihm abstellte. Er trank einen Schluck und wischte sich den Schaum mit dem Finger aus dem Bart.

»Du hast Hoekstra beschattet?«, wiederholte er fast beiläufig und ohne Griet anzusehen.

»Ja.«

»Kein guter Zeitvertreib für Kinder. Wann war das denn?«

»Vor ein paar Tagen. Ich habe abends vor seinem Haus in Weidum gestanden.«

»Und was hast du gesehen?«

»Etwas, das mir nicht gefallen hat.« Griet ließ die Worte einen Moment in der Luft hängen. »Und ich habe in der Zwischenzeit einige Dinge in Erfahrung gebracht ... fragwürdige Dinge.«

»Hm.« Pieter presste die Lippen aufeinander. »Was du da gesehen hast ... und diese fragwürdigen Dinge. Es ist vielleicht nicht so, wie es aussieht.«

»Das ist es doch nie, oder?« Griet stützte die Ellbogen auf die Theke und blickte Pieter von der Seite an. »2009 gab es einen Einbruch im *Fries Museum*. Ich habe mit einem der damaligen Sicherheitsleute gesprochen, einem Thijs de Boer. Er hat mehr oder weniger zugegeben, dass er mit dem Dieb gemeinsame Sache gemacht hat. Er nannte mir auch den Namen des mutmaßlichen Täters: Rob Hoekstra.«

Pieter faltete die Hände. »Griet ...«

»Hoekstra brachte die gestohlenen Bilder freiwillig zurück, was sich niemand erklären konnte. Ich glaube, ich weiß, was geschehen ist.« Sie hob die rechte Hand und zählte an den Fingern ab. »Als die Ermittlungen eingestellt wurden, geschahen nämlich drei Dinge in rascher Folge. Noud Wolfs, der die Ermittlungen in dem Fall geleitet hatte, ging ein Jahr früher in Rente als ursprünglich geplant. Fast zeitgleich wurde Wim Wouters zum Leiter der *Districtsrecherche* befördert. Und ein junger *Commissaris* namens Pieter de Vries, dessen Talente bis dahin unbestritten waren, wurde überraschend bei den Cold Cases abgestellt.«

Griet machte eine Pause und beobachtete, wie Pieter ihr langsam den Kopf zuwandte. »Woher weißt du das alles?«

»Du bist nicht der einzige Kollege, der schon eine Weile bei der *Districtsrecherche* ist.« Es gab keinen Grund, ihm von ihrem Gespräch mit Noor zu erzählen.

»Sprich weiter«, sagte Pieter.

»Ich hab mich lange gefragt, wie das alles zusammenhängt«, fuhr Griet fort. »Dann habe ich noch mal einen Blick in die Akte von Rob Hoekstra geworfen, die Noemi mitgebracht hat. Er ist seit 2005 verheiratet. Seine Frau heißt Betske, eine gebürtige Bakker. Ich weiß, dass du eine Halbschwester hast, Pieter. Ihr Name ist ebenfalls Betske. Erzähl mir nicht, das wäre ein Zufall.«

»Ist es nicht.« Pieter seufzte. »Ich war von Anfang an dagegen, dass sie diesen Idioten heiratet.«

»Dann ist Rob Hoekstra dein Schwager.«

»Halbschwager.«

»Hast du ihm damals geholfen, Pieter?«

»Ja.«

»Dann war er wirklich der Dieb im *Fries Museum*.«

»Er hat die Bilder zurückgebracht …«

»Nachdem du ihm dazu geraten hast?«

Pieter versuchte sich an einem Lächeln, das verzweifelt wirkte. »Die verdammten Bilder standen in Betskes Wohnung. Sie war völlig aufgelöst. Der Idiot hatte die Bilder gestohlen, weil er dachte, sie wären Gott weiß was wert. Waren sie aber nicht. Ich hatte Betske gewarnt. Doch sie begriff erst da, wen sie geheiratet hatte und welche Konsequenzen das mit sich brachte. Was hättest du an meiner Stelle getan?«

»Ihn eingebuchtet, damit er deine Schwester nicht mit reinreißt?«

»Er war ein Idiot. Aber auch Betskes Ehemann. Und mein Schwager, wie du schon festgestellt hast.«

»Und?«

Pieter schüttelte den Kopf. »Tust du nur so, oder begreifst du es wirklich nicht? Der Kerl ist Familie.« Er beugte sich ein Stück zu ihr hinüber. »Man kann sich leider nicht aussuchen, wer dazugehört. In einer Familie gibt es nette Leute, es gibt Stinkstiefel. Es gibt schöne Zeiten, es gibt schlechte Zeiten. Man liebt sich, man geht sich auf den Zeiger. So ist das eben. Doch auf eines muss in einer Familie Verlass sein: Wenn es drauf ankommt, dann steht man zusammen.«

»Auch bei Verbrechen?«, fragte Griet.

»Rob hatte ein paar Bilder gestohlen, ziemlich hässliche noch dazu. Niemand war dabei ernsthaft zu Schaden gekommen. Habe ich die Regeln gedehnt? Ja, bis zum Äußersten. Und ich bezahle bis heute den Preis dafür.«

»Nicht nur du. Was ist mit Noud Wolfs? Wurde er früher in Rente geschickt, weil er dir geholfen hat?«

»Wir kannten uns schon lange«, sagte Pieter. »Er wusste von Betske und Rob und war mit der Vorgehensweise einverstanden.«

»Und Wouters?«

»Damals war der Posten des Teamchefs bei der *Districtsrecherche* vakant. Er wollte ihn, ich wollte ihn. Er dachte, er könnte seine Chancen verbessern, wenn ihm gelang, was einem ganzen TGO nicht gelungen war …«

»… den Dieb der Veenstra-Bilder aufspüren?«

»Genau.«

»Er fand die Wahrheit heraus und konnte zwei Fliegen mit einer Klappe schlagen.«

»Ja«, bestätigte Pieter. »Er ging damit zu Hasselbeek und stellte ihn vor ein Problem. Entweder ihn befördern oder riskieren, dass das Ansehen der *politie* beschädigt wurde. Der Polizeichef entschied sich für die problemlosere Variante.«

»Und heute?« Griet neigte den Kopf zur Seite. »Hast du Hoekstra wieder geholfen?«

Pieter trank einen Schluck Bier, bevor er antwortete.

»Ich habe Rob damals klargemacht, dass ich es für Betske tat, nicht für ihn. Im Gegenzug forderte ich von ihm, dass er sich einen ehrlichen Broterwerb zulegte. Ich lieh ihm sogar Geld für die Autowerkstatt. Der Betrieb lief gut, er zahlte den Kredit zurück, Betske und er bekamen Kinder ...« Pieter stockte kurz, als sich die Tür öffnete und mit neuen Gästen ein paar Schneeflocken und ein Schwall kalter Luft zu ihnen hereinwehten. »Tja ... als Robs Name nun in Zusammenhang mit unserem Fall auftauchte, dachte ich, es wäre gut, mal nach dem Rechten zu sehen.«

»Das war an dem Abend, als ich dich bei ihm entdeckt habe?«

»Ja.«

»Das heißt, du wusstest nichts von seinen Geschäften mit Vlam Ewerts?«

»Nein.« Pieter lachte. »Rob gab das Unschuldslamm. Was wirklich los war, habe ich erst durch dich und die Ermittlungen erfahren. Und ... tja, dann war da heute die Sache mit Netties Kette.«

»Betske hatte sie ihr geschenkt«, vermutete Griet.

»Ja, es war das erste Mal, dass sie Nettie etwas so Wertvolles gab. Nach allem, was wir inzwischen wissen, konnte ich mir vorstellen, warum sie sich plötzlich so etwas leisten konnte.«

»Du hast die Kette zurückgebracht?«

»Ich war vorhin bei ihnen und hab Rob zur Rede gestellt.«

»Und?«

Pieter massierte sich demonstrativ die Knöchel der rechten Hand, und Griet bemerkte erst jetzt, dass sie gerötet waren.

»Ich musste meinen Worten einen gewissen Nachdruck verleihen«, sagte Pieter. »Aber er hat schließlich alles zugegeben. Es ist so wie vermutet. Er und Vlam Ewerts handeln mit gestohlenem Zeug. Ich habe ihm gesagt, dass ich ihn diesmal nicht raushauen kann, dass es eine ernste Sache ist und es besser wäre, wenn er eine Selbstanzeige macht …«

»Du scheinst auf taube Ohren gestoßen zu sein«, unterbrach Griet ihn. »Der Vogel ist ausgeflogen.«

»Nein, Rob bringt Betske und die Kinder zu ihrer Mutter. Sie sollen nicht miterleben müssen, wie alles auf den Kopf gestellt wird.«

»Und du bist sicher, dass sie dort sind?«

»Ich habe Rob vierundzwanzig Stunden gegeben.«

»Du vertraust ihm?«

»Er weiß, dass er keine andere Chance hat.« Pieter blickte Griet forschend an. »Vertraust du mir?«

Griet zögerte.

Pieter hatte nachvollziehbare Gründe für sein Verhalten angeführt. Er hatte das getan, wozu sie selbst bislang nie imstande gewesen war. Er hatte die Familie über die Arbeit gestellt. Und er war bereit gewesen, dabei seine Karriere aufs Spiel zu setzen. Er hatte gebüßt, in Form seiner Degradierung. Und jetzt, wo sein Schwager erneut gegen das Gesetz verstieß, zog er die entsprechenden Konsequenzen.

Griet wusste nicht, ob ihre Einschätzung richtig war. Doch in ihren Augen war Pieter kein Übeltäter. Er hatte die Berufsehre nicht verraten, sondern mit Augenmaß gehandelt, sodass damals alle halbwegs unbeschadet aus der Affäre rausgekommen waren – alle außer ihm.

Sie nickte langsam. »Vierundzwanzig Stunden.«

»*Nou dan* – na dann.« Er lächelte und prostete ihr zu. »Auf die Familie.«

Sie tranken. Dann hörten sie den Wirt rufen: »*Stillte – Ruhe!* Alle mal aufpassen.«

Er drehte die Lautstärke des Fernsehers auf. Das Bild zeigte Marit Blom in den Räumen der Elfsteden-Kommission. Vor ihr waren zahlreiche Mikrofone aufgebaut, hinter ihr hatten sich die anderen Mitglieder des Rats versammelt, Blitzlichter zuckten. Sie blickte sich kurz nach allen Seiten um und schenkte ihren Mitarbeitern und Unterstützern ein Lächeln.

»Wir sind heute Abend hier zusammengekommen, um Ihnen eine wichtige Mitteilung zu machen. Ich nehme an, Sie alle kennen die aktuelle Vorhersage der KNMI, nach der es in den kommenden Tagen kalt und frostig bleiben wird. Zudem freue ich mich, Ihnen sagen zu können, dass wir mithilfe der Firma Dutch Heat die Probleme auf den kritischen Teilabschnitten lösen konnten. Wir haben nun auf der gesamten Strecke des Elfstedentocht eine geschlossene Eisdecke in der …« Der Rest des Satzes ging in dem Freudenjubel unter, der im *Onder de kelders* ausbrach. Der Wirt hob die Arme: »*Kalm aan* – immer mit der Ruhe, Leute!«

»… ich bin Jeroen Brouwer zu persönlichem Dank verpflichtet. Und da nun alle Hindernisse aus dem Weg geräumt sind, bleibt mir nichts anderes übrig, als die Worte zu sagen, auf die Sie vermutlich alle warten.«

Sie machte eine Pause, und sowohl im Fernsehen als auch im *eetcafé* machte sich Stille breit. Dann rief Blom: »*Wy dogge it!* – Wir tun es!«

Was nun geschah, hatte Griet selten erlebt, und sie hätte sich für diesen Moment ein Paar Ohrstöpsel gewünscht. Um sie herum entfalteten die übrigen Gäste den Lärm einer startenden Rakete. Selbst Wildfremde umarmten sich, prosteten einander zu und verfielen in wilde Hüpfgesänge, um ihr

Glück kundzutun. Pieter packte Griet bei den Schultern, und sie sah zu ihrer Verblüffung, dass er tatsächlich Tränen in den Augen hatte. »Glaubst du es! Wir haben wieder einen *tocht!* Dass ich das noch erleben darf!«

Griet nickte ihm aufmunternd zu. »Ja … großartig.«

Nachdem der Wirt allen eine Runde Freibier zugesagt hatte und das Gejohle abgeklungen war, richtete sich die Aufmerksamkeit wieder auf den Fernseher, wo Marit Blom gerade bekannt gab, dass das Rennen in drei Tagen stattfinden würde.

»So bald schon?«, fragte Griet, an Pieter gewandt.

»Das ist immer so«, erklärte er. »Länger im Voraus lässt sich die Wetterlage ja nicht einschätzen. Aber auf diesen kurzen Vorlauf sind alle vorbereitet.«

Er deutete mit dem Daumen in Richtung des Fernsehers. »Übrigens, was machen wir mit Jeroen Brouwer?«

»Wir statten ihm morgen einen Besuch ab«, sagte Griet. »Noor hat übrigens die Auswertung von Jessicas *mobieltje* geschickt.«

»Hast du schon reingeschaut?«

»Nein.«

»Zeig her.«

Griet holte ihr *mobieltje* hervor und öffnete die Mail von der Kriminaltechnikerin. Neben dem Bewegungsprotokoll enthielt sie wie angekündigt die Liste mit ein- und ausgegangenen Anrufen, die tabellarisch aufgeführt waren. Griet und Pieter überflogen die Aufstellung. Die Kollegen hatten die Telefonnummern den jeweiligen Gesprächsteilnehmern zugeordnet. Darunter waren Toon Ewerts, Marit Blom und Mart Hilberts, mit denen Jessica Interviews geführt hatte.

Griet hielt inne, als ihr Blick auf eine der letzten Zahlenfolgen in der Liste und den zugehörigen Namen fiel. Sie sah kurz zu Pieter, dessen Gesicht bleich geworden war. Wenige Tage vor ihrem Tod hatte Jessica Jonker seinen Freund und Ex-Kollegen Noud Wolfs angerufen.

DRITTER TEIL

34
EINE FRAGE DER EHRE

Am nächsten Morgen steuerte Pieter den Wagen über den *Groningerstraatweg*, der im Norden Leeuwardens parallel zur schnurgeraden *Bonkevaart* verlief, dem Kanal, auf dem sich das Ziel des Elfstedentocht befand. Auf der gegenüberliegenden Seite erstreckten sich die schneebedeckten Felder bis zum Horizont. Am blauen Himmel kündeten die ersten Schlieren vom heraufziehenden Sturm.

Griet saß, in Gedanken versunken, auf dem Beifahrersitz, und auch Pieter schien an diesem Morgen nicht das Bedürfnis zu verspüren, unnötig viele Worte zu wechseln. Obwohl sie sich gestern Abend gegenseitig ihre Freundschaft versichert hatten, ging Griet davon aus, dass auch er sich im Stillen fragte, wie sich ihr Verhältnis von nun an entwickeln würde. Viel hing davon ab, ob Pieters Schwager sich an die vereinbarte Frist hielt und sich freiwillig stellte. Tat er das nicht, würden sie beide vor unangenehmen Entscheidungen stehen.

In der Nacht hatte Griet bis in die frühen Morgenstunden gebraucht, um einschlafen zu können. Fenja und Fleming waren ihr nicht aus dem Sinn gegangen. Nun fühlte sie sich dementsprechend müde. Selbst zwei starke *koffie,* von denen sie einen an Deck in der kalten, klaren Luft getrunken hatte, hatten ihre Lebensgeister nicht wirklich erwachen lassen.

Bevor sie zum Dienst aufgebrochen war, hatte sie mehrmals versucht, Fleming zu erreichen. Vergeblich.

Im *politiehoofdkantoor* hatte Pieter sie bereits erwartet. Er hatte seinen Freund Noud Wolfs um Rückruf gebeten und danach versucht, bei *Dutch Heat* Jeroen Brouwer zu erreichen. Seine Assistentin hatte Pieter mitgeteilt, dass Brouwer an diesem Vormittag Arbeiten auf der *Bonkevaart* im Bereich des Zieleinlaufs durchführte.

Sie waren nicht sofort losgefahren, sondern hatten auf Noemi gewartet. Als sie nach einer halben Stunde noch nicht zum Dienst erschienen war und auch den Anruf auf ihrem *mobieltje* nicht beantwortete, waren Griet und Pieter schließlich aufgebrochen.

Abrupt brachte Pieter den Wagen auf dem Grünstreifen zum Stehen. An dieser Stelle spannte sich ein hoher Bogen aus Metall über den Kanal. An beiden Seiten des Halbrunds und oben in der Mitte waren nach innen weisende Dreiecke angebracht. Die Konstruktion sollte ein überdimensioniertes *elfstedenkruijse* symbolisieren und markierte den Zieleinlauf des Elfstedentocht.

Griet war im Sommer auf ihren Joggingrunden einige Male hier vorbeigelaufen, als das Bauwerk errichtet worden war. Früher hatten an dieser Stelle ein einfacher Holzpfahl sowie eine Tafel mit dem Streckenverlauf gestanden. Die Elfsteden-Kommission hatte beschlossen, den Ort neu zu gestalten, sodass er seiner Bedeutung gerecht wurde. Abends war der Bogen beleuchtet, und das Halbrund spiegelte sich im Wasser – oder wie jetzt auf dem Eis –, dadurch entstand der Eindruck eines riesigen runden Tores.

Nicht weit hinter dem Finishbogen arbeitete eine Gruppe von Männern am Ufer des Kanals. Einer von ihnen war Jeroen Brouwer. Griet stieg aus dem Wagen, und Pieter folgte ihr. Im Näherkommen erkannten sie, dass Brouwer und seine Helfer einige Löcher in das Eis geschnitten hatten und an den jeweiligen Stellen offenbar Wärmepumpen installierten.

Griet ging auf Brouwer zu und reichte ihm die Hand. »*Meneer* Brouwer, tut mir leid, dass wir Sie bei der Arbeit stören müssen. Aber wir würden gern noch einmal mit Ihnen reden.«

»Nun ja«, antwortete er und blickte zu seinen Mitarbeitern. »Es ist ehrlich gesagt gerade etwas ungünstig. Wir installieren hier aus Sicherheitsgründen zusätzliche Pumpen ... im Zielbereich wird mit vielen Zuschauern gerechnet. Und da es ja schon bald losgeht, müssen wir uns beeilen.«

»Verständlich«, sagte Griet. »Aus diesem Grund dachten wir auch, Sie würden sich lieber hier mit uns unterhalten statt auf dem *politiehoofdkantoor*.« Sie war sich ziemlich sicher, dass Brouwer kein Interesse an einer formellen Vorladung hatte, da er mit seiner Firma gerade das Geschäft seines Lebens machte.

Er zögerte kurz, dann wandte er sich an die Arbeiter: »Kommt ihr einen Moment allein klar?«

Die Männer nickten.

»Gehen wir ein Stück«, sagte Griet.

Der Wind hatte über Nacht aufgefrischt und wehte den losen Pulverschnee von den Feldern quer über den Kanal zu ihnen herüber. Griet zog im Gehen den Schal enger um den Hals.

»Wir würden gern noch einmal mit Ihnen über die Nacht in Sloten reden«, begann sie. »Sie sagten, Sie hätten gerade die Pumpe installiert, als Sie *mevrouw* Jonker fallen sahen ...«

»Ja.« Brouwer hatte beide Hände in die Jackentaschen geschoben.

»Und Sie kannten Jessica Jonker nicht, korrekt?«

»Ich glaube, das habe ich gesagt, ja.«

Griet blieb stehen, als sie auf Höhe des Finishbogens angekommen waren. »Sie sind nicht ehrlich, *meneer* Brouwer.«

Er lächelte verlegen. »Ich weiß nicht, was Sie meinen.«

»Entgegen Ihrer Aussage kannten Sie Jessica Jonker und waren an jenem Abend mit ihr in Sloten verabredet«, schaltete sich Pieter ein. »Zudem war es Ihnen nicht möglich, den Sturz von dort, wo Sie sich angeblich befanden, zu beobachten. Wir haben das überprüft. Es ist also eher wahrscheinlich, dass Sie sich woanders aufhielten ... zum Beispiel bei *mevrouw* Jonker auf der Brücke.«

Brouwer strich sich über das kurze, struppige Haar, verzog allerdings keine Miene. »Steile These ... und wie kommen Sie darauf?«

»*Meneer* Brouwer«, sagte Griet. »Sollten Ihre Angaben nicht korrekt gewesen sein, wäre jetzt der Zeitpunkt, sie zu korrigieren.«

»Vielleicht wäre jetzt auch der Zeitpunkt, meinen Anwalt anzurufen?« Brouwer hob die Augenbrauen.

»Das bleibt Ihnen überlassen«, erwiderte Griet. »In diesem Fall würden wir uns natürlich an das Protokoll halten. Wir müssten uns dann im *politiehoofdkantoor* unterhalten. Und ich kann Ihnen nicht garantieren, dass die Medien nichts davon mitbekommen ... wo doch gerade so großes Interesse an Ihrer Wundertechnik besteht.«

Brouwer wandte sich ab und blickte nachdenklich in die Ferne. Griet ließ ihn gewähren. Ohne sich wieder umzudrehen, sagte er nach einem Moment: »Ich wollte ihr wirklich helfen. Ich bin nicht für ihren Tod verantwortlich.«

Griet trat zu Brouwer an den Rand des Kanals. »Jessica Jonker hatte Edwin gefunden, den Jungen, der mit Mart Hilberts 1997 den *tocht* gelaufen war. Sie war mit ihm an jenem Abend in Sloten verabredet. Wir wissen, dass Sie dieser Edwin sind.«

Brouwers Blick blieb in die Ferne gerichtet.

»Wenn Sie sich wirklich nichts vorzuwerfen haben, gibt es keinen Grund, etwas zu verheimlichen«, ermunterte Pieter ihn.

Brouwer presste die Lippen zusammen, sagte aber schließlich: »Es war ... eine verdammt kalte Nacht 1997. Ich dachte, wir schaffen es nicht. Aber als wir dann am Ende gemeinsam über die Ziellinie liefen ... war das der großartigste Moment in meinem Leben.«

»Dann stimmt es also?«, fragte Griet.

»Ja, ich bin damals an Edwin Mulders Stelle gelaufen.«

»Jessica suchte öffentlich nach Ihnen. Warum haben Sie sich nicht gemeldet?«

»Der Elfstedentocht wird hier oben in *Fryslân* ziemlich ernst genommen«, erklärte Brouwer. »Wenn rausgekommen wäre, dass ich mir die Teilnahme damals erschlichen hatte ... mein Ruf wäre ruiniert gewesen. Und der meiner Firma. Ich habe eine Verantwortung gegenüber meinen Mitarbeitern.«

»Ja, verstehe«, meinte Griet. »Diese Verantwortung muss umso schwerer auf Ihnen lasten, wenn die Geschäfte nicht gut laufen.«

Brouwer blickte sie überrascht an. »Wie kommen Sie darauf?«

»Zufall.« Griet lächelte. »Ich besitze einen De-Icer Ihrer Firma. Er hat neulich den Geist aufgegeben. Ich landete bei einer dubiosen Hotline ...«

Sie erzählte ihm, was sie herausgefunden hatte, und Brouwer leugnete es nicht. »Es stimmt schon. Die letzten Jahre waren nicht besonders rosig.«

»Aber nun haben Sie den Jackpot geknackt«, sagte Pieter. »Bei unserem ersten Gespräch meinten Sie, der Elfstedentocht sei ein lukratives Geschäft für Sie.«

Brouwer sah ihn an. »Natürlich. Es verschafft uns zudem einige Aufmerksamkeit, besonders hier in der Region. Täglich kommen jetzt neue Aufträge rein.«

»Wann hat die Elfsteden-Kommission eigentlich beschlossen, Ihre Technik einzusetzen?«, fragte Griet. Sie erinnerte sich noch daran, was Toon Ewerts ihnen darüber erzählt hatte, doch sie wollte es aus Brouwers Mund hören.

»Die Entscheidung fiel kürzlich, nachdem der Test in Sloten erfolgreich war.«

»Tatsächlich?« Griet zog ihr Notizbuch aus der Innentasche der Jacke und blätterte darin. Dann sagte sie: »War es nicht vielmehr so, dass der Vorgänger von Marit Blom, Jaap van der Horst, dem Einsatz bereits zugestimmt hatte und *mevrouw* Blom seine Entscheidung revidierte, als sie das Amt übernahm?«

»Ich ... wollte Ihnen unnötige Details ersparen«, meinte Brouwer. »Aber ja, das war äußerst unerfreulich.«

»Gab es einen Grund, warum Marit Blom ihre Meinung dann plötzlich wieder änderte?«

»Vielleicht war der öffentliche Druck zu hoch. Toon Ewerts hatte sich ja für die Technik ausgesprochen ...« Brouwer zuckte die Schultern. »Mir war es recht.«

»Ich nehme an«, sagte Griet, »Marit Blom hätte einen solchen Auftrag ungern an jemanden vergeben, der bei seiner Teilnahme am Elfstedentocht betrogen hat.«

»Das wäre problematisch gewesen, ja. Ich hoffe, Sie verstehen nun, warum ich keinerlei Interesse hatte, dass meine Geschichte an die Öffentlichkeit kommt.«

»Ja. Allerdings hat Jessica Jonker Sie am Ende doch aufgespürt ...«

»Das war einem dummen Zufall geschuldet«, erzählte Brouwer. »Ich hatte erfahren, dass mein alter Freund Mart mich suchte. Dem Wunsch wollte ich entsprechen, aber es musste ja nicht jeder mitbekommen. Ich besuchte ihn. Es war ... sehr aufwühlend. Wir verabschiedeten uns voneinander. Und beim Rausgehen laufe ich Jessica Jonker in die Arme. Sie wollte ebenfalls zu Mart. Wiebeke machte uns miteinander bekannt. Tja, und später muss Jessica mich dann auf einem Video vom Elfstedentocht wiedererkannt haben.«

»Dann klärte Mart Hilberts Jessica nicht darüber auf, wer Sie in Wirklichkeit waren?«, fragte Pieter.

»Nein, er begriff meine Situation. Mart war jemand, der ein Geheimnis für sich behalten konnte.«

»Warum trafen Sie sich dann mit Jessica in Sloten?«

»Ich war ohnehin wegen der Pumpe dort. Und ich dachte, wir sprechen lieber an einem abgelegeneren Ort miteinander«, sagte Brouwer. »Ich musste ihr erklären, warum ich meinen Namen nicht in der Zeitung lesen wollte …«

»Wo genau trafen Sie sich mit ihr?«

»Wir waren bei der Windmühle am Ende der Gracht verabredet. Sie kam mir auf der Brücke entgegen. Es schien ihr nicht gut zu gehen. Sie war kreidebleich und stolperte … Ich wollte ihr helfen. Sie riss mich mit sich.«

»Und Sie sind sich sicher, dass Sie Ihre Probleme nicht aus der Welt schafften, indem Sie ihr einen kleinen Schubser verpassten?«, fragte Pieter.

»Nein.« Brouwer schüttelte entschieden den Kopf. »Die Sache ist doch kein Menschenleben wert!«

Griet musterte Brouwer.

Was er sagte, klang aufrichtig. Außerdem konnten sie ihm kaum das Gegenteil beweisen, zumal seine Täterschaft dem Fakt zuwiderlief, dass Jessica an einer Überdosis Digitalis gestorben war, die Brouwer ihr sehr wahrscheinlich nicht verabreicht hatte.

»Also gut«, sagte sie. »Halten Sie sich bitte zu unserer Verfügung. Und verlassen Sie Leeuwarden in den kommenden Tagen nicht, ohne uns darüber zu informieren.«

Sie gingen zurück zu Pieters Wagen. Als er die Türen entriegelte, klingelte sein *mobieltje*. Er nahm den Anruf entgegen, während er sich auf den Fahrersitz setzte.

»Ja«, sagte er, »es geht um einen Fall, an dem wir arbeiten … Jessica Jonker. Was meinst du? Aha. Aber … Moment … das verstehe ich nicht … Okay, wir kommen.«

Er legte auf und blickte Griet an. »Das war Noud Wolfs.«

»Was ist los?«

»Jessica Jonker war wenige Tage vor ihrem Tod bei ihm.«

»Weshalb?«

»Es ging ihr um einen Vermisstenfall aus dem Jahr 1997«, erklärte Pieter, »genauer gesagt, um Jurre Blom, der damals während des Elfstedentocht verschwand.«

»Du meinst …?«

Pieter nickte. »Ja, der Mann von Marit Blom.«

35

DAS VERSCHWINDEN DES JURRE BLOM

Griet saß zurückgelehnt in ihrem Bürostuhl und las in der Fallakte, die Noud Wolfs als leitender Ermittler in der Vermisstensache Jurre Blom angelegt hatte. Auf dem Schreibtisch vor ihr stand eine Tasse mit dampfendem *koffie*. Da der Himmel sich zugezogen hatte und das Licht nur noch fahl durch die Scheiben in das Großraumbüro fiel, hatte sie die kleine Lampe neben ihrem Monitor eingeschaltet.

Am 4. Januar 1997, einem Samstag, hatte Marit Blom gegen fünf Uhr morgens ihr Haus am *Miedweg* in der Nähe des Örtchens Franeker verlassen. An jenem Tag waren offenbar viele Menschen bereits früh auf den Beinen, um auf die ein oder andere Art dem Elfstedentocht beizuwohnen. So auch die Nachbarn, Henni und Huub Egberts, die ebenfalls zeitig nach Franeker aufbrechen wollten, um dort die Läufer an der Strecke anzufeuern. Laut ihren Aussagen sahen sie, wie Marit Blom in ihr Auto stieg und davonfuhr. Ihr Mann, Jurre, stand im Morgenmantel mit einer Tasse *koffie* in der Haustür und winkte ihr zum Abschied. Er machte sich nichts aus dem Elfstedentocht und war ein regelrechter Eigenbrötler. Dass er seine Frau nicht persönlich an der Strecke anfeuerte, verwunderte daher niemanden. Die Egberts waren jedenfalls die Letzten, die ihn lebend gesehen haben. Wenig später machten sie sich beide ebenfalls auf den Weg.

Marit Blom erreichte nach circa zwanzig Minuten Fahrzeit das Gelände des *Frisian Expo Center* (FEC) im Süden Leeuwardens, wo sie die Anmeldeformalitäten erledigte. Sie gönnte sich eine kleine Stärkung und machte sich bereit für das Rennen. Traditionsgemäß starteten die Teilnehmer in Gruppen, mit einem Abstand von einer Viertelstunde. Blom war in der Startgruppe um 06.45 Uhr. Gemeinsam mit Hunderten anderen Läufern rannte sie auf das Eis des *Zwettehaven* und nahm das erste Teilstück des Rennens in Angriff.

Der Akte entnahm Griet, Blom hätte in einer späteren Befragung erzählt, dass sie lange auf diesen Tag hintrainiert hatte. Sie stammte aus einfachen Verhältnissen. Ihrer Mutter gehörte ein Blumengeschäft in Franeker, das sie gemeinsam mit ihrem Mann betrieben hatte, bis dieser früh verstarb. Er war selbst einmal beim Elfstedentocht gestartet, und Marit wollte in seine Fußstapfen treten. Als Trainingsgelegenheit diente ihr der Kanal *De Rie,* der nur einen halben Kilometer weit entfernt von dem alten Bauernhaus verlief, das sie mit ihrem Mann Jurre bewohnte. *De Rie* war ein Streckenabschnitt des Elfstedentocht und gehörte zur *hel van het noord,* der Hölle des Nordens, dem nördlichsten und schwierigsten Teil des Rennens.

Blom wusste also um die unwirtlichen Umstände, die sie im Verlauf des Rennens noch erwarteten, und teilte sich daher ihre Kräfte ein. Sie erreichte ohne Schwierigkeiten die Stationen Sneek, Sloten und Stavoren, wo sie jeweils eine kurze Rast machte. Die Route führte sie weiter über Harlingen nach Franeker. Dort traf Marit auf Henni und Huub Egberts, die sie – nach übereinstimmenden Aussagen – mit einer kleinen Mahlzeit und *koffie* versorgten. Der finale Abschnitt des *tocht* brachte Blom dann über Bartlehiem und Dokkum wieder zurück nach Leeuwarden, wo sie gegen 23.00 Uhr die Ziellinie passierte.

Erschöpft, aber glücklich stieg sie in ihr Auto. Kurz nach Mitternacht war sie wieder zu Hause, brachte den Wagen in der Einfahrt hinter dem ihres Mannes zum Stehen, stieg aus, ging ins Haus und sprang sofort unter die heiße Dusche.

Sie hatte nicht erwartet, Jurre noch wach anzutreffen – auch, wenn es sie gefreut hätte –, war aber doch einigermaßen überrascht, das Ehebett verlassen vorzufinden. Sie suchte ihren Mann im gesamten Haus. Dabei stellte sie fest, dass eine Reisetasche und ein Teil seiner Kleidung fehlten, ebenso sein Fahrrad. Sie versuchte, ihn auf dem GSM – so nannte man das *mobieltje* damals noch – zu erreichen, landete aber auf der Mailbox.

Marit Blom wartete den darauffolgenden Morgen ab, den Mittag, den Nachmittag. Als ihr Mann auch am Abend noch nicht wieder aufgetaucht war, Familie und Freunde nichts von ihm gehört hatten, er sich nicht meldete und alle weiteren Anrufversuche fehlgeschlagen waren, kam Marit zu der Überzeugung, dass wirklich etwas nicht stimmte. Sie verständigte die Polizei und gab eine Vermisstenanzeige auf.

Die Kollegen rieten ihr zum Abwarten, was dem üblichen Vorgehen entsprach, wenn ein Erwachsener vermisst wurde.

Die Einschätzung der Lage änderte sich nach achtundvierzig Stunden. Jurre war nicht wieder in sein gewohntes Lebensumfeld zurückgekehrt, und sein Aufenthaltsort ließ sich nach wie vor nicht bestimmen. Zudem hatte Marit Blom der Polizei durch ihr Insistieren deutlich gemacht, dass dieses Verhalten ganz und gar nicht dem Naturell ihres Mannes entsprach. Zu dieser Überzeugung gelangte auch Noud Wolfs, als der Fall auf seinem Schreibtisch landete und er die Suche nach Jurre Blom einleitete.

Nachdem Wolfs mit Marit Blom, der Familie – zwei Brüder, Mutter und Vater – sowie Freunden und Nachbarn gesprochen hatte, zeichnete sich folgendes Bild ab: Jurre Blom war der jüngste Spross einer Unternehmerfamilie. Die Bloms betrieben in Franeker eine Werft und bauten die bei Seglern beliebten *Blom Yachts*. Jurre war – wie dessen Bruder Erik Blom gegenüber Noud Wolfs erklärte – das schwarze Schaf der Familie, derjenige mit dem geringsten unternehmerischen Talent. Seine Liebe galt den Künsten, er malte und schrieb seit Jahren an seinem ersten Roman. Aufgrund des Vermögens der Familie musste er sich keine Sorgen um seinen Lebensunterhalt machen. Jurre war ein sanftes Gemüt, seine Ehe mit Marit harmonisch, wie Familie, Freunde und Nachbarn gegenüber Noud Wolfs bezeugten. Er neigte nicht zu Seitensprüngen, verwickelte sich nicht in Streitereien und pflegte einen freundschaftlichen Umgang mit seinen Mitmenschen. Reisen unternahm er ungern, am glücklichsten war er, wenn er mit seinem Hund, einem Beagle, durch die Felder entlang der Kanäle streifte.

Kurz: Weder in finanzieller Hinsicht noch aus sozialen Gründen hatte es für Jurre Blom einen Grund gegeben, buchstäblich über Nacht sein damaliges Leben hinter sich zu lassen und zu verschwinden. Dennoch schien genau das der Fall zu sein.

Mit dieser Schlussfolgerung stellte Noud Wolfs die Suche nach vier Monaten ein. Sie hatten keine Hinweise auf ein Verbrechen, einen Unfall oder andere ungewöhnliche Umstände gefunden, die das Verschwinden von Jurre Blom erklären konnten. Ein Freitod war denkbar, schien aber unwahrscheinlich, da weder seine Leiche noch irgendeine Abschiedsnachricht gefunden worden waren. Daher blieb nur die naheliegende, für Marit Blom wenig erbauliche Interpretation: Jurre war seines Umfelds und seiner Ehe überdrüssig geworden und hatte das Weite gesucht, um irgendwo ein neues Leben zu beginnen.

***

Griet klappte die Fallakte zu, legte sie auf den Schreibtisch und lehnte sich wieder im Bürostuhl zurück.

Noud Wolfs hatte eine äußerst gründliche Ermittlung durchgeführt, zumal es sich bei Jurre Blom um einen Erwachsenen handelte und es keinerlei Hinweise für ein Verbrechen gegeben hatte.

Verschwundene Erwachsene waren für die *politie* eine wesentlich knifflige Sache als vermisste Kinder. Minderjährige befanden sich allgemein in der Obhut ihrer Eltern und waren diesen Rechenschaft über ihren Aufenthaltsort schuldig. Verließen sie ihren gewohnten Lebenskreis und waren nicht mehr auffindbar, galten Kinder und Jugendliche automatisch als vermisst. Die meisten tauchten zwar schnell wieder auf, und die Sache entpuppte sich in vielen Fällen als harmlose Ausreißergeschichte. Gab es jedoch keine anderweitigen Erkenntnisse, ging man davon aus, dass Gefahr für Leib und Leben bestand und schnelles Handeln geboten war.

Bei Erwachsenen lag die Sache anders. Immerhin durften volljährige Menschen ihren Aufenthaltsort frei wählen und waren niemandem Rechenschaft darüber schuldig, wohin sie gingen, auch nicht ihrem Ehepartner. Selbst wenn jemand, wie es bei Jurre Blom offenbar der Fall gewesen war, mit gepackten Koffern verschwand, bestand kein Grund, eine sofortige Suche einzuleiten, solange kein Hinweis auf ein Verbrechen oder eine akute Gefahr vorlag.

Noud Wolfs und den Kollegen war letztlich nichts anderes übrig geblieben, als die Sache ad acta zu legen. Griet hatte selbst mit vergleichbaren Fällen zu tun gehabt und wusste, wie unbefriedigend es war, wenn die Ermittlungen einen solchen Verlauf nahmen – schlussendlich musste man davon ausgehen, dass der Vermisste absichtlich verschwunden war und es auch bleiben wollte. Für die Angehörigen eine deprimierende Erkenntnis, die sie in einem Schwebezustand zurückließ, in dem sie nicht mit dem Schicksalsschlag abschließen konnten, da sie nicht wussten, ob der geliebte Mensch noch lebte oder tot war.

Solche ungeklärten Vermisstenfälle blieben bis zu dreißig Jahre im Informationssystem der Polizei gespeichert – es sei denn natürlich, die betreffende Person tauchte wieder auf oder wurde für tot erklärt. Bei Jurre Blom war Letzteres der Fall. Marit Blom hatte ihren Mann zehn Jahre nach seinem Verschwinden für tot erklären lassen.

Der Fall war damit aus dem Infosystem verschwunden. Für die Akte hatte Griet in das Archiv im Keller hinabsteigen müssen, wo jener Teil des polizeilichen Papierbergs lagerte, der nicht digitalisiert worden war. Griet hatte es für ratsam gehalten, sich in der Sache kundig zu machen, bevor sie Noud

Wolfs aufsuchten. Er wohnte in Stavoren, und Pieter und sie würden gleich zu ihm fahren.

Pieter saß in dem Abteil neben Griet und telefonierte, nachdem er eine Weile mit einem besonderen Auftrag im Haus unterwegs gewesen war. Griet hatte ihn gebeten, den Gerüchten um Noemi auf den Grund zu gehen. Sie war noch immer nicht zum Dienst erschienen und hatte sich nicht gemeldet.

Pieter war lange genug bei der *Districtsrecherche*, um die »Verstärker« des Flurfunks zu kennen – so bezeichnete Griet jene Kollegen, die die Gerüchteküche mit besonderem Eifer anheizten. Solche Leute gab es auf jeder Dienststelle, und wenn man den neuesten Klatsch erfahren wollte, musste man sie nur zu einer Tasse *koffie* in die Teeküche entführen und die Tür hinter sich schließen.

Bevor Pieter aufgebrochen war, um die Kollegen auszuhorchen, hatte er ebenfalls die Akte im Fall Jurre Blom studiert und war zu denselben Fragen gelangt, die sich auch Griet nun stellten: Warum hatte Jessica Jonker in dieser Sache den Kontakt zu Noud Wolfs gesucht? Und weshalb waren sie erst jetzt darauf gestoßen?

Die erste Frage würde ihnen Noud Wolfs beantworten können. Bei der zweiten war Griet sich nicht sicher.

Marit Blom hatte bei ihrem Gespräch in der *Elfstedenhal* erzählt, dass ihr Mann sie während des Elfstedentocht sitzen lassen hatte. Griet hatte diesen Punkt nicht weiterverfolgt, da sie keinen Zusammenhang zu ihren Ermittlungen erkennen konnte. Und das tat sie auch jetzt noch nicht. Denn so, wie die Dinge lagen, hatte Jurre Blom aus freien Stücken das Weite gesucht. Dass Freunde und Familie der Ansicht waren, ein Ehepaar führe eine harmonische Beziehung, bedeutete nicht, dass es sich auch tatsächlich so verhalten hatte. Ehestreit,

Familienzwist, Seitensprünge und sogar Gewalt in der Ehe blieben für Außenstehende oft unentdeckt oder wurden von den Beteiligten verschwiegen. Gut möglich also, dass Jurre trotz allem einen Grund gehabt hatte, Marit und seiner Familie den Rücken zu kehren.

Natürlich waren auch andere Erklärungen für sein Verschwinden nicht auszuschließen. Das Fehlen seiner Leiche und entsprechender Indizien bedeuteten nicht, dass ihm nicht doch etwas zugestoßen sein konnte.

Es wurmte Griet, dass sie erst jetzt auf diese Sache aufmerksam geworden waren. Sie hätten sich wesentlich früher Klarheit über den Hintergrund von Marit Blom verschaffen müssen, und Griet erinnerte sich, Noemi exakt diesen Auftrag gegeben zu haben. Warum hatte sie ihn nicht erledigt?

Griet drehte sich auf dem Bürostuhl um und blickte zu der großen Digitaluhr, die über dem Zimmer von Wim Wouters hing. Es war beinahe Mittag. Und der Arbeitsplatz von Noemi war noch immer verlassen. Wo steckte die junge Kollegin?

Mit einem lauten Klacken legte Pieter neben ihr den Telefonhörer auf die Basis.

»Ich habe es noch mal auf Noemis *mobieltje* versucht«, sagte er. »Nichts.«

»Kannst du dir das erklären?«, fragte Griet. »Ich meine, so war sie doch früher nicht.«

»Nein.« Pieter rollte mit dem Bürostuhl zu Griet herüber, beugte sich vor und sagte leise: »Also, im Flurfunk ist Noemi tatsächlich gerade die *Breaking News*. Alle reden über ihre überraschende Rückkehr aus London.«

»Die Kollegen haben bestimmt eine Erklärung dafür.«

»Klar, jede Menge Unfug ...« Pieter winkte ab. »Interessant ist aber, dass die Ausschreibung für Noemis Nachfolge offenbar fertig war. Sie sollte ursprünglich bereits zu Beginn des neuen Jahres rausgehen.«

Griet stutzte. Üblicherweise wurde die Stelle eines Kollegen, der sich im Auslandsaustausch befand, bis zu seiner Rückkehr frei gehalten. Es sei denn ...

»Dann hat also eigentlich niemand mehr damit gerechnet, dass Noemi zurückkommt«, schlussfolgerte sie.

»*Precies* – genau.«

»Sie hatte offenbar bereits ganz andere Pläne.«

Griet blickte Pieter an. Sie wussten beide, was das bedeutete. Noemi musste einen triftigen Grund gehabt haben, entgegen ihren ursprünglichen Plänen auf ihre alte Stelle bei der *Districtsrecherche* zurückzukehren.

»Ich fürchte, wir müssen los«, meinte Pieter mit einem Blick auf die Uhr. »Noud Wolfs erwartet uns.«

»Sag ihm, wir kommen später.« Griet stand kurz entschlossen auf und zog ihren Parka an. »Wo wohnt Noemi?«

36
AM SCHEIDEWEG

Das *Medisch Centrum Leeuwarden* war ein weitläufiger Klinikkomplex im Süden der Stadt. Der moderne architektonische Stil – Beton und Glas – hätte keinen größeren Kontrast zu den niedrigen Backsteinhäusern gegenüber bilden können, die zum historischen Dorfkern von Huizum gehörten, dem ältesten Teil Leeuwardens. Griet und Pieter fuhren mit dem Aufzug in die fünfte Etage, wo sich die Intensivstation befand. In der Notaufnahme hatte man ihnen erklärt, dass sie Noemi Boogard dort finden würden.

Sie waren auf Umwegen hierhergelangt. Bei der Zwei-Zimmer-Wohnung im *Westeinde*, die Noemi eigentlich bewohnte, hatte ihnen ein Student geöffnet. Er erklärte, dass Noemi ihm die Bleibe für die Dauer ihres Auslandsaufenthalts untervermietet habe und sie bei ihren Eltern wohne, bis er etwas anderes fände. Noemis Eltern gehörte eine Doppelhaushälfte in Goutum, einem von schmalen Grachten durchzogenen Neubaugebiet am *Harinxmakanaal*.

Als Griet und Pieter an deren Haustür klingelten, öffnete niemand. Gegenüber standen allerdings einige Nachbarn beisammen, die sich unterhielten. Von ihnen erfuhren sie, dass heute Morgen der Notarztwagen zu den Boogards gekommen und dann zum *Medisch Centrum* gefahren war.

Die Aufzugtüren öffneten sich im fünften Stockwerk, und Griet trat mit Pieter hinaus auf den Korridor. Der Geruch von Desinfektionsmitteln hing in der Luft. Sie gingen hinüber zum Anmeldeschalter der Intensivstation, der nicht besetzt war, und betätigten den Rufknopf. Es dauerte nicht lange, und ein junger Mann in weißem Kittel erschien, dem sie ihr Anliegen darlegten. Er griff zum Telefon und sprach mit der Stationsleitung. Als er auflegte, bat er Griet und Pieter in eine Art Schleuse, wo er sie mit Schutzkleidung ausstattete.

Sie folgten dem Mann einen langen Flur entlang. Die Jalousien der Zimmer waren nur zum Teil geschlossen, und Griet erblickte im Vorbeigehen Menschen, die sich im Schwebezustand zwischen dem Diesseits und dem Jenseits befanden. Sie hörte das leise Surren der Überwachungsapparaturen.

Der Mann führte sie zum letzten Zimmer auf der rechten Seite des Flurs. Griet betrat hinter Pieter den Raum. Die Jalousien der Fenster waren halb geschlossen. Die Person im Krankenbett war an diverse Apparaturen angeschlossen.

Gezackte Linien und Zahlen zeigten auf den Monitoren die Vitalfunktionen an.

Die Ähnlichkeit, die der alte Mann mit Noemi hatte, ließ kaum Zweifel daran, um wen es sich handelte. Noemi saß auf der Bettkante und hielt seine Hand. Als Griet zu ihr hinüberging und sie in ihre Arme nahm, brach sie in Tränen aus.

***

»Bei einem Schlaganfall zählt jede Sekunde«, erklärte Noemi im Gehen. »Es war gut, dass wir schnell im Krankenhaus waren, aber ... es sieht trotzdem nicht gut aus.« Sie blieb stehen und schüttelte mit hoffnungsloser Miene den Kopf.

Griet und Pieter hatten mit Noemi das Krankenhaus verlassen, um sich die Beine zu vertreten. Sie waren gegenüber in den dicht verschneiten *Abbingapark* gegangen, der an *Huizum Dorp* angrenzte. Die historische Siedlung stand auf einer der alten *terpen,* einem aufgeschütteten Erdhügel als Schutz vor der Flut, auf denen Leeuwarden ursprünglich entstanden war. Der Weg durch den Park führte sie zu einer kleinen Kapelle, die aus einem schmalen Mittelschiff und einem Turm mit Satteldach bestand. Davor lag ein Friedhof mit einem guten Dutzend verfallener Grabsteine.

»Das tut mir sehr leid«, sagte Griet.

Sie wusste, dass es vermutlich der falsche Zeitpunkt war, das Thema anzuschneiden, dennoch fragte sie: »Noemi, kann es sein, dass ... dein Vater der Grund ist, warum du zurückgekommen bist?«

Noemi hob hilflos die Hände. »Er hatte vor einem halben Jahr bereits einen ersten Schlaganfall. Nicht so schlimm wie dieser, aber meine Mutter kam nicht allein mit ihm klar. Also ... was sollte ich tun?«

Im Stillen zollte Griet ihrer jungen Kollegin Respekt für diese Entscheidung. Sie war sich nicht sicher, ob sie in ihrem Alter zu einem solchen Schritt bereit gewesen wäre. Sie musste an den Tod ihres eigenen Vaters denken, der für sie völlig überraschend gekommen war. Der Hafenmeister hatte ihn eines Morgens tot auf dem Plattboot entdeckt. Griet hatte nicht einmal gewusst, dass ihr Vater krank gewesen war, so sehr hatte die Arbeit sie in Beschlag genommen. Im Nachhinein wünschte sie sich, sie hätte damals mehr Zeit mit ihm verbracht und für ihn da sein können.

Noemi fuhr sich mit der Hand durch die Haare. »Weißt du, ich hatte eine Stelle in Den Haag sicher. Als Leitung der *Districtsrecherche*. Stattdessen habe ich den Polizeichef und Wouters bekniet, mir meine alte Stelle wiederzugeben.«

Griet blieb stehen. Beim Polizeichef, ihrem Gönner, war Noemi vermutlich auf Verständnis gestoßen, doch Wouters hatte dem Ansinnen sicherlich kritisch gegenübergestanden. Nicht nur, weil er Noemi ohnehin gern loswerden wollte. Was private Probleme betraf, hatte Wouters eine eindeutige Haltung: Sie interessierten ihn nicht. Er wollte funktionierende Mitarbeiter, die ihren Dienst vorschriftsmäßig verrichteten. Alles andere waren aus seiner Sicht Problemfälle, die ihm das Leben unnötig schwer machten.

»Entschuldige, falls ich in letzter Zeit nicht bei der Sache war«, sagte Noemi.

»Das verstehe ich doch«, erwiderte Griet. »Allerdings ... hättest du mir ruhig davon erzählen können.«

»Ich wollte nicht, dass es die Runde macht. Wenn alle wüssten, dass ich eigentlich schon auf dem Absprung war ...«

»Ja. Ich weiß, was du meinst.«

Griet dachte an die Gerüchte, die in der Dienststelle über Noemi kursierten, und sie kannte die Dynamik innerhalb des

Corps nur zu gut. Dass sie wegen ihres kranken Vaters auf eine Beförderung verzichtet hatte, würden ihr nur die wenigsten hoch anrechnen. Für die meisten wäre sie vielmehr ein gefallener Stern, der hinter den eigenen Ambitionen zurückblieb. Ein neues Arbeitsumfeld wäre für Noemi zweifellos der unproblematischere Weg gewesen.

»Wenn sein Zustand stabil bleibt«, sagte Noemi, »bin ich morgen wieder dabei.«

»Nimm dir Zeit ...«, erwiderte Griet.

»Nein, es ist wegen Wouters. Ich will ihm keinen Grund geben.«

»Ja ... das kann ich nachvollziehen.«

»Danke, dass ihr gekommen seid.«

Noemi umarmte Griet noch einmal und verabschiedete sich von Pieter mit Handschlag und einem kurzen Schulterdruck, was wohl der innigste Moment war, den Griet bislang zwischen den beiden erlebt hatte. Sie blickte Noemi nach, als sie zurück zum Krankenhaus ging.

»Muss schwer für sie sein«, sagte Pieter.

»Ja, hoffen wir, dass es ihrem Vater bald wieder besser geht.«

»Es ist nicht nur das ...«

»Sondern?«

»Hast du dich nie gefragt, warum sie beim Polizeichef einen solchen Stein im Brett hat?«

»Nein.« Griet hatte sich früh damit abgefunden, dass es auch in ihrem Beruf Seilschaften gab. Und sie hatte gelernt, selbst nach diesen Regeln zu spielen. »Für mich zählt nur, dass sie eine verdammt gute Polizistin ist.«

»Das ist sie zweifellos«, bestätigte Pieter. »Genauso wie ihr Vater.«

»Ihr Vater?«

»Aad Boogard ist hier in Leeuwarden über vierzig Jahre auf Streife gegangen«, erzählte Pieter. »In dieser Zeit hat er viele junge Kollegen ausgebildet. Und einer der Männer, die er zuletzt unter seine Fittiche genommen hatte, ist heute unser Chef ... Cornelis Hasselbeek.«

Griet schaute ihn verblüfft an. »Wie lange weißt du das schon?«

»Ist bereits eine ganze Weile her, dass ich mich in aller Stille erkundigt habe. Ich war neugierig, warum Hasselbeek ihr die Steigbügel hält«, sagte Pieter. »Außer mir – und jetzt dir – weiß davon aber niemand bei der *Disrictsrecherche*. Und dabei sollten wir es belassen.«

»*Zeker* – sicher.«

»Es ist traurig, den alten Mann so daliegen zu sehen«, fuhr Pieter fort. »Ihn stolz zu machen, das war wohl Noemis Antrieb. Meine Sorge war allerdings immer, dass sie übers Ziel hinausschießt.«

»Ich wäre an seiner Stelle stolz auf sie.«

»Das ist ihr alter Herr bestimmt auch. Aber um für ihn da zu sein, hat sie jetzt alles aufgeben müssen, was sie erreicht hat.« Pieter wiegte den Kopf hin und her. »Ich frage mich, wie sie damit klarkommen wird.«

37

AUS MANGEL AN BEWEISEN

Noud Wolfs gehörte das rechte Eckhaus in einem Riegel von schmalen Reihenhäusern, die in unmittelbarer Nähe des alten Hafens von Stavoren standen. Die Holzfassade des Gebäudes war in Dunkelrot gestrichen, und nur wenige Meter weiter verlief die Mole der Hafeneinfahrt. Griet stand am Fenster des Wohnzimmers und beobachtete einen Eisbrecher, der, von See her kommend, durch eine enge Rinne im Eis auf den kleinen Ort zuhielt. Die untergehende Sonne war im Westen nur noch als dunkelroter Streifen unter einer grauen Wolkenschicht zu erkennen, die sich über das Ijsselmeer geschoben hatte.

Pieter saß auf der Couch neben Wolfs. Der alte Mann hatte in einem Ohrensessel Platz genommen. Ein Cockerspaniel mit rotbraunem Fell lag zu seinen Füßen und kaute an einem alten Pantoffel. Im offenen Kamin knackten die brennenden Holzscheite und erfüllten den Raum mit Wärme.

Den Blick auf das Meer gerichtet, hatte Griet eine Weile dem Gespräch der beiden Männer zugehört. Pieter erzählte unter dem Hinweis auf Verschwiegenheit von ihren bisherigen Erkenntnissen im Fall Jonker – was Teil eines unausgesprochenen Tauschhandels war, bei dem Wolfs im Gegenzug sein Wissen mit ihnen teilen würde. Allerdings verlor Griet allmählich die Geduld. Es war Zeit, zur Sache zu kommen. Sie wandte sich zu Wolfs um. »Warum wollte Jessica Jonker mit dir sprechen?«

Wolfs blickte zu ihr. Die vielen Jahre im Polizeidienst hatten in seinem Gesicht ein Relief aus feinen Linien und tiefen Falten hinterlassen. Die schlohweißen Haare hatte er mit Pomade nach hinten gekämmt. »Wie ich schon am Telefon sagte, es ging ihr um Jurre Blom.«

»Wir haben uns die Akte angesehen«, schob Pieter ein. »Warum interessierte sich Jessica für den Fall?«

»Sie kam her, weil sie neue Informationen hatte.«

»Wann war sie bei dir?«

»Vor ungefähr zwei Wochen«, sagte Wolfs und griff nach der Teetasse, die neben ihm auf dem Beistelltisch stand. Er trank einen Schluck.«Sie hatte mit jemandem über Jurres Verschwinden gesprochen, einem Mann, der vorgab, mehr darüber zu wissen. Sie wollte mir seinen Namen nicht nennen.«

»Was hat er ihr erzählt?«, fragte Griet.

»Nicht viel. Offenbar sagte er nur, sie solle sich erkundigen, ob damals auch die St.-Niklaas-Kapelle Gegenstand der polizeilichen Suchaktion gewesen sei.«

Pieter runzelte die Stirn. »Das verstehe ich nicht ...«

»Ging mir genauso«, meinte Wolfs.

»Wo befindet sich diese Kapelle?«, fragte Griet.

»In der Gegend von Klooster Anjum.«

»Das ist in der Nähe von Franeker?«, überlegte Pieter laut.

»Ja«, bestätigte Wolfs. »Wir haben damals dort oben jeden verdammten Quadratzentimeter abgesucht. Sehr wahrscheinlich war also auch ein Kollege bei dieser Kapelle, ich weiß es aber nicht mehr genau.«

»Hast du rausbekommen, wie der Kontakt zwischen Jessica und diesem Mann zustande kam?«, fragte Griet. Das Verschwinden von Jurre Blom lag immerhin mehr als zwanzig Jahre zurück. Es war ungewöhnlich, dass sich nach so langer Zeit jemand mit neuen Informationen meldete.

»Das wollte sie mir nicht sagen ... Quellenschutz.« Wolfs lachte. »Ich teilte ihr das mit, was auch in der Akte steht: Dass wir nichts gefunden haben. Keinen lebenden Jurre, keinen toten Jurre. Der Mann war wie vom Erdboden verschluckt.«

Griet blickte noch einmal zum Fenster hinaus, wo der Eisbrecher inzwischen die Hafeneinfahrt von Stavoren erreicht hatte. Nun, wo Wolfs die Fallakte erwähnte, erinnerte sie sich an ein Detail aus dem Bericht, das ihr seltsam erschienen war.

»Was war eigentlich mit Jurres Fahrrad?«, fragte sie. »In der Akte steht, er sei mit dem Rad gefahren. Habt ihr es gefunden? Und, ich meine, warum hat er ausgerechnet das Rad genommen? Nur zu Fuß wäre er noch langsamer gewesen ...«

»Ja, merkwürdig, oder? Ich habe mich das auch immer wieder gefragt.« Wolfs lächelte. »Genau genommen haben wir lediglich festgestellt, dass sein Fahrrad nicht mehr da war. Gefunden haben wir es nicht. Er könnte mit dem Rad nach Timbuktu gefahren sein ... es könnte aber auch irgendwo auf dem Grund eines Kanals oder Sees vor sich hin rosten.«

Griet musterte den alten Mann, der eine vielsagende Miene aufgesetzt hatte. Seine Worte legten nahe, dass es in dem Fall noch eine andere Erklärung gab, eine, die nicht in den offiziellen Unterlagen vermerkt war. »Du meinst, jemand könnte das Fahrrad vielleicht entsorgt haben ... und Jurre Blom gleich mit?«

Wolfs bückte sich und streichelte dem Cockerspaniel über den Kopf. »Nichts deutete auf ein Verbrechen hin. Aber ihr kennt bestimmt diese Fälle, in denen einem der Instinkt etwas anderes sagt als die Fakten.«

»Hattest du einen Verdacht?«, fragte Pieter.

»Keinen konkreten«, erwiderte Wolfs. »Wir haben den gesamten Familien- und Bekanntenkreis unter die Lupe genommen. Angefangen bei der Ehefrau, Marit. Sie hatte das perfekte Alibi. Sie war an dem Tag, als ihr Mann verschwand, den Elfstedentocht gelaufen. Gleichzeitig ihren Mann zu ermorden und verschwinden zu lassen, wäre wohl ziemlich schwierig gewesen.«

»Hm ...«, unterbrach Pieter Wolfs' Redefluss. »Gab es eigentlich Zeugen dafür, dass Blom die ganze Strecke gelaufen ist?«

»Ja, unter anderem ihre Nachbarn, die sie an der Strecke mit Proviant versorgt haben. Außerdem war ihre Stempelkarte vollständig, und sie ist am Ende immerhin ins Ziel gelaufen …« Wolfs breitete die Hände aus, die stille Frage, welcher Beweise es noch bedurfte.

Pieter nickte. »Und der Rest seiner Familie?«

»Seine Eltern befanden sich bereits im fortgeschrittenen Zustand des körperlichen Verfalls und konnten froh sein, wenn sie sich beim Gang aufs Klo nicht den Hals brachen. Die waren also raus«, erinnerte sich Wolfs. »Es gab noch zwei Brüder, die die Werft führten, und eine Schwester. Aber ein echtes Motiv hatten auch die nicht, im Gegenteil. Erik, der Älteste, erzählte mir von Jurre. Er war so etwas wie der Freigeist der Familie, unternehmerisch völlig untalentiert. Seine Brüder waren froh, dass er sich nicht ins Geschäft einmischte.«

»Und seine Freunde?«

»Hatte er keine. Der gesamte Freundeskreis der beiden kam von Marits Seite. Und ehrlich gesagt … selten zuvor hatte ich es mit zwei so grundverschiedenen Menschen zu tun, die verheiratet waren. Jurre schien ein Eigenbrötler zu sein, Marit dagegen war weltoffen, unternehmungslustig. Sie arbeitete im Betrieb der Bloms, und wie sich später rausstellte, hatte sie ein gutes Händchen fürs Geschäft.«

»Du meinst den Jachtcharter?«

»Ja«, sagte Wolfs. »Vor allem Erik fühlte sich seiner Schwägerin nach dem tragischen Verlust wohl sehr verpflichtet. Er half ihr, indem er sie sehr günstig mit einer kleinen Flotte von Blom-Jachten ausstattete, mit denen sie den Charterbetrieb gründete.«

Griet setzte sich neben Pieter auf die Lehne des Sofas.

»Marit baute ihr Geschäft zügig aus«, berichtete Wolfs weiter. »Inzwischen besitzt sie in *Fryslân* ein halbes Dutzend Charterbasen. Als sie Jurre für tot erklären ließ, erbte sie ein Gutteil seines Vermögens. Damit hatte sie ausgesorgt. Sie setzte einen Geschäftsführer für den Jachtcharter ein. Nun hatte sie Zeit für ihre eigentliche Passion, den Eissport, speziell den Elfstedentocht.«

Wolfs wusste ziemlich gut Bescheid über den Lebenslauf von Marit Blom, dachte Griet, oder besser gesagt: Für jemanden, der diesen Fall vor Jahrzehnten abgeschlossen hatte, wusste er etwas zu gut Bescheid. Es bedeutete, dass er die Geschicke von Marit Blom all die Jahre aus der Ferne verfolgt haben musste.

»Warum?«, fragte Griet.

»Warum was?«, erwiderte Wolfs.

»Warum weißt du so viel über Marit Blom?«

Er setzte ein Grinsen auf, so breit, dass seine Zähne zu sehen waren. »Sie denkt mit, ja?«, sagte er zu Pieter. »Gefällt mir. Gibt nicht mehr viele, die ihr Hirn benutzen.«

»Danke für die Blumen«, erwiderte Griet. »Also?«

»Das liegt doch auf der Hand, oder? Mich hat dieser Fall aus einem einzigen Grund nie losgelassen: Für Jurre Blom gab es keine Veranlassung, das Weite zu suchen. Keine Geliebte, kein Ehestreit, keine Schulden, keine Feinde, keine Familienfehde. Nichts. Klar, man schaut den Leuten nur bis vor die Stirn und so weiter … Aber soweit ich das nachvollziehen konnte, war Jurre Blom ein sehr zufriedener Mann, der sein Leben mochte.«

»Und das bedeutet?«

»Dass es keinerlei Hinweise auf ein Verbrechen gab, bedeutet noch lange nicht, dass keines stattgefunden hat.« Wolfs machte eine Pause. »Da war eine Sache, die nicht ins Bild passte.« Wolfs blickte zu seinem Cockerspaniel und fuhr fort: »Jurre Blom hatte einen Hund. Einen Beagle. Er liebte ihn. Die Nachbarn sagten, er machte lange Spaziergänge mit dem Tier. Eines Tages fand Jurre den Hund tot auf dem Feld hinter dem Haus.«

»Wann war das?«, fragte Griet.

»Ungefähr drei Wochen vor seinem Verschwinden.«

»Was war mit dem Hund passiert?«

Wolfs rutschte auf die Kante des Sessels und beugte sich vor. »Ich sprach mit dem Tierarzt, der das tote Tier untersucht hatte.«

»Und?«

»Der Beagle war vergiftet worden. Und, wisst ihr, das ist der Grund, warum ich bis heute unglaublich wütend bin. Ich glaube, dass jemand den armen Hund ermordete, als Testlauf, bevor er Jurre Blom auf die gleiche Weise umbrachte.«

38

WEITES LAND

Pieter ließ den Volvo vorsichtig auf den Seitenstreifen der Landstraße rollen und brachte ihn im Schnee zum Stehen. Die Digitaluhr am Armaturenbrett zeigte kurz nach neunzehn Uhr an, und die Dunkelheit hier draußen fernab der umliegenden Dörfer war vollkommen. Das einzige Licht kam von den Autoscheinwerfern, deren Kegel das verfallene Gemäuer anstrahlten, das nur wenige Meter neben der Straße lag: die St.-Niklaas-Kapelle.

Griet wusste noch nicht, ob sie dem Gedankengang von Pieters altem Kollegen folgen wollte, doch Wolfs hatte keinen Zweifel daran gelassen, dass er insgeheim immer davon ausgegangen war, dass Jurre Blom damals ermordet wurde. Der Tierarzt, mit dem er gesprochen hatte, hatte festgestellt, dass der Beagle an einer Vergiftung mit E605 gestorben war. Das hochgiftige Pflanzenschutzmittel war inzwischen zwar verboten, doch damals noch frei erhältlich gewesen. Nicht ausgeschlossen also, dass einer der Nachbarn oder gar die Bloms selbst es bei der Gartenarbeit verwendeten und der Tod des Hundes lediglich ein Unfall war.

Andererseits existierte neben Wolfs offenbar noch ein weiterer Mensch, der die Ansicht vertrat, dass nicht die ganze Wahrheit über das Verschwinden von Jurre Blom ans Tageslicht gekommen war. Jessica Jonker hatte Kontakt zu ihm gehabt und wurde von ihm zu dieser verfallenen Kapelle geschickt.

Griet öffnete die Beifahrertür und stieg aus dem beheizten Wagen. Die Kälte war alles durchdringend, sodass es sich anfühlte, als würde sie eine Gefrierkammer betreten. Pieter ließ die Scheinwerfer des Autos eingeschaltet und strahlte weiterhin den vorderen Teil der Ruine an.

Der ursprüngliche Zustand des Bauwerks war nur noch zu erahnen. Die Mauern des Haupthauses waren an einer der Längsseiten eingestürzt und hatten das Spitzdach mit sich gerissen, von dem nur noch jener Teil vorhanden war, der in einen kleinen Glockenturm überging. Der Haupteingang der Kapelle bestand aus zwei schmiedeeisernen, rostigen Gittern, die sich mit der Zeit derart verkantet hatten, dass Pieter sie auch mit einem kräftigen Rütteln nicht öffnen konnte. Der Schnee knirschte unter ihren Stiefeln, als die beiden um das Gebäude herumgingen, zu der Seite, wo die Mauer eingestürzt war. Dicke Backsteine, bedeckt mit Schnee und Eis, lagen auf dem Boden verteilt. Griet achtete darauf, nicht auszurutschen, als sie über die Steine in das Innere der Kapelle kletterte.

Pieter folgte ihr, schaltete die Taschenlampe ein, die er aus dem Kofferraum des Wagens genommen hatte, und ließ den Lichtstrahl durch den Raum gleiten. Eine Reihe morscher

Holzbänke lag unter herabgefallenen Dachbalken und Ziegeln begraben. Neben dem Eingang erhellte der Lichtkegel kurz ein zerschmettertes Weihwasserbecken.

Griet ging um die Trümmer herum in den vorderen Bereich der Kapelle. Unter einem zersplitterten Fenster stand dort ein quaderförmiges Gebilde aus grauem Stein, das vermutlich einmal als Altar gedient hatte. Die Holzplatte darauf war morsch und durchlöchert. Griet schätzte, dass der Altar ungefähr drei Meter in der Länge und einen Meter in der Breite maß. An einer Seite klaffte ein Loch, das den Blick in den Hohlraum im Inneren freigab.

Mit einem Nicken bedeutete sie Pieter, ihr mit der Taschenlampe zu leuchten. Sie ging weiter. Ein heftiger Windstoß fuhr durch die Ruine und brachte das morsche Gebälk des Dachstuhls zum Knarzen. Eine kleine Schneewolke rieselte herunter.

»Wir sollten unser Glück nicht zu lange herausfordern«, meinte Pieter, den Blick nach oben gerichtet.

Griet nickte und schaute sich ein letztes Mal um. Durch das zersplitterte Kirchenfenster sah sie eine niedrige Steinmauer auf der Rückseite der Kapelle. »Lass uns mal dort hinten nachsehen.«

Pieter ging mit der Taschenlampe voraus. Sie traten wieder ins Freie und versanken bis über die Knöchel im Schnee, als sie seitlich an der Kapelle entlang auf die Rückseite gingen. Hinter der Steinmauer lag ein kleines Buchenwäldchen. Die Bäume reckten ihre kahlen, knorrigen Äste in den schwarzen Nachthimmel. Dahinter erstreckte sich das weite flache Land.

Griet stieg über die Mauer. Pieter tat es ihr gleich und ließ den Strahl der Taschenlampe umherwandern. Als das Licht unter den Bäumen auf einige verwitterte Grabsteine traf, wurde Griet bewusst, wo sie sich befanden: auf einem Friedhof.

Sie trat näher heran. Die Grabmale waren mit Schnee bedeckt und die Inschriften auf den Steinen nicht mehr zu entziffern. Auch der Form und Größe nach zu urteilen, mussten die Gräber aus einer lange vergangenen Zeit stammen.

»Ich vermute, hier ist schon eine ganze Weile niemand mehr gewesen«, sprach Pieter das Offensichtliche aus. Die St.-Niklaas-Kapelle und der Friedhof waren ganz offensichtlich vor vielen Jahrzehnten dem Verfall überlassen worden. Außer ein paar Kindern, die ein Abenteuer suchten, verirrte sich niemand mehr hierher.

Griet hatte genug gesehen. »Gehen wir«, sagte sie, und sie machten sich auf den Weg zurück zum Auto.

Während Pieter den Kofferraum öffnete, um die Taschenlampe wieder an ihren Platz zu legen, ging Griet über den Asphalt auf die gegenüberliegende Seite der Landstraße.

Der Wind trieb leichte Schneeflocken vor sich her und wehte ihr kalt in die Augen, sodass sie zu tränen begannen. Griet blieb stehen, als sie ein kleines Geländer erreichte. Vor ihr erstreckte sich ein schmaler, zugefrorener Kanal, der in der Ferne aus dem Nichts zu entspringen schien und in gerader Linie auf die St.-Niklaas-Kapelle zulief. Er endete nur wenige Meter vor der Straße, wo vereistes Schilf aus dem Schnee ragte.

Griet wandte sich um, machte ein paar Schritte und blieb mitten auf der Landstraße stehen. Seit sie hier angehalten hatten, war kein einziges Auto vorbeigekommen. Der Wind zerrte an ihrem Parka, während sie sich nach allen Seiten umschaute. Links der schmale Kanal, rechts die Kapelle. Die nächsten Ortschaften waren weit entfernt. Im Westen erkannte sie in der Ferne die Lichter von Franeker, und im Osten war irgendwo am Horizont der gelborangene Schein von Leeuwarden zu erahnen. Ansonsten kilometerweit nur verschneite Einöde, Dunkelheit und Stille. Eine verlassene Gegend.

Griet zog den Kragen ihres Parkas enger um den Hals. Kein Zweifel, die St.-Niklaas-Kapelle mit ihrem alten Friedhof war der perfekte Ort, wenn man jemanden verschwinden lassen wollte. Und wer auch immer Jessica Jonker den Tipp gegeben hatte, wusste das.

Griet blickte noch einmal zu der kleinen Kapelle und dem Friedhof dahinter. *Er könnte mit dem Rad nach Timbuktu gefahren sein ... es könnte aber auch irgendwo auf dem Grund eines Kanals oder Binnenmeers vor sich hinrosten.* Langsam reifte in Griet die Gewissheit, dass Jurre Blom damals in der Nacht des Elfstedentocht mit seinem Fahrrad nirgendwo hingefahren war.

***

Gegen Mitternacht lag Griet in ihrer Koje, mit dem Rücken an das Kopfkissen gelehnt. Durch das Bullauge, das der Kanalseite zugewandt war, sah sie die Kronen der Bäume im *Prinsentuin* und dahinter den hell angestrahlten *Oldehove*. Schneeflocken rieselten vor dem runden Fenster auf das Deck, und im Inneren des Schiffs sorgte die Heizung mit einem leisen Rauschen für Wärme.

Durch das Bullauge auf der Landseite drang der Schein der Straßenlaternen und fiel auf den großen Teddybären, der neben Griet auf dem Bett lag. Fenjas Teddybär. Fleming hatte ihn bei seinem eiligen Aufbruch nicht mitgenommen. Das Stofftier erwiderte ihren Blick mit dem Lächeln, das ihm ins pelzige Gesicht genäht war, und Griet spürte einen Stich in der Magengegend. Was Fenja wohl gerade tat? Sie konnte nur hoffen, dass ihr Kontakt nun nicht vollständig abbrach und sie eine Chance zur Wiedergutmachung erhalten würde.

Auch was Fleming anging, machte Griet sich Sorgen. Sollte seine Schriftstellerkarriere nach kurzem Erstrahlen schon wieder verrauchen? Die wenigen Sätze, die er ihr an den Kopf geworfen hatte, ließen zumindest ernste Probleme erahnen.

Seine bisherigen Bücher waren zweifellos Erfolge gewesen. Allerdings bedeutete dies entgegen landläufiger Auffassung nicht, dass er als Buchautor Millionär geworden war. Der niederländische Buchmarkt war überschaubar, wie Griet gelernt hatte, und bereits Bücher mit Auflagen von fünf- bis zehntausend Exemplaren konnten als Bestseller betrachtet werden – ganz im Gegensatz zu anderen Ländern. Fleming hatte recht ordentliche Tantiemenzahlungen erhalten, doch ohne Folgeaufträge würden seine Rücklagen schnell schrumpfen.

Griet wusste, wie sie Fleming helfen konnte. Allerdings wusste sie auch, dass er diese Hilfe nicht annehmen würde. Sein Stolz würde es ihm verbieten. Allerdings schwebte Griet bereits eine Lösung vor, mit der sie dieses Hindernis umgehen konnte. Sie würde sich dazu morgen Rat einholen.

Ihr Blick wanderte zu der Fallakte mit den Fotos von der toten Jessica Jonker, die aufgeschlagen auf ihrem Schoß lag. Griet betrachtete noch einmal das Gesicht der jungen Frau, die vielen Sommersprossen, umrahmt von den langen Haaren, die ihr bis zu den Schultern reichten. Dann griff sie nach ihrem *mobieltje,* um erneut das Audiofile abzuspielen, das sie sich in der vergangenen halben Stunde bereits mehrere Male angehört hatte: der Mitschnitt, den Jessica Jonker von ihrem Interview mit Marit Blom gemacht hatte.

Noemi schien ihre alte Tatkraft allmählich wiederzufinden. Sie hatte vom Krankenbett ihres Vaters aus eine E-Mail geschickt. Darin schrieb sie, dass sich der Zustand des alten

Manns stabilisiert habe, er noch ein oder zwei Tage auf der Intensivstation bleiben müsse, bevor er auf ein normales Zimmer verlegt wurde. Sie werde morgen auf jeden Fall wieder zum Dienst erscheinen.

An die Nachricht war das Audiofile des Interviews angehängt. Noemi hatte es sich angehört und verwies Griet auf eine Stelle in der Aufnahme bei 21:32 Minuten.

Der Gesprächsfetzen, der dort zwischen Jessica Jonker und Marit Blom zu hören war, wäre unter normalen Umständen nicht weiter beachtenswert gewesen. Doch nun ließ er Griet keine Ruhe mehr.

Sie drückte erneut den Play-Button, und aus dem Lautsprecher des Smartphones drang die Stimme von Jessica Jonker, jung und charmant, mit einem rauen Klang.

Jonker: Und wie wollen Sie die Situation der Frauen beim nächsten Elfstedentocht konkret stärken?
Blom: Die Profiläuferinnen werden beim nächsten tocht in einer eigenen Kategorie antreten und eine Viertelstunde nach den Männern starten. Damit wollen wir mehr Aufmerksamkeit auf sie lenken.
Jonker: Sie sind als erste Frau Vorsitzende der Kommission geworden. Haben Sie gezielt darauf hingearbeitet?
Blom: Nun ja, sagen wir lieber, ich habe die Gunst der Stunde genutzt. Außerdem ... nach über hundert Jahren Elfstedentocht-Geschichte, die hauptsächlich eine Männer-Geschichte ist, war es Zeit für Veränderung.
Jonker: Wie sehr war Ihr eigener Erfolg beim tocht von 1997 ein Ansporn für Sie?
Blom: Ich finde, mehr Frauen sollten sich trauen, an diesem Abenteuer teilzunehmen, ihre Kräfte zu ent-

decken. Außerdem ... Sagen Sie, ist alles in Ordnung mit Ihnen?

Jonker: Ja ... excuses – Entschuldigung. Für Sie persönlich lagen 1997 Erfolg und Tragödie dicht beisammen ...

Blom: Ich ... bin nicht sicher, ob ich verstehe, was Sie meinen.

Jonker: Ihr Mann. Sie kamen mit dem elfstedenkruisje nach Hause und mussten feststellen, dass er verschwunden war.

Blom: Ja, richtig. Das war ... ein Erlebnis, auf das ich gern verzichtet hätte.

Jonker: Sie haben nie herausgefunden, was mit ihm geschehen ist, oder?

Blom: Nein, ich musste davon ausgehen, dass er wohl mit einer anderen das Weite gesucht hatte ...

Jonker: Warum? Wäre es nicht ebenso vorstellbar, dass ihm etwas zugestoßen ist?

Blom: Ich weiß es nicht ... Hören Sie, ich möchte das Thema nicht weiter vertiefen. Es reißt immer noch alte Wunden auf.

Jonker: Natürlich, aber mich würde schon interessieren, ob Ihr Mann ... ich meine ...

Blom: Was ist mit Ihnen?

Jonker: Nichts ... nur ...

Griet stellte ihr Smartphone auf maximale Lautstärke. Auf dem Mitschnitt war ein Geräusch zu hören, das ihr bekannt vorkam. Ein Rascheln, das klang, als krame jemand – vermutlich Jessica – in seiner Handtasche. Dann das Schaben von Plastik, so als würde etwas aufgeschraubt.

Blom: Möchten Sie ein Glas Wasser?
Jonker: Das wäre nett …
Blom: Sie sind kreidebleich. Brauchen Sie Hilfe?
Jonker: Nein, es ist nur mein Herz …
Blom: Um Himmels willen, ich rufe sofort einen Arzt.
Jonker: Nein, schon gut … ich … brauche nur meine Medizin … dann geht es gleich wieder.

Griet stoppte die Aufnahme und legte das Smartphone neben sich auf den Nachttisch. Dann ließ sie sich in die Kissen sinken.
Es ist nur mein Herz.
Jessica hatte während des Interviews offenbar einen Schwächeanfall erlitten. Das Schraubgeräusch, das auf der Aufnahme zu hören war, konnte von dem Plastikröhrchen stammen, das sie bei Jessicas Leiche gefunden hatten und in dem sich die Globuli mit Digitalis befanden. Griet hatte kurz mit Noemi telefoniert, und sie hatte dieser Interpretation zugestimmt.
Marit Blom hatte von Jessicas Herzleiden gewusst.
Griet schloss die Augen, und in ihren Gedanken formte sich ein Plan.

39
DER LETZTE ZEUGE

Am nächsten Morgen waren sie wieder dort, wo alles begonnen hatte. Griet stand, das *mobieltje* am Ohr, auf der kleinen weißen Holzbrücke, die sich über die Gracht von Sloten spannte, und blickte auf das vereiste Wasser hinab. Der Himmel hing tief und grau über dem kleinen Ort, und der stramme

Wind trieb die dicken Flocken – wie aus einer Schneekanone geschossen – vor sich her. Aus den Schornsteinen der niedrigen Backsteinhäuser, die zu beiden Seiten des Wassers schnurgerade nebeneinanderstanden, quoll der Rauch. Auf dem Eis waren einige Männer damit beschäftigt, zusätzliche Wärmepumpen in der Gracht zu installieren. Jeroen Brouwer, in orangefarbener Daunenjacke, überwachte die Arbeiten.

»Die Kapelle befindet sich direkt an der Landstraße, ihr könnt sie kaum verfehlen«, sprach Griet in das Telefon. Sie hatte Noor van Urs, die Leiterin der Kriminaltechnik, in der Leitung. »Pieter und ich stoßen später dazu.«

Sie beendete das Gespräch.

Zuvor hatte sie mit Noemi geredet und ihr einen Spezialauftrag erteilt. Sie musste dafür sorgen, dass am Vormittag eine Person zur St.-Niklaas-Kapelle gehen sollte, die für das Gelingen ihres Plans von zentraler Bedeutung war.

Griet lief zu Pieter hinüber, der mit den beiden Streifenpolizisten, die auch am Abend des Leichenfunds hier gewesen waren, vor einer Bäckerei stand. In der Hand hielt er einen *appelflappen*, eine dreieckige heiße Apfeltasche, in die er herzhaft hineinbiss.

»Klappt es?«, fragte er mit vollem Mund.

»Ja.« Griet nickte. »Und du, hast du ihn erreicht?«

»War nicht schwer, die Werft ist noch immer in Franeker«, erwiderte Pieter. »Er war zwar überrascht, dass es nach so langer Zeit etwas Neues gibt, aber er kommt.«

»Hervorragend.«

»Glaubst du wirklich, dass es funktionieren wird?«

»*Geen idee* – keine Ahnung«, sagte Griet. »Hast du einen besseren Vorschlag?«

»Nein«, pflichtete er ihr bei. »Aber wenn wir einen Fehler machen ... Wouters wird *filet americain* aus uns machen.«

Bei *filet americain* handelte es sich um eine besonders feine Form von Tatar, von der Griet wusste, dass Pieter sie mit Vorliebe zum Frühstück verspeiste. Auch wenn Fleischpüree ihr zuwider war, stimmte sie Pieters Einschätzung zu. Falls es schiefging und sie sich irrten, würde Wouters sie beide und Noemi mit großem Vergnügen zu Hackfleisch verarbeiten.

Griet blickte zu Jeroen Brouwer hinüber und gab den beiden *wijkagenten* ein Zeichen, damit sie sich in seine Richtung in Bewegung setzten.

Brouwer stand auf der Steintreppe, die von der Straße zur Gracht hinabführte. Das Kabel, das er in der Hand hielt, verlief durch ein Loch unter das Eis. Er sprach gerade mit dem Techniker neben ihm.

»*Meneer* Brouwer«, sagte Griet.

Er blickte auf. »*Mevrouw Commissaris* ...«

»Können wir reden?«

Brouwer drückte dem Techniker das Kabel in die Hand und stieg die Treppe herauf. Er musterte zunächst die Uniformierten, sah dann Griet an. »Was gibt es?«

»Ich muss Sie leider bitten mitzukommen.«

»Wohin? Was ... soll das?«

»Es tut mir leid«, sagte Griet, »aber wir haben neue Informationen im Fall Jessica Jonker. Wir müssen davon ausgehen, dass Ihr Leben bedroht ist. Wir nehmen Sie in Schutzhaft.«

Jegliche Farbe wich aus Brouwers Gesicht. »*Alle duivels* – zum Teufel! Wovon reden Sie? Außerdem ... Sie können mich doch nicht so einfach festnehmen!«

Das war korrekt. Selbst wenn sein Leben wirklich bedroht gewesen wäre, hätte Griet ihn nicht gegen seinen Willen mitnehmen können. Daher hatte sie auch mit dieser Reaktion gerechnet. Ihr eigentliches Ziel war ein anderes, nämlich Brouwer zu verunsichern. Und das war ihr gelungen.

Sie wartete noch einen Moment und tat so, als würde sie nachdenken. Dann sagte sie mit einem Seufzen: »Also gut, reden wir.«

Die *wijkagenten* blieben zurück, als Griet und Pieter mit Brouwer ein Stück die Gracht hinabgingen.

»Sagen Sie«, meinte Pieter, während er auf dem letzten Bissen *appelflappen* kaute und die Papiertüte zusammenknüllte, in der das Gebäck gesteckt hatte. »Kennen Sie die St.-Niklaas-Kapelle?«

Brouwer hob die Augenbrauen. »Wie kommen Sie darauf?«

Uitstekend – sehr gut, dachte Griet. Die korrekte Antwort hätte nämlich schlicht und einfach lauten müssen: nein. Die Chance, dass die verfallene Kapelle im friesischen Nirgendwo irgendjemandem auch nur vage bekannt war, lag bei null. Brouwer hatte gerade indirekt zugegeben, dass er von der Kapelle wusste.

Griet schob die Hände in die Taschen ihrer Jacke und trat einen Schritt auf ihn zu. »Wir glauben, dass Sie und Ihr Freund Mart Hilberts beim Elfstedentocht von 1997 etwas gesehen haben, das Sie nicht hätten sehen sollen.«

Es war ein Schuss in Blaue. Doch für Griet lag diese Schlussfolgerung nahe. Ausgehend von dem Datum, an dem Jessica mit Noud Wolfs gesprochen hatte, musste sie die Information über die St.-Niklaas-Kapelle ungefähr zu der Zeit erhalten haben, als sie herausfand, dass Jeroen Brouwer der echte Edwin war. Vielleicht ein Zufall, doch es war möglich, dass Brouwer der ominöse Tippgeber war. Zumal es erklären würde, warum er und Mart Hilberts ein so großes Geheimnis um ihr Erlebnis beim Elfstedentocht gemacht hatten.

Brouwer wendete sich ab, den Blick auf die Windmühle und die Brücke gerichtet, von der Jessica Jonker in den Tod gestürzt war.

Pieter trat neben ihn. »Jessica Jonkers Tod war kein Unfall. Sie wurde vergiftet«, sagte er. »Und wir glauben, dass es mit dem zusammenhängt, was Sie ihr über die St.-Niklaas-Kapelle gesagt haben.«

Brouwer blickte Pieter nur kurz von der Seite an. Griet, die hinter ihm stand, konnte seine Atemwolken sehen.

»Was auch immer Sie in jener Nacht dort gesehen haben ...« Sie trat neben ihn. »Nach Marts Tod sind Sie der letzte Zeuge. Und jemand versucht mit allen Mitteln zu verhindern, dass die Wahrheit ans Licht kommt.«

Pieter legte ihm die Hand auf die Schulter. »Sie trifft doch an alldem keine Schuld. Lassen Sie uns Ihnen helfen ... Was ist damals geschehen?«

Brouwer räusperte sich.

»Es war kalt in jener Nacht ... kalt und stockfinster«, begann er zögerlich. »Mart und ich ... wir waren hinter Franeker auf einem Kanal unterwegs und am Ende unserer Kräfte. In dem eisigen Wind tränten uns die Augen. Wir konnten kaum etwas sehen. Keine Häuser, keine Lichter, keine Zuschauer ... dort draußen hat man kaum Anhaltspunkte. Wir erwischten eine falsche Abzweigung und gerieten auf einen Seitenarm des Kanals ...«

Er machte eine Pause und schüttelte den Kopf.

»Was geschah dann?«, fragte Griet.

»Der Kanal endete an einer Böschung. Wir verließen das Eis und kamen an eine Landstraße. Auf der anderen Seite war eine kleine Kapelle, und davor ... sahen wir die Lichter eines geparkten Wagens. Wir gingen näher heran. Der Kofferraum war geöffnet und ... eine Frau verstaute darin gerade etwas. Sie schlug den Kofferraum zu, als sie uns bemerkte.«

»Was tat die Frau Ihrer Ansicht nach dort draußen?«, fragte Griet. »Hatte sie eine Panne?«

»Nein ... danach sah es nicht aus. Die Gerätschaften ... eine Hacke und eine Schaufel ... und der Kofferraum schien mit einer Plane ausgekleidet zu sein.«

»Was taten Sie?«

»Wir fragten die Frau, ob sie uns mitnehmen könnte.«

Griet blickte ihn verständnislos an. »Kam Ihnen die Situation denn nicht etwas seltsam vor?«

»Doch, natürlich.« Brouwer zuckte die Schultern. »Aber was sollten wir machen? Wir waren von der Strecke abgekommen ... also stiegen wir zu ihr ins Auto.«

Pieter stieß ein kurzes Lachen aus. »Jetzt verstehe ich ... Schon das allein muss ein guter Grund gewesen sein, nie darüber zu reden. Sie haben sich nicht nur die Teilnahme ermogelt, sondern sich unterwegs auch noch mitnehmen lassen. Dafür wären Sie disqualifiziert worden.«

Brouwer ging nicht darauf ein. »Wir fuhren ein Stück, bis wir wieder die Strecke erreicht hatten, und da ließ uns die Frau aussteigen.«

»Ist Ihnen während der Fahrt etwas aufgefallen?«

»Mart saß vorn auf dem Beifahrersitz, ich hinten auf der Rückbank. Wir sprachen nicht viel. Die Frau sah mich immer wieder durch den Rückspiegel an. Sie schien nervös zu sein. Außerdem ... war da ein seltsamer Geruch im Auto.«

»Sagte die Frau ihren Namen?«

»Nein. Und wir taten das ebenfalls nicht. Wir stiegen an dem Kanal aus, liefen den Rest des Rennens und erreichten schließlich das Ziel in Leeuwarden.«

»Trotz allem ... warum haben Sie das nicht gemeldet?«, fragte Pieter.

»Was hätten wir denn melden sollen?« Brouwer blickte Griet und Pieter abwechselnd an. »Wir wussten doch nicht genau, was die Frau dort gemacht hatte. Außerdem, wie Sie schon sagten, wäre rausgekommen, dass wir uns von ihr hatten mitnehmen lassen ...«

»Sahen Sie die Frau danach noch einmal wieder?« Pieter blies den Atem in die Hände, um sie zu wärmen.

»Ein paar Tage später«, antwortete Brouwer. »In der Zeitung stand ein Bericht über einen Vermisstenfall. Neben dem Artikel war das Foto der Frau abgedruckt, die wir in der Nacht gesehen hatten.«

»Nur der Klarheit halber«, sagte Griet. »Es war Jurre Blom, der vermisst wurde. Und das Foto in der Zeitung ...«

»Ja, es zeigte seine Frau. Marit Blom.«

40
KALTER GRUND

Der Schneefall hatte kaum nachgelassen, und die Scheibenwischer des Volvos kämpften gegen die weiße Wand an, die sich ihnen entgegendrängte. Die Sichtweite betrug keine hundert Meter. Pieter fuhr entsprechend langsam, alle Konzentration darauf gerichtet, den Wagen auf der schmalen Landstraße zu halten, die inzwischen von einer dichten Schneedecke überzogen war.

Sie hatten sich noch eine ganze Weile mit Jeroen Brouwer unterhalten und ihn abschließend gebeten, seine vollständige Aussage möglichst umgehend auf dem Präsidium zu Protokoll zu geben. Griet wünschte, er hätte viel früher den Mut gehabt, ihnen sein Wissen zu offenbaren. Darüber, wie sein Treffen mit Jessica in Sloten zustande gekommen war. Warum er ihr von der St.-Niklaas-Kapelle und Jurre Blom erzählt hatte. Und vor allem, wie erst vor Kurzem sich seine Wege und die von Marit Blom nach vielen Jahren wieder gekreuzt hatten und damit alles ins Rollen gekommen war.

Jeroen Brouwer hatte Griet jene Puzzleteile geliefert, die ihr gefehlt hatten. Sie konnte sich nun ein ungefähres Bild machen von dem, was Jurre Blom zugestoßen war und wie dies mit dem Tod von Jessica Jonker zusammenhing. Jurre war ermordet worden, davon war Griet überzeugt, und sein Mörder hatte auch Jessica auf dem Gewissen – oder besser: seine Mörderin.

Es würde schwer werden, die Taten zu beweisen, zumal Griet sich noch nicht im Klaren darüber war, wie Marit Blom die Morde im Detail durchgeführt hatte.

Was den Fall ihres Mannes betraf, genügte Brouwers Aussage allein nicht. Mart Hilberts war tot, er konnte diese Version der Ereignisse nicht mehr bestätigen. Außerdem hatte Marit Blom das perfekte Alibi. Im Zweifel stand also Aussage gegen Aussage. Und bei Jessica Jonker war es nicht anders. Sie war der Wahrheit über Jurre Blom zu nahe gekommen, deshalb hatte sie sterben müssen – und auch, weil Jeroen Brouwer zur falschen Zeit der falschen Person zu viel erzählt hatte.

Was Griet brauchte, war ein Geständnis.

»Da vorn ist es«, sagte Pieter.

Der Wagen rumpelte über den schneebedeckten Seitenstreifen und kam vor der St.-Niklaas-Kapelle zum Stehen.

Mehrere Einsatzfahrzeuge parkten bereits vor dem verfallenen Bau, Absperrband flatterte im Wind, und auf dem Friedhof waren die Kollegen von der Kriminaltechnik in ihren weißen Anzügen bei der Arbeit.

Griet stieg aus, zog den Reißverschluss ihres Parkas hoch und setzte eine Wollmütze auf. Pieter kam um den Wagen herum und tauchte mit Griet unter dem Absperrband hindurch. Sie gingen an der Kirche vorbei in Richtung des Friedhofs. Im

Näherkommen sah Griet, dass Noor und ihre Leute über den Gräbern Schutzzelte gegen das Schneegestöber errichtet hatten. Schwarze Heizschläuche liefen von einer Art Tankwagen aus, in dem ein Kompressor brummte, in Schlaufen über den Boden.

An der Bruchsteinmauer, die den Friedhof umgab, stand eine Frau in dunkelblauem Mantel, die das Geschehen beobachtete. Unter ihrer Mütze ragten die feuerroten Haare hervor. Als Pieter und Griet sich ihr näherten, drehte sie sich zu ihnen um.

***

»*Mevrouw Commissaris*«, sagte Marit Blom. »Weshalb hat Ihre junge Kollegin mich bei Wind und Wetter hierherzitiert?« Sie hatte die Hände tief in den Taschen ihres Mantels vergraben.

»Es geht um Ihren Mann«, erwiderte Griet.

»Das sagte *mevrouw* Boogard bereits. Aber warum …«

»Es gibt neue Erkenntnisse.«

»Das hätten Sie mir auch am Telefon mitteilen können. Der Elfstedentocht startet morgen. Ich habe wirklich Besseres zu tun, als …«

Griet hob die Hand. »Warten Sie bitte einen Moment.«

Eine schwarze Mercedeslimousine bog von der Landstraße ab und hielt vor der Kirche. Griet bedeutete Marit Blom, ihr zu folgen, und sie gingen zu dem Auto hinüber. Aus dem Mercedes stieg ein untersetzter Mittfünfziger in braunem Cordanzug. Griet wartete, bis er sich Jacke und Mütze angezogen hatte.

»*Meneer* Blom«, sagte sie, »vielen Dank, dass Sie es einrichten konnten. Griet Gerritsen von der *Districtsrecherche*.«

Der Mann ergriff ihre ausgestreckte Hand und meinte: »Selbstverständlich.« Dann begrüßte er Marit Blom mit einer kurzen Umarmung und einem Kuss auf die Wange.

»Hallo, Erik«, sagte sie.

»Ihr Kollege erklärte mir, es ginge um meinen Bruder?«, fragte Erik Blom, an Griet gewandt.

»Das ist korrekt. Es gibt neue Hinweise auf seinen Verbleib.« Aus dem Augenwinkel bemerkte Griet, wie Marit Blom sie argwöhnisch beobachtete.

Erik Blom blickte zu den Gräbern hinüber. Seine Stimme klang brüchig. »Nach all den Jahren?«

»Ich muss Sie leider davon in Kenntnis setzen, dass Ihr Mann, *mevrouw* Blom, und Ihr Bruder, *meneer* Blom, vermutlich einem Gewaltverbrechen zum Opfer gefallen ist«, sagte Griet und sah beide abwechselnd an. »Es gibt einen Zeugen, der in der Nacht, als Ihr Bruder verschwand, hier eine … entsprechende Beobachtung gemacht hat. Wir müssen leider davon ausgehen, dass wir auf diesem Friedhof die sterblichen Überreste von Jurre Blom finden werden.«

Erik Blom schlug die Hand vor den Mund, und seine Augen füllten sich mit Tränen. »Jesus …«

Marit Blom sagte nichts und richtete den Blick zu Boden. Ihr Schwager legte ihr den Arm um die Schultern. Es brauchte einen Moment, dann sagte sie zu Griet: »Nach so langer Zeit … wie können Sie sicher sein?«

»Es wird … nicht mehr viel von ihm übrig sein«, erklärte Griet. Sie wusste nicht, wie sie es schonender hätte formulieren sollen, und ihr fehlte auch die Geduld für solche Feinheiten. »Wir werden bei der Identifizierung auf Ihre Hilfe angewiesen sein. Das erklärt Ihnen allerdings besser meine Kollegin von der Kriminaltechnik. Wenn Sie mir bitte folgen wollen?«

Sie führte die beiden um die Kapelle herum zum Friedhof. Pieter stand vor einem der Zelte und unterhielt sich mit Noor, die die Kapuze ihres Schutzanzugs nach hinten geschoben hatte und sich die Hände an einer Tasse *koffie* wärmte. Griet stellte den beiden Bloms die Leiterin der Kriminaltechnik vor.

»Wir machen gute Fortschritte«, sagte Noor und deutete auf die Gräber. »Wir werden versuchen, die Überreste mittels DNA-Abgleich zu identifizieren. *Mevrouw* Blom, haben Sie persönliche Gegenstände von Ihrem Mann aufbewahrt?«

Marit Blom schüttelte ohne langes Überlegen den Kopf. »Nein ... es gibt nur ein paar alte Fotos.«

»Das hilft uns nicht. Wie sieht es mit Haaren aus?«, fragte Noor. Es war nicht ungewöhnlich, dass Angehörige eine Strähne zur Erinnerung behielten.

»Nein.«

Noor wandte sich an Erik Bloom. »Leben Ihre Eltern noch?«

»Nein, sie sind beide verstorben.«

»In dem Fall werden wir einen Geschwistertest durchführen«, erklärte Noor. »Dazu benötigen wir Ihre Hilfe, *meneer* Blom.«

»Was immer Sie möchten.«

»Griet sagte mir, es gibt noch weitere Geschwister?«

»Ja, meinen Bruder und meine Schwester.«

»Gut«, sagte Noor. »Wir brauchen von Ihnen und den beiden anderen DNA-Proben. Diese werden wir dann mit den Überresten abgleichen, die wir hier finden.«

»Wie ... exakt ist denn ein solcher Test?«, fragte Marit Blom. »Ich meine, können wir am Ende wirklich sicher sein, dass ... es Jurre ist?«

»Wir können eine Wahrscheinlichkeit von über neunundneunzig Prozent erreichen.«

»Und wie lange dauert so etwas?«, wollte Marit Blom wissen.

»Das geht sehr schnell.« Noor wies auf die Kollegen mit den weißen Schutzanzügen. »Ich habe Experten vom NFI, dem niederländischen forensischen Institut, hinzugezogen. Sie sind auf Analysen dieser Art spezialisiert. In ein paar Tagen wissen wir Bescheid.«

»Mithilfe der Zeugenaussage besteht eine sehr gute Chance, dass wir denjenigen ... oder diejenige fassen, die für Jurres Tod verantwortlich ist«, sagte Griet, wobei sie Marit Blom ansah, die ihrem Blick auswich.

Erik Blom trat einen Schritt vor und reichte Griet, Tränen in den Augen, die Hand. »*Mevrouw Commissaris*, ich möchte Ihnen im Namen meiner Familie großen Dank für Ihren Einsatz aussprechen. Sie ahnen nicht, was es für uns ... bedeuten würde, endlich Gewissheit zu erlangen.«

»Das verstehe ich«, erwiderte Griet. »Die Dinge werden sich in den kommenden Tagen vermutlich rasch entwickeln. Ich würde Sie beide daher bitten, sich zu unserer Verfügung zu halten.«

»Selbstverständlich«, erklärte Erik Blom.

Marit Blom nickte nur, und Griet bemerkte, wie ihre Kiefergelenke vor Anspannung arbeiteten.

»Sagen Sie«, erkundigte Griet sich bei ihr, »wie können wir Sie während des Elfstedentocht erreichen? Nur für den Fall ...«

»Ich ... werde das Rennen über in unseren Geschäftsräumen bei der Rennleitung sein«, antwortete Marit Blom.

Griet verabschiedete sich von beiden und blickte ihnen nach, während sie zu ihren Autos gingen.

Erik Blom machte auf sie den Eindruck eines Mannes, der zwar schockiert über das war, was er soeben erfahren hatte. Doch wie viele Angehörige in solchen Fällen schien er auch einen gewissen Trost in der Aussicht zu finden, dass er endlich erfahren würde, was mit seinem Bruder geschehen war.

In den Augen von Marit Blom hatte Griet hingegen etwas anderes gelesen. Auch sie war schockiert, allerdings auf eine andere Weise. Sie hatte Angst. Angst vor dem, was die Polizei hier finden würde.

***

»Dir ist hoffentlich klar, dass es nie im Leben so schnell geht«, sagte Noor und bedachte Griet mit einem mahnenden Blick. »Zumindest nicht mit so wenigen Leuten.«

»Natürlich«, antwortete Griet. Sie hatte sich von den Kollegen einen Becher *koffie* geben lassen.

Die Suche nach den über zwanzig Jahre alten Überresten eines Menschen, dazu noch in tief gefrorenem Boden, stellte die Kriminaltechniker vor eine große Herausforderung, zumal sie noch nicht einmal wussten, in welchem Grab sich diese befanden. Darüber war sich Griet im Klaren. Allerdings hatte Noor ihre wichtigste Aufgabe für heute bereits erfüllt: Marit Blom nervös zu machen.

»Was ist realistisch?«, fragte Pieter, der sich hingekniet hatte, eine Handvoll der zuvor mit den Heizschläuchen aufgetauten Erde nahm und sie betrachtete.

»Schwer zu sagen«, meinte Noor nachdenklich.

Sie standen in einem der Zelte, die über den Gräbern errichtet worden waren. Der Wind zerrte an der dünnen Plane, und immer wieder wurden Schneeflocken durch die Öffnung zu ihnen hereingeweht. Auch hier waren Heizschläuche auf dem Boden ausgelegt.

Noor hockte sich zu Pieter. »Ihr seht ja, wie mühsam das ist. Der Boden ist gefroren. Wir müssen ihn Stück für Stück auftauen und abtragen, und das bis in zwei Meter Tiefe. Bei einem einzelnen Grab kann das schon Tage dauern. Für ein gutes Dutzend Gräber brauchen wir sicher ein bis zwei Wochen. Und dann natürlich noch die Zeit für die DNA-Tests ...«

Griet blickte durch die Zeltöffnung nach draußen: ungefähr zwanzig Kriminaltechniker, dazu die Heizschläuche samt der zugehörigen Technik, ein Kompressorwagen, die Zelte. Es war ein enormer Aufwand, um mitten im tiefsten Winter ein paar Gräber auszuheben. In den Tagen rund um den Elfstedentocht 1997 musste ähnliches Wetter geherrscht haben, was Griet zu einer der Fragen führte, auf die sie noch keine Antwort gefunden hatte.

Sie deutete mit der Kaffeetasse auf das Loch im Boden.

»Könnte jemand so etwas eigentlich auch allein machen? Ein Grab bei gefrorenem Boden ausheben?«

Noor zog die Augenbrauen hoch. »Das hier ist Spezialtechnik. Für eine Privatperson etwas aufwendig und teuer ...«

»Aber wie machen die das auf einem Friedhof?«, meinte Pieter. »Die werden im Winter wohl das gleiche Problem haben.«

»Der einfachste Weg ist, vor Einsetzen des Frosts Gräber auszuheben ... sozusagen auf Vorrat«, erklärte Noor. »Die Löcher deckst du dann mit Stahlplatten oder Ähnlichem ab. Wenn der Boden nicht zu tief gefroren ist, tun's auch ein Gasbrenner und eine Spitzhacke oder ein Presslufthammer.«

»Wie sähe die ganze Sache denn aus«, erkundigte sich Griet, »wenn wir es mit jemandem zu tun hätten, der nicht sonderlich kräftig ist? Eine Frau, zum Beispiel. Hätte sie hier allein ein Grab ausheben können?«

Noor kratzte sich am Hinterkopf und überlegte einen Moment. Ein heftiger Windstoß ließ das Zelt erzittern, und

Pieter griff instinktiv nach einer der Zeltstangen, als wolle er es am Wegfliegen hindern.

»Na ja ... es gibt noch eine eher seltene Methode«, sagte Noor schließlich. »Man legt Hohlblocksteine und Kohle auf die Stelle, die man auftauen will. Das Glutbett deckt man mit einer Stahlplatte ab. Und dann wartet man.«

»Wie lange würde es dauern, auf diese Art den Boden aufzutauen und ein Loch auszuheben?«

»Hängt davon ab, wie tief der Boden gefroren ist«, sagte Noor. »Vielleicht zwei, drei Tage ...«

»Dann wäre es also möglich gewesen«, meinte Griet.

Noor nickte. »Wenn eure Täterin geplant vorgegangen ist und Geduld hatte ... ja, dann hätte sie den Boden auftauen, ein paar Tage später das Loch ausheben und die Leiche hier vergraben können.«

Ja, dachte Griet, in diesem Fall war die Mörderin tatsächlich äußerst geplant vorgegangen. Sie hatte einen perfekten Mord verübt – beinahe jedenfalls.

»*Bedankt*, Noor«, sagte Griet und reichte ihr die Hand.

Sie trat mit Pieter vor das Zelt und ging langsam zum Auto zurück. Die Abenddämmerung hatte sich wie ein schwarzes Tuch über den Himmel gelegt und tauchte die Gegend um die St.-Niklaas-Kapelle in Dunkelheit. Lediglich die Scheinwerfer der Kriminaltechnik spendeten Licht.

Pieter schloss den Volvo auf, und sie stiegen ein. Mit Blick auf die Uhr an seinem Handgelenk fragte er: »Soll ich dich beim Boot rauslassen?«

»Nein, aber du könntest mich bei der Bank vorbeifahren.«

»Bei der Bank?«

»Ja, ich muss da noch etwas regeln.«

Pieter drehte den Zündschlüssel und startete den Motor. Dann hielt er inne. »Du weißt schon, dass unsere Theorie einen gravierenden Schönheitsfehler hat, oder? Auch wenn Brouwer Marit Blom angeblich in der Nacht hier gesehen hat, führt kein Weg daran vorbei, dass die Frau ein Alibi hat. Und ich kann mir nicht vorstellen, wie man den Elfstedentocht laufen und zur selben Zeit seinen Mann ermorden und verbuddeln sollte...«

Scheinwerferlicht streifte sie, und ein Auto hielt neben ihnen. Es war ein Dienstwagen der *Districtsrecherche*. Noemi saß am Steuer. Sie stellte den Motor ab, stieg aus und kam zu ihnen herüber. Griet ließ das Beifahrerfenster herunter.

»Sorry, dass ich spät dran bin. Ich musste noch mal bei meinem Vater im Krankenhaus vorbei«, sagte Noemi, »aber ich habe, was du wolltest.«

»Wie geht es deinem Vater?«, fragte Griet.

»Den Umständen entsprechend. Sie werden noch einen Spezialisten hinzuziehen.« Noemi reichte Griet einen Plastikbeutel mit einer kleinen Pappkarte darin.

»Danke«, sagte Griet. »Gab es Probleme?«

»Waren ziemlich viele Touristen im Museum. Aber, nein, alles in Ordnung. Wiebeke Hilberts möchte die Karte nur gern irgendwann zurückhaben.«

»Was ist das?«, fragte Pieter.

»Du hast mich auf die Idee gebracht«, sagte Griet. »Erinnerst du dich noch daran, was du mir über Toon Ewerts gesagt hast?«

»Nein, was denn?«

»Du sagtest, du hättest dich immer gewundert, warum der Mann zu spät ins Ziel kam, obwohl er in aller Früh gestartet war. Du meintest, er hätte viel zu lange für die Strecke gebraucht.«

»Stimmt.«

Griet öffnete den Plastikbeutel, zog die Karte heraus und betrachtete sie.

»Das hier ist die Stempelkarte von Marit Blom vom Elfstedentocht 1997«, sagte Griet und reichte sie Pieter. »Sie war im Schlittschuhmuseum in Hindeloopen ausgestellt. Die Stempel auf der Karte verraten uns, wann Marit Blom losgelaufen ist, um welche Uhrzeit sie welchen Ort auf der Strecke passierte und wann sie schließlich ins Ziel kam.«

Pieter nahm die Karte entgegen und studierte die Angaben. Dann blickte er Griet erstaunt an.

»*Potverjanhinnekont*«, fluchte er. »Das darf doch wohl nicht wahr sein.«

41
FLUCHT

Selbst jemand, der von einer einsamen Insel nach Leeuwarden teleportiert worden wäre und nichts von dem Trubel mitbekommen hätte, der in den vergangenen Wochen geherrscht hatte, hätte schnell bemerkt, dass heute ein besonderer Tag war. Es wäre demjenigen wohl spätestens dann aufgefallen, dachte Griet, wenn er vergeblich nach einem Parkplatz gesucht hätte, weil die gesamte Stadt und das Umland mit Autos und Campern zugestellt waren und das halbe Land in den Straßen in und um die Stadt unterwegs zu sein schien.

Griet stand am Gasherd in ihrem Boot und goss heißes Wasser durch einen Kaffeefilter in die Thermoskanne. Durch das Bullauge konnte sie das Treiben auf der Straße beobachten. Obwohl es erst halb sechs am Morgen und noch stockfinster war, befanden sich unzählige Menschen auf dem Weg zum Elfstedentocht, zu Fuß, mit dem Fahrrad oder mit dem Auto. Griet sah Teilnehmer des Rennens vorbeieilen, die ihre

Schlittschuhe, an den Schnürsenkeln zusammengebunden, über den Schultern trugen, und Zuschauer, die, mit Nationalfahnen, Bierkästen, Musikinstrumenten und anderen Utensilien bestückt, an die Strecke unterwegs waren, um für Stimmung zu sorgen. Zu ihrer Verwunderung musste Griet feststellen, dass sie gerade dabei war, sich von der fiebrigen Stimmung anstecken zu lassen.

Der Schneefall hatte über Nacht nachgelassen, nur ein paar kleinere Flocken schwebten noch vom Himmel herab. Doch der Wind blies nach wie vor stramm aus nordöstlicher Richtung, sodass über Griets Kopf die Fallen und Schotten im Rigg des alten Plattboots eine klappernde Melodie spielten. Im Radio lief eine Sondersendung zum Elfstedentocht. Der Moderator unterhielt sich gerade mit einem Meteorologen, der prophezeite, dass die leichte Wetterbesserung nicht von langer Dauer sein würde. Der Sturm holte offenbar nur Luft, um am späten Nachmittag seine volle Stärke zu entfalten. Nachdem das Land wochenlang von der Sorge getrieben worden war, dass es eventuell nicht kalt genug für einen Elfstedentocht sein würde, schien nun das genaue Gegenteil die Gemüter zu plagen: Sollte es schlimm kommen, stand zu befürchten, dass das Rennen aufgrund des schlechten Wetters abgebrochen werden musste.

Griet stellte den Kaffeefilter auf der Spüle ab, verschloss die Thermoskanne und goss eine Tasse *koffie* ein. Sie stieg damit an Deck und reichte sie dem Mechaniker, der am Heck des Boots damit beschäftigt war, den De-Icer zu reparieren. Der Mann bedankte sich mit einem Brummen. Griet konnte sich nicht erinnern, jemals in ihrem Leben so frühen Handwerkerbesuch empfangen zu haben. Doch als der Mann sich gestern Abend bei ihr gemeldet hatte, hatte er ihr zu verstehen gegeben, dass dies die einzige Chance für ihn wäre, durch das zu erwartende Verkehrschaos zu kommen, seine Arbeit zu machen und anschließend den Elfstedentocht an der Strecke zu verfolgen. Und er hatte ihr auch unverblümt klargemacht, dass er dies alles nur auf ausdrücklichen Wunsch von Jeroen Brouwer tat, der ihn um diesen Gefallen gebeten hatte.

Griet kletterte den Niedergang wieder hinunter und goss sich selbst einen Kaffee ein. Sie wollte sich gerade auf die Eckbank setzen und sich den Unterlagen widmen, die sie von ihrem gestrigen Bankbesuch mitgebracht hatte, als die Stimme des Radiomoderators ihre Aufmerksamkeit weckte. Sie ging hinüber zum Sicherungspanel und stellte das alte Autoradio, das dort verbaut war, lauter.

… erreicht uns soeben eine Mitteilung der Elfsteden-Kommission. Während die Profis gerade das Rennen aufgenommen haben, hat Marit Blom verkündet, dass sie selbst den Elfstedentocht bei den Amateuren mitlaufen wird. Ein ungewöhnlicher Schritt, der mit der Tradition bricht. Denn dies wird das erste Mal sein, dass ein amtierender Vorsitzender … excuses, *eine amtierende Vorsitzende der* Koninklijke Vereniging de Friesche Elf Steden *höchstpersönlich an dem Rennen teilnimmt.*

Griet drehte das Radio leiser.

Dann blickte sie aus dem Bullauge auf die gefrorene Gracht hinaus und trank nachdenklich einen Schluck *koffie*.

Als sie Marit Blom gestern zur St.-Niklaas-Kapelle bestellt, ihr von den neuen Entwicklungen im Vermisstenfall ihres Mannes und der Zeugenaussage von Jeroen Brouwer erzählt hatte, hatte sie das aus einem bestimmten Grund getan. Sie hatte Blom zu einer unbedachten Reaktion provozieren wollen, in der Hoffnung, dass sie ihr etwas lieferte, womit sie Druck aufbauen und ein Geständnis erhalten könnte.

Mit dieser Entwicklung hatte sie allerdings nicht gerechnet.

Und sie brauchte einen Moment – und drei weitere Schluck *koffie* –, bis ihr dämmerte, welches Ziel Marit Blom wahrscheinlich verfolgte.

Griets Blick wanderte zu dem großen Klapptisch in der Mitte des Salons. Dort lag, noch immer in einen Plastikbeutel verpackt, Bloms Stempelkarte. Das kleine Stück Pappe war der Schlüssel zu allem. Was einmal funktioniert hatte, konnte wieder funktionieren.

Vielleicht, dachte Griet, hatte sie sich gestern einen Schritt zu weit vorgewagt. Vielleicht hatte sie Marit Blom zu deutlich zu erkennen gegeben, dass sie kurz davorstand, ihr Geheimnis zu lüften.

Kurz entschlossen griff Griet nach ihrem *mobieltje* und wählte Pieters Nummer. Als er sich meldete, erzählte sie ihm von der Meldung im Radio und wie sie die Entwicklung interpretierte.

»Sehe ich auch so«, sagte Pieter. »Und wenn sie es tatsächlich wieder so macht wie 1997 ...«

»... verschwindet sie vielleicht auf Nimmerwiedersehen«, vollende Griet den Satz. »Wo steckst du?«

Im Hintergrund hörte sie Fahrgeräusche, offenbar telefonierte Pieter über die Freisprechanlage seines Wagens.

»Ich bin unterwegs.«

»Ins *politiehoofdkantoor*?«

»Nein.«

»Sondern?«

»Ich muss mich ... um ein Problem kümmern.«

»Und das wäre?«

Er seufzte. »Rob.«

»Hoekstra? Was hat er jetzt wieder angestellt?«

»Er hat sich nicht an unsere Verabredung gehalten.«

»Warum, was hat er getan?«

»Er ... will den Elfstedentocht laufen.«

»Echt jetzt?«

»Er hat mich heute Morgen angerufen«, sagte Pieter. »Meinte, dass es eine einmalige Chance wäre ... er sei ein echter Friese und könne doch auch morgen noch zur Polizei gehen. Und er will das Rennen ... gemeinsam mit Vlam Ewerts laufen.«

Wenn es für Griet eines letzten Beweises bedurft hätte, dass der Elfstedentocht hier in *Fryslân* die Menschen um den Verstand brachte, wäre dieser es gewesen.

»Was willst du jetzt machen?«, fragte sie.

»Na, was schon?«, sagte Pieter. »Ich fahre runter zur *Elfstedenhal* und schleife den Kerl eigenhändig vom Eis, wenn es sein muss. Noemi ist übrigens bei mir ...«

Griet überlegte einen Moment. Wenn Marit Blom das Rennen antreten wollte, würde sie ebenfalls in der *Elfstedenhal* sein.

»Wartet dort auf mich«, sagte sie. »Ich komme.«

***

Es dauerte über eine Stunde, bis Griet sich durch den Verkehr und die Menschenmassen zum Eingang der *Elfstedenhal* vorgearbeitet hatte. Unter normalen Umständen hätte sie für diese Strecke mit dem *fiets* keine Viertelstunde benötigt. Sie hoffte, dass Marit Blom in der Zwischenzeit das Rennen noch nicht angetreten hatte.

In der *Elfstedenhal* befanden sich sowohl die Anmeldung als auch der Start des Elfstedentocht. Inzwischen war es kurz nach halb sieben, und während sich die Wettkampfläufer bereits auf der ersten Etappe des Rennens befanden, starteten nun die *tochtrijders*, die Amateure. Die Registrierung, bei der die Teilnehmer sich anmeldeten und eine Stempelkarte ausgehändigt bekamen, erfolgte an einer langen Theke, die dem Check-in-Schalter eines Flughafens ähnelte. Es gab mehrere Counter, an denen die Leute anstanden, und die Warteschlangen reichten bis auf den Platz vor der Halle hinaus.

Gestartet wurde in Gruppen. Jede Viertelstunde nahm ein Feld von rund tausend Läufern das Rennen auf. Die Teilnehmer versammelten sich dazu in einer Art Startbox, einem mit Gittern umzäunten Bereich, den sie nur mit gültiger Stempelkarte betreten durften. Dort gönnten sie sich eine letzte Stärkung und warteten geduldig auf den Start. Die Offiziellen gaben das Rennen für eine Gruppe frei, indem sie ein Gittertor öffneten, das auf die Strecke hinausführte – wobei die ersten knapp zwei Kilometer zum *Zwettehaven* traditionsgemäß nicht auf Eis, sondern auf Asphalt gelaufen wurden. Der Weg führte über den *Slauerhoffweg*, eine Hauptverkehrsstraße, die an diesem Tag gesperrt und zu beiden Seiten mit Absperrgittern gesichert war. Tausende Zuschauer standen bereits seit den frühen Morgenstunden dort, um die Läufer anzufeuern. Die Profis legten die Strecke im Sprint zurück, die meisten Amateure eher im gemächlichen Spaziertempo, um nicht gleich zu Beginn außer Atem zu sein.

Das eigentliche Eislaufrennen begann dann im *Zwettehaven*, wo die Teilnehmer das vereiste Hafenbecken stürmten, sich auf die bereitgestellten Bänke setzten und die Schlittschuhe anzogen. Geduld war hier eine Tugend, denn wer es zu eilig hatte, egal, ob Profi oder Amateur, lief Gefahr, sich die Schlittschuhe nicht richtig zu binden, mit dem Resultat, dass er oder sie die Schuhe mitten auf der Strecke noch einmal richtig anziehen musste. Und das konnte zum Problem werden. Denn wenn die Läufer das hell erleuchtete Hafenbecken verließen und unter einer Brücke auf den Kanal *Zwette* einbogen, jagten sie in die pechschwarze Nacht hinein, wo man zu dieser Stunde kaum die Hand vor Augen sehen konnte.

Griet schob sich durch die Menge in der *Elfstedenhal*. Lautes Stimmengewirr lag in der Luft, dazu der Gestank nach Schweiß und anderen menschlichen Ausdünstungen, vermischt mit dem Geruch nach Essen, Kaffee und Tee. Griet hatte Pieter und Noemi bei der Anmeldetheke erspäht. Die beiden standen dort mit Rob Hoekstra und den Gebrüdern Ewerts zusammen. Im Näherkommen sah Griet, dass jeder der drei Männer bereits ein vollständiges Rennoutfit angelegt hatte, bestehend aus Helm, Skibrille und orangefarbenen Westen, die sie über ihrer Thermokleidung trugen.

Pieter sprach gerade mit einem vierten Mann, der Griet nicht bekannt war. Er trug einen dunkelblauen Anzug, an dessen Revers das Emblem der *Koninklijke Vereniging de Friesche Elf Steden* aufgenäht war.

»Claas Wetering«, stellte Pieter ihn vor, als Griet zu ihnen trat, »der Stellvertretende Vorsitzende der Elfsteden-Kommission.«

Griet reichte dem Mann die Hand.

»*Meneer* De Vries erklärte mir gerade, dass Sie mit Marit sprechen wollen«, sagte Wetering. »Leider ist das nicht möglich, sie ist vor einer Viertelstunde gestartet.«

Pieter presste die Lippen zusammen und warf Griet einen kurzen Seitenblick zu. »Das ist natürlich ungünstig.«

Claas Wetering rückte seine Nickelbrille zurecht. »Sie müssen verzeihen, aber für uns kam Marits Entschluss ebenso überraschend ... buchstäblich über Nacht.«

»Wenn *mevrouw* Blom auf der Strecke ist«, meinte Griet, »wer übernimmt dann die Rennleitung?«

»Die Ehre fällt mir zu ... gewissermaßen«, sagte Wetering. Er fuhr sich mit einem Stofftaschentuch über die Halbglatze und verstaute es wieder in der Innentasche seines Sakkos. »Allerdings stehe ich die gesamte Zeit über mit Marit in Kontakt, sodass wir uns abstimmen können, sollten kritische Entscheidungen anstehen.«

Griet hob die Augenbrauen. »Heißt das, sie hat ihr *mobieltje* dabei?«

»Natürlich, das empfehlen wir ohnehin allen Läufern. Wir haben eine eigene App, über die wir Eilnachrichten verbreiten können.« Ein stolzes Lächeln huschte über Weterings Gesicht. »Zudem ist Marit wie alle anderen Teilnehmer mit einem Pulsmesser und einem GPS-Transponder ausgestattet…«

»Sie können also ihre Position orten?«

»Ja, bis auf ein paar Meter genau«, bestätigte Wetering. »Das alles ist Teil des neuen Sicherheitskonzepts.« Er deutete auf die orangefarbenen Westen, die Hoekstra und die Ewerts-Brüder trugen. »Zusammen mit den Westen und den Stempelkarten kann heute, anders als in der Vergangenheit, niemand mehr am Rennen teilnehmen, der nicht offiziell angemeldet ist…«

Wetering wurde unterbrochen, als ein Mann ihm die Hand auf die Schulter legte. Griet sah, dass es ein alter Bekannter war: Stijn de Leeuw, der Chefredakteur. Er flüsterte Wetering etwas ins Ohr, woraufhin sich dieser kurz entschuldigte.

»Und jetzt?«, fragte Noemi.

»Ich weiß es nicht«, antwortete Griet.

»Wenn Wetering die Position von Marit Blom orten kann…«, sagte Noemi. »An der Strecke stehen doch genügend Kollegen. Warum holen wir die Frau nicht vom Eis?«

»Ohne Haftbeschluss?« Pieter schüttelte den Kopf. »Außerdem, wie willst du eine Eisläuferin festhalten, die in voller Geschwindigkeit an dir vorbeiflitzt?«

»Was ist mit den Stempelposten?«

»Dort herrscht ein irres Gedränge«, erwiderte Pieter. »Die Läufer rauschen heran und sind schon wieder weg. Da erkennst du niemanden.«

Griet musste Pieter recht geben. Es bestand keine Möglichkeit, von außen in das Geschehen einzugreifen.

Sie deutete mit einem Nicken auf Hoekstra und die Ewerts. »Was ist mit den dreien?«

»Sie waren gerade bei der Anmeldung und schon auf dem Weg in die Startbox«, erklärte Pieter. »Sie wären in der nächsten Startergruppe gewesen. Ich kam gerade noch rechtzeitig.«

Griet musterte die drei Männer, die in voller Montur dastanden und mürrische Gesichter machten. Jeder von ihnen trug das vorgeschriebene Trikot sowie eine Pulsuhr und einen Transponder am Handgelenk. Ihre Skibrillen hatten getönte Gläser und verdeckten die Hälfte des Gesichts.

»Die drei sind also bereits für das Rennen eingeschrieben und im Besitz ihrer Stempelkarten?«, fragte Griet.

»Korrekt«, sagte Pieter.

»*Excuses* – Entschuldigung«, unterbrach Wetering sie. »Ich muss mich jetzt zum Startblock begeben, in wenigen Minuten startet die nächste Gruppe. Danach werde ich mit *meneer* De Leeuw zur Rennleitung gehen. Sollten Sie also noch Fragen haben …«

»Moment«, sagte Griet. Ihr Gehirn arbeitete auf Hochtouren. »Bedeutet das, dass *meneer* De Leeuw bei Ihnen am Kommandostand ist? Wie lange?«

»Das Leeuwarder Daagblad veröffentlicht einen exklusiven Bericht darüber, wie anstrengend ein solcher Tag hinter den Kulissen ist«, erklärte Wetering. »*Meneer* De Leeuw wird das gesamte Rennen über an meiner Seite sein. Wenn Sie mich nun entschuldigen würden.«

Er ging in Richtung des Startblocks davon. Stijn de Leeuw wollte ihm folgen, doch Griet hielt ihn zurück. Es war an der Zeit, dass er sich dafür revanchierte, dass sie ihn beim Verhör mit Samthandschuhen angefasst hatte. »Sie erinnern sich an den Gefallen, den Sie mir schulden?«

De Leeuw nickte. »Ist ja noch nicht so lange her. Was wollen Sie?« Griet sagte es ihm, und er stimmte zu. »Ist gut. Ich bin für Sie da.« Dann wendete er sich ab und eilte Claas Wetering nach.

Griet ging zu den Ewerts und Rob Hoekstra hinüber und baute sich, die Hände in die Hüften gestemmt, vor ihnen auf.

»*Mijne heren*«, sagte sie. »Sie könnten mit Ihrer Hilfe maßgeblich zu einem Ermittlungserfolg beitragen. Und ich verspreche Ihnen, dass die *politie* sich für Ihre Unterstützung dankbar erweisen wird.«

Sie blickte bei ihrer kleinen Ansprache vor allem Hoekstra und Vlam an. Dann spürte sie Pieters Hand auf ihrer Schulter, der sie zur Seite nahm.

»Was soll das?«, fragte er.

»Ich erfülle dir deinen Kindheitstraum.«

»Meinen Kindheitstraum?«

»Ja.« Griet lächelte. »Du wolltest doch immer mal den Elfstedentocht laufen.«

42

ELFSTEDENTOCHT

Der Schnee trieb in Böen über das zugefrorene *Heegermeer,* das große Binnenmeer, das sich zwischen Sloten und Stavoren erstreckte. Das Tageslicht fand nur langsam den Weg durch die schwarz-graue Wolkendecke, was die Sicht zusätzlich erschwerte. Griet konnte das Ufer zu beiden Seiten kaum ausmachen und versuchte, sich an den brennenden Fackeln zu orientieren, die im Eis steckten und den Streckenverlauf markieren sollten – was eher schlecht als recht funktionierte, da die Flammen im Wind zu erlöschen drohten.

Griet hatte in ihrer Laufbahn bereits manche Situation erlebt, in der sie nicht gewusst hatte, ob sie sie lebend überstehen würde. Sie hatte Verbrechern mit gezogener Waffe gegenübergestanden, war in Schusswechsel verwickelt worden, und sie hatte ihren Kollegen und Geliebten Bas Dekker sterben sehen. Dennoch gehörte der Elfstedentocht zu den außergewöhnlichsten Erfahrungen, die sie bisher in ihrem Leben gemacht hatte. Es war existenziell, berauschend und beängstigend zugleich. In dem einen Moment durchströmte schiere Euphorie ihren Körper, im nächsten wähnte sie sich im Vorhof zur Hölle.

Nach dem Start in Leeuwarden hatten sie die kleinen Orte Sneek, Ijlst und Sloten passiert, und der weitere Weg würde sie vom *Heegermeer* über den *Johan Friso Kanaal* nach Stavoren führen. Das Eis auf den Kanälen und Seen war von Rissen und Furchen durchzogen, sodass Griet permanent darauf achten musste, nicht ins Stolpern zu geraten und hinzufallen. Gleichzeitig versuchte sie, die Schmerzen auszublenden, die sich bereits jetzt in ihrem Körper bemerkbar machten: in den Knien und Oberschenkeln, im Rücken, der sich anfühlte, als hätte jemand ein glühendes Messer hineingerammt, und auch ihre Lunge brannte bei jedem Atemzug. Die Temperatur lag bei minus fünf Grad, und gefühlt war es deutlich kälter.

Ein Blick in die Gesichter von Noemi und Pieter, die an ihrer Seite liefen, verriet Griet, dass es ihnen nicht anders erging. Wobei Noemi noch den fitteren Eindruck machte. Pieter keuchte schwer, und Griet fragte sich ernsthaft, wie weit er es schaffen würde.

Den ersten Teil der Strecke hatten sie noch in der Dunkelheit zurückgelegt – ein Wechselbad der Gefühle. Die Finsternis und Einsamkeit der Binnenmeere und Kanäle war immer wieder von berauschenden Fahrten durch die Orte abgelöst worden, wo Volksfeststimmung herrschte. Obwohl die Profiläufer bereits weit voraus waren, waren sie in Sneek, Ijlst und Sloten von einem Meer aus Zuschauern empfangen worden, das die Amateure mit inbrünstigen Gesängen, Sprechchören und Blasmusik begrüßte. Überall wehten Nationalfahnen oder die Flagge von *Fryslân*, bleiweiß gestreift mit roten Herzchen. Einmal hatte Griet sogar zwei Männer entdeckt, die auf das Sims eines Fensters im ersten Stock geklettert waren und den Läufern von dort mit einem *pilsje* in der Hand zujubelten.

Die gute Laune der Zuschauer konnte allerdings kaum darüber hinwegtäuschen, dass der Elfstedentocht schon in den frühen Stunden des Rennens seinen Tribut forderte.

Immer wieder hatten sie Verletzte am Streckenrand gesehen, Läufer, die gestürzt waren und Platzwunden oder Knochenbrüche davongetragen hatten. Nicht wenige waren auch mit zu leichter Kleidung unterwegs, hatten sich Erfrierungen zugezogen und mussten die Sanitätszelte aufsuchen.

Es war ein durch und durch archaisches Vergnügen, und Griet wunderte sich, dass ein solches Rennen in der heutigen, von Sicherheitsdenken dominierten Zeit überhaupt noch ausgetragen werden durfte.

Sie wusste, dass ihre Chancen, Marit Blom in der Masse der anderen Teilnehmer zu entdecken, gering waren. Dennoch war dies die beste Möglichkeit, ihr auf den Fersen zu bleiben. Griet vermutete, dass Blom einen ähnlichen Plan verfolgte wie beim Elfstedentocht von 1997, als sie ihren Mann hatte verschwinden lassen. Nur dass es diesmal um ihr eigenes Verschwinden ging. Allerdings würde sie damit wohl bis zum Einbruch der Dunkelheit warten.

Griet warf einen Blick auf die Uhr an ihrem Handgelenk. Es war halb zwölf. Ihnen blieben noch gut viereinhalb bis fünf Stunden, dann würde die Dämmerung einsetzen. Sie schätzte, dass sie Stavoren in einer halben Stunde erreichen würden. Dann war es an der Zeit, Stijn de Leeuw anzurufen.

***

»Es geht schon«, sagte Pieter und aß noch einen Löffel *snert*. »Ich hätte nicht gedacht, dass es so anstrengend ist.«

»Vielleicht solltest du einfach nicht jeden Mittag Pfannkuchen in dich reinschieben«, meinte Noemi.

»Ich esse nicht jeden Mittag Pfannkuchen.«

»Aber jeden zweiten.«

»*Godziemij* – liebe Güte, du bist ja wie meine Frau …«

Noemi lächelte. »O *wat gaaf,* wie schön, ich habe gehört, sie soll ganz reizend sein.« Sie trank einen Schluck Tee aus dem dampfenden Becher, den sie in der Hand hielt. »Ich mache mir nur Sorgen um dich. Wenn du nicht mehr kannst, steig lieber in den Zug.«

Sie deutete in Richtung des Bahnhofs, der einige Hundert Meter vom Hafen entfernt lag. Eine größere Gruppe von Läufern, die offenbar zu erschöpft waren, hatte sich dort versammelt und wartete auf den nächsten Zug, um die Heimreise anzutreten.

Griet stand mit Pieter und Noemi am Rand der *stadsgracht* in Stavoren. Sie hatten sich bei einem *koek en zopie* mit einer warmen Mahlzeit und etwas zu trinken versorgt. In ihrem Rücken blies der Wind, der spürbar aufgefrischt hatte, in heftigen Böen vom Ijsselmeer her über die Dächer der niedrigen Häuser. Von den vielen Fahnen entlang der Strecke waren einige bereits zerrissen. Und in den Masten der Plattboote und Segeljachten, die in der Gracht wie an einer Perlenschnur aufgereiht lagen, klapperten die Leinen lautstark.

Griet hielt ihr *mobieltje* hoch, zum Zeichen, dass sie telefonieren wollte, dann wandte sie sich ab und wählte die Nummer von Stijn de Leeuw. Er meldete sich mit dem dritten Klingeln.

»*Mevrouw Commissaris*«, sagte er. »Ich hoffe, Sie sind wohlauf. Wo stecken Sie?«

»In Stavoren«, antwortete Griet. »Und wenn Sie schon fragen, ich hätte nichts dagegen, wenn Sie herkommen und mich mit dem Auto abholen.«

De Leeuw lachte. »Kann ich nachvollziehen. Wie Sie wissen, habe ich auch nicht die besten Erinnerungen an dieses Rennen ... Was kann ich für Sie tun?«

»Marit Blom. Ich brauche ihre aktuelle Position.«

Stille. Dann: »Das fragen Sie doch nicht ohne Grund, oder?«

»Ich habe keine Zeit für lange Reden. Ich erkläre es Ihnen später, einverstanden?«

»Gern, aber bitte, noch bevor Sie mit einem meiner Kollegen sprechen.«

»Abgemacht.« Griet hielt die freie Hand vor das Smartphone, um es von den Umgebungsgeräuschen abzuschirmen – im Hintergrund sorgten die feiernden Zuschauer für einen ordentlichen Lärmpegel. Am anderen Ende der Leitung hörte sie Schritte und eine Tür, die ins Schloss fiel, dann wieder die Stimme von De Leeuw: »Blom hat sich vor ungefähr zwanzig Minuten bei Claas Wetering gemeldet. Da war sie gerade in Workum.« Ein Knarzen erklang, und die Verbindung brach für einen Moment ab, dann war De Leeuw wieder da. »Sie sagte, dass es kritisch wird …«

»Was soll das heißen?«

»Also, hier sind gerade alle ziemlich nervös«, berichtete er. »Mit Einbruch der Dunkelheit soll der Wind noch mal ordentlich zulegen und die Temperaturen weiter in den Keller gehen … auch der Schneefall könnte heftig werden. Wetering meint, dass ein Abbruch des Rennens nicht ausgeschlossen ist.«

»Hat er das selbst vorgeschlagen?«

»Nein, Marit Blom hat das bei ihrem Telefonat offenbar zur Diskussion gestellt. Sie will sich später noch einmal mit ihm besprechen.«

»Wann?«

»Hat sie nicht gesagt.«

Griet ließ das *mobieltje* einen Moment sinken und überlegte, was das zu bedeuten hatte. Sie erinnerte sich an das Planspiel im *politiehoofdkantoor*, als Wim Wouters und die Kollegen den Fall eines Rennabbruchs durchgespielt hatten. Das wahrscheinlichste Szenario war gewesen, dass man ab Harlingen die Strecke sperrte und die Leute vom Eis holte.

Griet hob das Telefon erneut ans Ohr. »Rufen Sie mich an, wenn sich Blom wieder gemeldet hat.«

»Mache ich«, antwortete De Leeuw. »Und … *mevrouw Commissaris?*«

»Was?«

»Vielleicht sollten Sie lieber nicht weiterlaufen.«

»Ich fürchte«, sagte Griet, »uns bleibt keine andere Wahl.«

* * *

Es musste die Hand Gottes sein – so fühlte es sich zumindest an –, die sich ihnen hier entgegenstemmte und sie am Fortkommen zu hindern suchte. Der Wind kam nun fast direkt von vorn und fegte mit voller Wucht über die flache, weite Eisfläche. Griet schätzte, dass es inzwischen mindestens Windstärke sechs sein musste.

Sie hatten Stavoren durch den alten Hafen verlassen und waren auf die offene See hinausgelaufen. Das Teilstück bis nach Hindeloopen führte über das Ijsselmeer, und Griet kam es vor, als befänden sie sich in einer Eiswüste.

Die Temperaturen waren weiter gefallen, und der Gegenwind machte alles noch kälter. Sie schwitzte, dennoch spürte sie, wie sie auszukühlen begann. Das Gefühl in ihren Zehen hatte sie bereits verloren. Griet war klar, dass sie jetzt auf keinen Fall stehen bleiben durfte, um sich auszuruhen. Ein Sturz wäre noch fataler.

Sie liefen hintereinander, um sich gegenseitig Windschatten zu geben. Griet wechselte sich mit Noemi an der Führungsposition ab, während Pieter immer an dritter Stelle blieb. Er hatte Probleme, das Tempo mitzugehen. Sie warteten auf ihn und achteten darauf, dass er nicht zurückfiel und sie ihn aus dem Blick verloren. Der Schnee kam ihnen, vom Wind getrieben, wie aus einem Sandstrahlgebläse entgegen. Die eisigen Flocken stachen wie Tausende kleine Nadeln ins Gesicht. Die Sichtweite lag nun bei unter fünfzig Metern. Der Streckenverlauf war kaum noch auszumachen, sodass sie sich an den anderen Läufern orientierten. Entdeckten sie voraus jemanden, liefen sie zu ihm hin, ließen sich eine Weile mitziehen, überholen und hielten nach dem Nächsten Ausschau, dem sie folgen konnten.

Damit waren sie gegenüber einzelnen Läufern im Vorteil. In der Gruppe kamen sie schneller voran. Griet hoffte im Stillen, dass sie auf diese Weise vielleicht doch noch eine Chance hatten, Marit Blom einzuholen, sofern sie nicht in einer Gruppe unterwegs war.

Es dauerte eine gefühlte Ewigkeit, bis sie bei Hindeloopen das Ijsselmeer wieder verließen. Obwohl sie alle eine Pause gut hätten gebrauchen können, liefen sie weiter, um keine Zeit zu verlieren.

Auf den Binnengewässern, *Binnengats,* wie Griet es inzwischen aus der Seglersprache kannte, waren die Verhältnisse allerdings kaum besser. Abgesehen von Workum und Bolsward, die auf dem weiteren Weg nach Harlingen lagen, gab es weit und breit keine Siedlungen, Gebäude oder irgendetwas anderes, das ihnen gelegentlich Schutz vor dem Wind hätte bieten können. Wälder waren hier oben in *Fryslân* ohnehin selten, sodass der Wind ungebremst über die Ebene fegte und immer wieder dichte Schneewehen über die Kanäle trieb.

Bei Workum setzte die Dämmerung ein, und als sie Harlingen passierten, war es vollständig dunkel. Von dort brauchten sie nicht mehr lange bis nach Franeker. In dem kleinen Ort gab es einen Hafen, in dessen Nähe sie Rast machten. Pieter war mit den Kräften völlig am Ende.

Auch hier drängten sich die Zuschauer zu Tausenden und feierten die Elfsteden-Läufer. In den Masten der Schiffe in der Gracht hingen Dutzende bunte Lichterketten, die die Szenerie erhellten.

Griet hatte allerdings keine Zeit, sich der Magie der Kulisse hinzugeben. Sie legte die Schlittschuhe ab und zog die Straßenschuhe an, die sie im Rucksack bei sich hatte. Während Noemi warme Getränke und Essen besorgte, schleppte Griet Pieter ins Sanitätszelt. Seine Lippen waren blau angelaufen, sein Bart vereist, und er zitterte am ganzen Leib. Das Zelt war überfüllt mit verletzten und erschöpften Läufern, sodass sie einen Moment warten mussten, bis eine Sanitäterin kam und sich um ihn kümmerte. Sie legte ihm eine Decke um die Schultern und führte ihn zu einem Stuhl, auf dem er sich mit einem Seufzen niederließ. Während die Frau Pieter untersuchte, wandte sich Griet kurz ab, holte ihr *mobieltje* aus der Jackentasche und drückte die Wahlwiederholung. Sie ließ mehrere Male durchklingeln, doch Stijn de Leeuw nahm den Anruf nicht entgegen.

Noemi trat neben sie und reichte ihr einen dampfenden Becher mit *koffie*. Mit dem Daumen zeigte sie zurück auf die Menschentraube vor dem Imbissstand. »Die Leute erzählen sich, dass das Rennen kurz vor dem Abbruch steht.«

Griet umfasste den Kaffeebecher mit beiden Händen und genoss die Wärme. Sie trank einen Schluck und beobachtete dabei ihre Umgebung. In der Nähe der Gracht waren einige Streifenwagen aufgefahren, und Kollegen in Uniform hatten sich versammelt und hantierten mit Absperrgittern. Griet wusste, was das zu bedeuten hatte. Sie machten sich tatsächlich bereit, die Strecke zu schließen.

»Was ist mit ihm?«, fragte Noemi und blickte zu Pieter hinüber.

»Sieht nicht gut aus«, sagte Griet. »Ich glaube kaum, dass er noch weiterlaufen kann.« Ihr *mobieltje* klingelte, und sie nahm den Anruf an. Noemi ging zu Pieter und brachte ihm Tee.

»*Excuses* – Entschuldigung, dass ich nicht rangegangen bin«, sagte Stijn de Leeuw. »Aber hier überschlagen sich gerade die Ereignisse. Claas Wetering hat beschlossen, das Rennen abzubrechen ...«

»Ist uns nicht entgangen«, meinte Griet. »Was ist mit Marit Blom?«

»Wir ... haben den Kontakt zu ihr verloren.«

Griet umklammerte das *mobieltje* fester. »Was ist passiert?«

»Sie hat zuletzt aus Harlingen mit Wetering telefoniert. Sie waren sich beide nicht sicher ... Blom wollte das Rennen nicht voreilig abbrechen und noch ein Stück weiterlaufen«, berichtete De Leeuw. »Sie hat Franeker durchlaufen, und danach ist ihr GPS-Transponder ausgefallen ... Wir wissen nicht, was passiert ist oder wo sie sich jetzt befindet.«

»Wann war sie in Franeker?«

»Das ist keine fünf Minuten her ...«

»*Bedankt*«, sagte Griet und legte auf.

Sie ging zu Pieter hinüber, der noch immer in die Decke gehüllt auf dem Stuhl saß und seinen Tee trank. Noemi unterhielt sich mit der Sanitäterin.

»Wie geht es dir?«, fragte Griet und hockte sich neben ihn.

Pieter versuchte sich an einem Lächeln. »Keine Sorge ... so schnell werde ich schon nicht sterben.«

»Weiterlaufen wirst du aber auch nicht«, erklärte Noemi. »Die Sanitäterin sagt, dass hier für dich Endstation ist.«

»Sie werden das Rennen ohnehin abbrechen«, sagte Griet und wiederholte, was sie soeben von De Leeuw erfahren hatte.

»Und was machen wir jetzt?«, fragte Noemi.

Griet überlegte. Sie waren Marit Blom dicht auf den Fersen, und sie hatte eine Vermutung, wo die Frau hinwollte. Sicher war sie sich allerdings nicht, denn auf den vielen zugefrorenen Wasserwegen, die hier oben in der Gegend von der Hauptstrecke abzweigten, konnte Blom überall hinfahren.

Sie stand auf, blickte kurz zu den Streifenkollegen und den Einsatzfahrzeugen hinüber. Dann aktivierte sie ihr Smartphone und rief Google-Maps auf.

»Ihr beiden besorgt euch einen Wagen«, sagte sie zu Pieter und Noemi und zeigte auf eine Stelle in der Karte. »Ich denke, sie will hierhin. Wir treffen uns dort.«

»Und was machst du?«, fragte Pieter.

»Ich versuche, sie auf der Strecke einzuholen, nur für den Fall, dass sie doch weiterläuft ...«

»Du bist lebensmüde«, meinte Noemi.

»Siehst du eine andere Möglichkeit?«

Noemi schüttelte den Kopf. »Allein bist du aber nicht schnell genug. Ich komme mit.«

»Nein ...« Griet hielt inne, als Pieter aufstand und sie an der Schulter fasste.

»Noemi hat recht«, sagte er. »Ihr müsst euch weiterhin gegenseitig Windschatten geben, dann könnt ihr sie einholen. Ich nehme den Wagen.«

»Schaffst du das?«

Er nickte und streifte die Decke ab. »Bin schon auf dem Weg.«

Während Pieter zu den Kollegen der Streifenpolizei hinüberging, zogen Griet und Noemi die Schlittschuhe wieder an und staksten auf die vereiste Gracht, wo bereits Absperrgitter aufgestellt waren. Als ein Uniformierter sie zurückhalten wollte, zeigten sie ihre Dienstmarken, und er ließ sie passieren. Dann verschwanden sie mit langen Gleitschritten auf dem Kanal und liefen in die sturmumtoste Nacht.

43
DIE BRÜCKE

Griet konnte die anderen Läufer, die sie einholten, lediglich als Schemen in dem Schneegestöber erkennen, wenn sie sich ihnen näherten. Sie erinnerte sich daran, wie sie bei der *Vrouwenportbrug* im dichten Schneetreiben nach dem *koek en zopie* gesucht hatte. Das war allerdings am helllichten Tag gewesen, und sie hatte sich an den Umgebungsgeräuschen orientiert. Hier gab es hingegen nur die pechschwarze Nacht und den ohrenbetäubenden Lärm des Sturms, der über dem nördlichsten Teil von *Fryslân* nun seine ganze Wucht entfaltete. Noemi und sie liefen dicht nebeneinander, doch wenn sie sich etwas sagen wollten, mussten sie schreien. Sie sparten sich daher den Atem, die anderen Läufer darüber zu informieren, dass das Rennen abgebrochen worden war. Das würden sie ohnehin am nächsten Stempelposten erfahren.

Nach Marit Blom hielten sie ergebnislos Ausschau. Also konnten sie nur hoffen, dass Pieter rechtzeitig zur Stelle war. Griet hatte ihm auf der Karte eine Stichstraße gezeigt, die von der Landstraße abzweigte und am Kanal *De Rie* endete. In der Nähe befand sich das Haus, das Marit Blom mit ihrem Mann bewohnt hatte und in dem sie noch heute lebte.

Noemi hatte die Karten-App auf ihrem Smartphone aktiviert gelassen, doch einige Kilometer hinter Franeker war die Verbindung abgebrochen. Griet fehlte jedes Gefühl dafür, wie schnell sie vorankamen und wo genau sie sich derzeit befanden. Doch sie blendete den Gedanken aus und richtete ihre ganze Konzentration auf ihre Bewegungen. Sie achtete bei jedem Schritt darauf, die Kufen druckvoll auf das Eis aufzusetzen, für den Fall, dass es Unebenheiten zu überwinden galt, die in der Dunkelheit nicht auszumachen waren. Dass sie dabei das Gefühl hatte, es hingen mehrere Säcke Zement an ihren Beinen, machte die Sache nicht einfacher. Dazu kamen noch die Windböen, die drohten sie aus dem Gleichgewicht zu bringen.

Griet verstand, warum der Elfstedentocht in seiner Historie manches Todesopfer gefordert hatte. Sollte sie jetzt stürzen, würde die Versuchung übermächtig sein, einfach liegen zu bleiben und sich der Dunkelheit hinzugeben, die sie von den Schmerzen erlöste – unter diesen Bedingungen der sichere Tod.

Sie wusste nicht, wie lange sie gelaufen waren, als sie weiter vorn einen vagen Lichtschein erkannte. Griet schob die Skibrille hoch und kniff die Augen zusammen, um besser sehen zu können. Es waren die Scheinwerfer eines Autos. War das Pieter?

Plötzlich fiel ein Schuss.

Griet beschleunigte instinktiv und zog Noemi mit. Sie kamen den Scheinwerfern näher, und dann flackerte Blaulicht durch die Nacht. Als sie auf gleicher Höhe waren, hielten sie auf das Ufer zu und stiegen vom Eis herunter.

Auf der Straße stand ein Streifenwagen. Pieter kam ihnen mit gezogener Waffe entgegengerannt. Der Sturm zerzauste ihm die Haare. »Sie hat nicht reagiert«, schrie er gegen den Wind an, »da habe ich einen Warnschuss abgefeuert!«

»Wo ist sie hin?«, fragte Griet und deutete auf die Lichter, die in der Entfernung zu erkennen waren. »Zu ihrem Haus?«

»Nein! Ich habe ihr den Weg abgeschnitten.« Pieter schüttelte den Kopf und wies mit der freien Hand in Richtung Kanal. »Sie ist zurück auf den Kanal und weitergelaufen.«

»*Verdomme!*«, fluchte Griet. Noemi sagte etwas, doch sie verstand es nicht. »Was?«

»Wo der nächste Kontrollposten ist?«, rief Noemi.

Pieter bedeutete ihnen mit einem Winken, ihm zum Wagen zu folgen. Noemi setzte sich auf die Rückbank, Griet ließ sich auf den Beifahrersitz fallen und spürte sofort, wie sich ihr Körper entspannte, als die Wärme im Inneren des Autos sie umfing. Pieter holte eine Karte aus dem Handschuhfach und klappte sie auf.

»Sie haben die Strecke in Harlingen und Franeker inzwischen dichtgemacht«, sagte Pieter. »Es kam gerade über Funk. Sie holen die Leute jetzt bei allen Stempelposten vom Eis, egal, wie weit sie schon gekommen sind.«

»Das dürfte ein schönes Gedränge geben«, meinte Noemi, »eine gute Chance, im allgemeinen Durcheinander zu verschwinden.«

Pieter fuhr mit dem Zeigefinger auf der Karte den weiteren Streckenverlauf ab, bis er über einem kleinen Ort verharrte.

»Der nächste Kontrollposten ist« – er blickte zu Griet – »die Brücke von Bartlehiem.«

***

Sollte sie diese Nacht überstehen, schwor Griet sich, nie im Leben auch nur noch einen einzigen Meter auf Schlittschuhen zurückzulegen. Am liebsten wäre es ihr gewesen, Pieter hätte sie im Streifenwagen mitgenommen und sie hätte diese behaglich warme Höhle nie wieder verlassen müssen. Doch Noemi und sie hatten den Weg über das Eis genommen, um Marit Blom den möglichen Rückweg abzuschneiden, während Pieter mit dem Auto nach Bartlehiem fuhr.

Griet ließ sich neben Noemi auf die flache Uferböschung fallen, zog die Schlittschuhe aus und holte die Straßenschuhe aus dem Rucksack. Sie hatten einige Hundert Meter vor der

Brücke von Bartlehiem das Eis verlassen, um nicht in das Gedränge der anderen Läufer zu geraten, die dort an Land geholt wurden. Griet war mit ihren Kräften völlig am Ende, dennoch wunderte sie sich, wozu ein menschlicher Körper fähig war und wie viel man sich in extremen Situationen abverlangen konnte. Bis zum Ziel in Leeuwarden war es nicht mehr weit, und niemals hätte sie gedacht, dass sie einmal beinahe den gesamten Elfstedentocht laufen würde.

Mit einem schnellen Handgriff versicherte Griet sich, dass ihre Dienstwaffe einsatzbereit war, eine Walther P99QL mit besonders schnellem Abzug, die Standardpistole der *politie*.

»Nur für den Notfall«, ermahnte sie Noemi, die ebenfalls ihre Waffe überprüfte. Noch zu frisch war ihre Erinnerung an Vlieland, wo Noemi einen jungen Mann erschossen hatte.

Griet nahm ihr *mobieltje* ans Ohr. »Pieter?«

»Bin da. Ich komme von der Straße her auf die Brücke zu.«

»In Ordnung. Bleib in der Leitung.«

Sie behielt das *mobieltje* in der Hand, stand auf und bewegte sich im Laufschritt in Richtung der Brücke. Noemi folgte ihr.

Die Szenerie, die sich ihnen bot, glich jener der Großübung, die vor etlichen Tagen hier abgehalten worden war. Dutzende Menschen hatten sich auf der kleinen Brücke von Bartlehiem versammelt, und an den Ufern standen beiderseits des Kanals Tausende weitere. Von den Imbissständen drang der Geruch nach Frittiertem herüber.

Doch etwas war anders. Stille hatte sich ausgebreitet.

Die Anfeuerungsrufe und Sprechgesänge waren verstummt, die Blaskapellen spielten nicht mehr, und die fröhliche Stimmung war erloschen, als hätte der Sturm, der über den Köpfen der Menschen in den Kronen der Bäume rauschte, sie fortgeweht.

Viele Zuschauer standen da, die Enttäuschung ins Gesicht geschrieben und offenbar ratlos, was sie tun sollten, während andere bereits den Heimweg antraten und sich zur Straße hinbewegten.

Unter der Brücke sah Griet auf dem Kanal einige Kollegen, die eine Absperrung errichtet hatten. Sie informierten die ankommenden Läufer über den Abbruch des Rennens und forderten sie auf, das Eis zu verlassen. An Land hatte sich bereits eine Traube von Teilnehmern gebildet, die ihre Schlittschuhe ausgezogen hatten und nun offenbar überlegten, wie sie von hier fortkamen. Aus den Planspielen der *politie* wusste Griet, dass für diesen Fall Busse bereitgestellt wurden, die die gestrandeten Läufer einsammeln sollten – allerdings würde es noch einen Moment dauern, bis diese hier eintrafen.

Sie fragte sich, wie sie in diesem Durcheinander Marit Blom entdecken sollten, zumal die meisten Läufer noch ihre orangefarbenen Sicherheitswesten trugen, wodurch alle gleich aussahen.

Griet hob das *mobieltje* ans Ohr, als sie Pieters Stimme hörte. »Ich bin jetzt an der Brücke. Wo steckt ihr?«

»Wir sind gleich bei dir.«

Griet spürte, wie Noemi sie an der Schulter berührte.

»Dort drüben.« Sie deutete zur Landstraße hinüber.

Griet folgte ihrem ausgestreckten Finger mit dem Blick und musste unwillkürlich schmunzeln. Auf die Geschäftstüchtigkeit ihrer Landsleute war Verlass. Die Nachricht, dass der Elfstedentocht abgebrochen worden war, musste sich wie ein Lauffeuer verbreitet haben – und damit die Gewissheit, dass in den Orten an der Strecke Tausende Teilnehmer gestrandet waren und nach einer Möglichkeit suchten, irgendwie nach Hause zu kommen. An der Landstraße war bereits ein gutes Dutzend Taxis vorgefahren, und Griet war sich sicher, dass weitere bald folgen würden. In die vorderen Wagen stiegen bereits die ersten Fahrgäste ein.

Griet rief sich den Lageplan des Geländes in Erinnerung, den sie im Zuge der Übung studiert hatte. Es gab mehr als nur eine Zufahrt zur Brücke. Auf der Ostseite verlief die Landstraße, und auf dem gegenüberliegenden Ufer gab es einen weiteren, kleineren Weg, der fast bis direkt an das *Dokkummer Eee* heranführte, den Kanal, über den sich die Brücke spannte.

Ohne Zögern lief Griet los und blieb erst wieder stehen, als sie die Menschenmenge hinter sich gelassen hatte. Pieter war am Fuß der Brücke angekommen und stand am Ostufer, das *mobieltje* am Ohr. Der Wind wehte die Schneeflocken wie einen Vorhang über das Land. Griet kniff die Augen zusammen und versuchte zu erkennen, was am anderen Ufer vor sich ging. Hinter einer Reihe von hohen Bäumen entdeckte sie schließlich die schmale Straße. Auch dort standen Taxis geparkt.

Die Zuschauermenge war dabei, sich aufzulösen. Das Gros der Leute bewegte sich in Richtung der Landstraße, doch einige liefen gegen den Strom und versuchten, über die Brücke zu den weniger frequentierten Taxis zu kommen.

Da sah Griet es.

Ein Stück vor Pieter ging eine Frau den Aufgang der Brücke hinauf. Sie trug einen schwarzen Eislaufanzug. Die Sicherheitsweste hatte sie abgelegt. Unter der dunklen Neoprenmütze schaute ein Büschel feuerroter Haare hervor. Als die Frau kurz zur Seite sah, erkannte Griet das Gesicht von Marit Blom.

»Pieter«, sprach sie in ihr *mobieltje*, »sie ist vor dir. Sie will über die Brücke zu den Taxis auf der anderen Seite.«

»Alles klar. Ich schnapp sie mir.«

»Warte …« Doch er hatte sich bereits in Bewegung gesetzt. Griet gab Noemi ein Zeichen, ihr zu folgen, und sie rannten los. Als sie den Fuß der Brücke erreichten, spielte sich in Griets Wahrnehmung alles Weitere in Zeitlupe ab. Pieter hatte den Scheitelpunkt der Brücke erreicht und war nun direkt hinter der Frau. Griet konnte hören, wie er sie laut aufforderte, stehen zu bleiben. Seine rechte Hand lag auf der Dienstwaffe, die im Holster steckte, mit der linken griff er nach der Schulter von Marit Blom. In dem Moment wirbelte sie herum, und Griet sah kurz etwas Silbernes aufblitzen. Sie hatte auf Pieters Kopf gezielt. Er wich zurück und presste eine Hand auf die Wange. Zwischen seinen Fingern quoll Blut hervor.

»*Politie!*«, schrie Griet, während sie reflexartig zu ihrer Waffe griff. »Alle runter auf den Boden!«

Die wenigen Menschen, die noch auf der Brücke gewesen waren, rannten weg oder warfen sich zu Boden.

Um Griet herum wurde es still, und sie nahm die Geräusche nur noch gedämpft wahr. In Gedanken war sie plötzlich wieder bei der Übung. Sie sah, wie sich der rote Fleck auf Pieters Jacke ausbreitete. Sein überraschtes Gesicht, da er nicht wahrhaben wollte, dass sie ihn angeschossen hatte.

Ein Krachen riss Griet in die Gegenwart zurück, und sie duckte sich instinktiv.

Als sie aufblickte, sah sie Noemi. Sie stand schräg hinter ihr, die Waffe im Anschlag. Aus der Mündung quoll Rauch.

Kurz erhellte ein Blitz die Nacht. Einer der vielen Fotografen, die am Rand der Strecke standen, hatte offenbar die Gunst der Stunde erkannt. Doch darum konnte Griet sich jetzt nicht kümmern. Sie rannte auf die Brücke.

Pieter stand am Geländer, die Hand noch immer auf die Wunde in seinem Gesicht gepresst.

»Alles in Ordnung?«, fragte Griet.

Pieter nickte, doch seinem Gesichtsausdruck sah sie an, dass er unter Schock stand. Sein Blick war nach unten gerichtet.

Einen Meter von ihm entfernt lag Marit Blom auf dem Boden.

Griet ging vorsichtig zu ihr hinüber und sah sofort, womit sie Pieter angegriffen hatte. In der rechten Hand hielt sie das silberne Schäkelmesser, das Griet von ihrem Treffen in der *Elfstedenhal* in Erinnerung hatte. Es hatte zwei Seiten, einen Dorn und ein Messer. Beide waren ausgeklappt. An dem Ende des Dorns klebte Blut. Griet schob das Schäkelmesser mit dem Fuß zur Seite.

»Hol einen Sanitäter!«, rief sie Noemi zu, die noch immer regungslos am Fuß der Brücke stand.

Dann steckte Griet ihre Waffe weg und kniete sich hin.

Marit Blom war bei Bewusstsein. Noemi hatte sie lediglich an der Schulter erwischt.

Griet stützte den Kopf der Frau auf ihre Knie, nahm ihre Mütze ab und presste sie auf die Wunde. »Es ist nicht schlimm«, sagte sie. »Sie kommen wieder auf die Beine.«

Marit Blom blickte mit schmerzverzerrtem Gesicht zu ihr hoch und presste zwischen den Zähnen hervor: »Wie haben Sie es herausgefunden?«

Griet schaute kurz auf. Pieter war am Geländer der Brücke herabgesunken und schien sich langsam von dem Schreck zu erholen. Unten am Ufer stand Noemi bei den Kollegen. Aus dem Sanitätszelt kam bereits ein Arzt herangelaufen.

Dann sah Griet wieder Marit Blom an und beantwortete ihre Frage. Es war schnell erzählt, schließlich war es nur ein kleines Stück Pappe, das sie überführt hatte.

44

DAS ALIBI

»Und dieses kleine Stück Pappe soll die Lösung sein?« Wim Wouters drehte die Stempelkarte argwöhnisch in der Hand. »Das verstehe ich nicht.«

Er saß Griet am Konferenztisch von Cornelis Hasselbeeks Büro gegenüber. Der Polizeichef hatte neben ihm Platz genommen.

Griet hatte bislang lediglich einen ersten, kurzen Bericht vorgelegt. Gestern waren sie, Noemi und Pieter von der Internen Ermittlung in die Mangel genommen worden, so, wie es üblich war, wenn ein Beamter Gebrauch von der Schusswaffe machte. Für Noemi war die Sache diesmal ohne Probleme abgelaufen.

Marit Blom befand sich im Krankenhaus und hatte zu den Vorwürfen, die gegen sie erhoben wurden, noch nicht Stellung bezogen. Allerdings konnte man die Äußerungen, die sie auf der Brücke gegenüber Griet gemacht hatte – und die Pieter bezeugen konnte –, als Geständnis werten. Zudem ließ ihre Attacke auf Pieter die Interne nicht daran zweifeln, dass Noemi korrekt gehandelt hatte.

Als Verantwortliche für die Ermittlungen schuldete Griet nun Wouters und Hasselbeek eine detaillierte Erklärung – zumal sich die Medien im Ausnahmezustand befanden. Die Festnahme von Marit Blom und der Abbruch des Elfstedentocht hatten für ein wahres Nachrichtengewitter gesorgt. Die Berichte stützten sich dabei alle mehr oder weniger auf einen Artikel des *Leeuwarder Dagblad*, der gestern Morgen zunächst online erschienen war. Chefredakteur Stijn de Leeuw berichtete darin ausführlich, wie drei Ermittler der *Districts-*

recherche in einer spektakulären Aktion die *Vorsitzende der Koninklijke Vereniging de Friesche Elf Steden* wegen mutmaßlichen Doppelmordes festgenommen hatten. Zur Verwunderung aller besaß er ein erstaunliches Detailwissen über die Angelegenheit.

Wouters reichte die Stempelkarte an Hasselbeek weiter.

Der Polizeichef betrachtete sie kurz.

»Du sagtest, die Idee mit der Stempelkarte sei von Noemi gekommen?«, wollte er von Griet wissen.

»Ja«, bestätigte sie. »Noemi hat den entscheidenden Hinweis in diesem Fall geliefert.«

So hatte es auch im *Leeuwarder Dagblad* gestanden – oder besser gesagt: So hatte Griet es Stijn de Leeuw mehr oder weniger wörtlich diktiert. Dabei war es nicht einmal gelogen, schließlich war Noemi es gewesen, die die Stempelkarte im *Fries Museum* geholt und ihr gebracht hatte.

Neben dem Artikel war ein Foto von Noemi abgebildet gewesen, das sie just in dem Moment zeigte, als sie die Waffe abgefeuert hatte – es war von schräg unten aufgenommen, was sie überlebensgroß erscheinen ließ. Und nun hatten Leeuwarden und die *politie* eine neue Heldin.

Hasselbeek schob Griet die Stempelkarte über den Tisch zu.

»Erklär uns das doch bitte.«

Griet drehte die Karte so, dass Hasselbeek und Wouters sie sehen konnten. Dann nahm sie einen Kugelschreiber aus dem Stifthalter, der in der Mitte des Konferenztischs stand. Mit der Spitze deutete sie der Reihe nach auf die Ortsnamen und Uhrzeiten, die auf der Karte notiert standen. Sie waren für die Lösung des Rätsels entscheidend.

Leeuwarden	06.45 Uhr
Sneek	07.55 Uhr
Ijlst	08.32 Uhr
Sloten	09.25 Uhr
Stavoren	10.52 Uhr
Hindeloopen	12.18 Uhr
Workum	13.15 Uhr
Bolsward	14.22 Uhr
Harlingen	15.03 Uhr
Franeker	15.48 Uhr
Bartlehiem	21.05 Uhr
Dokkum	22.27 Uhr
Leeuwarden	23.09 Uhr

»Diese Karte verrät uns ziemlich genau, zu welcher Uhrzeit Marit Blom beim Elfstedentocht von 1997 an welchem Ort war«, sagte Griet.

Sie erklärte den beiden Männern, dass Blom das Rennen morgens um 6.45 Uhr begonnen hatte. Für das erste Drittel der Gesamtstrecke, das von Leeuwarden nach Stavoren führte, brauchte sie gute vier Stunden. Für das zweite von Stavoren nach Harlingen noch einmal fast dieselbe Zeit. Zwei ungefähr gleich lange Etappen. Beide Male jeweils vier Stunden.

Für das letzte Drittel hatte Blom dann allerdings geschlagene acht Stunden gebraucht. Von Harlingen nach Franeker war sie noch zügig unterwegs gewesen und um 15.48 Uhr dort eingetroffen. Doch den nächsten Stempelposten in Bartlehiem erreichte sie erst um 21.05 Uhr.

Dazwischen lagen fünf Stunden.

Bemerkenswert, denn dieses Stück war deutlich kürzer als die vorherigen Abschnitte, für die sie lediglich vier Stunden benötigt hatte.

»Vielleicht war sie einfach erschöpft«, gab Wouters zu bedenken. »Und wenn sie dann noch Gegenwind hatte …«

»Unwahrscheinlich«, sagte Griet. »Ich bin das Stück mitten in einem Sturm gelaufen und habe nicht so lange gebraucht. Eine Stunde, maximal anderthalb, sogar wenn man es langsam angehen lässt.«

»Was ist mit einem Sturz?«, fragte Wouters.

»Sie kam unversehrt ins Ziel. Außerdem …« Griet griff nach der Fallakte zum Verschwinden von Jurre Blom, die neben ihr auf dem Tisch lag. »Wir müssen davon ausgehen, dass sie diese Etappe fast blind laufen konnte.«

Sie schlug die Mappe auf und las die Zeugenaussage von den Nachbarn der Bloms vor. Demnach war Marit Blom in den Tagen und Wochen vor dem Elfstedentocht regelmäßig zu längeren Trainingseinheiten auf dem Kanal *De Rie* aufgebrochen, oft sogar abends im Dunkeln.

»Nehmen wir also an, sie hätte das Stück gut und gern in einer Stunde bewältigen können«, schloss Griet. »Dann bleiben immer noch vier Stunden.«

Hasselbeek lehnte sich in seinem Stuhl zurück und musterte Griet. »Was hat sie deiner Meinung nach in dieser Zeit getan?«

»Ihren Mann verschwinden lassen.«

Griet erzählte, was sich ihrer Ansicht nach in Wahrheit an jenem Tag zugetragen hatte: Marit Blom hatte ihr Haus bei Franeker gegen fünf Uhr morgens verlassen. Ihr Mann Jurre stand im Morgenmantel in der Tür, eine Tasse Kaffee in der Hand, und winkte ihr zum Abschied. So hatten es die Nachbarn gesehen. Er war also zu diesem Zeitpunkt noch am Leben gewesen. Allerdings nicht mehr lange.

Wenige Tage zuvor war sein Hund an dem Pflanzengift E605 verendet, ein schnell wirkendes Gift, das allerdings nicht umgehend zum Tod führte. Griet ging davon aus, dass Marit Blom es an dem Hund getestet hatte, um die genaue Wirkweise einschätzen zu können. Vermutlich führte sie dann am Morgen des Elfstedentocht das Gift ihrem Mann beim Frühstück oder im Kaffee zu, bevor sie nach Leeuwarden aufbrach.

Da die Nachbarn ebenfalls als Zuschauer an die Strecke fuhren und das gesamte Land in irgendeiner Form den Elfstedentocht verfolgte, konnte Blom davon ausgehen, dass an diesem Tag kein unerwarteter Besuch kommen würde. Während sie das erste Teilstück des Rennens fuhr, starb Jurre an dem Gift, und seine Leiche lag im Haus, ohne dass jemand Notiz davon nahm.

Marit Blom stempelte um 15.48 Uhr ihre Karte am Kontrollposten in Franeker. Dass sie um diese Zeit dort war, belegte auch die Aussage der Nachbarn, die ihr an der Strecke Verpflegung zukommen ließen.

Als Blom wenig später hinter Franeker auf den Kanal *De Rie* lief, war es bereits dunkel. Sie kannte sich dort aus, hatte sich vermutlich die entsprechende Stelle ausgeguckt, an der sie vom Eis stieg. Dann lief sie das kurze Stück zu ihrem Haus zurück, schleifte den leblosen Körper ihres Mannes in den Kofferraum seines Wagens, der unter dem Carport geparkt stand, und fuhr zur St.-Niklaas-Kapelle.

Noor van Urs hatte mehrere Möglichkeiten aufgezeigt, wie man auch bei gefrorenem Boden ein Grab ausheben konnte, und Griet vermutete, dass Marit Blom genau dies in den Tagen zuvor getan hatte, vielleicht sogar auf einem ihrer zahlreichen Trainingsläufe. Sie musste Jurre nur noch in das vorbereitete Grab legen und es zuschaufeln. Dann ging sie zurück zu ihrem Wagen, der vor der Kapelle geparkt stand.

Dort traf sie dann auf Jeroen Brouwer und Mart Hilberts, was nach Angaben von Brouwer gegen neunzehn Uhr gewesen war.

»Und warum hat sie die beiden mitgenommen?«, fragte Wouters. »Ich meine ... warum dieses Risiko eingehen, wenn sie auch einfach hätte davonfahren können.«

»Darüber habe ich mich auch gewundert«, sagte Griet. »Ich vermute, dass sie einfach nicht einschätzen konnte, ob die beiden sie beobachtet hatten und ein Problem darstellten ...«

»Sollte es sich tatsächlich so verhalten haben«, schaltete Hasselbeek sich ein, »befand sich die Frau in einer Ausnahmesituation. Dazu die Überraschung, von den beiden Männern ertappt worden zu sein ... Ich glaube, in einem solchen Moment entscheiden die wenigsten logisch und rational.«

»Als sie mit den beiden im Auto saß«, fuhr Griet fort, »muss sie jedenfalls realisiert haben, dass sie wenig zu befürchten hatte. Hilberts und Brouwer hatten sich von ihr im Auto mitnehmen lassen, und das hätte, wenn es herausgekommen wäre, eine Disqualifikation zur Folge gehabt. Und Brouwer war ohnehin illegal unterwegs gewesen. Die Chance, dass die beiden redeten, war also äußerst gering.«

»Blom ließ sie an der Strecke aussteigen«, sagte Wouters. »Und dann?«

Griet zuckte die Schultern. »Sie fuhr nach Hause, stellte den Wagen ihres Mannes wieder in den Carport, beseitigte eventuelle Spuren. Dann lief sie zurück zum Kanal und setzte das Rennen fort. Sie kam pünktlich vor Ablauf der offiziellen Zeit ins Ziel und holte sich den wichtigen letzten Stempel und das *elfstedenkruisje* ab, was offiziell bestätigte, dass sie den Elfstedentocht vollständig absolviert hatte.«

Griet klappte die Akte zu und legte die Hände auf den Tisch. Für einen Moment herrschte Stille, nur das Rauschen der Heizung war zu hören.

Griets Blick wanderte kurz zum Fenster hinaus. Das Sturmtief war inzwischen weitergezogen und hatte freundlicherem Winterwetter Platz gemacht. Die Sonne spiegelte sich gegenüber in der gläsernen Fassade des Achmea-Turms, dem Bürohochhaus der gleichnamigen Versicherungsgesellschaft, das diesem Teil der Stadt die Bezeichnung »Manhattan von Leeuwarden« eingebracht hatte. Der Sonnenschein fiel auf Griets Gesicht, und sie genoss die Wärme. Nach dem Elfstedentocht war sie derart durchgefroren gewesen, dass sie geglaubt hatte, ihr würde nie wieder richtig warm werden.

Hasselbeek brach als Erster das Schweigen. »Ich schätze, damit hat sich das Alibi von *mevrouw* Blom in Luft aufgelöst. Was ist mit den Überresten ihres Mannes? Wurden die schon identifiziert?«

Griet nahm den Bericht von Noor zur Hand. Nachdem sie Marit Blom festgenommen hatten, hatte der Fall höchste Priorität genossen. Die Kriminaltechnik hatte Überstunden geschoben, und es waren weitere Experten aus anderen Landesteilen hinzugezogen worden, um schnellstmöglich zu einem Ergebnis zu kommen.

»Auf dem Friedhof der St.-Niklaas-Kapelle wurden diverse menschliche Überreste gefunden«, fasste Griet zusammen. »Mithilfe eines DNA-Abgleichs mit den Geschwistern von Jurre Blom konnten einige davon als die seinen identifiziert werden.«

»Mit welcher Sicherheit?«, wollte Wouters wissen.

»Neunundneunzig Prozent.«

Hasselbeek schürzte die Lippen. »Bliebe noch die Frage nach dem Motiv.«

»Das liegt auf der Hand«, sagte Griet. »Nachdem Marit Blom ihren Mann für tot erklären ließ, fiel ihr sein Vermögen zu.«

Hasselbeek blickte kurz zu Wouters, der mit einem knappen Nicken sein Einverständnis signalisierte. »In Ordnung«, meinte er dann. »Was uns allerdings noch nicht ganz klar ist ... Wie hängt all das mit Jessica Jonker zusammen?«

***

Nach einer kurzen Pause saßen sie wieder um den Konferenztisch versammelt, Griet mit einer Tasse *koffie* vor sich. Sie hatte Wouters und Hasselbeek gerade von Jessicas Suche nach Edwin erzählt und wie sie schließlich darauf gekommen war, dass es sich bei dem Jungen, der damals den Elfstedentocht mit Mart Hilberts gelaufen war, um niemand anderen als Jeroen Brouwer handelte.

»Er brachte dann ungewollt die Ereignisse ins Rollen, die zu Jessicas Tod führten«, sagte Griet. »Ich habe es selbst lange nicht verstanden, doch im Grunde drehte sich alles um die Wärmepumpen ...«

Griet verschwieg den De-Icer, der sie überhaupt erst auf diese Fährte gebracht hatte, erklärte aber, wie *Dutch Heat,* die Firma von Jeroen Brouwer, sich in finanzieller Schieflage befunden hatte, als er vor rund einem halben Jahr mit der *Koninklijke Vereniging de Friesche Elf Steden* darüber verhandelte, seine Wärmepumpentechnik beim Elfstedentocht einzusetzen. »Mit Jaap van der Horst, dem damaligen Vorsitzenden der Kommission, war er sich mehr oder weniger bereits handelseinig.«

»Der Auftrag hätte ihm den Hals gerettet«, stellte Hasselbeek fest.

»Ja«, bestätigte Griet. »Doch dann passierten zwei Dinge beinahe gleichzeitig und veränderten alles.« Sie zählte an den Fingern ab. »Es begann damit, dass Jessica Jonker Kontakt zu ihm aufnahm. Wie gesagt, sie vermutete, dass er Edwin war. Was Brouwer zunächst leugnete. Dass sein falsches Spiel beim *tocht* publik wurde, war das Letzte, was er in der Situation gebrauchen konnte. Sein Ruf wäre ruiniert und der Auftrag futsch gewesen.«

»Weil die Elfsteden-Kommission sich nicht mit jemandem eingelassen hätte, der bei ihrem Rennen betrogen hatte?«, versicherte sich Wouters.

Griet nickte. »Aber auch so wurde es ungemütlich für Brouwer. Denn ungefähr zur selben Zeit, als Jessica bei ihm auftauchte, zog sich Jaap van der Horst aus privaten Gründen von seinem Amt zurück. Marit Blom wurde seine Nachfolgerin. Dummerweise dachte sie völlig anders über die Sache mit den Wärmepumpen. Sie sah keine Notwendigkeit für ein solch kostspieliges Investment. Der Deal drohte zu platzen.«

Hasselbeek runzelte die Stirn. »Brouwer stand also wieder unter extremem Druck. Allerdings ... wusste er zu dem Zeitpunkt, um wen es sich bei Marit Blom handelte?«

»Er hatte ihr Gesicht schon vor vielen Jahren in der Zeitung gesehen, als über das Verschwinden ihres Mannes berichtet wurde«, sagte Griet. »Also, ja, er wusste, wer sie war. Und er sah seine einzige Chance darin, sie mit diesem Wissen unter Druck zu setzen. Er meldete sich bei Jessica Jonker, gab zu, der Junge zu sein, den sie suchte, bat sie aber, diese Tatsache nicht publik zu machen, im Tausch für eine viel brisantere Geschichte. Er erzählte ihr von Jurre Blom und von der St.-Niklaas-Kapelle und sagte, er hätte noch weitere Informationen, die Marit Blom in arge Bedrängnis bringen könnten.«

Hasselbeek lachte kurz auf und schüttelte den Kopf. »Kaum zu glauben, dachte er wirklich, das funktioniert?«

»Ich weiß es nicht«, sagte Griet. »Was Brouwer jedenfalls nicht auf dem Zettel hatte, waren Toon Ewerts und sein alternativer Elfstedentocht. Ewerts zeigte sich in der Öffentlichkeit aufgeschlossen gegenüber der Wärmepumpentechnik, was wiederum Marit Blom in Erklärungsnot brachte. Sie suchte Brouwer in seinem Büro auf. Es war das erste Mal, dass die beiden sich nach all den Jahren persönlich begegneten.«

Griet hatte noch Brouwers Stimme im Ohr, wie er an der Gracht von Sloten zu ihr gesagt hatte: *Sie stand vor meinem Schreibtisch. Es dauerte keine fünf Sekunden, und ich sah ihrem Gesicht an, dass sie mich wiedererkannte. Sie setzte sich, taxierte mich. Und dann sagte sie, dass das Geschäft klargeht. Der Einsatz meiner Technik auf der gesamten Strecke. Ihr Blick verriet mir aber, dass das Geschäft einen Preis hatte … mein Schweigen.*

»Dummerweise hatte er zu dem Zeitpunkt Jessica Jonker bereits zu viel erzählt«, fuhr Griet fort. »Bei ihrem Interview mit Marit Blom ließ Jessica etwas zu deutlich durchblicken, dass sie am Verschwinden ihres Mannes interessiert war. Da Blom wusste, dass die Journalistin nach Edwin suchte und dass Brouwer dieser Junge war … Sie musste nur eins und eins zusammenzählen, um ahnen zu können, dass Jessica ihrem Geheimnis auf der Spur war und mit Brouwer in Kontakt stand.«

»Aber Jonker starb an einer Überdosis Digitalis«, warf Wouters ein. »Wie soll sie das angestellt haben?«

»Im Laufe des Interviews erlitt Jessica einen Schwächeanfall. Wir haben einen Audiomitschnitt davon. Marit Blom erfuhr wohl auf diese Weise von der Herzkrankheit und dem

Medikament. Und ... was ein Mal gut funktioniert hatte, konnte wieder klappen.«

Griet berichtete von ihrem Gespräch mit Toon Ewerts und davon, wie er auf der Pressekonferenz im *stadhuis* beobachtet hatte, wie Blom und Jessica beisammengestanden und etwas getrunken hatten.

»Und du glaubst, sie hätte die Gelegenheit gehabt, Jonker das Digitalis ins Getränk zu mischen?«, fragte Hasselbeek.

»Die Getränke standen herum, jeder konnte sich ein Glas nehmen. Das wäre ohne Zweifel möglich gewesen.«

Hasselbeek setzte eine kritische Miene auf. »Beweisen können wir das natürlich nicht ...«

»Nein«, pflichtete Griet bei, »aber sie hat es mir gegenüber mehr oder weniger zugegeben, als sie angeschossen auf der Brücke lag. Pieter hat es mit angehört.«

Hasselbeek nickte.

»Und was machte Jonker an dem Abend in Sloten?«, fragte Wouters.

»Brouwer hatte sie um ein weiteres Treffen gebeten. Er wollte sie von der Geschichte mit Marit Blom abbringen ... doch dafür war es wohl zu spät.«

»Marit Blom war an dem Abend ebenfalls in Sloten. War sie Jonker gefolgt?«

»Nein«, sagte Griet. »Letzten Endes war es wohl ein Zufall. Blom konnte nicht ahnen, dass die beiden dort verabredet waren. Sie war lediglich vor Ort, um Geert Dammers, dem *ijsmeester,* auf die Finger zu gucken.«

»Aber warum hat sie Brouwer aus der Gracht gezogen?«, wandte Wouters ein. »Ich meine, sie hätte zwei Fliegen mit einer Klappe erledigen können ...«

Griet zuckte die Schultern. »Ich schätze, er hat sein Leben

Dammers zu verdanken. Wäre er nicht dabei gewesen ... Ich bezweifle, dass Blom ihm dann zu Hilfe geeilt wäre.«

Hasselbeek hatte sich ein paar Notizen gemacht und schraubte nun bedächtig die Kappe auf seinen silberfarbenen Füller. »Brouwer ist bereit, vor Gericht auszusagen?«, fragte er.

»Ja. Wir haben seine vollständige Aussage gestern zu Protokoll genommen.«

»Ausgezeichnet«, sagte Hasselbeek. »Nach den Ereignissen beim Elfstedentocht bereitet die Staatsanwaltschaft die Anklage vor. Der Anwalt von *mevrouw* Blom hat allerdings Kooperationsbereitschaft signalisiert. In der Hoffnung auf ein milderes Urteil würde sie in beiden Fällen ihr Geständnis vor Gericht wiederholen. Aber wir können noch ihren Fluchtversuch und den Angriff auf einen Polizeibeamten in die Waagschale werfen.«

Er klappte die Akte zu, die vor ihm auf dem Tisch lag, und erhob sich zum Gehen, hielt aber inne. Ein Lächeln umspielte seine Mundwinkel, als er Griet ansah.

»Weißt du, was ich dachte, als mich dein ehemaliger Chef bei Europol vor gut einem Jahr anrief?«

Griet schüttelte den Kopf.

»Ich dachte, ich tue ihm aus alter Verbundenheit einen Gefallen«, erklärte Hasselbeek. »Aber inzwischen glaube ich, dass er mit deiner Versetzung uns einen Gefallen getan hat. Das war ausgezeichnete Arbeit. Und ... ich glaube außerdem, wir sollten dein Talent nicht weiter bei den ungelösten Fällen verkümmern lassen.«

Hasselbeek blickte Wouters an, und Griet empfand ein Gefühl von Genugtuung, als sie beobachtete, wie diesem die Mimik vollständig entglitt.

45

LEEUWARDEN

Wie lange ihr letzter Besuch schon zurücklag, konnte sie trotz des vielen Schnees anhand der Büsche und Sträucher im Vorgarten erkennen, die in der Zwischenzeit deutlich gewachsen waren. Das Haus mit der Nummer vierunddreißig befand sich in keinem guten Zustand. Der Efeu, der entlang der Eingangstür wuchs, hatte sich bis zu den Fenstern im ersten Stock hochgearbeitet, an den Schlagläden blätterte die Farbe ab, und der Briefkasten hing leicht schräg in der Verankerung. Es war offensichtlich, dass Fleming die Instandhaltung vernachlässigt hatte, vielleicht, weil er mit anderen Dingen beschäftigt war, wahrscheinlicher aber, weil ihm in letzter Zeit das Geld knapp geworden war.

Griet stand vor dem Einfamilienhaus in Moordrecht, einem Ort in der Nähe von Gouda, das Fleming kurz nach Fenjas Geburt gekauft hatte. Es lag in unmittelbarer Nähe des Deichs, hinter dem die *Hollandse Ijssel* gemächlich Richtung Rotterdam floss. Die perfekte Idylle, um ihre Tochter aufwachsen zu sehen, hatte Fleming gemeint, als sie aus der Stadt hierhergezogen waren. Er hatte sich hier von Beginn an wohlgefühlt. Griet hatte den Ort von Beginn an gehasst. Damals hatte sie das Stadtleben geliebt, und hier auf dem Land war es ihr vorgekommen, als wäre sie lebendig begraben.

Durch das Wohnzimmerfenster, das zum Vorgarten führte, sah Griet, wie Fleming den Weihnachtsbaum schmückte. Fenja reichte ihm gerade aus einem Pappkarton eine rote Christbaumkugel. Hinter ihnen im Fernsehen lief ein Zeichentrickfilm. Die beiden hatten Griet nicht bemerkt.

Griet realisierte in diesem Augenblick, in welch behüteter Welt ihre Tochter eigentlich aufwuchs. Der Kontrast zu der Situation, in die sie Fenja gebracht hatte, hätte nicht größer sein können. Und das machte ihr Angst. Angst vor sich selbst. Ihre Neugierde und ihr beruflicher Jagdinstinkt hatten in jenem Moment über ihre mütterlichen Gefühle obsiegt. Und das konnte wieder geschehen.

Deshalb war Griet mit der Entscheidung, die sie getroffen hatte, zufrieden. Sie würde hoffentlich dabei helfen, dass die heile Welt von Haus Nummer vierunddreißig in Moordrecht intakt blieb.

So, wie die Dinge lagen, steckte Fleming wirklich in ernsten Schwierigkeiten. Griet hatte in der Zeitung darüber gelesen. Flemings Buchreihe war in den Niederlanden zumindest so prominent, dass das plötzliche Aus der Dreharbeiten und der Streit mit seinem Verlag für Aufsehen sorgten. Die Beteiligten hatten im Grunde alle denselben Schuldigen ausgemacht: Netflix. Der Verlag machte den Streamingdienst für schwindende Auflagen verantwortlich, weil die Leute abends lieber Serien streamten, statt zu lesen, was mit sinkenden Auflagen einherging; die Fernsehproduktionsfirma wegen sinkender Zuschauerzahlen, was das Projekt zu riskant gemacht hatte. Lediglich Flemings Literaturagent hatte andere Schuldige ausgemacht: den Verlag, wegen inkompetenter Vermarktung, und die Produktionsfirma, wegen mangelnder Risikobereitschaft.

So oder so, Fleming standen schwierige Zeiten bevor.

Griet ging zur Eingangstür. Ihr Finger schwebte für einen Moment über dem Klingelknopf, doch dann ließ sie ihre Hand wieder sinken. Sie griff in die Handtasche und zog den Umschlag heraus, den sie mitgebracht hatte.

Fleming war zu stolz, um Geschenke anzunehmen, und gerade nach dem, was geschehen war, würde er Hilfe von ihr zurückweisen. Deshalb hatte sie einen Umweg gewählt, den er kaum ablehnen konnte. Sie hatte ein Konto für Fenja eröffnet und darauf ihre gesamten Ersparnisse überwiesen, die ursprünglich als Anzahlung für eine Eigentumswohnung gedacht gewesen waren.

Griet schob das Kuvert in den schief hängenden Briefkasten.

Das alte Plattboot würde wohl noch eine ganze Weile ihr Zuhause bleiben.

Sie wandte sich zum Gehen. Als sie die Straße erreicht hatte, hörte sie aus dem Haus ihre Tochter lachen. Es war ein glückliches Lachen. Hier war Fenja geschützt. Vor der Welt dort draußen. Und vor ihrer Mutter.

***

Im *koek en zopie* an der *Vrouwenportbrug* herrschte ausgelassene Stimmung, als Griet das Zelt betrat. Der Abend war bereits fortgeschritten und das Innere des Zelts erfüllt von lauten Unterhaltungen und Gelächter. Musik drang aus einer Boombox, die auf einem Stehtisch abgestellt war, und Joop hatte hinter der behelfsmäßigen Theke mit dem Ausschank alle Hände voll zu tun. Aus alter Verbundenheit zu ihm hatten die Kollegen entschieden, die diesjährige Weihnachtsfeier hier stattfinden zu lassen. Eigentlich ein recht kaltes Vergnügen, doch durch die vielen Gäste war es im Zelt einigermaßen warm. Griet behielt trotzdem ihren Parka an und bahnte sich einen Weg durch die Menge.

Sie entdeckte Pieter an der Theke. Er winkte sie zu sich heran, bestellte bei Joop sogleich ein *pilsje* für sie und drückte ihr das Glas in die Hand.

»*Prettige kerst* – frohe Weihnachten«, sagte er und stieß mit ihr an. »Griet, wir haben Grund zum Feiern. Wouters hat mich vorhin zu sich zitiert. Ich bin ab sofort von den Cold Cases abgezogen …«

»Meinen Glückwunsch.«

»… und du darfst dich offenbar auch wieder spannenderen Aufgaben widmen.«

»Das Gespräch mit ihm und Hasselbeek lief ganz gut.«

Pieter lachte und klopfte ihr auf die Schulter. In dem Moment kam Noemi zu ihnen herüber.

»Wie ist es, so berühmt zu sein?«, erkundigte sich Pieter.

»Ich vermute, jeder Verbrecher in Leeuwarden kennt nun mein Gesicht«, antwortete Noemi. Sie hielt ihr Glas hoch und stieß mit Griet an. »*Bedank baas* – danke, Chef.«

»Gern geschehen.«

Noemi nahm Pieter an die Hand. »Komm doch mal mit.«

Griet sah die beiden in der Menge verschwinden. Dann hörte sie Joops Stimme hinter sich. Er stellte ihr einen Becher *zopie* hin. »Der geht aufs Haus.«

»Wofür?«

»Dafür, dass du dich um unseren Freund gekümmert hast.« Er deutete mit einem Nicken in Richtung Pieter, der mit Noemi bei der Boombox angekommen war. »Er hat heute Morgen im *politiehoofdkantoor* für einiges Aufsehen gesorgt, als er seinen Schwager Toon und Vlam Ewerts bei den Kollegen abgeliefert hat.«

»Das kann ich mir vorstellen.«

»Ich schätze, damit hat er seinen Ruf bei der Truppe wiederhergestellt.«

Aus der Boombox drang ein Knacken, dann Noemis Stimme: »Hört mal her, Leute! Ich habe mir sagen lassen, dass Karaoke bei Weihnachtsfeiern eine große Tradition genießt. Wer könnte heute besser den Anfang machen als *een fryske jonge* – ein echter Friesenjunge. Applaus für Pieter de Vries!«

Noemi drückte Pieter das Mikrofon und einen Liedtext in die Hand. Auf seinem Gesicht zeichnete sich Entsetzen ab. Er rief Noemi etwas zu, was Griet wegen des beträchtlichen Geräuschpegels nicht verstand. Nachdem Noemi weiter auf ihn eingeredet hatte, sprach er schließlich ins Mikrofon: »Okay, okay. Aber ich singe nicht allein. Du singst mit!«

Noemi sah sich kurz um und erkannte wohl an den Blicken der Kollegen, dass es kein Entkommen gab. Sie zuckte die Schultern und stellte sich neben Pieter.

»Also gut«, sagte er. »Das hier ist *Leeuwarden* von C'est la vie. Wenn ihr es kennt, singt mit!«

Pieter legte den Arm um Noemis Schultern, die Musik setzte ein, und sie sangen gemeinsam: *In Leeuwarden wil ik leven, hier wil ik altijd zijn, deze stad kan mij veel geven, hier voel ik mij zo fijn ...*

Griet war froh, dass keiner der beiden auf die Idee gekommen war, sie an dieser Peinlichkeit zu beteiligen, zumal Pieter nach den diversen *pilsjes*, die er offenbar getrunken hatte, keinen einzigen Ton traf.

Sie drehte sich zur Theke um, nahm den Becher, den Joop ihr hingestellt hatte, und war gerade im Begriff, dem *zopie*, das beim ersten Mal fürchterlich geschmeckt hatte, eine zweite Chance zu geben, als sich jemand neben sie stellte. Es war Cornelis Hasselbeek. Er trug einen dunkelblauen Mantel mit braunem Schal und eine rote Nikolausmütze auf dem Kopf.

»Ich wollte mir die Party nicht entgehen lassen«, sagte er in entschuldigendem Tonfall und lächelte.

»Die Stimmung erreicht gerade den Siedepunkt«, meinte Griet und deutete mit einem Nicken auf Pieter und Noemi.

»Ja ... ehrlich gesagt, hatte ich gehofft, dass dieser Teil der Veranstaltung bereits vorüber ist.«

Griet musste innerlich schmunzeln. Der Mann sah nicht nur gut aus, er schien auch Sinn für Humor zu haben.

Hasselbeek ließ sich von Joop ein *pilsje* reichen und prostete ihr zu. »Ich wollte mich noch einmal dafür bedanken, was du für Noemi getan hast. Mir war nicht entgangen, was der Flurfunk über ihre Rückkehr kolportierte ...«

Griet trank einen Schluck. »Sie ist eine gute Polizistin und hat eine zweite Chance verdient.«

»Das sehe ich genauso. Nach den Berichten in der Zeitung scheint das Gerede zumindest ein Ende zu haben.« Er lehnte sich mit dem Rücken an die Theke und hörte Noemi und Pieter zu. Dann sagte er unvermittelt: »Apropos zweite Chancen. Es ist noch nicht offiziell, aber ich habe gestern die Demission von Wouters' Stellvertreter entgegengenommen ...« Er blickte Griet von der Seite an. »Ich werde die Stelle neu besetzen müssen.«

Sie wusste nicht, was sie erwidern sollte. Es war offensichtlich, welches Angebot er ihr da gerade unterbreitete, allerdings kam das sehr überraschend. Vor wenigen Tagen hatte sie sich noch damit abgefunden, dass ihre große Zeit vorüber war und sie den Rest ihrer Laufbahn mit der Bearbeitung von ungelösten Fällen verbringen würde. Nun eröffnete sich diese Möglichkeit.

Hasselbeek nahm die Mütze ab, legte sie auf die Theke und trat ein Stück an Griet heran. »Ich erwarte natürlich keine sofortige Antwort«, sagte er. »Wie mir zu Ohren gekommen ist, gehst du oft ins *Onder de kelders*. Ein schönes Lokal. Wie wäre es, wenn wir uns dort bei Gelegenheit in einem etwas privateren Rahmen unterhalten?«

Griet spürte ein wohlbekanntes Kribbeln in der Magengegend. Sie ließ den Blick kurz zu den Fingern von Hasselbeeks rechter Hand schweifen, mit der er das Bierglas festhielt.

Ein Schmunzeln umspielte ihre Lippen, als sie zustimmte.

DANKSAGUNG

Mein Dank gilt allen, die an der Entstehung dieses Buches mitgewirkt haben. Andrea Hartmann und Monika Beck, die – seit dem Exposé vom *Elfstedenkoorts* befallen – die Begeisterung für die niederländische Eislauftradition in den Verlag getragen haben und im Lektoratsprozess nie um eine gute Idee an der rechten Stelle verlegen waren. Ilse Wagner, die dem Text während der Redaktion mit viel Feingespür und Expertise den finalen Schliff hat angedeihen lassen. Steffen Haselbach, der von Beginn an hinter der Idee einer Holland-Krimi-Reihe stand. Dem gesamten Verlagsteam von Droemer Knaur, das unter anderem mit Covergestaltung, Herstellung, Vertrieb und Marketing dafür gesorgt hat, dass diese Geschichte den Weg zu den Leserinnen und Lesern findet.

Dank auch an meinen Agenten Joachim Jessen, der mir jederzeit mit Rat zur Seite gestanden und mich vor allem eins gelehrt hat: Geduld. Außerdem danke ich Martina Bender, Griet-Gerritsen-Fan der ersten Stunde, die nie mit guten Ideen knausert und mich laufend mit Nachrichten aus Holland versorgt.

Meiner Frau Marion großen Dank dafür, dass sie meine Launen an jenen Tagen ertragen hat, an denen es mit dem Schreiben mal nicht so gut gelaufen ist. Und last but not least wäre dieser Krimi natürlich um manches Detail ärmer, wenn Hanna mir nicht geholfen hätte, neue Seiten von Leeuwarden zu entdecken.

Mord im Ferienidyll:
Ein Toter im Schiffswrack wird zum ersten Fall
für »Mevrouw Commissaris« Griet Gerritsen

JAN JACOBS

MORD AUF VLIELAND

EIN HOLLAND-KRIMI

Eine sanfte Brise wiegt den Strandhafer auf den Dünen Vlielands und umspielt ein Schiffswrack, in dessen morschen Planken sich eine Leiche verfangen hat: Hotelier Vincent Bakker wurde ermordet.
Auf Vlieland, der am weitesten vom holländischen Festland entfernten Insel, gelten eigene Regeln. Jeder hier hat ein Geheimnis. Bei ihren Ermittlungen muss Commissaris Griet Gerritsen eine Mauer des Schweigens durchbrechen, bevor sie einer erschütternden Wahrheit auf die Spur kommt.

»Nach diesem spannungsgeladenen Auftakt steht für mich fest: Ich werde auf jeden Fall an Gerritsen dranbleiben.«
Arno Strobel